Los últimos días de Rabbit Hayes

Los últimos días de Rabbit Hayes

Anna McPartlin

Traducido por Julia Osuna Aguilar

Rocaeditorial

Título original: *The Last Days of Rabbit Hayes*

© 2014, Anna McPartlin

Primera edición: marzo de 2017

© de la traducción: 2017, Julia Osuna Aguilar
© de esta edición: 2017, Roca Editorial de Libros, S. L.
Av. Marquès de l'Argentera 17, pral.
08003 Barcelona.
actualidad@rocaeditorial.com
www.rocalibros.com

Impreso por RODESA
Villatuerta (Navarra)

ISBN: 978-84-16700-54-7
Depósito legal: B. 2741-2017
Código IBIC: FA

RE00547

*Q*ueridos lectores:

La inspiración para este libro la he encontrado en mi divertida y valiente madre, en un fantástico grupo de música y su trágica pérdida, en las familias que te apoyan y te quieren y en las amistades duraderas.

Se lo dedico a mis suegros, Terry y Don McPartlin, por su amor, su apoyo, su bondad, su afecto y su sabiduría. Y lo he escrito en memoria de una estrella del rock y de dos madres amorosas.

Espero que disfrutéis leyéndolo tanto como yo escribiéndolo.

Con mis mejores deseos,

ANNA MCPARTLIN

El blog de Rabbit Hayes

1 de septiembre de 2009

DEFCON 1

Hoy me han diagnosticado cáncer de mama. Aunque tendría que estar aterrada, siento una extraña euforia. Evidentemente, no me alegra tener cáncer, ni que me vayan a quitar el pecho, pero me recuerda lo bien que vivo. Me encanta mi vida. Quiero a mi familia, a mis amigos, mi trabajo y, sobre todo, a mi pequeñaja. La vida es dura para todos pero yo soy de las que tienen suerte. Lo superaré.

Pienso saltarme el miedo, la rabia y la tristeza para poner todas mis energías en esta lucha. Tomaré todos los tratamientos que me recomienden. Comeré bien. Leeré, escucharé y aprenderé todo lo que pueda sobre el tema. Haré lo que haga falta. Lo superaré.

Soy madre de una niña fuerte, divertida, tierna y HERMOSA. Mi deber es estar siempre para ella. La cuidaré mientras crezca. La ayudaré durante los incómodos años de la adolescencia. Estaré con ella en cada arañazo y cada pelea. La ayudaré con las tareas, apoyaré sus sueños. Si se casa, la llevaré hasta el altar. Si tiene hijos, les haré de canguro. No pienso defraudarla. Voy a pelear, a pelear, pelear, y luego pelearé, pelearé y pelearé un poco más.

Soy una Hayes y prometo aquí y ahora, con hasta el último gramo de amor y fuerza de mi cuerpo, que lo superaré.

PRIMER DÍA

1

Rabbit

$\mathcal{F}$uera sonaba música pop, un niño chillaba risueño y un barbudo bailaba una jiga con un cartel que decía CAMINA CON JESÚS en las manos. Rabbit sentía la calidez del asiento de cuero contra la piel. El coche avanzó como parte de una corriente lenta y estable de tráfico que serpenteaba por la ciudad. *Hace buen día*, pensó Rabbit, que se sumió entonces en la modorra.

Su madre, Molly, apartó la vista de la carretera para mirarla y desplazó una mano del volante a la mantita que le cubría el cuerpo delgado y frágil para taparla mejor. Después le acarició la cabeza rapada casi al cero.

—No va a pasar nada, Rabbit —le susurró—. Ma lo arreglará todo.

Era un luminoso día de abril, y Mia *Rabbit*[1] Hayes, de cuarenta años, la amada hija de Molly y Jack, hermana de Grace y Davey, madre de Juliet, de doce años, la mejor amiga de Marjorie Shaw y el único amor verdadero de Johnny Faye, iba camino de una clínica de cuidados paliativos para morir.

Al llegar a su destino, Molly detuvo el coche lentamente. Apagó el motor, echó el freno de mano y aguardó unos instantes, con la vista puesta en la puerta que llevaba a lo inde-

----

1. «Conejo» o «coneja» en inglés.

seado y lo desconocido. Su hija seguía dormida, y no quería despertarla porque, en cuanto lo hiciera, el terrible y breve futuro que las esperaba se convertiría en el presente. Pensó en seguir conduciendo pero no tenía adonde ir: estaba atrapada.

—Mierda —susurró y agarró con fuerza el volante—. Me cago en la mierda de mierda mierdosa en vinagre. Valiente puta mierda.

Molly tenía el corazón hecho añicos, no podía ser de otra forma ya, pero estaba desperdigando los trozos con cada «mierda» que le salía por la boca.

—¿Quieres seguir conduciendo? —le preguntó Rabbit, quien sin embargo seguía con los ojos cerrados cuando su madre la miró.

—No, solo quería cagarme en todo un rato.

—Buen trabajo.

—Gracias.

—Me ha gustado especialmente lo de «mierda mierdosa en vinagre».

—Me ha salido del alma —contestó.

—Yo la utilizaría a menudo —dijo Rabbit.

—¿Tú crees? —Fingió considerar la cuestión mientras volvía a poner la mano en la cabeza de su hija para acariciarla de nuevo.

Rabbit abrió los ojos lentamente.

—Estás obsesionada con mi cabeza.

—Es suave —musitó Molly.

—Pues venga, no te cortes, frótala otra vez a ver si te da suerte. —Rabbit volvió la vista hacia la puerta doble. *Conque esto es*, pensó.

Molly volvió a frotarle la cabeza pero su hija le apartó entonces la mano y la cogió entre las suyas. Se quedaron mirando los dedos entrelazados de ambas. Las manos de la hija parecían más viejas que las de la madre. Tenía la piel llena de escamas y fina como el papel, surcada de venas hinchadas y resaltadas, y sus antes tan hermosos dedos largos se le habían quedado tan delgados que parecían casi retorcidos. Los de la madre eran gruesos y suaves, con uñas cortas y pintadas con esmero, muy cuidadas.

—Ahora o nunca —dijo Rabbit.

—Voy a por una silla de ruedas.

—Ni se te ocurra.

—Imposible.

—Ma.

—Imposible.

—Ma, pienso entrar andando.

—Rabbit Hayes, tienes la pierna rota, puñetas. No vas a entrar andando.

—Tengo un bastón y te tengo a ti, así que voy a entrar andando.

Molly soltó un suspiro hondo.

—Vale, tú verás. Como te caigas, juro por Dios que...

—¿Me matas? —Rabbit sonrió socarrona.

—No tiene gracia.

—¿Ni un poquito?

—Ni puta gracia —respondió Molly.

Rabbit tuvo que reírse: las palabrotas de su madre disgustaban a muchos, pero a ella le parecían entretenidas, familiares y reconfortantes. Era una persona buena, generosa, divertida, pícara, lista, fuerte e increíble. Habría sido capaz de ponerse delante de una bala para proteger a un inocente, y nadie, ni el más alto, ni el más fuerte ni el más valiente se metía con Molly Hayes. No aguantaba tonterías de nadie y le importaba un huevo agradar a la gente. Si no te caía bien Molly Hayes, podían darte por culo. Su madre bajó del coche y, después de sacar de atrás el bastón, abrió la puerta del acompañante y ayudó a su hija a ponerse en pie. Rabbit enfiló por las puertas dobles y, con la ayuda de su madre y el bastón, llegó a paso lento y estable hasta la recepción. *Si puedo entrar por mi propio pie, tal vez pueda salir por mi propio pie. Quién sabe...*

Una vez dentro, repasaron con la mirada las alfombras mullidas, la madera oscura, las bonitas lámparas Tiffany, el mobiliario de líneas suaves y la estantería llena de libros y revistas.

—Es bonito —dijo Molly.

—Parece más un hotel que un hospital —añadió Rabbit.

—Ya ves. —Su madre asintió con la cabeza. *Tranquila, Molly.*

—Ni siquiera huele a hospital.

—Gracias a Dios.

—Ya ves —coincidió Rabbit—. Eso sí que no voy a echarlo de menos.

Fueron a paso lento hasta una mujer rubia de pelo corto con una sonrisa de mil dientes a lo Tom Cruise.

—Usted debe de ser Mia Hayes.

—Todo el mundo me llama Rabbit.

La sonrisa se acentuó y la mujer asintió.

—Bonito nombre. Yo soy Fiona. Voy a enseñarte tu habitación y luego llamaré a una enfermera para que te ayude a instalarte.

—Gracias, Fiona.

—Un placer, Rabbit.

Molly no dijo nada; estaba haciendo lo que podía por no perder la compostura: *No pasa nada, Molls. No llores, ya está bien de llantos, limítate a fingir que está todo divinamente, fíjate cómo lo hacen ellas. Venga, vieja loca, haz de tripas corazón, por Rabbit. Todo saldrá bien. Ya encontraremos la manera. Hazlo por tu pequeña.*

La habitación era luminosa y acogedora, amueblada con una cama inmaculada, un sofá blando y un sillón reclinable. La ventana, de gran tamaño, daba a un jardín muy frondoso. Fiona ayudó a Rabbit a acomodarse en la cama y, en un intento por eludir el momento, Molly fingió inspeccionar el baño. Cerró la puerta tras ella y respiró hondo varias veces. Se maldijo por haber insistido en trasladar a Rabbit del hospital a la clínica de cuidados paliativos. Su marido no había dicho nada desde que le habían dado la noticia del fallecimiento inminente de Rabbit. Él necesitaba armarse de valor; todavía no tenía el estómago hecho, y su hija no podía estar preocupándose de nadie que no fuera ella misma. Grace había querido ayudar pero su madre había sido categórica: «Dejaos de historias, lo que necesita es descansar y recuperarse», había dicho rotundamente, para sí misma y para quien quisiera escucharla. *Vieja estúpida. Tendrían que estar aquí.*

—¿Estás bien, ma? —le preguntó Rabbit al otro lado de la puerta.

—Estupendamente, cielo. Santo Dios, el baño es más grande que la cocina de Nana Mulvey. ¿Te acuerdas? —le preguntó, aunque notó que le temblaba la voz y esperó que Rabbit, con lo cansada que estaba, no se percatara.

—Murió hace mil años, ma.

—Cierto, y ella venía muchas más veces a casa que nosotros a la suya.

—Pero ¿está bien el baño entonces? —preguntó Rabbit.

Molly supo que su hija era consciente de su esfuerzo, y eso le dio el empujón que necesitaba para recobrar la compostura.

—Sí, sí, y tanto —dijo saliendo por fin—. Una bañera como para ahogarse dentro.

—Lo recordaré por si la cosa se pone fea. —Rabbit rio.

Hacía tiempo que había aceptado que su madre era de esas personas que, si tienen la oportunidad, dicen lo más inapropiado en el momento más inoportuno, siempre sin falta. Había coleccionado innumerables ejemplos pero uno de los favoritos de Rabbit tenía ya sus años: una vecina algo mayor que tenía una mano protésica le preguntó a Molly cómo estaba llevando la muerte de su madre, y esta no tuvo otra cosa que responder: «Para qué te voy a mentir, Jean, ha sido como perder el brazo derecho».

En cuanto Rabbit estuvo instalada, Fiona las dejó a solas.

Había venido en bata y camisón a pesar de que en un principio pensó en vestirse de calle. Su madre le había llevado al hospital unos pantalones de punto anchos y un jersey de algodón con cuello de pico pero, en cuanto terminó con el especialista, recogió las medicinas de la farmacia y le dieron oficialmente el alta, Rabbit estaba demasiado cansada para cambiarse. «Total, solo voy de cama en cama», dijo.

«Sí, tiene más sentido que te quedes como estás», coincidió Molly, por mucho que en realidad no le viese ninguno. Era todo un sinsentido. Tenía ganas de gritar, chillar y echar pestes contra el mundo. Quería destruir, volcar un coche, incendiar una iglesia y armar una buena. *Ojalá estuviera solo un cinco por ciento más loca*, pensó. Molly Hayes no estaba en su sano juicio.

El día anterior un oncólogo la había sentado junto con su marido Jack en una pequeña sala amarilla que olía a gel antibacteriano. Cuando estuvieron acomodados en sus asientos, los machacó con una sola frase: «El pronóstico ha pasado de varios meses a pocas semanas». Se hizo un silencio aplastante en la estancia, mientras Molly se quedaba mirando la cara del hombre, esperando un «pero» que nunca llegó, y Jack permanecía inmóvil, como si la vida le hubiera abandonado y estuviera convirtiéndose lentamente en piedra. Ella no intentó discutir. Lo único que le salió fue un «gracias» cuando el oncólogo les gestionó una cama en la clínica para Rabbit. Sintió el peso de la mirada de Jack, como si su mujer estuviera desapareciendo ante sus ojos y se preguntara cómo iba a surcar la nueva realidad sin ella. *Déjame tiempo para que piense, hombre.* No tenían preguntas… O al menos ninguna que pudiera responderles aquel hombre.

El silencio permitió que Molly hiciera algunas cábalas por su cuenta. Era hora de replegarse: debía armarse con más información y fraguar un plan, empezar otra conversación. No pensaba rendirse, de ninguna manera. Podía ser que Rabbit Hayes estuviera muriéndose pero no iba a morir porque su madre encontraría la forma de salvarla. Y no lo hablaría, lo haría directamente. Mientras tanto seguiría la corriente. Iban contra reloj: Rabbit se les estaba yendo. No había tiempo para charlas.

Quedarse callada no era propio de Molly, a la que le gustaba hablar y pelear las cosas hasta el final, incluso cuando sabía que no recibiría ni una conclusión ni una respuesta. En los primeros días tras el diagnóstico, se había obligado a bajar en más de una ocasión a la iglesia para poner a Dios a parir. Preparada para no recibir respuesta, había hecho un montón de preguntas, blandiendo el puño hacia el altar y, en una ocasión, incluso haciéndole un corte de mangas a una talla del niño Jesús.

—¿Ahora qué, eh, Dios? —había chillado en la iglesia vacía de su barrio, hacía un año, cuando a su hija se le había reproducido el cáncer en el pecho derecho y se le había extendido al hígado—. ¿Qué quieres, el otro pecho? Cógelo, cabrón avaricioso, pero ni se te ocurra llevarte a mi niña. ¿Me oyes, so...?

—Ah, estás aquí, Molly.

El padre Frank había aparecido de la nada y había ido a sentarse a su lado. Se frotó la rodilla mala y se llevó la mano al pelo cano, antes de arrodillarse e inclinarse sobre el banco. Ella se quedó en el sitio. El cura miró hacia delante sin decir nada.

—Ahora no —había dicho ella.

—Lo he oído.

—Y...

—Estás enfadada y le has hecho un corte de mangas al niño Jesús. —Sacudió la cabeza.

—¿Cómo lo sabes? —le preguntó Molly, entre sorprendida e incómoda.

—La hermana Veronica estaba sacándole brillo al tabernáculo.

—No la he visto.

19

—Es que es como una ninja. —El cura se frotó la cabeza, y Molly se preguntó si estaría con una de sus migrañas… tenía jaquecas terribles—. Mira, lo entiendo —dijo en un tono más serio.

—No, Frank, no lo entiendes.

—Mi madre murió de cáncer.

—Cuando tenía noventa y dos años.

—El amor es el amor, Molly.

—No, no es verdad, y si tuvieras amor en tu vida, en lugar de simplemente predicarlo, lo entenderías. Nunca has sido ni marido ni padre, así que, por el amor de Dios, Frank, de toda la gente que ha intentado consolarme, tú eres el menos indicado.

—Si así lo crees…

—Lo creo, y lo siento.

Se levantó, dejando al padre Frank medio aturdido. Desde ese día no había cruzado la puerta de la iglesia. Aunque seguía rezando, y aún creía…

De todas formas, aquella urgencia exigía más razón que oración. Llevaba cuatro años investigando sobre la enfermedad de su hija. Había considerado todos los estudios, los medicamentos nuevos y los distintos ensayos clínicos, y sabía más de cartografía genética que un técnico de laboratorio en ciernes. *Nos hemos saltado alguna cosa, no hemos caído en algo. Lo tengo en la punta de la lengua. Solo necesito concentrarme para resolver el problema. Todo va a salir* BIEN.

—¿En qué piensas? —le preguntó Rabbit.

—En qué voy a prepararle a tu padre para la cena. —Fue a sentarse en el sillón reclinable.

—Compra curry de camino —sugirió Rabbit.

—Está echando barriga.

—Santo Dios, ma, ¡tiene sesenta y siete años! ¡Déjalo vivir!

—Podrías llevarle un curry de pollo y arroz frito con huevo, siempre que luego dé cuatro vueltas al parque.

—O tal vez podrías dejarlo en paz.

—Vale, que sean dos vueltas.

Mientras hablaban, entró tirando de un carrito una enfermera morena, con un bronceado sospechoso y un moño muy bonito y elaborado.

—¡Buenas, Rabbit! Yo soy Michelle. Venía solo a comprobar que no te faltaba nada y ver un momento tus medicinas. Será solo una vez y ya nos olvidamos. Luego prometo dejarte en paz.

—Claro, sin problema.

—Estupendo. ¿Todo bien de momento? —preguntó.

—Bueno, sigo viva, así que eso ya es algo.

—Normalmente la gente logra pasar de la puerta —dijo Michelle con una sonrisa burlona.

—Me gusta —le dijo Rabbit a su madre.

—Sí, la puñetera tiene su gracia.

—Y supongo que puñetera es algo bueno —preguntó Michelle.

—En nuestra casa, sí —aclaró Rabbit.

—Como el aristócrata estirado que le dice a su sastre judío: «Chachi». —Michelle se sentó en el sofá. Madre e hija intercambiaron una mirada y se sonrieron. *Como una cabra.*

—¿Alguna pregunta?

—No.

—¿Seguro?

—Sí.

—Bueno, estoy por aquí si me necesitas. ¿Hablamos de las medicinas?

—Estoy con parches de Fentanyl, OxyNorm líquido, Lyrica y Valium.

—¿Algún laxante?

—¡Es verdad! ¿Cómo he podido olvidarme?

Michelle le señaló la pierna con la cabeza.

—¿Cómo va la herida postoperatoria?

—Bien, sin señal de infección.

—Vale. Entonces, ¿la fractura fue el primer indicio de que se había extendido a los huesos?

—La semana anterior me había salido alto el calcio.

—¿Cómo va ahora mismo tu nivel de dolor?

—Va bien.

—Mantenme informada.

—Lo haré.

Michelle miró su reloj.

—¿Hambre?

—No.

—Bueno, dentro de una hora viene la comida, y hoy toca lomo asado con patatas.

—Suena asqueroso.

—¡Esa boca! Tenemos los mejores cocineros a este lado del Liffey —dijo Michelle con enojo fingido y luego una sonrisa—. Si necesitas cualquier cosa…, un masaje de espalda, de pies, manicura, fisio para esa pierna… ahí tienes el timbre.

—Gracias.

—De nada. —Abrió una ventana y luego salió y dejó a Molly arreglando la ropa de cama de su hija.

Cuando terminó, volvió al sillón y examinó los ojos de su hija, que parpadeaban entreabiertos.

—Davey viene de camino, cielo. Se pasará luego si te ves con fuerza.

—Qué bien.

Rabbit se quedó dormida casi antes de que las palabras salieran de su boca.

Johnny

En sus sueños, a Rabbit solían esperarla Johnny y el pasado. Esa tarde soñó que él tenía dieciséis años y era alto, guapo, con su suave pelo castaño ensortijado caído sobre los hombros. Ella aparecía normalmente de pequeña, una Rabbit de doce años que en nada se parecía al fantasma fino como el papel que yacía en la cama de la clínica. Era alta para su edad pero tan delgada que a su madre le preocupaba que el gran hueco entre las piernas acabara afeándole los andares. «Camina delante de mí, Rabbit —le decía, y luego a su amiga—: ¿Ves lo que te digo, Pauline? Un crío de dos años cabría por ese hueco.»

«No te preocupes, mujer. Ya se pondrá más rellenita», le dijo Pauline, a la que el tiempo dio la razón. Rabbit se puso más rellenita, aunque tardó tres años más, pese a los esfuerzos de su madre, que cocinaba, horneaba y asaba en grasa de pato para que su benjamina cogiera peso. En esos tiempos su madre tenía un mantra muy sencillo: «Rabbit, come más. Grace, come menos. Davey, deja de hurgarte la nariz».

La mayor se quejaba y hablaba de injusticia, pero Molly no le hacía ni caso: «Eres de huesos grandes como tu madre. Huesos grandes igual a raciones pequeñas, así que, si quieres estar de buen ver, acéptalo».

Grace siguió quejándose pero a Rabbit no le daba ninguna pena porque por entonces, mientras ella seguía siendo un palillo, su hermana era una auténtica belleza. Tenía caderas, pechos y labios carnosos. Era una morenaza de ojos color esmeralda y, a sus dieciocho años, toda una mujer, al contrario que ella, que seguía siendo una cría y se quedaba mirando a su hermana y deseando: «Ojalá me quitaran el parche del ojo, estuviera más rellenita, se me oscureciera el pelo y me engordaran los labios. Ojalá fuera igual que mi hermana».

El parche del ojo desapareció cuando cumplió los diez años pero, aunque era guapa por derecho propio, nunca sería su hermana. Ser corta de vista no ayudaba: las gafas de carey marrones le hacían aún más enana una cara de por sí menuda. Pesaban y se le escurrían por el arco de la nariz, de modo que se pasaba media vida subiéndoselas. A veces, cuando estaba concentrada pensando en algo, se ponía un dedo encima, se las pegaba a la cara y arrugaba la nariz. Johnny fue la primera persona que la llamó «Rabbit». Se empeñaba en llevar su larga melena castaño claro en dos moños altos a ambos lados de la cabeza. A él le parecían orejas de conejo y, con las gafas, le recordaba a cuando Bugs Bunny se disfrazaba.

Sin quererlo, Johnny Faye marcaba tendencias. Si él decía que los parches molaban, a los pocos días todo el mundo en kilómetros a la redonda llevaba parches. Si le gustaba llevar los abrigos abiertos y hasta los tobillos, o chaquetas cortas plateadas, o gorras de lana con pedrería, se ponían de moda en el instante en que los demás chicos lo veían. Así de simple. Johnny molaba, de modo que todo lo que hiciera, dijera o vistiera molaba. Y cuando le puso el mote de Rabbit a Mia Hayes, y ella no objetó nada, en el plazo de una semana todo el mundo se subió al carro, incluidos los padres de ella.

En el sueño, su hermana iba muy arreglada, con un vestido negro ajustado, tacones y los labios pintados de rojo. Iba a salir con un tipo al que había conocido en la discoteca, y era emocionante observar cómo se preparaba. A Rabbit le gustaba quedarse en la habitación de su hermana mientras esta se maquillaba ante el espejo; y a Grace no le importaba siempre y cuando no hablase. Subía el volumen del radiocasete que tenía en el tocador y se ponía a cantar *The River* de Bruce Springsteen o el *Brand New Friend* de Lloyd Cole and The Commotions. Las ponía una y otra vez pero, en vez de perder el tiempo pulsando el botón del rebobinado, le daba las órdenes a Rabbit:

—Para. Dale. No. Rebobina. Vale, para. No, atrás. Te has pasado... sigue —dijo mientras se extendía la sombra de ojos.

Rabbit obedecía sin protestar, dándole a los botones mientras su hermana se transformaba de guapa a soberbia ante sus propios ojos. Después la seguía escaleras abajo, hasta la cocina, donde su hermano Davey estaba cenando con los cascos puestos. Le gustaba comer solo. Cuando todos habían terminado, ma le calentaba el plato, él se ponía los auriculares y engullía la comida en lo que tardaban en sonar dos canciones. Grace le dijo adiós a ma y se despidió también de pa, que estaba en la salita viendo el telediario. No se molestó en decirle nada a su hermano porque de todas formas no iba a responderle.

Davey tenía dieciséis años y era alto y canijo como Rabbit. Tenía el pelo castaño claro por debajo de los hombros. Pese a la guasa continua de sus amigos, insistía en vestirse de vaquero de arriba abajo. Estaba masticando y tamborileando con el cuchillo contra la mesa al compás de la música que sonaba en sus oídos.

—Dile que venga el domingo a merendar —gritó Molly cuando Grace salía ya.

—¡Ni lo sueñes, ma!

—Quiero conocerlo.

—Todavía no. —Grace cogió el abrigo.

Su madre apareció con unos guantes rosas de goma.

—No me obligues a pedir referencias.

—Ostras, ma, déjame vivir. —Acto seguido abrió la puerta de la calle y fue contoneándose por el caminito hasta la verja de hierro.

Molly suspiró y volvió a la cocina mientras Rabbit seguía a su hermana al exterior, donde estaba Johnny tocando la guitarra con la espalda apoyada en el muro, esperando a que su hermano terminara de cenar.

—Buenas —le dijo Grace.

Pero él, al contrario que los demás chicos, no la siguió con los ojos calle abajo. En lugar de eso, se centró en la pequeña y le dio una palmadita al murete.

—Rabbit —la saludó, y ella fue a sentarse a su lado.

—Johnny.

—Pareces triste.

—Qué va.

—Sí que lo estás.

—Que no.

—¿Qué pasa?

—Nada.

—Cuéntamelo a mí.

De pronto se le empañaron los ojos con unos lagrimones gordos y tontos, que no sabía a qué venían. No había sido consciente de su tristeza hasta que se lo había dicho Johnny, y la había pillado totalmente desprevenida.

—Desembucha.

—Me gustaría parecerme a Grace —susurró Rabbit, avergonzada.

—No, no te gustaría.

—Sí.

—No.

—Que sí.

Estaba enfurruñada, pero entonces Johnny le sonrió y, al hacerlo, la piel en torno a sus grandes ojos castaños se le arrugó ligeramente y la hizo sentirse arropada por dentro y por fuera. Se puso un poco colorada y sintió un pequeño vuelco al corazón.

—Mira, Rabbit Hayes, cuando tengas la edad de Grace, serás la chica más guapa de Dublín. No habrá nadie como tú.

—Embustero —respondió mordiéndose el labio para contener la gran sonrisa que le dejaba las encías a la vista.

—Es verdad.

Como no se le ocurrió nada más que decir, le dio un puñetazo de broma en el brazo y luego se subió las gafas sobre el arco de la nariz y se las dejó ahí sujetas mientras él tocaba la guitarra y le cantaba una graciosa balada.

Jay, Francie y Louis llegaron justo cuando Davey salía de casa. Los dos primeros vivían al lado de Johnny, unos hermanos gemelos que eran el alma del grupo; Jay tocaba el bajo y Francie la guitarra. Fue el primero quien dio la cara por Davey para que fuera su batería cuando este se presentó a la prueba y no le salió todo lo bien que había esperado: luchaba contra unos calambres estomacales y se cagó encima a la mitad de la segunda canción. Jay era rubio y Francie moreno, y los dos eran guapos, con el pelo corto, mandíbulas cuadradas y una constitución fuerte. Eran también muy charlatanes: de no haber escogido la música, podrían haber formado un dúo cómico por las mañanas... o al menos eso era lo que decía su madre siempre. Louis era más pequeño y serio; tocaba el teclado y se creía el líder del grupo, por mucho que nadie le hiciera nunca caso, ni siquiera cuando amenazaba con irse, cosa que hacía una vez por semana. Rabbit había presenciado uno de sus dislates en el garaje.

—Si dejarais de hacer el tonto, podríamos llegar realmente a algo —chilló.

—No llores más, Relleno de Gordo —le respondió Jay. Louis no estaba gordo, era solo bajito y cargado de espaldas. Un día Francie había comentado que parecía un canijo que se hubiera comido a un gordo. Desde entonces, para su gran fastidio, los colegas insistían en llamarlo Relleno de Gordo. No tenía gracia, pero peor aún era el apodo de Davey, quien en aquella época estaba tan delgado que la nariz aguileña le sobresalía demasiado de la cara. Después de la prueba, cuando estaba saliendo por la puerta, con los pantalones cargados y los otros cuatro colegas meándose de la risa, Jay le gritó:

—Eh, Aguilucho, vuelve cuando te hayas limpiado.

—¿Aguilucho? Yo más bien hablaría de Cacatúa —dijo Francie, y desde ese día los gemelos lo bautizaron como CC.

A Davey no le hacía gracia que su hermana se juntara con los del grupo, de modo que no tardó en mandarla a paseo. A los chicos les gustaba sentarse en el murete a charlar, ponerse al día y mirar a las chicas que pasaban antes de tirarse varias horas ensayando en el garaje. Sus padres apoyaban mucho al grupo. Jack era un gran aficionado a la música, y Molly, de todo lo que supusiera que su hijo no se tuviera que ganar la vida lavando platos. Lo habían expulsado del colegio a los trece años por pegarle al profesor de geografía un puñetazo en la cara cuando este intentó meterle mano por los pantalones un día que se quedó castigado. En aquel momento Davey no quiso contar por qué había llegado a ese extremo, y corrió el rumor por los colegios locales de que el ataque no había sido provocado. Cuando no quisieron admitirlo en ninguno, descubrió su pasión por la música. La primera batería de Davey fue un listín telefónico sobre el que ensayaba mañana, tarde y noche, y desde el principio se hizo evidente que tenía talento. En su decimocuarto cumpleaños su padre llegó a casa con una bonita batería roja y Davey se puso tan contento que se echó a llorar como una magdalena. Esa misma noche tocó para ellos, y sus padres decidieron que, costara lo que costase, ayudarían a su hijo a llegar hasta donde él quisiera.

28

Cuando entró en el grupo, los Hayes vieron enseguida que tenían algo especial —buenas canciones, buenos instrumentistas, buen espíritu de trabajo—, pero, ante todo, tenían a Johnny Faye. Si alguna vez hubo una estrella en la ciudad fue Johnny. Era lo más de lo más. El padre de Davey captó su potencial desde que los vio tocar por primera vez en acústico en el auditorio del barrio una tarde de domingo. Esa noche despejaron el garaje, colocaron estufas y lo forraron con cartones de huevos y cortinas gruesas para insonorizarlo. A las dos semanas Davey se convertía en el nuevo batería de los Kitchen Sink: el garaje familiar pasó a ser el local de ensayo oficial y Molly y Jack Hayes sus mayores fans.

Desde el principio, a Rabbit le encantaba pasar las tardes en el garaje, con el abrigo y los guantes puestos, viendo cómo tocaban los chicos y cómo cantaba Johnny. Podía pasarse horas en un rincón sin decir nada, tanto que, escondida tras las cortinas, los amplis y un sofá volcado, a menudo se olvidaban de su presencia. A veces se ponía a leer y otras se limitaba a tumbarse en el suelo y escucharlos tocar, pelear y reír. Rabbit podría pasarse el día oyendo cantar a Johnny; tenía una voz tan limpia, tan fresca, dulce y melancólica..., y pese a los continuos intentos de su hermano por librarse de ella, Johnny siempre la defendía.

—Cojámoslo desde el puente. Un, dos, tres...

A Rabbit le encantaba cuando su hermano contaba antes de pegarle al bombo, y cómo entraban luego las guitarras y el bajo y, por último, la voz, que le ponía la carne de gallina y le provocaba un cosquilleo por la columna.

Se pasó media infancia metida en el garaje escuchando los ensayos del grupo de su hermano y soñando despierta. Lo conseguirían; al fin y al cabo, uno de U2 era del mismo barrio y ahora estaban llenando estadios en Estados Unidos. Era una señal y, como les gustaba decir a los chicos, pronto los Kitchen Sink harían que los U2 parecieran unos aficionados. Y Rabbit había estado con ellos desde el principio, echada con su plumas sobre el duro y frío suelo mientras Johnny Faye cantaba solo para ella.

Sentía el pasado con tanto realismo que a veces le parecía más real que el presente. Serían los opiáceos, o tal vez que se cansaba tanto cuando estaba despierta que su mente solo cobraba energía en el sueño. Además, cuando despertaba, tenía que enfrentarse a la realidad de su situación. Hacía dos semanas vivía con el cáncer; ahora estaban diciéndoles que se moría y que iba a dejar atrás a una niña de doce años. *Bah..., estoy cansada, es solo eso. Necesito unos días para descansar y recuperarme un poco. No pienso abandonar a Juliet. Ni de coña. Eso no va a pasar.* No podía afrontarlo, ni hablarlo, ni aceptarlo. En vez de obligarse a estar despierta, en el presente, se quedaba en el pasado oyendo cómo Johnny Faye se dejaba el corazón en cada canción.

Davey

Llevaba al menos veinte años sin dormir más de cuatro horas seguidas; a su familia no le costaba contactar con él por teléfono o por Skype, daba igual la franja horaria. Cuando, cuatro años atrás, su madre lo llamó para decirle que su hermana tenía cáncer de mama, iba en el autobús de la gira jugando al póquer. Llegó a Irlanda justo después de la mastectomía, cuando Rabbit creía que se lo habían quitado todo. Y tras la quimio y la radiación, fue cierto, pero solo hasta la segunda llamada, que llegó tres años después. Estaba a punto de saltar al escenario cuando su madre le dijo entre lágrimas que se le había reproducido en el otro pecho y se le había extendido al hígado. Había cogido el primer vuelo a casa. Las cosas pintaban peor, pero Rabbit Hayes era ante todo una luchadora. Se recuperaría y, si no, la medicación la ayudaría a vivir con el cáncer. Esa vez se quedó tres semanas, hasta que su hermana le exigió que volviera al trabajo.

—No me voy a mover de aquí —le prometió. Además, no podía dejar que le cubriera tanto tiempo su suplente—. ¿Y si se dan cuenta de que es mejor que tú? —le preguntó, y se echó a reír.

—Muy graciosa.

—Vuelve a tu autobús —le ordenó, y se dieron un abrazo.

Aunque ella disimuló el llanto, él tenía el hombro empapado cuando se separaron.

La tercera llamada, hacía cuatro meses, lo había dejado sin aliento. Eran los pulmones, aunque todavía había esperanzas. Ya se verían en Navidad, no debía preocuparse. Aún tenía años por delante. La última llamada lo pilló echado en la cama de un hotel de Boston; estaba a punto de meterse en la ducha cuando vio aparecer MA en la pantalla del teléfono en vibración. Pensó en no cogerlo pero entonces se acordó… Rabbit.

—Eh, ma —dijo pero su madre no decía nada—. ¿Ma?

No podía hablar. Lo único que oyó fueron sus sollozos acallados, y entonces lo supo. Se quedó clavado en la cama, escuchando el llanto de su madre, sin moverse un milímetro, sin decir una palabra.

—Le ha llegado a los huesos —dijo por fin Molly—. Se ha caído en la cocina... La encontró Juliet. La cosa está muy mal, hijo.

—Voy para allá, ma.

Su madre había añadido las palabras más aterradoras que había oído en su vida:

—Date prisa.

Davey llevaba diez años tocando la batería con una exitosa cantante de country. Dividía sus días entre Nashville, Nueva York y el autobús de la gira. Casey era una artista ganadora de varios Grammys y madre de dos hijos. Cuando grababan disco, vivía en Nashville; cuando salían de gira, él estaba de gira; cuando se tomaba un tiempo libre, se iba a su casa de Nueva York. Solía trabajar con otros grupos cuando los dejaban tirados sus baterías y coincidía que Casey estaba de tiempo sabático; pero lo primero era ella, pese a que él nunca se había imaginado tocando country. «La vida tiene una curiosa forma de repartir las cartas», le había dicho Casey al verlo nostálgico. Se encontraban en medio de una gira extenuante y, como no llenaban todos los conciertos, ella tenía una agenda de promoción muy apretada aparte de las actuaciones casi diarias. Estaba física y mentalmente agotada, y lo último que necesitaba era que el batería la dejara en la estacada.

Cuando llamó a su puerta y preguntó por ella, Casey le dijo que pasara. La encontró tendida en el sofá de su habitación con un paño húmedo sobre los ojos.

—¿Jaqueca otra vez?

—Sí.

—Deberías mirártelo.

31

—A mí no me pasa nada. Qué va, sería un milagro si no tuviera jaqueca permanente. —Se apartó el paño de los ojos—. ¿Qué? —dijo incorporándose.

—Es Rabbit. —Se echó a llorar—. Dios... Lo siento. —Estaba avergonzado por las lágrimas pero no podía parar.

—Ay, Davey, lo siento muchísimo. —Se levantó y lo estrechó entre sus brazos.

—Dicen que va a morirse, Casey.

Su amiga lo consoló como pudo mientras su asistente le compraba un billete en el siguiente avión a Dublín.

—No te preocupes por nada. Quédate todo lo que haga falta. Estaremos aquí esperándote cuando vuelvas.

Davey se lo agradeció: llevaba el suficiente tiempo en la profesión para saber que, por talentoso que fuera un instrumentista, si no eras letrista, eras fácil de sustituir; aunque también era cierto que él tendía a menospreciarse, tanto a él como a su papel en la vida de Casey.

Se habían conocido cuando él trabajaba en una sala de conciertos de Nueva York. Ella era cantautora y él servía mesas a la espera de encontrar un grupo con el que tocar. Era menuda y guapa, y cuando Davey la oyó cantar, aunque le faltaba pulir la voz, supo que tenía algo. Habían hablado un par de veces por hablar, poco más, hasta que una noche un tío le entró y ella lo rechazó amablemente. El tipo insistió, ella siguió diciéndole que no, él le preguntó si era lesbiana y ella le dijo que sí. Él la insultó de algún modo, y Davey intervino y le advirtió que no se le acercara.

—¿Y qué piensas hacer si no?

—No quieres saberlo.

Esa misma noche, estaba sacando más tarde la basura, cuando oyó un grito en la calle. Casey estaba forcejeando con el mismo tipo: la había esperado fuera. Davey lo tumbó de un solo golpe. En esa época ella estaba viviendo en su coche, pero esa noche él la llevó a su piso y le dejó a ella su cama y durmió en el suelo. Llevaban trabajando juntos desde entonces y habían pasado por épocas muy duras. En cierta ocasión, cuando la segunda discográfica le rescindió el contrato, él fue el único miembro del grupo que se quedó. «Somos las tres Ces», le decía ella a veces. Era irreemplazable para ella, formaban una familia por derecho propio.

Lo acompañó hasta la limusina que lo llevaría al aeropuerto.

—Aquí me tienes para lo que quieras. Ya sabes que estoy aquí.

—Lo sé. —Se abrazaron fuerte.

—No hagas que te eche de menos mucho tiempo, ¿me oyes?

Una vez en el avión, se quedó sin hacer nada, sin levantarse del asiento para estirarse ni pegar la hebra con los pasajeros de al lado; tampoco durmió, ni comió ni vio ninguna película, lo único que hizo fue pensar en su hermana y en esa niña precoz tan tierna y divertida que tenía. *¿Qué será de Juliet?* Davey se había perdido gran parte de la corta vida de su sobrina pero, incluso desde bien pequeña, siempre reconocía a su tío. La emoción que mostraba cada vez que lo veía le hacía sentirse especial. Rabbit tenía una foto suya en la pared y le hablaba de él a menudo, pero había quedado patente desde el principio que Juliet y Davey compartían un vínculo muy fuerte. Estaba temiendo verla. *Pobrecilla.*

Cuando el avión aterrizó, solo tuvo que pasar por el control de pasaportes porque no llevaba más que una maleta de mano. Grace estaba esperándolo fuera. Se le empañaron los ojos nada más verlo y ambos se abrazaron con fuerza durante un buen rato.

—Tengo el coche por ahí —dijo ella por fin.

—¿Dónde está Juliet? —quiso saber Davey.

—De momento está en nuestra casa pero ma quiere que esté con Rabbit cuando... —No pudo terminar la frase.

—¿Cómo andan los chicos? —preguntó.

—Ryan está tan loco que tendremos suerte si no nos

33

quema la casa un día de estos. Bernard necesita un aparato para los dientes de tres mil libras si quiere comer alguna vez algo más duro que unas gachas. Stephen ha suspendido en su primer año de facultad y a Jeffrey le han diagnosticado obesidad.

—Uau.

—Sí.

—¿Necesitas dinero?

—No, gracias. Estamos ahorrando una pasta desde que Jeffrey está a dieta.

Sonrió a su hermano y este hizo otro tanto, pero enseguida los dos recordaron que Rabbit estaba muriéndose y borraron la sonrisa de la cara. Permanecieron en silencio durante casi todo el trayecto hasta la casa.

—¿Cuánto? —preguntó.

Grace sacudió la cabeza como si no se creyera lo que decía.

—Semanas.

—Pero…

—Estaba bien. La quimio paliativa iba de maravilla… hasta que la semana pasada se cayó, se le partió el hueso y…

—¿Lo sabe ella?

—Saber lo sabe, pero no sé si lo habrá asimilado. Nos lo dijeron anoche y hoy la hemos llevado a una clínica de cuidados paliativos.

—¿Y ma?

—Ma es ma. Apenas se aparta de su lado. No duerme, no come, no bebe, pero insiste para que todos los demás lo hagamos. Está en forma, luchando. Es ma.

—¿Y pa?

—No habla.

—¿Y tú, Grace?

—No sé, Davey. —Era evidente que hacía lo posible por no llorar.

Cuando llegaron a casa, vieron a su padre al otro lado de

la ventana. Grace sacó su llave para que Jack Hayes no se levantara y solo tuviera que volver la cabeza cuando su hijo entrase en la habitación.

—Pa.

—Hijo.

Se saludaron con la cabeza.

—¿Has cenado? —le preguntó Grace.

—Me he comido una galleta.

—Ahora te preparo algo.

—No, está bien. Esperaré a que venga tu madre.

—Podría llegar tarde.

—Da igual, la esperaré.

—Vale.

Jack miró de reojo a su hijo.

—Tienes buen aspecto.

—Estoy estupendamente.

—Eso está bien. ¿Quieres un té?

—Por supuesto.

—Vale.

Jack fue a la cocina con sus hijos a la zaga. Insistió en preparar él mismo el té, de modo que Grace y Davey se sentaron a la mesa y lo observaron. Había envejecido diez años en dos días. Estaba pálido y parecía de pronto un anciano, tembloroso incluso. Hasta entonces, a sus sesenta y siete años, había parecido joven para su edad. Nunca bebió mucho, no tenía tiempo para fumar y había practicado todo tipo de deportes hasta bien entrados los sesenta. En los años que siguieron le había dado por los bolos y se había convertido en el capitán de su equipo. El hombre que musitaba para sí «¿dónde habré puesto la leche?» no se parecía en nada a su padre. Era una sombra de sí mismo.

Ninguno dijo nada hasta que puso por fin el té en la mesa. Se sentó con ellos pero fijó la vista en la taza.

—¿Cómo van los Estados? —le preguntó Jack tras lo que pareció un silencio eterno.

—No van mal.

—¿Y Casey?

—Está bien.

—El último disco es muy bueno. Lo pongo siempre en el coche.

—Gracias, pa.

—¿Y su querida mujer Mabel?

—Está estupendamente, y los niños también. Todo bien.

—Y la otra historia de Nueva York, ¿cómo va eso?

—Estuve haciendo trabajo de estudio para una joven promesa, un cantante de soul. Tiene talento y buenas canciones, ya es todo cuestión de suerte y de promoción.

—¿Saldrás de gira con él?

—Si no pisa las de Casey.

—Ah.

—Sí.

—¿Cómo está el tiempo?

—He venido desde Boston y allí estaba lloviendo.

—Aquí nevó la semana pasada. Nevando en abril, lo que me faltaba por ver... El fin del mundo está cerca. —Retiró la silla y se levantó—. Voy a echarme un rato. Me alegro de que estés en casa, hijo.

—Gracias, pa.

Cuando se hubo ido, Davey levantó la taza y comentó:

—Conque el fin del mundo...

—Ya ves —dijo Grace, y ambos se terminaron el té en silencio.

Molly

Estaba en la cafetería cuando se encontró con el oncólogo de Rabbit. El señor Dunne, un hombre de cuarenta y pico años, bajo, calvo y en forma, hacía cola acompañado de una mujer de mediana edad con el pelo negro cardado como los roqueros de los ochenta; llevaba un vestido de lana gruesa, medias tupidas con rosas bordadas y rebeca a juego con las mismas flores y unos zapatones de los que solo se ven en documentales sobre pacientes psiquiátricos del siglo pasado.

—Molly, acabo de llegar. ¿Cómo está Rabbit? —El médico cogió una naranja.

—Durmiendo, más que nada.

—Siento mucho no haber podido estar ayer para hablar contigo personalmente.

—Tu amigo no se portó mal.

—Lo siento muchísimo, Molly —dijo.

Supo que lo sentía de verdad, a pesar de ser un hombre que se enfrentaba a la muerte a diario. Intentó sonreír.

—Gracias, todavía no está todo perdido.

El médico miró de reojo a su amiga y de vuelta a Molly; saltaba a la vista que no tenía claro que ella hubiese entendido la gravedad del estado de su hija.

Pero ella captó su inquietud y dijo:

—Bueno, por ahora sigue con nosotros, ¿no?

El hombre pareció relajarse.

—Me pasaré a verla dentro de una hora si seguís por aquí.

—¿Dónde vamos a estar si no?

—Aquí, no hay otra —intervino la mujer de los zapatones.

—Te presento a Rita Brown, trabajadora social del hospital.

—Encantada. Estoy aquí para lo que os haga falta, a ti y a tu familia.

—Gracias —respondió Molly, que se alejó entonces.

Había decidido no tomar té: la barriga estaba jugándole malas pasadas. Buscó los servicios. *Corre, Molly, corre, no vayas a liarla. Es lo que te faltaba, joder, corrientes árticas y tú sin bragas.*

Llegó hasta el aseo de señoras y se pasó un rato con las manos bajo un chorro de agua hirviendo. El jabón era de

37

marca buena, olía estupendamente, no como el líquido anti-bacteriano típico de los hospitales. Se miró en el espejo. Siempre había estado rellenita pero hasta ahora el peso le había sentado bien en la vejez: tenía reseca la piel, antes siempre suave e inmaculada, mientras que los ojos eran dos agujeros excavados en su cara y rodeados de arrugas marca-das. A sus setenta y dos años se preguntó: «¿Cuándo me he hecho tan vieja?». Llevaba muchos años con canas y solía hacerse unas discretas mechas rubio ceniza, pero desde la re-caída de Rabbit y el posterior diagnóstico no había tenido tiempo para nada ni nadie más. Las raíces tenían ya mal as-pecto y su hija no paraba de recordarle que tenía que ir a la peluquería, pero ¿cómo iba a pasarse varias horas pintán-dose el pelo cuando más la necesitaba su pequeña?

No vio entrar a Rita mientras se estudiaba el pelo e inten-taba decidir si sería apropiado llevar gorro dentro de la clínica.

—Puedo mandaros una peluquera a la habitación —le dijo Rita, que sobresaltó a Molly con su aparición repentina.

—No, no, no pasa nada.

—Sí que pasa, Molly.

—Ya, es verdad.

—Vale, entonces luego lo arreglo para que vaya una pe-luquera a su habitación. Ya sería para mañana, ¿te parece? También puede hacerle algo a Rabbit.

—Lleva la cabeza rapada. No volvió a crecerle bien.

—Puede darle un masaje de cabeza.

—Tal vez esté demasiado cansada.

—Bueno, mañana se verá.

—Vale, gracias —respondió ella haciendo ademán de irse.

—Molly —la llamó Rita—: estoy aquí si necesitas hablar.

—Lo tendré en cuenta. —Salió por la puerta.

Cuando volvió a la habitación, Rabbit seguía dormida pero habían llegado Davey y Grace.

—Eh, ma.

—Eh, hijo. —Fue hasta él y lo abrazó con fuerza; soltó una fuerte exhalación mientras le frotaba la nuca—. Todavía no me acostumbro a verte con el pelo corto.

—Hace diez años que me lo corté, ma.

—Parece que fuera ayer. —Miró de reojo a Rabbit en la cama—. Ya mismo se despertará.

—Pa vendrá mañana —apuntó Grace.

Molly asintió.

—Es incapaz. No para de echarse a llorar delante de ella. Si ayer Rabbit no le dijo cien veces que se fuera a tomar por culo, no se lo dijo ni una.

Davey rio un poco.

—Esta familia es de lo que no hay.

Se sentaron, los hijos en el sofá y la madre en el sillón reclinable.

—¿Ha comido pa?

—Está esperándote —contestó Grace.

—Compraré un curry de camino. Por cierto, hablando de comer, ¿cómo lo lleva Jeffrey?

—Muerto de hambre.

—Me recuerda a ti, Grace. Con cinco años comías como una cerda… Por un tiempo incluso pensé que eras medio tonta. Menos mal que era solo gula.

—Gracias, ma, tus palabras son siempre un consuelo. Si quieres puedo prepararle algo a pa.

—No sé si le entrará nada —comentó Davey—. Lo he visto hecho polvo, ma.

—¿Y a los demás no? —Se quedó mirando la cara pálida y cansada de su hijo—. Estamos todos hechos unos espantajos. ¿Cómo quieres que estemos? —Se le empañaron los ojos pero las lágrimas no osaron rodar.

Rabbit se despertó cuando Michelle entró para cambiarle el parche de Fentanyl.

—Aquí está —dijo la enfermera cuando abrió lentamente los ojos—. Han venido a verte tus hermanos.

Estos se levantaron y la miraron con sonrisas forzadas en la cara. Davey hasta la saludó con la mano, como un concursante de un programa de televisión.

—Ostras, tengo que estar muy mal para que mis hermanos se hayan vuelto así de pavos —susurró Rabbit.

—Yo por lo menos no he saludado con la mano —respondió su hermana.

—Vete a tomar por culo, Grace —replicó él con el tono más juguetón que pudo articular.

—Bienvenido a casa, Davey.

—No quiero estar aquí —admitió.

—Ya somos dos.

—¿Cómo va el dolor? —preguntó Michelle.

—Un siete.

—Ya mismo te hará efecto el parche nuevo. Si no, llámame. —Miró su reloj—. Yo me voy dentro de media hora pero te presentaré a Jacinta antes de irme. Te caerá simpática… Cree que canta bien, así que, si quieres echarte unas risas, dile que te cante *Delilah*.

—¿Tan mala es? —preguntó Rabbit.

—A su lado el rellenapollos ese de *Factor X* parece Justin Timberlake, pero hace bien su trabajo y es una buenaza. —Le guiñó un ojo—. Jacinta te cuidará. Por cierto, ¿cómo van las tripas?

—Montándose sus películas.

—Supongo que eso quiere decir que todo bien. Te dejo entonces. —La enfermera se fue.

—Es maja —dijo Rabbit.

—Y guapa —apuntó Grace, mientras su hermano seguía con los ojos el trasero de Michelle.

—Tranqui, que no llevas aquí ni cinco minutos —dijo Rabbit.

—No conviertas a las enfermeras de tu hermana en enemigas o te mato —incidió la madre.

Rabbit rio.

—Eso, así seríamos dos en el hoyo. —Todos enmudecieron en el acto, típico momento de bola del desierto rodando—. ¿Me he pasado?

—Un poco —respondió Grace.

—Por cierto, Davey —Rabbit cambió de tema—, he estado volviendo al pasado.

—¿Y eso?

—Nada, de vuelta al murete, al garaje. Te he visto dándole a la batería, a los chicos entrando con las guitarras, el bajo, el teclado y a Johnny cantando. Te juro que me quedé hasta que le disteis dos vueltas al repertorio.

—Siempre lo hacías. —Cogió la mano arrugada de su hermana en la suya.

—Tirada ahí en el suelo helado, fantaseando con vuestra música... Fue una de mis mejores épocas.

—Bueno, podía ser mucho peor —bromeó.

—En realidad fue estupendo.

Grace aprovechó para sacar el tema de Juliet. Era un asunto delicado y Molly temía la reacción de Rabbit.

—Mañana. Tráela mañana.

—Pero ¿qué le digo? —Grace fue incapaz de disimular el temblor de su voz.

—Dile que su madre la quiere.

—Pero...

—Grace, por favor.

—Está haciendo preguntas.

—Me da igual lo que digan. No pienso rendirme.

A Rabbit se le empañaron los ojos y las lágrimas le brotaron en un torrente como si hubiera estallado una presa en su interior. Pero de pronto empezó a ahogarse y su madre corrió a socorrerla, la incorporó, le frotó la espalda y la calmó.

—Ya está, ya está, mi niña, no se llora más. Pelearemos, pelearemos y pelearemos. —Acarició y besó la cabeza de su hija y, cuando pasó el ahogo, la acomodó de nuevo en la cama

41

y le acarició la mejilla hasta que las lágrimas fueron parando lentamente—. Duérmete un poco, cielo —le dijo, y al instante Rabbit cerró los ojos, dejó escapar un suspiro y se durmió con la misma premura con la que se había despertado.

Grace y Davey estaban horrorizados. Pese a sus cuarenta y seis y cuarenta y cuatro años respectivamente, se quedaron reducidos a meros críos a los pies de la cama de su hermanita pequeña, sin saber qué decir o hacer, deseando con toda su alma que ma lo solucionara todo.

Grace

—¿Lenny? —llamó a gritos a su marido cuando llegó a casa con diez bolsas de la compra.

Jeffrey, su hijo de nueve años, asomó por la puerta del salón.

—Está enfrente viendo el coche nuevo de Paddy Noonan... Bueno, no es nuevo, es de 2008, pero él lo está estrenando. —Cogió una bolsa de las manos de su madre y la dejó a ella con las otras nueve. Miró el interior—. Solo hay verduras —dijo entristecido.

—Ve acostumbrándote a las verduras, porque hasta que no bajes diez kilos no vas a comer ni a oler otra cosa. —Atravesó el pasillo hasta la cocina.

—Eres muy dura —masculló.

—¿Dónde están tus hermanos?

—Stephen no ha vuelto de la facultad. Ryan está en casa de Deco y Bernard está arriba jugando a la consola.

—¡Me cago en...! Se supone que Ryan tiene que volver directamente desde el instituto.

—Me dijo que tenía que hacer un trabajo con Deco.

—Será embustero el muy sinvergüenza —masculló.

Jeffrey se sentó al otro lado de la barra de la cocina mientras ella guardaba la compra.

—Eso mismo he dicho yo, pero pa está atontado.

—¡Deja de mirarme! —estalló Grace.

—¿Qué pasa?

—Estás siguiendo la comida, Jeffrey, y te lo digo, tengo hasta el último bocado contado. Como vea que falta algo, te corro a martillazos.

—Santo Dios, ma, estás fatal. —El crío se bajó del taburete.

—¿Dónde está Juliet? —preguntó.

—Donde siempre.

—¿Está bien?

—Yo qué sé. No me habla.

—Vale. Bueno, ponte el chándal que vamos a ir a correr antes de cenar.

—¿Que qué? —Jeffrey estaba visiblemente horrorizado.

—Ya me has oído.

—No pienso ir a correr contigo.

—Claro que vas a venir.

—Como me vean mis amigos, se van a reír de mí.

—Bueno, esos mismos son los que luego, cuando pierdas peso y les gustes a todas las chicas, tendrán que fastidiarse.

—Las chicas dan asco.

—Sí, dan asco cuando tienes nueve años, pero, cuando tengas trece, será una de las pocas cosas en las que pienses.

—Si soy gay no.

—Pues hijo, si eres gay, con más razón hazme caso cuando te digo que el cuerpo lo es todo.

—¡Eres muy cruel! —chilló.

—Sube esas escaleras y ponte el chándal.

Grace fue al salón y se dejó caer en el sofá al lado de Juliet. El televisor estaba encendido pero la niña no le hacía caso; estaba enfrascada en un libro, que cerró al llegar su tía.

43

Su sobrina se parecía mucho a su hermana a su misma edad, con doce años. Tenía el pelo largo y castaño claro, aunque la niña lo tenía a capas y con más caída. Era delgada como un palo y tenía también cara de muñequita, aunque sin gafas, pero arrugaba la nariz igual que su madre cuando pensaba.

—¿La has visto?

—Sí, ya está instalada.

—¿Cuándo puedo ir a verla?

—Mañana.

—¿Por qué no hoy?

—Está cansada.

—Siempre está cansada.

—Ya, pero mejor mañana, ¿vale?

—¿Cuándo va a volver a casa?

—No lo sé —mintió Grace.

—Yo podría cuidarla.

—No me cabe la menor duda.

—Sé lo que hay que hacer.

—Ya lo sé, bonita.

—Entonces debería estar en casa conmigo. No necesita ninguna casa de reposo.

Era la mentira que se le había escapado a Grace la noche anterior, cuando se encontró sin saber qué decirle a una niña cuya madre acababa de recibir la noticia de que iba a morir.

—Vamos a ver qué pasa mañana.

Juliet asintió.

—Yo lo que quiero es irme a casa.

Grace no dijo nada, se limitó a apartarle el pelo de la cara y a hablar de lo que pensaba hacer de cena. La niña la escuchó por cortesía y luego volvió a su libro.

Salió de la sala a tiempo para ver a Jeffrey bajar con un chándal dos tallas más pequeño.

—Jeffrey.

—¿Qué?

—¿Es una broma?

—Es el único chándal que tengo.

—Vuelve a ponerte los vaqueros.

Encantado, aplaudió.

—De puta madre.

—Es para que corras con ellos.

—Venga, ma, no seas así.

Grace se había puesto ya su chándal cuando Lenny entró en el dormitorio.

—¿Te vas a llevar a Jeff a correr? —preguntó.

—Si está así es por mi culpa, así que tengo que solucionarlo yo.

—Tú no tienes la culpa.

—Soy ansiosa, siempre lo fui y siempre lo seré. Mi madre lo vio a tiempo y no me dejó comer cualquier cosa, y aprendí a tener disciplina. Yo sabía que Jeff era como yo y que le costaba decir que no, pero, en vez de decírselo, he dejado que nuestro pequeño coma hasta empujarlo al borde de la muerte. ¿Qué mierda me pasa?

—Eres una exagerada.

—Prediabetes, Len. Con nueve años y con riesgo de padecer una diabetes de tipo dos, como su abuelo, por no hablar de complicaciones cardiacas, enfermedades renales, ceguera... y todo por mi culpa.

Su marido fue a abrazarla.

—Verás como se soluciona.

—No todo tiene solución.

Lenny comprendió por qué su mujer estaba haciendo tanto drama de la salud de su hijo. Llevaba mucho tiempo aterrada por la idea de perder a su hermana, y ahora la posibilidad se había hecho real.

—¿Cómo está Rabbit?

—Está mal, Len.

Este le dio un beso en la frente a su mujer y le dijo:

45

—Tranquila, mi amor. Haremos lo que podamos por ella.

—¿Y luego?

—Luego nos despediremos.

Grace estuvo cinco minutos largos llorando en silencio sobre el hombro de su marido.

2

Johnny

Rabbit Hayes, a sus doce años, estaba escondida tras el viejo cortinón y las cajas de huevo que forraban la pared del garaje cuando la encontró Johnny, que no apartó la tela y se limitó a sentarse en el suelo a lo indio, como si estuvieran a ambos lados de un confesionario.

—Hola —la saludó él.

Ella no dijo nada durante unos segundos, mientras intentaba calmar sus sollozos.

—Hola —respondió cuando logró detener el llanto.

—¿Qué te pasa?

—Nada.

—Algo te pasa. Tú no lloras por cualquier cosa. —Ella se puso las gafas y se las sujetó en el sitio—. Te oigo pensar.

—No puedes.

—Sí que puedo, así que deja de pensar y empieza a hablar.

Rabbit soltó una sonora exhalación tras la cortina.

—Hay dos niños que están todo el rato metiéndose conmigo. Hoy me han quitado las gafas y me han dicho que si mañana no les doy dinero después de clase me las romperán.

A Johnny no le hizo gracia la revelación de Rabbit.

—¿Qué te dicen? —le preguntó logrando no subir el tono.

—No te lo digo.

—¿Te han hecho daño?

—Me han empujado contra una pared, pero estoy bien.

—¿Desde cuándo te pasa?

—Hace un tiempo.

—¿Quiénes son?

—No te lo digo.

Johnny abrió el puño y luego apartó la cortina y vio a su joven amiga con el uniforme del colegio y las dos rodillas magulladas contra la barbilla, mientras se pegaba las gafas a la cara surcada de lágrimas.

—Tienes que decírmelo.

—¿Por qué?

—Porque los chicos y yo vamos a poner orden.

—No puedo.

—Tú verás, pero o hacemos que se caguen vivos dos chavales de tu colegio o el colegio entero, así que ya puedes desembuchar.

Por un momento tuvo la impresión de que iba a volver a llorar pero no fue así. Rabbit esbozó una gran sonrisa y dijo:

—¿Que se caguen vivos? —Johnny asintió—. ¿Podré verlo? —Volvió a asentir—. Muy buena.

Él la ayudó a levantarse y, mientras caminaban por el pasillo que daba a la cocina, la apretó contra su cadera.

—Tú eres de mi familia, Rabbit, no lo olvides.

Al día siguiente se vieron donde habían quedado, junto al soto de grandes árboles que había a dos minutos de la escuela. Francie y Jay, que también habían acudido a la cita, se dedicaban a lanzar pelotas de golf; el primero tenía un *putter*, mientras que el otro tonteaba con un palo de madera. Los dos niños de doce años aparecieron entonces. El grandullón era Chris, pero no tan grande como los dos de dieciséis con los palos de golf; Eugene era bajo y regordete con puños grandes. Vieron a los dos chicos mayores antes de fijarse en Rabbit, apoyada contra el muro en compañía de Johnny, que estaba de brazos cruzados. En cuanto lo vieron, él arqueó una ceja, guiñó un ojo y miró a sus amigos para darles la señal. Estos respondieron con un resoplido burlón y, acto seguido, antes de que se dieran cuenta, los más pequeños se vieron abordados por dos lunáticos que blandían palos de golf.

Francie le hizo la zancadilla a Chris, lo dejó tumbado en el suelo y luego se montó a horcajadas sobre él y le puso el palo contra la garganta. Jay llevó a Eugene contra un árbol, le metió una pelota de golf en la boca y practicó el *swing* mientras el chico levantaba las manos y se echaba a llorar.

Rabbit lo observaba todo, entre aterrada y encantada.

—No les harán daño de verdad, ¿no? —preguntó angustiada.

—Qué va. Pararán cuando uno de los dos se mee encima.

No tuvieron que esperar mucho. Eugene fue el primero en sucumbir y, mientras la orina le oscurecía la pernera del pantalón de chándal rojo, Johnny sacó una cámara Polaroid de la mochila.

—Di «patata».

Le hizo una fotografía al chico con una pelota de golf en la boca que acababa de hacérselo encima. El del suelo estaba llorando tanto que tenía churretones de barro por la cara. Johnny le sacó otra instantánea. Los mayores sujetaron a los dos pequeños mientras esperaban a que las fotos se revelasen. Luego les quitó el papel protector y dijo:

—Los milagros de la modernidad.

Les enseñó la prueba fotográfica de su humillación. Francie y Jay dejaron que se levantaran. Johnny llamó a Rabbit, que seguía en el muro, y esta se reunió con ellos con paso cauteloso, aún entre asustada y emocionada, el corazón latiéndole con fuerza en los oídos. Johnny le dio las fotografías y ella se las guardó en la mochila del colegio.

Él volvió a dirigirse a los niños, a los que sus amigos tenían sujetos por la nuca.

49

—¿La veis? —les preguntó señalando a Rabbit, y ambos asintieron enérgicamente—. A partir de ahora vuestra tarea será protegerla. Si alguien le pone un dedo encima o dice algo que pueda molestarla, tenéis que solucionarlo o vuestra penitencia será perder vuestras pichas enanas, ¿entendido?

—No podéis hacer eso —protestó Chris con la voz bañada en lágrimas.

Eugene, con la pelota aún en la boca, asintió para hacer ver que coincidía con su amigo.

—Claro que podemos —contestó Francie.

—Y lo haremos —remató Jay.

—Iríais a la cárcel.

—Cinco años por agresión con agravantes, que directamente se quedan en la mitad porque las cárceles están llenas, y luego otra reducción a la mitad por buena conducta.

—Y cuando nos conviene, podemos ser realmente encantadores —apuntó Jay.

—O sea, que un año como mucho. Yo podría cumplirlo hasta haciendo el pino.

—Hay un cursillo en la cárcel que no me importaría hacer —dijo Jay.

Johnny sonrió.

—Un año en una celda con tele propia no es nada, pero toda una vida sin picha… Me da que es demasiado tiempo, chicos.

Los niños volvieron a estallar en lágrimas.

—Vale, lo haremos —concedió Chris.

Eugene corroboró entusiasta.

—Bien.

—Genial.

Francie le dio una palmadita en el hombro al grandullón mientras Jay empujaba al otro hacia delante.

—Ya puedes sacarte la pelota de la boca —le dijo Johnny

a Eugene, que lo intentó pero se le había hundido demasiado—. Ayúdale —le ordenó al otro.

—¿Cómo?

—Metiéndole los dedos. —Jay ofreció una solución
sencilla.

—¡¿Qué dices?!

—Que lo hagas.

—Aj, qué asco, tíos...

—No lloriquees como un puto crío —le dijo Jay.

—Vale, vale. —Chris metió sus sucios dedos en la boca
del amigo—. Está muy hundida.

—Tira desde atrás —sugirió Francie.

—Pero cuidado con los dientes —advirtió Rabbit, que se
acercó por detrás de Johnny.

—Ejo, juidao con o yente —intentó repetir Eugene.

—¿Cómo? —preguntó Chris.

—Ha dicho que «Eso, cuidado con los dientes» —le explicó Rabbit.

—¿No puedes abrirla un poco más, Euge? —Chris
amagó unas arcadas—. Puag, estoy tocándole la lengua.

—Bueno, venga, que me aburro, vámonos. —Francie se
pasó el palo de golf por los hombros y echó las manos por
encima.

Johnny señaló con un dedo admonitorio a ambos chicos
y les dijo:

—Y no lo olvidéis, cuidad de nuestra chica o... —Chasqueó los dedos.

Chris dejó de escarbar en la boca de Eugene lo justo para
asentir. Johnny le sonrió a su joven amiga, que avanzó entre
él y Jay, con Francie a la cola, mientras hablaba ya de las ganas que tenía de comerse una salchicha empanada. Cuando
los gemelos se pararon en la freiduría del barrio, Johnny
acompañó a Rabbit hasta el murete de su casa, donde se quedaron unos minutos viendo a dos perros que se perseguían
por el césped.

—¿Por qué no has traído a Louis y a Davey? —le preguntó Rabbit.

—Louis no tiene estómago para estas cosas y Davey... es que... si se lo hubiéramos dicho a tu hermano, les habría cortado la picha directamente —rio.

—¿Tú crees? —preguntó Rabbit con la nariz arrugada.

A sus doce años no tenía claro que su hermano no fuera a arrojarla debajo de un autobús si se interponía en su camino, y menos aún que fuera a dar la cara por ella.

—Todo el mundo te quiere, Rabbit. ¿Cómo no van a quererte?

Ella se puso colorada y él le tiró de las coletas, se bajó del murete y se fue hacia la puerta lateral. Por entonces los del grupo ya tenían un juego de llaves del garaje. La abrió y le dijo:

—Nos vemos al otro lado, Rabbit.

Y desapareció.

Rabbit

Se despertó dolorida y, por un momento, no supo ni dónde estaba. Lo único en lo que podía pensar era en una agonía tan intensa que tuvo que pedir ayuda a gritos. Cuando la enfermera entró corriendo le vino todo: *Ay, no, que me estoy muriendo.* Jacinta tenía constitución de campesina, metro cincuenta raspado, cara simpática, pecho voluminoso y manos menudas. Miró su historial, se ocupó diligentemente del dolor irruptivo y esperó hasta que Rabbit pudo abrir los puños y respirar con más sosiego.

—¿Mejor?

—Mejor.

—Me alegro. Soy Jacinta, por cierto.

—La cantante.

—Ah, ya te has enterado.

—*Delilah* —dijo Rabbit, que arqueó como pudo su resquebrajado labio inferior.

La enfermera sacó un bastoncillo de glicerina del bolsillo, le quitó el envoltorio y se lo tendió.

—Pruébala.

Rabbit la lamió y se la pasó por los labios.

—Gracias. Así que *Delilah*...

Jacinta miró el reloj, se sentó en el sillón reclinable y acalló un bostezo con la mano.

—Bueno, si te digo la verdad mi favorita es *Forever in Blue Jeans*, pero *Delilah* es la que más me piden. —Rio un poco para sus adentros—. Aunque, puesta a ser sincera, no recibo ni la mitad de los aplausos que me merezco por mi *Wonderwall*. —Bromeaba: sabía que era mala pero le daba igual, y a Rabbit le gustó eso de ella.

—Hace mucho conocí a un cantante —le contó a la enfermera.

—¿Ah, sí? ¿Era bueno?

—Era increíble. Podría haber sido la estrella más grande del mundo.

—¿Qué paso?

—Que me dejó.

—Lo siento —respondió Jacinta, que parecía sentirlo de veras.

—Yo también —dijo Rabbit cerrando ya los ojos.

53

Davey

Fue el primero en irse del hospital. Le costaba horrores quedarse. No sabía qué hacer ni qué decir y era más fácil alejarse. Todavía era demasiado temprano para quedar con los chicos. Francie trabajaba de noche pero Jay nunca decía que no a una cerveza siempre y cuando él cruzara media ciudad para verlo. Cogió un taxi en la puerta de la clínica y llamó a su amigo de camino. Lo notó muy apagado por teléfono; se había enterado del diagnóstico de Rabbit a pesar de haberse mudado lejos.

—Mi madre se encontró a Pauline en una tienda —le explicó—. No sabes cómo lo siento por ti, tío, bueno, y por todos nosotros.

—Lo sé.

—Pero me encantaría verte. —Jay colgó.

Davey llevaba seis meses sin ir a Irlanda, y en aquella ocasión tampoco habían podido verse porque Jay estaba de vacaciones en España con la familia. Se dio cuenta de que hacía dos años que no se veían.

El taxista no le daba conversación, iba escuchando Talk Radio. El locutor intentaba con poco éxito que un político le diera una respuesta directa a una pregunta. De vez en cuando el hombre mascullaba algo a la radio: «Ah, claro, a vosotros os viene muy bien, panda de hijos de perra». O: «¿Dónde están mis dietas para gasolina, eh, cabrones?». Y: «Podéis meteros vuestro impuesto de bienes inmuebles por donde os quepa».

Davey no entró al trapo y se dedicó a ver pasar Dublín por la ventanilla. El sol estaba poniéndose y las aceras se habían llenado de gente trajeada camino del autobús, el coche o el cercanías. Algunos hablaban por el móvil, otros iban con el iPod, había también quienes caminaban en pareja, charlando y riendo. Vio a un tipo que iba tarareando algo para sí al pasar junto al taxi, que estaba parado en un semáforo. Era una tarde de abril más en Dublín. *La vida sigue. Vaya expresión de mierda, siempre la he odiado.*

Jay estaba esperándolo en el pub. En cuanto cruzaron las miradas, se levantó y lo saludó con un gran abrazo de oso. Cuando se separaron, le removió el pelo.

—Se te ve bien, CC.

—Lo mismo digo.

Se sentaron a la barra y Jay pidió dos pintas sin preguntarle qué quería. Entrechocaron las jarras y dieron un sorbo antes de volver a hablar.

—¿Cómo lo lleva? —preguntó Jay.

—Ya la conoces. Aguantando el tirón.

—Qué mierda, tío.

—Así es la vida.

—Bueno, voy a cambiar de tema. ¿Cómo va la buena vida? Cuéntame algo positivo porque me he pasado el día montando el sonido para unos dibujos animados que no hacen nada más que pitidos y silbidos.

—La mierda de siempre.

—Eso no me gusta, he dicho algo positivo.

—Vivo en un puto autobús.

—Sigue sin ser positivo.

—Me aburro.

—Te vas a ganar una hostia.

Davey sacó el móvil y le enseñó una foto de una belleza rubia americana.

—He estado saliendo con ella, nada serio.

—¡Toma ya! ¿Qué edad tiene?

—Veinticinco.

—¿Modelo?

—Aspirante a actriz.

—Quién lo habría dicho… CC en plan machote.

—A mí no me mires.

—A ninguno, no te jode. ¿Te gusta?

—Es buena gente pero —Davey sacudió la cabeza—… no es…

—¿Marjorie?

—No empieces.

—Está separada. Hace años que es oficial.

—No me interesa.

—Y un cojón.

—¿Cómo está la parienta, por cierto?

—Tuvo que chapar el negocio hace tres meses.

—Pobre Lorraine.

—Así está todo el mundo. Ahora va a intentar vender el género por internet. Si funciona, tal vez siga en plan virtual. Ya veremos.

—¿Y los chicos?

—Den se mudó a Canadá el año pasado y está trabajando en Nueva Escocia. Le gusta, dice. A Justine le quedan dos meses para terminar el bachillerato.

—Me siento viejo.

—Porque lo eres... demasiado para esa chica.

—Ya lo sé, ya lo sé.

—Marjorie vive en un piso alquilado en el centro, por cierto.

—Jay...

—Vale, vale, yo lo dejo ahí.

Francie llegó justo antes de la última ronda. Levantó a Davey en volandas y lo zarandeó.

—Qué bueno verte, CC. Mañana voy a ir a visitar a tu hermana, así que esta noche aprovechemos para ponernos al día y disfrutarlo.

—Me parece estupendo.

—Muy buena. —Francie le dio una palmada en la espalda—. Venga, y ahora enséñame la foto de la monada esa, asaltacunas.

—¿Cómo lo sabes?

Jay levantó el móvil.

—Se llama iPhone —agitó los dedos en el aire—, y a esto se le llama dedos, Colombo.

Estuvieron otra hora charlando en el pub y luego pasaron a comprar patatas fritas, como en los viejos tiempos. En la cola la descripción en profundidad de la vasectomía de Francie hizo que a Davey se le saltaran las lágrimas de la risa.

—Tenía los huevos como dos ciruelas.

—Ciruelas podridas —apuntó Jay.

—¡Y después dicen de *El color púrpura*! ¿A mí no me dan un Oscar o qué?

—Nunca he visto nada igual. Se te quitan las ganas de todo.

—¿Se las viste?

—No paraba de enseñármelas. —Jay parecía realmente conmocionado por la viveza del recuerdo.

—Ya se sabe lo que dicen… compartirlo ayuda —bromeó.

Davey podía estar horas oyendo sus tonterías. Eran tronchantes; estar con los chicos era de las cosas más divertidas que había tenido en su vida. En los pocos años en que fueron un grupo lleno de esperanzas y promesas, rio y amó más de lo que lo había hecho en todos los años siguientes. Llevaba una buena vida, había cumplido sus sueños, ganaba mucho dinero y tenía unos amigos de puta madre. Sobre el papel, había triunfado, pero siempre que volvía a Irlanda recordaba la vida a la que había renunciado. *¿Sería más feliz aquí? ¿Me habría casado con una mujer a la que querría y me querría? ¿Sería padre? ¿O estoy destinado a vivir una vida con un agujero dentro?* Miró a sus dos amigos, que comían patatas, gesticulaban y se daban codazos en una mesa demasiado pequeña para ellos. Pese a las circunstancias terriblemente trágicas de su viaje, a su estado actual de conmoción y al dolor lacerante que, a cada minuto que pasaba, se acercaba más, esa noche, por un breve espacio de tiempo, Davey Hayes recordó lo que era ser feliz.

Jack

Había asistido al parto de su benjamina, y fue el único del que fue testigo, aunque no por decisión propia. En la Irlanda de los años setenta no era común que el padre estuviera presente en el paritorio. No se hacía, simplemente. Las

ANNA MCPARTLIN

mujeres daban a luz mientras los hombres esperaban en el pub rodeados de amigos, entre pinta y pinta y con los puros preparados. El día que nació Grace, él fue a ver un partido de fútbol en el barrio, se dio una comilona con los colegas y luego se tomó dos pintas en el pub. A las diez menos diez el camarero contestó al teléfono y anunció al pub entero que Jack Hayes era el orgulloso padre de una niña de tres kilos cuatrocientos gramos. Todo el bar lo celebró, y Jack invitó a tantas rondas que Nicky Morrisey, el peluquero del barrio, tuvo que llevarlo a su casa.

El de Grace había sido un buen parto para Jack. El de Davey no tanto: les había dado un pequeño susto al final del embarazo y Molly había tenido que pasar las dos últimas semanas en el hospital, con lo que Jack había tenido que cargar con Grace.

Para entonces sus padres habían muerto; el padre de Molly había muerto cuando ella era una cría y la madre estaba como una cabra y no se la podía dejar con una niña de dos años. Si faltaba su madre, Grace solo tenía a Jack, incapaz de lidiar con una cría tan testaruda. El día que Molly entró en el paritorio se pasó horas corriendo detrás de la niña para que se cayera rendida después de cenar. Se pelearon por unas barritas de pescado: a la cría le dio una pataleta y se quedó dormida a los cinco minutos de que la encerrara en su cuarto y la amenazara desde el otro lado de la puerta con irse y dejarla allí sola. La matrona llamó a casa para darle las novedades de su hijo, de dos kilos setecientos. Le dio las gracias, se hundió en el sofá viendo *El santo* en la tele y se quedó dormido antes de la primera tanda de anuncios.

Con Rabbit fue distinto. La niña tenía tanta prisa por llegar al mundo que su mujer le insistió para que se saltara el semáforo en rojo.

—Si es seguro, ¡sáltatelo! —chilló.

—¿Estás loca, mujer?

—Está viniendo, Jack.

—Vamos, Molly, ¿es que no puedes esperar ni un minuto? No me creo que no seas capaz.

—Ah, vale, entonces, ¿cruzo las piernas y ya está?

—¿Funcionaría? —Albergó una esperanza pasajera.

—No me obligues a pegarte —dijo Molly, que acto seguido le gritó que parara donde fuera.

—Virgen Santa, Molly, ¡aguanta un poco, aguanta! —chilló mientras doblaba por el aparcamiento de un concesionario Ford que había en una bocacalle de Drumcondra Road.

Era casi la hora de comer y estaba vacío salvo por un vendedor y un muchacho con los ojos muy grandes que estaba limpiando los coches, hasta que el Ford Escort de Jack pasó a su lado, le tiró el cubo del agua y a punto estuvo de aplastarle los pies. El vendedor, un tal Vincent Delaney, salió corriendo de la oficina para encontrarse con las partes pudendas de Molly y los gritos de Jack:

—¡Se le ve la cabeza!

Vincent se desmayó en el acto. Cuando volvió en sí, Jack tenía a Rabbit en brazos y Molly se había tapado con el abrigo. Su mujer ordenó al vendedor que llamara a una puta ambulancia. Jack quería a todos sus hijos por igual, pero mentiría si no admitiera que el día que trajo a su pequeña al mundo no había sido el mejor de su vida.

La primera vez que le diagnosticaron el cáncer de mama leyó todo lo que había que leer sobre el tema y confió en que se recuperaría, cosa que hizo, hasta que tuvieron que quitarle el otro pecho. Eso tampoco importaba —Rabbit podía vivir sin pechos—, pero entonces apareció también en el hígado y él se preocupó porque Google se lo dijo, pero los médicos parecían convencidos de que todavía podían vencerlo, hasta que se lo encontraron en los pulmones. Fue entonces cuando empezaron a hablar de vivir con el cáncer y mantener a raya la enfermedad, y todavía incluso conservaban la esperanza. Millones de personas vivían con cáncer, les dijeron. No es ideal pero es vida, y Rabbit es una luchadora nata. Pero entonces se cayó en la cocina y se le partió un hueso y la pobre Juliet la encontró hecha una pena. A la hora de ingresarla, ya sabían que le había llegado a los huesos, lo que suponía el principio del fin. A su hija se le había roto una pierna y ahora iba a perderla para siempre. De haberse quedado en la UVI, seguro que habría habido algo que hacer, pero trasladarla a cuidados paliativos significaba que habían tirado la toalla.

Había sido como un mazazo en la cabeza. Jack era incapaz de pensar claro porque, de lo contrario, habría tenido que pensar en lo impensable. *Vamos a perderla. Se nos va. Se acabó…* Y eso era simple y llanamente imposible. *De ninguna manera, mi niña no. No lo pienso permitir. NO VOY A PERMITIRLO.* Tras el silencio de la conmoción inicial, había vuelto al hospital y se había peleado con todo médico y enfermera que se le había puesto por delante y había intentado hablar con él. Les había suplicado que la dejaran ingresada y que probaran cualquier cosa, aunque fueran tratamientos experimentales, si era necesario. *Por mí, como si le ponen huesos de vaca, si creen que puede servir de algo.* Solo quería que siguieran haciendo lo que llevaban haciendo cuatro años, pero ellos querían parar, y encima Molly pensaba consentirlo. Se había casado con una guerrera que había luchado en las calles por el derecho a un trabajo digno después de casarse; había convencido a un hombre para que se bajara de un alfeizar estando de voluntaria en el hospital psiquiátrico del barrio; había perseguido a un atracador por toda una calle y lo había reducido al suelo con una bolsa de naranjas. No podía entender que no luchara por su propia hija. *Tenemos que pelear por la niña, Molly. Tenemos que darle una solución. No podemos dejarla tirada. Es nuestro deber, por el amor de Dios.*

Jack no había vuelto a hablar con su mujer desde que vio a Rabbit firmar los papeles de la clínica de cuidados paliativos, y Molly no se había dado ni cuenta: estaba demasiado ocupada llevando a su hija al matadero. Cuando regresó a casa esa noche, había comprado un curry, y en vez de hablarle de Rabbit, se había puesto a parlotear y a sugerirle que saliera a andar para desfogarse. *Pero ¿cuál es el plan? ¿Cuándo vamos a retomar la lucha?* Su mujer se había sentado en la silla y no había tardado en quedarse dormida, mientras él tiraba el curry a la basura y subía a la planta de arriba. Se había echado en la cama, a solas en la oscuridad, con los ojos escocidos que miraban fijamente el techo y un cerebro tan lleno de rabia que le dolía. *¿Por qué permites que pase esto, Molly? ¿Quién eres tú, si puede saberse? ¿Qué has hecho con mi mujer? No puedo pelear por ella sin ti, Molls. Por favor, ayúdame, por favor.*

Juliet

Oyó que la puerta de entrada se abría y se cerraba con cuidado poco antes de la medianoche. Bajó el volumen del televisor hasta dejarlo prácticamente sin voz, con la esperanza de que Stephen se fuera a su cuarto sin pasar a verla, pero pudo oír el clic de la puerta del salón y como entraba de puntillas. Estaba incorporada, era demasiado tarde para hacerse la dormida.

—Hola.

—Hola.

—Las ventajas de dormir en un salón. —Lo decía por la tele.

—Sí, bueno… —El sofá estaba abierto en cama y tenía una montaña de mantas encima.

Stephen se sentó en el sillón de la esquina.

—¿No duermes?

—No.

—Es chungo cuando no estás en tu casa.

—Ya.

—Siento lo de tu madre. Ojalá pudiera hacer algo.

—Gracias, pero es solo una pierna rota. Ya ha pasado por cosas peores.

Stephen asintió y luego cambió de tema.

—¿Tienes hambre?

—Es tarde.

—Acabo de pasarme doce horas estudiando, para intentar compensar haberme tirado el año entero bebiendo birras y persiguiendo a una chica que se llama Susan en vez de ir a clase. Estoy cansado y cabreado conmigo mismo, con el mundo y con la imbécil de Susan, que no sabría lo que es bueno ni aunque le mordiera en la nariz. Cuando estoy cansado y cabreado me gusta comer.

Juliet sonrió abiertamente. Stephen era guay, y ella también se sentía cansada y cabreada. Cansada porque siempre le había costado dormir cuando su madre estaba en el hospital, y enfadada porque no entendía por qué su tía había insistido en que durmiera en el sofá, rodeada de los colgados de sus hijos, en vez de dejar que se quedara en el cuarto de invitados de la abuela. Además, pese a los intentos de Grace, no había comido más que una barrita energética en todo el día.

—Venga, tengo hambre.

—Sígueme. —Stephen se levantó y salió del salón.

Ella se puso las zapatillas de estar en casa y el camisón y lo siguió hasta la cocina, donde su primo se puso a freír salchichas y a hervir agua.

—No hay nada como un bocadillo de salchichas a medianoche —dijo mientras ella se acomodaba a un lado de la barra.

—¿Hay kétchup?

—¡Pues claro! ¿Por quién nos tomas?

—¿Por qué decidiste hacer ingeniería? —le preguntó.

—Me compraron un mecano cuando tenía diez años y me obsesioné. Desde entonces no he querido hacer otra cosa.

—¿Y entonces por qué te has pasado el año bebiendo cerveza y persiguiendo a Susan?

—Porque soy tonto. —Juliet rio un poco—. ¿Y qué me dices de ti? ¿Sabes ya lo que quieres hacer?

—Científica.

—¿Cuál es la idea, construir cohetes o hallar una alternativa al agua?

—Ayudar a encontrar la cura para el cáncer —dijo.

Stephen se quedó como cortado y por un momento pareció que iba a echarse a llorar. Sin embargo, en vez de eso, cogió el pan de molde y untó de mantequilla cuatro rebanadas. Luego sacó las salchichas de la sartén y puso dos en cada pan, las embadurnó de kétchup y las tapó. Partió los bocadillos por la mitad, los colocó en los platos y le tendió uno a Juliet. Después le dio un buen bocado al suyo y dijo:

—Huuum.

Alentada por el gesto, Juliet dio un mordisco.

—Está muy bueno. Si lo de la ingeniería no te va bien siempre puedes trabajar en una bocatería o comprarte un puesto de perritos calientes.

—Ja, ja. Me irá bien aunque tenga que rezar, pedir prestado o robar.

—O estudiar.

—O estudiar.

—Vale.

Llevaba más de sesenta segundos sin pensar en su madre: había sonreído, disfrutado del bocadillo e incluso reído. Por primera vez en días Juliet Hayes vivía el momento presente.

—Sabes que eres mi prima favorita.

—Soy tu única prima —le recordó.

—Hablando de eso, ¿tú crees que el tío Davey es gay?

—Qué va, para nada.

—¿Por qué estás tan segura?

—Porque lo pillé en la cama con la mejor amiga de mi madre, Marjorie, cuando tenía diez años.

—¡Noo!

—Me dijeron que estaban saltando al burro.

De la risa Stephen estuvo a punto de atragantarse con el bocadillo y Juliet se unió a la chanza. *Ma, perdona, lo siento. Espero que estés bien, te echo de menos. Te quiero. Vuelve a casa conmigo.*

SEGUNDO DÍA

3

Molly

Se despertó en la silla. Estaba agarrotada y helada, y cuando oyó a Davey trastear por la cocina, no supo con claridad si era de noche o de día. Se levantó, se desperezó, estampó el pie contra el suelo varias veces —se le había dormido la pierna— y esperó a que pasaran los pinchazos y el entumecimiento. Después se dirigió hacia el ruido y al entrar en la cocina vio que su hijo había encendido el hervidor.

—¿Qué hora es?

—Las nueve o así.

—¿Por qué no me has despertado? Tendría que estar con Rabbit.

—Tendrías que estar en la cama. Siéntate, ma, que te voy a hacer el desayuno.

Obedeció. Estaba agotada, rendida y hecha polvo.

—¿Dónde está pa?

—Lleva metido en su cuarto prácticamente desde que llegué.

—No puede con esto —masculló.

—Ninguno podemos.

—Necesita tiempo para hacerse a la idea. Cada uno lidia con las cosas a su manera.

Su hijo le tendió una taza de té y luego le puso por delante una tostada y un cuchillo.

—Ponte mantequilla y cómetela.

Alzó la vista y lo miró.

—Vale. Gracias, hijo.

Este fue a sentarse al otro lado de la mesa.

—¿Cómo lo llevas, ma?

—No sé. No paro de pensar en qué se nos ha podido pasar. A lo mejor todavía nos espera un milagro.

—Creo que ya llevamos demasiado tiempo esperando eso, ma —dijo con tristeza—. Y solo nos lleva a la frustración y el sufrimiento.

—Pero Rabbit sigue viva —susurró Molly—. Si sigue con nosotros significa que aún hay esperanza.

Se enjugó una lágrima que se le había escapado del arsenal que tenía por dentro y luego le dio un mordisco a la tostada. Masticar y tragar los bocados parecía costarle un esfuerzo mayúsculo, pero lo hizo como si fuera un desafío que no pudiera perder.

—Tenemos que estar todos fuertes —dijo levantándose con el plato en la mano.

Pero Davey se lo quitó y le dijo:

—Ve a darte una ducha, ma. Yo me encargo de todo lo demás.

—Eres una buena persona. Siempre fuiste bueno, un papanatas pero bueno. Estoy muy orgullosa de ti, Davey.

Salió de la habitación y subió las escaleras cogida de la barandilla. Sentía las piernas cansadas y vencidas.

La luz entraba en el cuarto por la ventana que daba al parque. Su marido seguía tendido en la cama, de espaldas a ella. Sabía que estaba despierto porque no roncaba y se le veía demasiado tenso para estar durmiendo. Ni él habló ni ella tenía nada que decir. En lugar de eso, se acercó a la ventana y fijó la vista en el parque, donde dos niños jugaban a pillar con un lobero irlandés que era más grande que ellos.

Había pasado muchos años viendo jugar a sus hijos y a sus nietos desde esa misma ventana, pero esos niños con el perro le recordaron una tarde de verano en concreto en que Davey y su hermanita Rabbit estaban tendidos sobre una manta vieja, con las gafas de sol puestas, y mirando al cielo.

—Es como si estuvieras drogada, ma —le había dicho Rabbit cuando ella cruzó la calle para ver qué tramaban sus hijos.

—Estoy viendo agujeros negros —le dijo Davey moviendo las manos en el aire.

El sol todavía estaba bastante alto, y Molly pensó que no podía ser muy bueno para la vista, sobre todo de Rabbit, que ya tenía problemas oculares.

—No me gusta, podéis haceros daño —les dijo.

—Tiéndete aquí a mi lado y lo ves por ti misma, ma.

Molly siempre había sido una mujer bastante razonable; nunca fue de esas madres que mandaban a sus hijos hacer o dejar de hacer algo «porque lo digo yo».

Aceptó la invitación de su benjamina. Los niños se echaron a un lado y se tumbó a su lado en el suelo, con las gafas de sol puestas.

Sintió el calor en la cara y tuvo que parpadear varias veces, pero al final consiguió hacerse a la luz. Sentaba bien, aunque tenía que entrecerrar un poco los ojos.

—Tardas un rato en parecer drogada —le explicó Rabbit.

—¿Cuánto? Tengo la tetera puesta.

—Unos cinco minutos —contestó Davey.

—Ay, pero es que no tengo cinco minutos y no paran de cerrárseme los ojos. No me gusta.

—Espera un minuto más, ma —insistió Rabbit.

Se estaba bien sobre la tierra caldeada, de modo que esperó otro minuto, en parte para complacer a su pequeña y en parte porque le daba pereza levantarse. Pero después pasó algo de lo más extraño: sintió que levitaba en el aire y que ascendía hacia el cielo azul. La sensación fue tan real que tuvo que agarrarse con fuerza a la manta. Se le aceleró el corazón y se incorporó.

69

—¡Jesús, María y José! —gritó y los niños se incorporaron también.

—¿Qué?

—¿Estás bien, ma? Cualquiera diría que has visto un fantasma —le dijo Rabbit.

—¡Más bien yo era uno! —exclamó alarmada mientras se ponía en pie como podía.

—¿El qué? —quiso saber Davey, visiblemente confundido por la reacción de su madre.

—¿No habéis sentido como si abandonarais vuestro propio cuerpo? —les preguntó.

Rabbit y Davey se miraron entre sí y luego a su madre. Ambos sacudieron la cabeza y le dijeron que no.

—¡Vale, estupendo! Venga para arriba… ¡arriba! No volváis a hacerlo.

Mientras cruzaba la carretera de vuelta a casa, oyó que Rabbit le decía a su hermano:

—Para mí que a ma se le está yendo la pinza.

Y en su momento Molly se preguntó si su hija no tendría razón.

Rio con el recuerdo. Quizá sí que se le había ido la cabeza por unos instantes, o tal vez estaba cansada o sobrepasada o había tomado demasiadas pastillas para la jaqueca. Se preguntó qué vería o imaginaría ver si ese día mirase directamente al sol. Se estremeció al pensarlo. La calidez del recuerdo se disipó y la dejó fría.

Cuando se apartó de la ventana, su marido ya se había incorporado en la cama.

—Deberías venir hoy a la clínica —le dijo.

—¿Para qué? ¿Para estar allí de espectador, en primera fila? Podríamos cobrar entrada. —Jack no solía ser sarcástico y no le pegaba nada.

—Yo me voy para estar con nuestra hija, que nos necesita —dijo al rato Molly.

—Eso mismo, nos necesita y ¿qué es lo que hacemos nosotros? Nada, no hacemos nada. Eso es todo lo que hacemos.

—¿Qué quieres de mí, Jack?

—Quiero que pelees, como siempre has peleado.

—Estoy peleando.

—No, te has rendido. Renunciaste a todo desde el momento que la llevaste a ese sitio.

—¿Cómo te atreves a decirme eso?

—Ni siquiera lo discutimos. —Estaba gritando y tenía la cara roja y los puños cerrados.

—¿Y qué querías que discutiésemos? —le respondió Molly con un gruñido.

—Nuestra pequeña Rabbit se está muriendo y, en teoría, deberíamos protegerla, Molly. ¿Por qué no estamos haciendo todo lo que podemos para salvarla?

Ella se quedó clavada en el sitio. Le dolía el pecho, tenía la barriga revuelta y la mente le daba vueltas de campana. Necesitaba sentarse: sus piernas amenazaban con ceder. Se acercó a la silla. Debía de tener la cara muy pálida porque su marido, a pesar de la rabia, saltó de la cama, cogió al vuelo el taburete del tocador y la ayudó a sentarse. Se llevó la cabeza entre las manos y pensó en lo que acababa de decirle su marido mientras él esperaba su respuesta. *Lucha por ella, Molly, por el amor de Dios. Si tú no lo haces, nadie lo hará.*

Levantó la vista y miró a su marido a los ojos y le contestó en voz baja pero firme:

—Como vuelvas a acusarme de dar por muerto a uno de mis hijos, te clavo un cuchillo de trinchar. —Se levantó y cogió la bata.

—¡Molly! —gritó Jack a su espalda—. ¡Por favor! —Se le quebró la voz—. ¡Te lo suplico! Sácala de esa casa de muertos, Molly.

—Que te den.

Salió al rellano de la escalera intentando reprimir las lágrimas de rabia y frustración. *¿Cómo te atreves, Jack Hayes? ¿Cómo has podido?*

71

Davey había subido.

—No lo piensa de verdad, ma.

—Sí que lo piensa.

—Venga, por favor, lo único que ha dicho es...

—Que yo tengo la culpa.

—Eso no es así.

—Es justo así. Es un cobarde, se pone a lloriquear delante de ella, rehúye la responsabilidad y me la deja toda a mí, y luego encima va y me juzga por cómo lo hago. ¿Qué coño se cree? —Se fue al baño y cerró de un portazo. Pero entonces la abrió, volvió al pasillo y chilló con toda su fuerza—: ¡No me he rendido, Jack Hayes, y no me rendiré nunca!, ¿me oyes?

Volvió al baño, cerró la puerta y lloró hasta que no pudo más.

Rabbit

Odiaba que la asearan en la cama.

—Ay, por favor, lléname una bañera —le rogó a Michelle.

—¿Seguro? —le preguntó la enfermera con las manos enguantadas en las caderas.

—Me gustaría flotar un rato.

—Vale, pero me quedo contigo.

—De acuerdo.

—Bien.

—Me puedes contar tus penas.

—Yo no tengo de eso. —Michelle rio—. Soy la mujer con más suerte del mundo.

—Todos tenemos penas. Venga, no seas así.

—Déjame que lo piense.

—Tienes tiempo hasta que se llene la bañera.

—Vaya, veo que eres una mandona.

—No lo sabes tú bien —contestó Rabbit con una sonrisa.

Y

Estaba echada en una bañera de burbujas con los ojos cerrados y una toallita sobre el pecho huesudo. El agua le llegaba por la barbilla.

—No vayas a escurrirte —le dijo Michelle, que bajó la tapa del váter para sentarse.

—Cuéntame tu vida.

—Le pedí a mi novio después de cinco años que se casara conmigo y me dijo que no.

Rabbit abrió los ojos.

—¿Y?

—Y me dijo que había conocido a otra.

—¿Y?

—Seguimos viviendo juntos, en habitaciones separadas.

—¿Y eso?

—Porque compramos una casa que no valía ni la mitad de lo que pagamos y, aunque la alquiláramos, no tendríamos ni para una cuarta parte de la hipoteca.

—¿Y la otra?

—Comparte cuarto con él varias veces a la semana.

—Ostras, qué horror. No es tan horrible como un cáncer de estadio cuatro pero es una buena jodienda.

—Gracias por tu apoyo.

—¿Y estás saliendo con alguien?

—Me acosté con un ex a la semana de romper pero fue una pesadilla… no una pesadilla de estadio cuatro de cáncer pero una buena jodienda. —Michelle la remedó y la hizo reír.

—¿Te gusta alguien?

—No, ¿y a ti?

—El señor Dunne no está mal.

—¡Auch! Prefiero no imaginármelo.

—Bueno, es que últimamente no salgo mucho —dijo Rabbit como excusándose—. Además, es buena gente, tiene tacto. Lleva conmigo desde que empezó toda esta historia.

Estuvieron un rato calladas, ambas cómodas en el silencio; ninguna tuvo la necesidad de rellenar el vacío con palabras inútiles. Al cabo de unos diez minutos, Rabbit abrió los ojos de nuevo y se incorporó ligeramente.

—No tengo pensado morir.

—Ya lo sé.

—Estoy empeñada en salir de aquí.

—Bien.

—Crees que no puedo.

—Conozco a diario gente de lo más extraordinaria, Rabbit; hombres, mujeres y niños que sobreviven días, semanas, meses y años contra todo pronóstico. No doy nada por hecho.

—Gracias. —Rabbit cerró los ojos y volvió a sumergirse en la bañera—. Se está divinamente. Podría quedarme aquí toda la vida.

Cuando empezó a costarle mantener la cabeza erguida y le entró sueño, con el peligro de resbalar bañera abajo, Michelle la aupó, la envolvió en toallas calientes y la llevó al cuarto en la silla de ruedas. Le puso un pijama limpio y suave que olía muy bien y la ayudó a meterse en la cama. Le administró la medicina para calmar el dolor y la arropó.

—Ma no tardará en llegar.

—¿Y qué pasa con tu padre? —le preguntó Michelle.

—Creo que le da miedo venir.

—Es comprensible —dijo Michelle, pero Rabbit no respondió.

—Y Juliet.

—¿Quién es?

—Es mi niña.

—¿Qué edad tiene?

—Doce.

—¿Y el padre?

—Un tonteo con un australiano que ni siquiera sabe que tiene una hija.

—Vaya, las matas callando.

—Una vez intenté localizarlo por Facebook pero o está muerto o vive en una cueva. Por eso no puedo dejarla sola, todavía no. —Se le estaban cerrando los ojos y tuvo que hacer un gran esfuerzo para mantenerlos abiertos para seguir con su argumentación—. No pienso moverme de aquí. No contéis con mi habitación. —Estaba tan cansada que le bailaban las palabras.

—A ver si es verdad —respondió Michelle—. Anda, duerme ahora un poco. Necesitas coger fuerza para cuando llegue tu familia.

Rabbit se quedó dormida antes incluso de que Michelle llegara a la puerta del cuarto.

Cuando se despertó más tarde, se encontró con una peluquera, una chica alta llamada Lena, originaria de Rusia, que estaba haciéndole las mechas a Molly. Michelle la incorporó para que pudiera ver. Davey se puso a leer el periódico en voz alta y a refunfuñar porque el único artículo que les interesaba a su madre y a su hermana era sobre una novelista con el corazón roto porque su marido la había dejado por su hermana.

—Eso no se perdona —dijo Molly.

La rusa se mostró de acuerdo:

—Yo metía tiro cada uno.

—Yo he leído dos de sus novelas, y es buena.

—Bueno, por lo menos podrá escribir un libro con la historia.

—Éxito —apuntó la peluquera.

—No hay mal que…

Estuvo bien, con Davey leyendo el periódico y refunfuñando, su madre arreglándose el pelo, la peluquera contándoles sus vacaciones en España. Durante un rato cundió la normalidad, como si las cosas hubieran vuelto a ser lo que

eran. Rabbit se recuperaría y se iría de allí. Volvería a trabajar y criaría a Juliet. *Todavía puede ser.*

Su madre tenía mucho mejor aspecto con el pelo arreglado. Lena incluso la había animado a maquillarse un poco,
y le había dicho que le favorecerían una sombra de ojos más
oscura y un pintalabios en color carne. La obedeció frente al
espejo mientras Lena le daba un masaje de cabeza a Rabbit y
Davey seguía con la sección de economía.

—Vale, ¿qué preferimos? ¿«El gobierno pone esperanzas en el acuerdo con los bancos», «La política del pelotazo
tiene los días contados» o «Admisión tácita: la austeridad
no funciona»?

—Yo sigo sin saber lo que es una nota promisoria —admitió Rabbit.

—FMI, MEDE, notas promisorias, austeridad… Todo eso
solo significa una misma cosa: la muerte de la democracia irlandesa y de las clases medias —dijo Molly—, y que esos cabrones del gobierno son demasiado tontos, cobardes y co-
rruptos para hacer nada al respecto. Tendríamos que volver
a implantar la horca.

—Por Dios, ma, tú no te cortes —dijo Davey, y Rabbit y
Lena rieron.

Grace llegó con Juliet vestida con el uniforme del colegio
poco después de las cinco. Su hermana estaba agobiada y su
hija angustiada.

—Tienes buen aspecto, ma —le dijo su pequeña con voz
algo temblona pero sin borrar la sonrisa forzada de la cara.

Rabbit le dio un abrazo largo y luego le besó la coronilla
y le susurró tres palabras al oído. Grace no dijo nada durante
el saludo. Cuando Juliet la soltó por fin, para aliviar la tensión antes de que alguien se echara llorar, Rabbit le dijo a su
hermana:

—Venga, anda, cágate en el tráfico, que te conozco.

Grace obedeció diligentemente.

—Más de una hora para dejar a Jeffrey en la clínica para

la analítica. Si hubiéramos ido andando habríamos llegado antes, y no te cuento ya para cruzar el río hasta aquí.

La niña rio.

—La tita ha llamado «hijo de cuervo» al de un BMW. —Juliet se recostó en la silla y se quedó con los pies colgando.

Rabbit sonrió a su hija.

—Conque hijo de cuervo, ¿eh?

Juliet asintió y se torció la nariz hacia abajo.

—La tenía así.

Rabbit rio para sus adentros. Le encantaba ver a su hija comportándose como correspondía a su edad.

Grace levantó las manos en alto.

—Detenedme, soy una mala persona.

—¿Cómo está Jeffrey? —le preguntó a su hermana.

—Bien. Lo hemos pillado a tiempo.

—Me alegro —contestó Rabbit, y todo el cuarto deseó en silencio que con ella hubiera pasado lo mismo—. ¿Cómo va la dieta? —preguntó entonces sonriendo para sus adentros porque sabía que su sobrino no aguantaría mucho tiempo.

—Amenaza con escaparse de casa.

—No te preocupes, no llegaría muy lejos —bromeó Molly, y Davey rio.

—No tiene gracia —replicó Grace—. Ryan, el muy puñetero, no deja de llamarle «gordopapas» y juro por Dios que como Stephen cuente otro chiste de gordos me lo cargo.

—Ya ha perdido casi un kilo y medio —informó Juliet a Rabbit.

—Eso está muy bien.

—Sí. ¿Y tú cómo estás, ma?

—Muy bien —mintió Rabbit.

—¿Cuándo vas a volver a casa?

—Todavía no lo sé, gazapilla.

Cuando nació Juliet, el abuelo anunció que Rabbit había tenido una gazapilla, y aunque no se le había quedado como mote, sí había cuajado como apelativo cariñoso. Su hija retiró una silla y la acercó todo lo posible a la cama. Se sentó, cogió la crema hidratante del armarito, la abrió y empezó a untar la mano derecha de su madre.

—Yo puedo cuidarte. Me sé las medicinas y podemos convertir el comedor en un cuarto si no puedes subir las escaleras.

—Tú siempre me has cuidado —le dijo Rabbit apartándole el pelo de la cara con la mano libre.

—Entonces vámonos a casa —contestó Juliet.

—Tienes colegio.

—Puedo tomarme una semana libre o levantarme supertemprano para hacer lo que haga falta… y podemos pedirle a la señora Bird que venga cuando yo no esté. Podría dejarle la lista de las medicinas y yo estaría en contacto con las dos por teléfono. A Jane Regan la echaron del trabajo hace dos semanas, así que se pasa el día en casa.

—Has pensado en todo —le dijo a su hija.

—¿Entonces?

—Entonces vamos a ver cómo estoy la semana que viene.

Por un momento la niña pareció que iba a echarse a llorar pero entonces forzó una sonrisa y asintió.

—Vale —dijo, y estrujó el bote para sacar más crema y masajearle la otra mano.

Los demás no decían nada. El peso de las mentiras de Rabbit recaía sobre los hombros de todos… Pero tal vez tuviera razón, quizá mejorara, a pesar de todo lo que había dicho el médico. Al fin y al cabo solo era un especialista, no Dios.

Cuando le trajeron chuleta de cerdo para comer, Juliet se la cortó en trozos pequeños.

—Pruébala un poco con patatas, ma.

Rabbit obedeció pero no pudo tragar más de tres bocados.

—Muy ricas —dijo, lo que pareció satisfacer a Juliet.

—¿Quieres el helado? —preguntó esta quitándole la

tapa a la tarrina. Rabbit sacudió la cabeza: estaba llena. Juliet levantó el postre y preguntó—: ¿Quién quiere helado?

Grace y Davey levantaron la mano. Juliet miró a su madre.

—Tengo el poder —le dijo, y Rabbit sonrió.

—Venga, dáselo a tu tía —dijo Davey.

—Anda, sí, que estoy a base de verduras con Jeffrey.

Los demás rieron.

—Ja, ja —dijo Grace cogiendo el helado y la cuchara—. Me va a saber a gloria.

Juliet miró a su madre con una sonrisa cómplice pero esta ya se había sumido en el sueño.

Davey le hizo una seña a Molly.

—Vamos a ver qué hay en la tele, ma.

Su madre encendió el televisor y Juliet se quedó viendo un viejo episodio de *Friends*, con la mano de su madre entre la suya.

79

Johnny

Era la noche de la primera actuación de los Kitchen Sink por televisión. El grupo al completo estaba preparándose en casa de Davey después de un ensayo rápido. Terry, el tío de Francie y Jay, pasaría a recogerlos en su furgoneta del pan, que hacía las veces de autobús del grupo. Grace iría con su padre y su madre, a quien nadie iba a ver bailando como loca en ningún plató de televisión, pero estaba tan nerviosa y emocionada como la que más. El programa era la versión irlandesa de *Top of the Pops* y una invitación a participar suponía ya de por sí todo un logro. Esa noche los Kitchen Sink compartirían escenario con grupos reconocidos de Reino Unido y Estados Unidos. Francie y Jay estaban tan emocionados que no paraban de pincharse y pelearse. Davey se pasó la tarde en el baño hasta que Molly lo obligó a medicarse.

—Ahora no voy a poder cagar en una semana —refunfuñó.

—Siempre será mejor que cagarse en pleno escenario.

Louis necesitaba ayuda con los tirantes.

—Creo que se han roto, señora Hache.

—No están rotos. Lo que tienes que hacer es tranquilizarte y estarte quieto en el sitio —respondió Molly.

Grace estaba tomándose un vodka con naranja con su amiga Emily, ambas vestidas de punta en blanco pero sin parar de acicalarse cada cinco minutos.

Johnny estaba callado en un rincón, vestido de estrella del rock y listo para tocar. Rabbit no se apartaba de su lado y rasgueaba la guitarra del cantante.

—Deja eso, Rabbit. Que se va a desafinar —le dijo su padre.

—No pasa nada, señor Hache. Sabe lo que se hace.

A ella no la dejaban ir porque era demasiado pequeña. Se había pasado medio día quejándose a su mejor amiga, Marjorie.

—¿A qué hora viene el tío Terry? —preguntó Johnny.

—Dentro de media hora —le contestó Francie.

—Estupendo, entonces nos da tiempo a tomar un té —dijo su gemelo.

—Querido, anda, enciende el hervidor —dijo Molly.

—Yo no tengo muchas ganas de té. ¿Y si vamos a dar una vuelta, Rabbit? —sugirió Johnny, a lo que ella asintió entusiasmada.

—Fuera hace un frío horrible —apuntó la madre.

—Es que tengo que despejar la cabeza, señora Hache.

—Bueno, poneos el abrigo, y Rabbit, guantes, gorro y bufanda. Lo que me faltaba esta semana es que te pusieras mala.

Rabbit y Johnny salieron juntos. La pequeña parecía el muñequito de Michelin, mientras que él, a pesar de llevar el abrigo de los funerales de Jack sobre los pantalones rajados, la camisa por fuera, una chaqueta de terciopelo morada y un gorro de lana, seguía pareciendo una estrella del rock.

Doblaron la esquina y el silencio prolongado de su amigo la hizo ponerse nerviosa. Ella quería que él dijera algo, o tal vez fuera al revés, pero no sabía qué decir. *Di algo guay, di algo guay, di algo guay.*

—¿Qué? —Él le había leído la mente.

—Nada.

—Estás enfadada porque no vienes esta noche.

—Sí, claro que lo estoy.

Sonrió, la cogió de la mano para cruzar la calle y se la soltó en cuanto llegaron a la otra acera.

Subieron los escalones de la iglesia y Rabbit lo siguió al interior. Estaba vacía y en penumbra, salvo por un puñado de velas rojas encendidas en una esquina.

—Este sitio es muy raro —susurró Rabbit.

—Pero en plan guay, ¿no?

—No —respondió, y él le sonrió.

—Aparte de mi familia tú eres la única persona que me lleva la contraria.

—¿De verdad?

—De verdad.

—A mí me lleva la contraria todo el mundo.

Se sentaron uno al lado del otro.

—¿Qué estamos haciendo aquí? —preguntó Rabbit.

—Siempre vengo aquí antes de las actuaciones.

—¿Y eso?

—Aquí me siento como en paz.

—Ah.

—¿Y tú qué, Rabbit, dónde te sientes en paz?

—En realidad nunca he querido estarlo.

Johnny encendió una vela, se arrodilló y rezó. Ella se sentó y esperó mientras su amigo murmuraba para sus adentros y se santiguaba con la mano derecha. Se sentía incómoda, avergonzada incluso, y no sabía bien por qué pero estaba deseando salir de aquel sitio. Cuando bajaban ya las escaleras, se preparó para que le cogiera la mano al cruzar la calzada. Cuando lo hizo, levantó la vista y le sonrió de oreja a oreja.

—Esta noche vas a estar increíble.

—Ya veremos.

—Yo no necesito ver nada. Ma dijo que has nacido para esto y mi ma sabe lo que se dice.

—Sí, eso es verdad.

Cuando doblaron la esquina vieron que los chicos estaban cargando ya el equipo en la furgoneta del tío Terry. Johnny llegó justo a tiempo para que Francie lo llamara vago cabrón, que siempre llegaba cuando ya estaba todo hecho.

—Así son los cantantes —intervino Jay—. Una panda de niñatos.

Johnny hizo oídos sordos. Se limitó a subir por la parte de atrás y los demás lo imitaron y se apiñaron todos dentro. El tío Terry se puso tras el volante. Davey fue el último en llegar, corriendo y gritando: «¡Ya voy, ya voy!». El cantante aporreó el lateral de la furgoneta con la mano y acto seguido Jack cerró los portones y el tío Terry arrancó y se perdió al fondo de la calle.

Grace y Emily estaban ya en el coche de su padre, entre risitas y susurros nerviosos. Jack miró a su hija pequeña.

—Ya te llegará el día, Rabbit, y mucho antes de lo que crees.

—¿De qué me vale? Mucho antes habría sido ayer.

—Te prometo que la noche que lo pongan en la tele daremos una fiesta.

—¿De verdad? —Rabbit dio saltitos de arriba abajo—. ¿Puede venir Marjorie?

—Claro que sí.

—Gracias, pa.

—¿Quién te quiere más que nadie?

—¡Mi pa! —contestó, y este le dio un abrazo. *Y yo quiero a Johnny Faye.*

Jack

Llegó solo. En la recepción Fiona le indicó cuál era la habitación de su hija, aunque también le dijo educadamente que ya había tenido muchas visitas.

Michelle pasaba justo en ese momento.

—¿Jack Hayes?

—Sí.

—Me alegro de conocerlo. Soy Michelle. ¿Por qué no me sigue? —le dijo, y luego, a Fiona—: Yo me encargo. —Su compañera asintió y Jack siguió a la enfermera por el pasillo.

—Está bien. Se alegrará de verlo.

Él no dijo nada. Michelle abrió la puerta y dejó a la vista a sus hijos, a su mujer y a su nieta.

—Buenas, pa —le dijo Rabbit sonriendo.

Comprendió que su hija temía que él se pusiera a llorar delante de Juliet, de ahí el tono exageradamente alegre del «buenas» y esos ojos suplicándole «sé fuerte». Leyó la mente y el lenguaje corporal de su hija. *No pienso llorar, Rabbit, te lo prometo. Seré más fuerte, lo haré por ti. No te defraudaré. Hoy no.*

—Hola, querida —le dijo en el mismo tono.

—Grace, Davey, Molly, ¿podría hablar con vosotros un minuto? —les pidió Michelle, y los tres desaparecieron en un visto y no visto, dejando a Rabbit a solas con su padre y su hija.

Jack se sentó en el sofá y cogió el periódico que había dejado allí Davey.

—Deprimente. Cuando no hablan de la mierda en la que estamos metidos, hablan de la muerte de esa dichosa política. He visto más horas de televisión sobre esa mujer en los últimos dos días que en todo el tiempo que estuvo en el gobierno. En su tiempo la odiaba, aunque al final… —dejó la frase sin terminar al darse cuenta de que estaba metiéndose en un tema peliagudo.

—¿Quién era? —quiso saber Juliet.

—Una mujer que fue muy importante en política cuando yo era pequeña —contestó Rabbit.

—Fueron unos tiempos muy negros —apuntó Jack.

—Un poco como ahora —comentó su nieta.

—Justamente, gazapilla —concedió él.

—Ma.

—Dime, cielo.

—Podríamos irnos de viaje cuando te pongas bien.

A Jack se le ensancharon los ojos y se le saltaron de las órbitas.

—¿Adónde quieres ir? —le preguntó Rabbit.

—Vamos a Clare.

—¿A la casita al lado de la playa a la que fuimos cuando tenías ocho años?

—Podríamos ir en junio cuando termine el colegio.

—Te pasabas el día en la playa. Me salió un orzuelo de forzar la vista para ver el agua. —Rabbit rio—. ¿Cómo se llamaba el niño ese con el que jugabas?

—Bob.

—El pobre Bob seguía a Juliet allá donde iba —le explicó a su padre—. Lo tenía loquito.

—¡Ma! —protestó Juliet fingiendo estar avergonzada, pero luego esbozó una sonrisa—. Se pasó el verano entero metido en el agua castañeteando los dientes y preguntando si podíamos meternos más adentro.

—Era muy entrañable.

—Ahora le da al golf.

—¿Cómo lo sabes?

—Por Facebook.

—Anda, qué bien.

—Entonces, ¿qué? ¿Volveremos? —insistió la niña.

—Ya veremos. —Rabbit cogió la mano de su hija, se la apretó y luego se la llevó a los labios y la besó.

Jack se levantó y se excusó diciendo que iba a por agua. Su mente y su cuerpo estaban compinchados, destilando lágrimas que amenazaban con derramarse. No se veía con fuerzas para contenerlas, y sabía que si lloraba delante de su hija, su mujer se enteraría y le correría a palos. No podía quedarse, tenía que salir de allí, necesitaba hacer algo. *Ay, Rabbit, ojalá...*

—¿Alguien quiere algo? —preguntó.

Juliet miró a los ojos de su madre y le peinó las cejas con un dedo.

—No sería hasta que terminara el colegio —siguió Juliet—, y luego ya podríamos hacer lo que quisiéramos.

Rabbit asintió. Jack se dio cuenta de que su hija estaba luchando contra el sueño.

—No pasa nada, ma. Vuelve a dormir... además, ya es tarde.

A Rabbit se le cayeron los párpados y se sumió en el sueño antes de que Juliet le dijera «te quiero».

Jack salió prácticamente corriendo. Se sentía fatal por inventarse una excusa y dejar a su nieta sola con su madre. Pero a la niña no pareció importarle; aparte de Molly, era la que más cómoda estaba con Rabbit. Recorrió el pasillo de la clínica y, en lugar de ir en busca de los demás, dobló a la derecha para entrar en la capilla. Su mujer seguía muy enfadada con él, y viceversa, y sus hijos ya tenían bastante como para que sus padres se enzarzaran en otra pelea. Sabía que no tenía sentido culpar a Molly por el estado de Rabbit pero no podía evitarlo. Confiaba en ella para solucionar las cosas... siempre había sido así. Tenían un pacto tácito desde el día que se casaron: él proveía para todos y ella los protegía. Su parienta era un poco burra, y esa era una de las cosas que más le gustaban y celebraba de ella. Él podía ser un caballero porque su mujer no era ninguna dama, y les había ido bien así durante más de cuarenta años; pero ahora, cuando más la necesitaba para ayudarlos a levantar cabeza, bajaba los brazos y se rendía. *¿Por qué, Molly, por qué?* Estaba enfadado con ella por darse por vencida, con él por ser débil y, lo peor de todo, con Rabbit por amenazarlos con irse para siempre.

Había practicado boxeo en su juventud pero llevaba cuarenta y un años sin pegarle a nadie, y jamás lo había hecho fuera de la lona. Tenía ganas de golpear algo o a alguien; quería pegar patadas, puñetazos, tortas, y quería que le pegasen patadas, puñetazos y tortas. Acariciaba la idea de un ojo morado, los labios hinchados, costillas rotas y nudillos reventados. Era un dolor que habría podido sobrellevar, pero no así la congoja que le corroía por dentro y que se manifestaba en un dolor constante, apagado y aplastante y amenazaba con dejarlo sin aire pero sin llegar a hacerlo nunca del todo. *Así debe de sentirse uno cuando está ahogándose.*

Miró a su alrededor, la vidriera azul, amarilla y roja, el cuadro de Jesús en la cruz, la mesa con un paño blanco de lino que hacía las veces de altar y un pesado crucifijo de hierro encima. La sala estaba pintada en color crema y las luces no eran fuertes. Se había sentado en una de las veinte sillas de madera. En su momento había visitado muchas capillas, sobre todo con Johnny. Era imposible estar allí sentado sin verse trasladado al pasado.

La que le vino a la cabeza era más grande y estaba llena de estatuas. A Johnny le gustaba ponerles nombre y hablar con ellas como si fueran amigos de toda la vida, aunque, a veces, cuando se enfadaba, parecían más bien enemigos por como los amenazaba. En cierta ocasión le dijo a la talla del Padre Pío que se fuera a la mierda, y Jack todavía se sonrojaba al recordar dónde había mandado a la Virgen María. No podía entrar en una capilla o pasar por una iglesia sin pensar en él. «Dios es bueno», le había dicho y repetido el chico. «Qué engañado está el pobre», pensaba Jack a menudo pero se guardaba las reservas para sí. Lo había escuchado hablarle de Dios y la otra vida en infinidad de ocasiones, pero por entonces no estaba seguro de si creía en Dios, y ahora menos aún. *Rabbit tenía razón.* La niña había desconfiado de la religión desde que nació. Con cinco años le dijo a su maestra que no le gustaba el Dios del Antiguo Testamento porque era muy malo, y que el Nuevo Testamento era horrible porque la hacía llorar. «¿Por qué un padre iba a mandar a su hijo a la tierra para que lo maten de esa manera tan desagradable? ¿Cómo va eso a salvar a nadie?», le preguntó a su maestra, que se quedó de piedra. Cuando era adolescente se compró un Buda de arcilla roja en una tienda de beneficencia, y cuando su madre le preguntó para qué quería eso, le dijo que prefería mirar a un dios gordo que se ríe que a uno canijo que se muere. A Rabbit nunca le había hecho falta creer en ningún dios para maravillarse con el mundo, para sentir alegría, esperanza, amor y felicidad. Su hija vivía el momento; no sabía lo que seguía ni le importaba. Probablemente la muerte significara el fin del trayecto, y eso no la asustaba. De hecho, si se paraba a pensarlo, para su hija el concepto de eternidad era mucho más preocupante. «Cuando estoy más de una hora en la peluquería me aburro —le había dicho una vez a su padre—. Así que no creo que aguantase la eternidad… la propia palabra me da escalofríos, pa.»

Para Rabbit el fin del trayecto era la recompensa. Jack se preguntó si seguiría pensando igual, o si se refugiaría en Dios en esas, sus horas más negras. ¿Rezaría para que exista el cielo? Le había mentido a su hija: Rabbit podía ser muchas cosas pero nunca había sido una mentirosa. En eso se parecía mucho a su madre: soltaba las cosas a bocajarro, las decía como eran, sin importarle meterse en líos. Seguramente eso la convertía en una buena periodista, pero también acostumbraba a hacer el vacío a quienes preferían una mentira agradable a una verdad desagradable. Lo asustaba que su hija no pudiera aceptar lo que estaba pasando, o tal vez simplemente no lo sabía. Si todavía estuviera en la UVI podría haber esperanza, pero allí, en una clínica como aquella, en fin... ya se sabe que la gente solo va a esos sitios a morir. *Molly tendría que haberse peleado con el oncólogo. La gente suele escucharla, le hacen caso. Nada tiene sentido, nada. ¿Y acaso mi pequeña, mi Rabbit, no ha sufrido ya bastante en vida?* A pesar de que el Jack lógico y sensato no creía en Dios, el adoctrinamiento a lo largo de su vida y, sobre todo, en la infancia, hacía que a menudo se encontrase hablándole a un Dios en el que ni siquiera creía. *¿Cómo te atreves? ¿Por qué tienes que hacer esto? No quiero creer en un Dios como tú. Prefiero que se ponga bien y no exista más vida que pasarme una eternidad honrando a un psicópata como tú.*

—¡Ea, ya lo he dicho! —le chilló al cuadro de la pared—. Si es verdad que existes, te odio.

—Dudo que sea usted el único —dijo una mujer que estaba sentada dos filas más atrás.

Jack se dio la vuelta y se sonrojó.

—Lo siento mucho, creía que estaba solo.

—Estaba usted perdido en sus pensamientos y no he querido molestarlo. —La mujer se levantó, se acercó, se sentó a su lado y le tendió la mano—. Soy Rita Brown, la trabajadora social encargada de Rabbit y de su familia. He visto que venía de su habitación.

—Jack Hayes, el padre de Rabbit.

—¿Le gustaría hablar un rato, Jack?

—No hay nada de que hablar.

—Eso no es verdad.

Miró a la mujer y sacudió la cabeza.

—Estoy perdido.

—¿Y Molly?

—Se ha rendido...

—¿Y usted no...?

—... y Molly nunca se rinde con nada. —Le escocían los ojos.

—¿Han hablado?

—Esta mañana ha amenazado con apuñalarme. ¿Cuenta eso?

—Tu hija está preguntando por ti —dijo la voz de Molly.

Rita y Jack se volvieron en redondo: su cara de palo daba a entender que había escuchado al menos parte de la conversación.

—Por favor, pase y siéntese un momento —le pidió Rita.

—No.

—Molly, por favor, lo siento.

—No, no lo sientes. Crees que la he traído aquí para que muera.

—¿Y no es verdad? —Jack se puso de pie y Molly avanzó hacia él.

—Pues claro que no, viejo idiota. Estoy ganando tiempo.

—¿Para qué? —Estaba luchando contra las lágrimas.

—Para la ciencia, para la medicina, para un milagro pero, entretanto, ella está sufriendo, Jack, y aquí saben llevar mejor el dolor.

—Nuestra Rabbit se está muriendo, Molls —dijo con la mandíbula temblorosa y el grifo de los ojos abierto ya.

—No pienso permitírselo —dijo su mujer, que abrió también las compuertas del llanto.

Se acercaron el uno al otro y se abrazaron con fuerza.

—Lo siento mucho, cielo.

—Ya lo sé, huevón.

Cuando se separaron, Rita se había ido.

—Qué tía, parece una pantera —comentó Molly cogiendo la mano de su marido—. Y ahora, vamos a poner al mal tiempo buena cara y esta noche nos ponemos otra vez con internet.

Jack asintió y suspiró. *Todo va a salir bien.*

89

4

Molly

*L*a mesa estaba ocupada por el expediente fotocopiado de Rabbit, la historia clínica, radiografías y escáneres. Molly preparó un té mientras Jack rastreaba internet en busca de un rayo de luz. Al cabo de una hora y dos ensaladas de pollo, encontró un portal nuevo de ensayos clínicos que parecían admitir a pacientes en estadio IV.

—Vamos allá —dijo Molly, que dispuso todos los detalles sobre Rabbit a la vista y cogió cuaderno y boli.

Su marido pulsó el botón que decía «Apto para ensayo» en la misma línea de la frase: «Tengo un proceso metastásico (estadio IV). Tengo un cáncer que se me ha extendido del pecho a otras partes del cuerpo». Se frotó las manos.

—Ya estamos dentro, Molls, ya estamos. ¿Tenemos el informe patológico y el historial del tratamiento?

—¿Por quién me tomas?

Le sonrió a su mujer.

—Vale, vale, he leído las condiciones, clic, resido en Europa, clic, le doy a comenzar… Allá vamos. Venga. «Sobre mí.»

Molly miró las preguntas por encima del hombro de su marido. Antes de que él terminara de leer «fecha de nacimiento», ella fue cantándole las respuestas.

—Doce de septiembre, 1972, mujer, «no» en examen genético y «no» en actualmente en un ensayo clínico.

Él fue introduciendo los datos.

—Vale. «Mi salud actual.»

—Marca la última.

Jack lo leyó.

—No, no, Molls, es la anterior: «Necesito mucha asistencia y cuidado médico frecuente».

—Jack, tenemos que ser realistas.

—No está totalmente incapacitada y, si está confinada en cama, es porque la hemos metido en ese sitio.

—No puede hacer nada sola y, si no estuviera en la cama de una clínica, estaría en otra.

—¿Totalmente incapacitada? Hemos visto a gente totalmente incapacitada y no se parecen en nada a la niña.

—Dale a «totalmente incapacitada».

—No.

—Jack.

—Así no la van a coger, Molly.

—Si les mentimos sí que no la van a coger, cielo. Dale al puto botón de una vez.

Con gran pesar Jack marcó la opción más negativa.

—Bueno, venga, ahora «ninguna de las anteriores» en «otras enfermedades».

—Hay un montón… deberíamos leerlas bien.

—No hace falta. Aparte del cáncer en estadio cuatro, Rabbit está más sana que una pera.

Su marido volvió a obedecer. El siguiente apartado era más específico. Molly lo repasó rápidamente y fue contestando a las preguntas que a él le costaba pronunciar.

—Positivo, negativo, positivo, huesos, pulmones, hígado y «no» en linfedema. Siguiente.

—Vale, para el carro. Mis dedos son más lentos que tu cerebro.

El siguiente apartado iba sobre los tratamientos, y una vez más Molly no tuvo ni que consultar los papeles antes de cantar las respuestas a todas las preguntas. Las listas eran interminables y laboriosas pero conocía bien todos los detalles tediosos.

—¿Estás segura de que la quimio fue con AC-T? La siguiente es AC-...

Molly abrió el expediente, que tenía clasificado con pegatinas de colores desde hacía meses.

—Mira aquí —le señaló.

—Tienes razón.

—Siguiente apartado —lo urgió.

Continuaron con los datos sobre raza y educación, aunque a Jack le costaba entender qué importaba todo eso. Después revisaron el resumen médico y lo validaron. Durante un minuto muy largo se quedaron mirando el botón de «Terminar/Búsqueda de ensayos». Molly rezó para sus adentros.

—Dale, Jack, anda, antes de que se nos pase la puñetera sesión y tengamos que empezar otra vez.

Su marido asintió lentamente, tragó saliva con parsimonia, estiró el cuello y pulsó el botón. En menos de dos segundos les dijeron que Rabbit era apta para veintiséis ensayos.

—Veintiséis ensayos, Molls, toma ya. —Jack se puso de pie de un brinco.

—Veintiséis ensayos, Jack. —También ella se levantó y lo abrazó.

—Veintiséis ensayos —repitió, y bailó con ella un vals por la cocina.

—¿Lo ves? No está todo perdido. Será caro pero podemos vender la casa.

—Vendemos lo que haga falta. Qué leches, me vendía a mí mismo si sirviera de algo.

—Veintiséis ensayos —susurró al oído de su marido.

—Todo va a salir bien. —La besó en la mejilla.

—Venga, al lío. —Deshizo el abrazo—. Enciende el hervidor mientras yo empiezo a estudiar las diferencias entre terapias hormonales, dirigidas y con bifosfonatos. Quiero ir bien pertrechada cuando vayamos mañana a ver a Dunne.

—Buena chica. Te traeré también unas cuantas Wagon Wheels para que no se te fundan las pilas —le dijo su marido, pero ella ya estaba enfrascada en las investigaciones.

Después él fue a acomodarse a un sillón desde donde contempló cómo se enfriaba el té, las galletas se quedaban en el plato y su mujer estudiaba biología.

Davey

Estaba mirando por la ventana de Rabbit mientras veía el anochecer y hablaba con Francie.

—Yo se lo digo —respondió, y colgó. Se volvió hacia su hermana, que estaba despierta e incorporada en la cama—. Francie, que no puede venir hoy, que le ha surgido una urgencia. Mañana viene.

Fue a sentarse junto a la cama, cogió el mando de la televisión y empezó a cambiar de canal como un poseso.

—Es un detalle que quiera venir —comentó Rabbit.

—¿Y cómo no iba a querer? —preguntó Davey, que escogió por fin un canal.

—¿Tú crees que saldré de aquí? —fue su respuesta.

Él le quitó el sonido a la televisión y respondió:

—Por supuesto. —Lo creía. Si alguien podía, esa era su hermana.

—¿Has sabido de alguien que haya conseguido salir?

—No he preguntado. —*No.*

—Ahora me siento mejor que esta mañana.

—Bien.

—Yo he sabido de un caso.

—¿Ah, sí?

—Una chica de dieciséis años de Múnich que estaba muriendo de leucemia terminal y un día, de la noche a la ma-

93

ñana, se levantó de la cama e insistió en ir a dar un paseo. La gente no se lo creía. Llevaba semanas sin andar, pero dio su paseo, Davey, salió de la clínica y no volvió. Hoy es profesora en Hamburgo. Tiene un blog.

—¿Y cómo?

—Pasó sin más. Sin medicamentos nuevos, sin plegarias, vudú ni terapias alternativas. Ella dice que fue fuerza de voluntad, un triunfo de la mente sobre la materia, que decidió que iba a vivir y por eso vivió.

—¿Y tú lo crees posible?

—Me gustaría. Quiero... Ojalá. —Se le escapó una lágrima solitaria que le rodó hasta la oreja.

Davey sacó un pañuelo de papel de la caja que había en el armarito y se la enjugó.

—A mí también. —*Pues hazlo: ponte bien y vive, vive, Rabbit, vive.*—. Pero, ya sabes, sin compromiso... —Sonrió y ella le devolvió el gesto, le cogió de la mano y se la apretó.

—Te he echado de menos.

Marjorie entró de pronto por la puerta cargada de compras. Levantó las manos en alto para balancear las bolsas. Rabbit la recibió con una enorme sonrisa cariñosa.

—¡Marj, por fin!

—Es normal que me hayas echado de menos, la vida sin mí es muy aburrida. —Dejó las bolsas en el suelo y le echó los brazos al cuello a su amiga—. Me voy solo dos semanitas y mira dónde acabas. —Estaba haciendo un noble esfuerzo por sonar animada, y Davey lo agradeció para sus adentros.

—Veo que has estado de compras.

—Roma es mucho mejor destino de compras de lo que cuentan. —Recogió algunas bolsas y fue poniéndolas con cuidado sobre la cama, apartadas de las piernas de Rabbit.

—Encontrarías cosas que comprar y vender hasta en el desierto afgano.

Marjorie sonrió.

—Seguramente mi propia vida, conociendo a esos colgados.

—¿Y por cuánto la venderías? ¿Unos cinco mil?

—Qué graciosa, me parto —dijo con sorna, y Rabbit rio por lo bajo.

Marjorie se volvió hacia Davey, que estaba encantado de ver las bromas de su hermana con su mejor amiga.

—¿Me vas a dar un abrazo o qué pasa?

Él se levantó y la obedeció.

—Me alegro de verte, Marjorie.

Cuando deshicieron el abrazo, ella le alisó la chaqueta con la mano.

—¿Sigues pasando media vida en un autobús?

—Sí.

—Se nota. —Se puso a hurgar en las bolsas que había puesto en la cama—. Pues me encontré con una tiendecita que vendía unos pijamas y una lencería que no te lo creerías. —Sacó un bonito camisón de seda negra con su bata compañera—. Toca esto.

Rabbit obedeció.

—Es precioso.

—Tuyo es.

—No, eso es para un fin de semana guarro, no para un sitio como este.

—Bueno, tú tampoco eres para un sitio como este y aquí estás. Así que es tuyo.

—Gracias.

—Y mira, para Juliet —dijo metiendo las manos en otra bolsa y sacando un bonito vestido veraniego y unas sandalias romanas en dorado de las que se llevaban ahora.

—Le van a encantar —dijo Rabbit.

—Y tengo más para ti.

Cogió una bolsa del suelo pero, cuando sacó una rebeca de lana, Rabbit ya estaba profundamente dormida. Marjorie se dejó caer en la silla, abandonando ya su papel. Se le em-

95

pañaron los ojos y, sin hacer ruido alguno, dejó que le rodaran dos lagrimones por las mejillas. Miró a su mejor amiga, y a Davey le pareció que contemplaba a alguien que no reconocía. La mujer de la cama no era su Rabbit. Había perdido mucho peso en las últimas dos semanas, tenía la piel más pálida y reseca, la cabeza rapada llena de escamas y unos nudillos hinchados que le hacían los dedos más pequeños. El color era extraño, entre gris y azul. La última vez que se habían visto Marjorie había ido al centro a comprar cosas para el viaje y Rabbit había salido un rato de la redacción para tomarse un café con ella. Llevaba su peluca rubia y su maquillaje, con la piel clara, después del masaje facial que se había dado el día anterior.

—Solo hace dos semanas —susurró Marjorie.

Davey atravesó la habitación para ir a su lado, cogió la mano de Marjorie y salieron. La cafetería seguía abierta.

—Vamos.

Con un café delante, ella le contó la lucha que había llevado su hermana en el último año.

—Ha sido muy duro. Cada golpe le ha pasado demasiada factura.

—Sigue luchando.

—Ya lo sé. —Se le volvieron a empañar los ojos—. Y a partir de ahora todo irá a peor.

Él no dijo nada; sabía que ella tenía razón pero no estaba preparado para aceptarlo. Se limitó a remover el café con una mano y a tamborilear sobre la mesa con la otra. Ninguno de los dos tenía ganas de hablar por hablar ni estómago para enzarzarse en el flirteo de broma que siempre se traían entre manos. Se bebieron el café, cada uno absorto en sus penas.

—Debería irme —dijo Marjorie levantándose ya.

—Te acompaño al coche.

—No hace falta. Vuelve con Rabbit.

Recorrieron juntos el pasillo hasta la puerta de la habitación, se detuvieron y se miraron a los ojos.

—Me he enterado de lo de tu divorcio, lo siento mucho.

—Gracias.

—Nunca te he pedido perdón por la parte que me toca...

Ella lo interrumpió poniéndole una mano en el brazo y sacudiendo la cabeza.

—No, de verdad, no fue culpa tuya, fui yo. Neil es un hombre adorable, y hubo un tiempo en que lo quería, hasta que dejó de ser así, y me vi en la disyuntiva de vivir sonámbula el resto de mi vida o...

—Engañarle conmigo.

—Estar contigo me hizo despertar, y te lo agradezco.

—¿Y qué tal Neil? ¿También te lo agradece?

—Ha rehecho su vida con otra, que además está ya embarazada. Por lo que sé, son muy felices.

Parece triste. No tendría que haberle dicho nada. Soy un capullo egoísta.

—Tendría que haberte llamado.

—No, no tenías que hacer nada. Yo no quería.

—Rabbit me mantuvo informado de todo. Me contó que lo manejaste muy bien a pesar de que todo el mundo hizo cola para juzgarte y criticarte. —*Dios, podía haberle mandado un correo por lo menos. ¿Qué mierda me pasa?*

—En toda ruptura matrimonial tiene que haber un malo de la película.

—¿Tu madre sigue sin hablarte?

—Sí.

—Lo siento.

—Mi madre es una zorra sin corazón, Davey, y siempre lo ha sido. ¿Por qué te crees que me pasaba media vida en tu casa cuando éramos pequeños? Habría matado por tener una madre como la vuestra.

—Yo creía que era por mí —dijo, y rieron un poco.

—Buenas noches, Davey.

La vio alejarse por el pasillo mientras se preparaba para abrir la puerta y ver a su hermana dormida. *Voy por la*

*vida decepcionando a todo el mundo. No puedo seguir así.
Tengo que espabilar. Madura, Davey. Lucha contra las
ganas de huir.*

Johnny

Molly había preparado tortitas y té para todos los presentes. Francie y Jay estaban en el sofá, Davey entre los dos en el suelo, pese a que había sitio de sobra para los tres (a los gemelos les gustaba estirarse). Grace se balanceaba en la mecedora, con el té en alto: si se derramaba no le caería encima. Jack andaba trasteando en el vídeo, viendo si una cinta tenía calidad suficiente para grabar encima. Cuando en la pantalla apareció *Corrupción en Miami*, pulsó el botón de pausa.

—Molls —chilló—, ¿has visto ya *Corrupción en Miami* o lo guardo?

Su mujer apareció por la puerta con otro plato de tortitas.

—Le pueden dar por culo a *Corrupción en Miami*.

—Ah, estupendo entonces —dijo Jack y la rebobinó—. La cinta es bastante nueva.

—¿Hora? —preguntó Francie engullendo la tercera tortita.

Molly miró el reloj sobre la repisa de la chimenea.

—Faltan cinco minutos para que empiece. Voy a poner más té.

Rabbit estaba en el poyete de la ventana esperando ver aparecer a Johnny.

—Se lo va a perder.

—Qué va, seguro que llega.

Marjorie apareció con una taza de té en la mano. Francie y Jay se apretujaron para hacerle sitio. Era muy poquita cosa, la mitad que Rabbit, con una buena mata de pelo rubio ensortijado y los ojos celestes. No aparentaba doce años. Con su mejor vestido de domingo, los calcetines tobilleros con un volantito rosa y sus zapatitos preferidos, los de charol con hebilla, se sentó muy recta en el sofá esperando a que empezara el programa.

Rabbit seguía sin apartarse de la ventana. *¿Dónde se habrá metido?*

Molly llegó con una tetera recién hecha y los chicos le alcanzaron las tazas para que se las llenase. Pidió a su hija mayor que se levantara y pasara las tortitas. Jack no quiso té: podía distraerle de pulsar el REC del mando en el segundo exacto en que empezara el programa.

—Este será el primero, chicos —dijo con el dedo sobre el botón.

Molly aprovechó que su hija mayor estaba sirviendo las tortitas para robarle la mecedora.

—¡Ma!

—Ni ma ni mu, Grace Hayes. Y dame una tortita, anda.

Rabbit permanecía inmóvil: ni rastro de Johnny aún. *¿Dónde estás?* Justo cuando creía que ya no vendría, lo vio doblar la esquina con su pelo repeinado y su chaqueta de cuero abierta aleteándole a los lados. Al segundo siguiente reparó en la chica que llevaba cogida del brazo.

El programa empezó y Jack fue a pulsar REC pero, con los nervios, se le cayó el mando de la silla.

—¡Ay, Señor, no! —chilló poniéndose en pie de un salto.

—¡Pa! ¡Quítate! —ordenó Grace desde su posición en el suelo al lado de Davey, que se había echado hacia delante para ver entre las piernas de su padre.

—Por el amor de Dios, Jack, ¿te quieres quitar? —chilló Molly.

—Tranquilidad —dijo Francie—. No salimos hasta la mitad o así.

Jack se levantó.

—Entonces a lo mejor espero a que salgáis, para no gastar cinta.

—No, pa, graba ya —dijo Grace.

—¿Para qué?

—Porque quiero buscarme entre el público.

—Vale. —Pulsó REC justo cuando Johnny entraba en la sala con la chica misteriosa.

—Hombre, por fin, hijo —dijo Molly.

—Buenas, señora Hache. Le presento a Alandra.

La anfitriona asintió y sonrió mientras los demás se quedaban mirando a la chica como si fuese extraterrestre.

—Marjorie, ve a sentarte en el poyete con Rabbit. Francie, Jay, haced sitio a Johnny y Alandra —ordenó Molly.

Todo el mundo obedeció mientras los dos presentadores hablaban de los grupos que iban a salir a escena. Cuando mencionaron a los Kitchen Sink, los chicos chillaron y Jack aplaudió. Luego se hizo el silencio y todos siguieron atentamente la actuación del primer grupo. Nadie hablaba. Todos tenían la vista puesta en el televisor, salvo Johnny, que miraba a Alandra, y Rabbit, que miraba a Johnny mirar a Alandra. Era alta, tenía una larga melena morena y sedosa y la piel aceitunada y llevaba un vestido negro sencillo y gruesas joyas de plata. No solo era la persona con más estilo que Rabbit había visto en su vida, sino que además era la más guapa. Tenía a Johnny hipnotizado. Rabbit se pegó las gafas a la cara, se las sujetó contra la frente y concentró todos sus esfuerzos en no llorar.

Cuando por fin presentaron a los Kitchen Sink, cundió la locura en el salón. Hasta Davey, que solía ser muy reservado, levantó los brazos y aulló. En la pantalla, con sus baquetas y el «un, dos, tres, cuatro...», golpeó la caja y acto seguido entró el resto del grupo. Jack se enjugó una lágrima y Molly tamborileó sobre el reposabrazos al compás de su hijo. Rabbit cambió al Johnny del sofá por el del escenario. Cantaba tan bien que le entraron aún más ganas de llorar.

—¿Estás bien? —susurró Marjorie.

—Muy bien. ¿Por qué?

—Porque parece que te duela algo.

—¿Cómo?

—Mira, tienes esta cara. —La imitó.

—Ah.

Rabbit desarrugó la cara y miró a Johnny, que no estaba concentrado en el televisor sino en la chica estilosa que tenía entrelazados sus dedos cargados de plata con los de él. Se le hizo un nudo en el estómago al verlo.

Después, cuando el grupo terminó y los presentadores dijeron de ellos que iban a convertirse en el grupo de moda, Jack rebobinó el programa y lo vio otras diez veces mientras Molly recogía y los chicos se iban al garaje para trabajar una canción que estaban sacando. Marjorie se preguntó por qué Rabbit no había querido ir a verlos ensayar.

—Es un rollo.

—¿Cómo? —Su amiga no la creyó ni por un segundo.

Decidieron salir a sentarse en el murete. Era una noche cálida, y había algunos chicos jugando en el césped. Marjorie se les unió al cabo de un rato mientras Rabbit se quedaba en el murete, empeñada en ver algo interesante en el juego de su amiga y los niños tras la pelota. Oyó que se abría la puerta lateral y, sin volverse, sintió a Johnny a su espalda. Cuando se detuvieron delante de ella, Alandra iba pegada a su cadera y seguían cogidos de la mano.

—Bueno, ¿qué, Rabbit, qué te ha parecido?

—Bien.

—¿Solo bien?

—Muy bien.

—Guay. Alandra, esta es mi buena amiga Rabbit. Rabbit, esta es mi novia, Alandra.

—Encantada de conocerte, Rabbit —dijo la chica tendiéndole la mano.

¿Mi novia? ¿Cuándo? ¿Cómo? ¿Por qué?

Le estrechó la mano.

—Bueno, tenemos que irnos. Nos vemos, Rabbit.

Johnny agitó la mano en alto y ella los vio bajar juntos por la calle. *¡Mi novia! Qué asco*, pensó Rabbit.

Los gemelos se fueron ya de noche. Davey llamó desde el garaje a su hermana y a Marjorie, que seguía en el parque.

—Venga, enanas, para dentro —chilló.

Marjorie le sonrió y corrió hasta él, contenta de obedecer.

—Oye, Davey, habéis estado increíbles —dijo mientras seguían a una Rabbit muy infeliz.

—A partir de ahora será aún mejor —prometió.

—Cuando sea mayor, ¿me llevarás a uno de tus programas? —le preguntó la niña.

—Cuando seáis mayores, Rabbit y tú vendréis a todos los conciertos.

Marjorie pegó un bote y un pequeño chillido. Su hermana, en cambio, puso mala cara.

—¿A ti qué te pasa? —le preguntó su hermano.

—Yo también tengo vida, sabes…

—¿Ah, sí? Eso es nuevo. —Davey cerró la puerta de la calle.

Más tarde, cuando Marjorie estaba ya enfundada en su camisón de Campanilla y saltando en la cama mientras cantaba un popurrí de canciones de los Kitchen Sink, Davey se encontró a su hermanita en las escaleras.

—¿Qué está pasando aquí?

Rabbit miró hacia atrás.

—Grace, que no sale del baño.

—No hablo de eso.

—¿Cuándo crees que se irá a su país esa española?

—Se va a quedar por lo menos un año, o puede que más.

Rabbit pareció a punto de llorar y Davey le pasó un brazo por los hombros. No era propio de él tener gestos cariñosos con su hermana pequeña, aunque en realidad la quisiera mucho, así que el movimiento fue algo torpe. Rabbit miró alternativamente del brazo a la cara de su hermano.

—Es demasiado mayor para ti, Rabbit.

—Solo son cuatro años. Pa es tres años mayor que ma.

—Con doce años cuatro años es mucho.

—Pues creceré.

Davey rio y asintió.

—Vale. —Se levantó y fue a aporrear la puerta del baño.

—Y, Davey, cuando sea mayor, va a ser la bomba.

Rabbit

Se despertó de un humor de perros. Jacinta acudió al instante.

—Necesito otro parche asqueroso.

—Te lo cambié hace una hora mientras dormías.

—Muy bien, pero yo me muero de dolor, así que estaría caducado.

—A ver, relájate un minuto.

Jacinta le puso la mano en la frente pero Rabbit se apartó como una niña rebelde.

—Quita, déjame.

La enfermera miró el historial con el tratamiento.

—Puedo ponerte una inyección.

—¿A qué esperas?

Jacinta fue a por la medicina. Rabbit se quedó mirando el techo mientras contaba mentalmente hasta diez. Cuando la enfermera volvió, cerró los ojos y esperó. En cuanto le administró la inyección y sintió el líquido por las venas, se relajó lo suficiente para contestar la inesperada pregunta de Jacinta.

—Bueno, ¿quién es Alandra?

Rabbit abrió los ojos de par en par.

—¿Qué? ¿Por qué?

—Estabas gritando «que le den a Alandra» en sueños —dijo Jacinta, luchando por ensanchar la sonrisa.

103

—¿De verdad? —La enfermera asintió y Rabbit suspiró—. Es una chica a la que conocí hace mucho.

—¿Una chica que no te gustaba?

—Era adorable y siempre se portó bien conmigo. Yo no era más que una niña envidiosa que no paró de desear que le pasaran cosas horribles durante el tiempo que estuvo saliendo con el chico del que yo estaba enamorada.

—¿Cosas como qué? —preguntó Jacinta, que se sentó.

—Como que la atropellara un coche, la pillara un tren o se estrellara su avión.

—Recuérdame que no me cojas manía.

Rabbit se agarró a la cama, cerró los ojos y tensó el cuerpo. Gimió en voz baja y las lágrimas le bajaron hacia el nacimiento del pelo, ya empapado.

—Cuenta hasta diez.

—Estoy harta de contar hasta diez.

—Vale, contaré yo. Diez, nueve, ocho…

—Por favor, por favor, para —le rogó Rabbit.

—Cuéntame más de Alandra.

—No me hace nada.

—Dale otro minuto.

—Por favor, por favor, por favor.

—Cuéntame más de Alandra.

Rabbit cogió aire con fuerza y abrió los ojos. *No pasa nada, no te pasa nada, sigue hablando, Rabbit, que el dolor se va a ir solo.*

—Era despampanante, y cuando se fue ya había cogido un acento de Dublín estupendo —dijo Rabbit, que incluso sonrió al recordarlo.

—¿Por qué se fue? —preguntó Jacinta.

—Su padre se puso malo.

—Tu chico debió de quedarse muy triste cuando la perdió.

—No lo parecía. Siempre fue muy desapegado y no había manera de saber lo que pensaba.

—No podías ni tú.

—Por entonces, yo menos que nadie. Me costó un tiempo aprender a entenderlo.

—Ya no estás apretando la barra.

—Se ha pasado.

Jacinta le arregló las mantas.

—¿Quieres aprovechar para orinar ahora que estoy aquí? Puedo traerte la cuña.

—No.

—¿Puedo hacer algo más?

Rabbit estaba llorando de nuevo.

—No, déjame dormir.

Jacinta asintió.

—Buenas noches, Rabbit.

Cerró la puerta y la dejó sola, parpadeando con la vista clavada en el techo. El fármaco se le había extendido lentamente por el cuerpo, hasta la coronilla, y le había convertido el cerebro en un peso muerto, despejándole la mente de todo pensamiento cognitivo. De vuelta al abotargamiento, se le cerraron los párpados cargados y se deslizó hacia una acogedora oscuridad.

El blog de Rabbit Hayes

25 de septiembre de 2009

Mejor pájaro en mano...

Dos días después de la operación, Marjorie empezó a llamarme la «Mujer de una Sola Teta». Llevaba dos semanas enteras esperando el gran destape. A mí en realidad me daba miedo. No me veía con fuerzas para ponerme delante de un espejo y desnudarme. Sé que puede sonar a niñita presumida... solo era un pecho, por el amor de Dios, pero era el mío. El izquierdo, para ser más exacta.

A mi madre se le ocurrió anoche que soy zurda de mano y diestra de pecho, lo que supone una especie de simetría en sí misma y, al parecer, mejor que un trozo de silicona embutido debajo de mi piel. No me he decidido todavía. Primero tengo que ganarle el pulso al cáncer, y luego ya pensaré en repuestos.

El caso es que hoy Marjorie se ha plantado en casa con más comida de la que Juliet y yo podríamos comer en un año, flores, vino, dos sujetadores posmastectomía, una prótesis ¡y lo que no está escrito! Era la hora de la verdad. «Sácala ya», me dijo. De modo que me levanté y estaba a punto de quitarme la camiseta cuando mi amiga gritó «¡para!», y se puso a quitarse la suya más rápido que Matt el exhibicionista delante del quiosco de Nelly. En cuestión de segundos la tenía delante sin la parte de arriba y sonriendo como una tonta. Me quité la camiseta del pijama y ahí estaba, mi pecho derecho al lado de una llanura fea y cicatrizada. No quería llorar pero lo hice. No lo pude evitar: no era yo. Marjorie no dijo nada. Nos quedamos las dos delante del espejo, mirando. No intentó consolarme o detener mi reacción; en lugar de eso, me dio un pañuelo y nos quedamos así hasta que dejé de moquear y de llorar. Cuando nos pusimos las camisetas, mi nuevo físico no parecía tan horripilante. No digo que lo haya aceptado ya del todo, pero me siento mejor de lo que pensaba. ¿Y Marjorie? Bueno, volvió a ponerse la parte de arriba y se quejó con amargura de que, aunque ella seguía teniendo dos, la mía era más grande, y ya sabes lo que se dice... «Mejor pájaro en mano...»

Cómo quiero a mi mejor amiga.

107

TERCER DÍA

5

Molly

$\mathcal{M}$olly y Jack estaban aguardando su turno en la sala de espera del señor Dunne. Ella llevaba consigo una carpeta grande, llena de detalles sobre los distintos ensayos clínicos para los que Rabbit era apta; la tenía pegada al pecho y pasaba las yemas de los dedos por el borde, arriba y abajo, arriba y abajo, una y otra vez. Él, por su parte, estaba abrazado a una bolsa de plástico y tenía los ojos clavados en la manecilla negra del gran reloj de pared blanco, que se movía sigiloso, marcando cada segundo que pasaba. Al fondo, en algún punto del pasillo, había una radio encendida y voces que debatían sobre si Estados Unidos debía intervenir en Siria o no. A Jack le sonó la barriga. Molly desplazó la mano de la carpeta al bolsillo y sacó una barrita de frutos secos para su marido, que la cogió sin decir palabra y se la comió sin apartar la vista del paso del tiempo.

Cuando la puerta se abrió, Dunne les hizo señas de que pasaran con un gesto y un hola jovial. Les dio la mano y se sentaron. La vista del médico fue de la carpeta en la mano de Molly, a la cara de la mujer y de vuelta a la carpeta. No disimuló un suspiro profundo.

—¿Otra vez de caza por internet?

—Quería hablarle de algunos ensayos que están haciéndose en el continente, en concreto de la llamada TF.

—La terapia fotodinámica.

—La conoce.

—Sí, la conozco.

—Bueno, entonces sabrá que admiten al ochenta y cinco por ciento de los solicitantes, incluso a gente con cánceres metastásicos muy arraigados y de último estadio.

—Su eficacia depende de muchos factores.

—Como en todo, ¿no?

—Tu hija tiene el sistema inmune muy debilitado...

—Lo que puede reducir la eficacia pero, aun así, muchos pacientes han mostrado respuestas favorables muy significativas tras la TF, pese a haberse sometido previamente a una quimioterapia fuerte.

—En el caso de Rabbit el tumor se ha extendido a estructuras fundamentales.

—Yo no digo que vaya a curarla pero tal vez podría prolongarle la vida.

—Molly, la TF está en pañales todavía. Ni la cubre el seguro ni se practica en este país.

—¿Y, y, y?

—Tu hija es una paciente terminal en cuidados paliativos, es decir, la candidata perfecta para sufrir complicaciones derivadas de necrosis rápida de tejido en torno a las arterias principales y otras zonas del cuerpo. Y eso en el caso de que la admitieran, cosa poco probable porque está postrada en cama.

—No está postrada en cama —replicó Jack, como si estuviera insultando a su hija.

—Es no ambulatoria, Jack.

—¿El qué?

—Que no puede andar por sí sola.

—Porque se ha roto la pierna, joder —intervino Molly.

—Se ha roto la pierna porque el cáncer le ha debilitado los huesos. Es demasiado.

El matrimonio intercambió una mirada de desesperación, pero ella sacudió la cabeza para hacer de tripas corazón.

—Vale —dijo. El señor Dunne hizo ademán de levantarse—. Eh, ¿adónde va?

—Creía que habíamos terminado.

Molly resopló.

—No hemos hecho más que empezar. Jack, saca los bocadillos.

Su marido hurgó en la bolsa que llevaba.

—¿Pollo relleno, ensaladilla con jamón o atún con mayonesa? —le ofreció al médico.

—Que sea de ensaladilla —contestó Dunne aceptando la derrota.

—Bien. Terapias con bifosfonatos, pros y contras —anunció Molly.

Tres cuartos de hora después, estaba de pie hablando a gritos sobre avances en terapias hormonales y tachando el sistema médico irlandés de obsoleto y corrupto. El médico no perdió la calma ni mudó el tono en ningún momento; le repitió que entendía su rabia y su frustración y luego volvió a explicarle por qué la terapia por la que Molly abogaba no funcionaría. La mujer se hundió en su asiento y hojeó la carpeta hasta que comprendió que había agotado las opciones.

—¡Veintiséis ensayos! ¡Veintiséis! Alguno tiene que admitirla. Me da igual lo que cueste.

—A lo mejor, pero de ser así sería experimental, ni curaría ni paliaría. Tú no quieres que ella pase por eso.

La carpeta se cayó al suelo. Molly se llevó las manos a la cabeza y se frotó las sienes antes de volver a mirar al médico a los ojos.

—Tiene que haber algo que podamos hacer.

—Lo hay.

—¿El qué?

—Podéis prepararla.

Molly sacudió la cabeza.

—Tiene que haber algo.

Jack se levantó lentamente y cogió a su mujer de la mano.

—Gracias, doctor.

Molly lo miró, confundida.

—No, Jack, espera.

—No pasa nada, Molls, seguiremos investigando. —Miró al médico de reojo y añadió—: Perdón por hacerle perder el tiempo.

—No pasa nada, Jack, lo entiendo.

Molly, cabizbaja, reprimió como pudo las lágrimas.

—Perdón por gritar, Dunne.

—No es nada.

—Te agradecemos todo lo que has hecho.

—Si tenéis más preguntas, ya sabéis dónde estoy.

Su marido la ayudó a levantarse y ambos salieron de la consulta, dejando la carpeta en el suelo.

Llegaron a la puerta de la habitación a tiempo para oír gritos agónicos de Rabbit y las palabras apaciguadoras y de consuelo de Michelle.

—Aguanta un poco, Rabbit, ya es cuestión de segundos.

—No puedo, no puedo… ayuda, por favor.

—Ya casi —dijo Michelle, y Rabbit sollozó con fuerza.

Cuando la enfermera salió a los cinco minutos, se encontró a la pareja abrazada con fuerza.

—Está teniendo más accesos de dolor irruptivo que antes, pero ya se lo hemos notificado al señor Dunne y vamos a solucionarlo.

—Debería ir con ella —dijo Molly.

—Se ha dormido, y estará un buen rato así. ¿Por qué no van a airearse? Hace un buen día y ya se sabe que no estamos sobrados.

Molly miró a su marido para que la orientara.

—Creo que es una buena idea, Michelle.

—Pero me gustaría verla un momento antes de irnos.

—Por supuesto.

La enfermera abrió la puerta para descubrir a una Rabbit menuda, perdida entre mantas y con una respiración muy superficial.

—La cabeza parece más grande que el cuerpo —comentó Molly, que se acercó, cogió un pañuelo y enjugó el sudor de la frente de su hija.

—Es la hinchazón —explicó Michelle.

—Es el horror —replicó tristemente antes de inclinarse para besarla en la mejilla.

La dejaron dormir y se quedaron un par de minutos en el coche mientras Jack intentaba meter la llave en el contacto y arrancar.

—Creo que deberíamos llamar a Michael Gallagher —dijo Molly.

—¿A quién?

—Al sanador, el séptimo hijo de un séptimo hijo.

—Molly, no... —Jack se restregó los cansados ojos.

—Sé lo que estás pensando, pero tiene un ochenta y cinco por ciento de porcentaje de éxito.

—A Johnny no lo curó.

—Estaba en el quince por ciento restante. A lo mejor esta vez tenemos suerte.

Jack se volvió para mirar a su mujer a los ojos.

—Johnny era creyente. Estaba convencido de que Dios lo curaría. ¿Te acuerdas la de horas que pasamos haciendo cola para ver de refilón a la Madre Teresa, y de la búsqueda del guante del Padre Pío y todos los puñeteros escapularios que existían, de san Juan de la Cruz a santa Bernardita? Fue un milagro que no se estrangulara con la de cosas que llevaba al cuello. Y si a él, que creía con esa devoción, no le funcionó, ¿cómo quieres que le funcione a Rabbit, que en su vida ha creído en toda esa superchería?

—No es ninguna superchería. Michael le devolvió la vista a esa mujer, yo la conocí. Llevaba ciega toda su vida y, en cuanto él la tocó, empezó a ver.

Jack suspiró.

—¿Y no crees que podía estar inventándoselo?

—Yo no soy ninguna pardilla, Jack.

—No digo que lo seas.

—Hay tantas cosas que no entendemos.

—Bueno, yo hay una cosa que sí sé.

—¿El qué?

—Que como metas a un supuesto iluminado de Dios en el cuarto de Rabbit, será él quien necesite luego un cura.

—Entonces lo haremos mientras esté dormida.

—Estarás de broma…

—No.

Jack arrancó el coche y dijo mientras aceleraba:

—Esto no puede acabar bien. ¿Adónde vamos?

—A casa, tengo que buscar el número.

—Pero seguiremos buscando tratamientos, ¿no?

—No vamos a renunciar a nada, Jack.

—Esa es mi chica.

No pienso rendirme, ¿me oyes, Dios? ¿Hay alguien ahí o qué coño pasa?

Juliet

El timbre del almuerzo sonó a su hora. La señorita Baker se había tirado los cincuenta minutos de clase dándoles la matraca con la osmosis; tenía tendencia a enrevesar los temas más fáciles: aparentemente embelesada por su propia inteligencia, no parecía comprender que si la clase entera estaba callada no era porque estuviera atenta sino simplemente porque todos tenían ganas de pegarse un tiro. Juliet guardó los libros en la mochila y fue corriendo hacia la puerta. Kyle la alcanzó en el pasillo.

—¿Cómo está tu ma?

—Bien, gracias.

—¿Ah, sí? —Parecía realmente sorprendido.

—Sí, ¿por qué? —A Juliet le chocó la reacción de su amigo.

—No, por nada. —El chico se puso rojo como un tomate.

Kyle era un buen chico, y no precisamente un mentiroso nato. Juliet lo escrutó y decidió no ahondar en el tema. En lugar de eso, dejó clara su postura.

—La semana que viene estará en casa, o a la otra como mucho.

—Ah, bien, me alegro, eso está muy bien. —Seguía rojo tomate.

—Sí, sí.

Juliet se alejó a toda prisa y dejó a su amigo plantado en el pasillo en medio de la multitud. Se quedó preocupada. «¿Qué le pasa?», se preguntó. Se sentó con Della en el comedor. Su amiga ya había comprado patatas asadas con atún y agua para las dos. Soltó la mochila y se sentó.

—Gracias.

—No es nada.

—Acabo de ver a Kyle.

—¿Y qué? ¿Sigue enamorado de ti? —le preguntó Della, que se puso a hacer ruiditos de besos.

—Estaba muy raro —respondió, decidida a ignorar las tontas insinuaciones de su amiga.

—Porque es raro.

—No es raro, Della.

—Si tú lo dices…

Kyle había sido su vecino y su amigo desde que tenían dos años. Era tímido y no le gustaba juntarse con los niños del colegio: ya tenía suficientes amigos en el circuito de carreras donde pasaba un mínimo de tres horas al día. Su padre, Charlie, era piloto de motocross, y aunque se había roto prácticamente todos los huesos del cuerpo, introdujo a su hijo en aquel deporte en cuanto cumplió los cinco. Kyle tenía un talento nato para la moto y su padre quería conver-

117

tirlo en un campeón y le obligaba a entrenar. Ellos dos habían ido en su rescate cuando se encontró a su madre tirada en el suelo de la cocina, con una fractura abierta de lo más truculenta. Rabbit se había desmayado pero respiraba con fuerza, de modo que Juliet supo que no estaba muerta; sintió que el pánico se apoderaba de ella pero lo combatió. Sabía qué hacer: llamaría a una ambulancia y luego iría a por Charlie, al que había visto podando el seto no hacía ni dos minutos. «Por favor, ayuda. Está en el suelo. Está mal. Por favor», le gritó. El hombre soltó las tijeras de podar y salió corriendo hacia la casa. Kyle apareció también de la nada y lo siguió al interior. Rabbit apenas había recobrado el sentido, pero Charlie gritó que le dieran unas tijeras y un trapo limpio. Kyle cogió las que había en la encimera y se las pasó a su padre, que cortó una de las perneras del pantalón de Rabbit y dejó a la vista el hueso sobresaliendo de la carne y la dimensión de la hemorragia.

A Juliet le latía el corazón con tanta fuerza que creía que iba a salírsele del pecho. Hizo lo posible por controlar la respiración.

—Sangra muchísimo, eso no es bueno —dijo, y se llevó la mano a la boca.

Sintió que le fallaban las piernas y por un momento pensó que iba a vomitar.

—Tiene peor pinta de lo que es —le dijo Charlie—. He visto cosas peores.

—Yo también —corroboró Kyle mientras hurgaba por los cajones en busca del trapo limpio.

Cuando lo encontró, se lo tiró a su padre, que presionó con él la herida. Rabbit gimió y tuvo un conato de asfixia, pero Charlie lo tenía controlado.

—Tranquila, ma… ¿me oyes? Charlie sabe lo que se hace y la ambulancia viene de camino. —Juliet oyó el llanto en su propia voz. Le puso la mano en la mejilla a su madre, que la tenía mojada.

Kyle desapareció y volvió a los pocos segundos con un cojín para que su padre se lo pusiera debajo de la cabeza. Juliet se recompuso: tenerlos allí con ella la calmó lo suficiente para poder pensar con claridad en lo que debía hacer.

—Yo me encargo de todo, ma. No te preocupes por nada —le dijo, y con su madre a salvo al cuidado del vecino, repasó corriendo la cocina y fue cogiendo las medicinas de su madre, el papel con el tratamiento y el expediente.

Después subió las escaleras como una exhalación para coger un camisón limpio, una muda y una bolsa de aseo. Cuando llegó la ambulancia, tenía toda la maleta preparada, incluidos libros y aperitivos para la larga noche de espera que tenían por delante. Rabbit había vuelto a desmayarse pero ella siguió hablándole.

—He cogido tu camisón favorito, la colonia y el cacao que te gustan. Todo va a salir bien.

Kyle se ofreció a acompañarla en la ambulancia. Aunque era un detalle por su parte, declinó la oferta y vio en la cara del padre que se lo agradecía: las urgencias en una noche de viernes no eran sitio para un chico de doce años y medio. Se despidió de ella con la mano mientras se cerraban las puertas de la ambulancia.

—Se pondrá bien, Juliet —le gritó—. No te preocupes. ¡Nosotros cuidamos de la casa!

Desde que cumplió los ocho ya no se juntaba tanto con Kyle. Ella había hecho amistad con algunas niñas y él había desaparecido en las carreras de motocross, pero, pese a lo poco que se habían visto en los últimos cuatro años, siempre podía contar con él.

Estaba rumiando la reacción de Kyle al darle el parte sobre su madre cuando de pronto Della chasqueó los dedos en su cara.

—¿Hola? ¡Tierra llamando a Juliet!

—Perdón.

—¿Vas a acabarte la comida?

119

Juliet empujó la bandeja hacia su amiga.

—Cómetela.

Della se la acabó en tres bocados.

—Cuando estoy con la regla me entra más hambre. —Se volvió hacia la barra e inspeccionó el contenido de las vitrinas—. ¿Te apetece un trozo de tarta de zanahoria a medias?

Era el quinto periodo de Della, y a Juliet todavía no le había venido el suyo, de modo que se enfadaba cuando su amiga hablaba del tema. En el fondo sabía que no estaba presumiendo pero no podía evitar reaccionar siempre así.

—No tengo hambre.

—Jo, es que no quiero comérmelo entero.

—Pues cómete la mitad y ya está.

—Sabes que haya lo que haya me lo como.

—Entonces no te lo compres.

—Bah, a la mierda, me lo compro. —Se levantó y volvió con un trozo de tarta con dos tenedores—. Por si acaso.

Luego fueron a sentarse en el césped y ver a los niños jugar. A su amiga se la veía nerviosa, y no era solo porque tuviese la regla. Juliet no se dio por aludida; estaba demasiado cansada para dramas. El sofá de casa de su tía no era la cama más cómoda del mundo, pero, aunque no fuera dura y no estuviese llena de bultos, le habría costado dormir. En cuanto se echaba, el cerebro se le disparaba en tantas direcciones que le daba dolor de cabeza. Revivía los días, las horas, los minutos y los momentos que habían llevado a encontrarse a su madre en el suelo. Repasaba al detalle, hasta la obsesión, todo lo que podría o debería haber hecho para evitar que su madre se cayera. Revisaba mentalmente el suelo: estaba despejado y no había dejado nada con lo que su madre hubiera tropezado; había metido las sillas bajo la mesa, no había nada derramado ni mojado. Había barrido el suelo antes de irse al colegio, como llevaba haciendo desde que le habían diagnosticado el cáncer a su madre, dos veces al día, aparte de limpiar toda las superficies con desinfectante. No se le había olvidado.

Se preguntó si su madre se habría desmayado. A veces le pasaba después de las sesiones de quimio, pero llevaba un tiempo sin asistir a una, y por lo general se la veía pálida y cansada antes de desmayarse, pero aquella mañana no notó nada. Había tenido una reunión con su redactor sobre el blog del cáncer y estaba guapa con su peluca y su maquillaje. Habían hablado de su examen de francés y su madre había bromeado con cambiarla a alemán, puesto que total, dentro de un año, Alemania sería dueña de toda Irlanda. Estaba enferma pero bien. Si no, ella lo habría notado. Habría visto el cambio, por sutil que fuera: vigilaba a su madre como un halcón cada minuto que pasaba con ella. «Entonces ¿cómo fue? ¿Y por qué? ¿Y si...? —Se quedaba despierta, llorando, con el corazón acelerado y el cuerpo tembloroso—. ¿Y si...?»

Durante el día ponía cara de valiente y solo se permitía pensar en cuando su madre volviera a casa. La vida volvería a la normalidad, que, por supuesto, no era muy normal, pero lo suficiente, y a ella le bastaba. A Juliet, como a su propia madre, se le daba bien poner buena cara y mejor aún autoengañarse. Todas las mañanas la esperanza se renovaba. *Todo saldrá bien.*

Della tosió y se removió como si intentara aplastar el césped con las nalgas. Juliet no dijo nada y fingió estar siguiendo el partido. A falta de una invitación para hablar, su amiga tomó la iniciativa:

—Mi ma dice que te pregunte si quieres quedarte en nuestra casa.

—Se agradece, pero estoy bien en casa de Grace.

—Pero ahí no tienes ni habitación. Nosotros tenemos una vacía.

—Será poco tiempo.

—Vale. —Della no parecía convencida—. Bueno, aun así

mi madre dice que eres siempre bienvenida, todo el tiempo que quieras... como si es para siempre.

Juliet miró a su amiga como si no entendiera nada y esta remetió las manos bajo las piernas.

—No digo que vaya a hacer falta quedarte siempre. Lo que quiero decir es que a mi madre le caes muy bien. A veces creo que mejor que yo. —Su amiga estaba nerviosa, pensó Juliet, hablaba rápido y dejaba frases a medias. No la miraba a los ojos y fingió un repentino interés por cómo controlaba el balón Alan Short—. Dios, está tremendo, ¿no te parece?

Nada más decirlo Alan Short tropezó y acabó de bruces contra el suelo. Cualquier otro día se habrían partido de risa, pero no en ese momento. Juliet se levantó.

—¿Adónde vas? —le preguntó su amiga, pero ella no respondió y siguió alejándose.

No llores, Juliet, no pienses cosas que no son. No pasa nada. Ma volverá a casa. Lo único que hay que hacer es superar los próximos días. No va a pasarnos nada.

Echó a correr.

Grace

Se enamoró de Lenny el primer día que lo vio. No era el más guapo del mundo pero tenía una sonrisa cálida y unos ojos tristones y tiernos y, cuando él la rozó sin querer en el comedor de la oficina, a ella se le erizó la piel y sintió un pellizco en el estómago.

—Me llamo Lenny —le dijo él tendiéndole la mano.

Su padre la había advertido sobre los peligros de los apretones flojos, de modo que se la estrechó con firmeza, demasiado, hasta el punto de que él pegó un grito y se la frotó con la otra cuando ella lo soltó.

—Lo siento mucho. Los nervios del primer día.

—No hay por qué, aquí somos todos un encanto. —Le ofreció una taza de la repisa sobre el fregadero.

Grace la cogió, sonriendo y manteniéndole la mirada, y dijo esperanzada:

—¿Ah, sí?

—No, pero te dejaré decidir a quién evitar.

—Vaya.

Se echó café primero y luego le sirvió a ella en la taza que le había dado.

—Bueno, ¿y qué te trae al maravilloso mundo de la banca?

—Mi pa.

—¿Trabaja aquí? —le preguntó ligeramente alarmado.

—No, en la competencia.

Lenny fue a la nevera, olisqueó la leche y la levantó en alto, hacia donde estaba Grace, que asintió.

Después de echarle, preguntó:

—¿Azúcar?

—Para dulce yo —respondió, a lo que él rio.

Vestía un traje negro y una camisa blanca almidonada, con corbata celeste, a juego con sus ojos. Llevaba desabrochado el último botón y tenía la corbata ligeramente floja, como si hubiera tirado de ella sin advertirlo por mucho que Grace supiera que estaba todo cuidadosamente orquestado para tener ese aire desenfadado. La pequeña rebelión de Lenny. El traje le quedaba muy bien, aunque, cuando se aupó para coger la lata de galletas del último estante, ella se fijó en que llevaba calcetines blancos con mocasines negros. *De eso tendrá que olvidarse.* Le ofreció una galleta y ella la rechazó cortésmente, a pesar de que eran HobNobs de chocolate, sus favoritas de toda la vida.

—Bueno, será mejor que vuelva al tajo —le dijo, y ella se apartó a un lado para dejarle paso.

—Yo también.

—Me alegro de conocerte.

—Lo mismo digo.

Mientras se iba, no pudo evitar fijarse en que tenía un bonito trasero. Se volvió justo cuando ella ladeaba la cabeza para obtener una vista lateral.

—No me has dicho cómo te llamas.

—Grace.

—Encantado, Grace. —Volvió a tenderle la mano pero, al recordar el dolor, la retiró con una sonrisa socarrona—. Todavía me duele —dijo guiñándole un ojo.

—Perdona.

A los cinco minutos, de vuelta al cubículo, miró a su alrededor, nerviosa, para comprobar si había alguien observándola. Estaba todo el mundo tecleando, archivando o hablando de cosas de trabajo, y su jefe inmediato seguía en una reunión, de modo que decidió llamar un momento a su madre.

—¿Ma?

—¿Cómo va eso?

—Acabo de conocer a mi futuro marido.

—Ay, Grace, deja de dar por culo. —Su madre le colgó.

Próximamente en sus pantallas, ma.

Al cabo de un mes estaban saliendo y al año se prometían. Dos meses antes de su boda, Grace descubrió que estaba embarazada de tres meses de su hijo Stephen. De eso hacía ya veinte años, y cada día quería más a su marido. Sonaba a pasteleo, hasta para ella, pero era verdad. Había tenido suerte, y a veces incluso se sentía mal por ello. Cuando el matrimonio de su mejor amiga, Emily, se vino abajo por culpa de los continuos devaneos del marido y se vio obligada a mudarse a una vivienda social con dos hijos pequeños, le hizo ver desde fuera lo bien que le iba todo. Cuando el marido de su vecina Sheena la dejó para unirse a una secta New Age de Dorset, nadie se lo habría imaginado: un día eran una pareja feliz, siempre dispuesta a tomar una copa los viernes en el pub del barrio, y al siguiente él se había afeitado la cabeza y vivía de lo que cultivaba en una comuna, y ella se había convertido en madre soltera. Después estaba lo de la hermana de su cuñada Serena, Kate, que había pillado a su marido meneándosela con sus bragas y su sujetador de seda roja puestos mientras veía porno gay. Solo estaba experimentando, le dijo. Después de una pelea enorme y de varias semanas separados, ella decidió creerlo. Tres críos después, seguían juntos y ella parecía ajena al hecho de que su marido era una loca desatada.

Grace era afortunada. Lenny era un ateo monógamo al que le estremecía la idea de chuparle la polla a otro hombre. Además, era un buen padre; adoraba a sus hijos y haría lo que fuera por ellos. Cuando Stephen tenía cinco años, le encantaban los bailes irlandeses, y Lenny, que habría preferido meter la cabeza en un horno de gas, fue a todas las competiciones y aplaudió y animó a su hijo en numerosas victorias. De muy pequeño, Bernard siempre estaba enfermo, y aunque Lenny tenía que trabajar por las mañanas, había cumplido con su ración de pasearlo arriba y abajo por el pasillo, nunca se había escaqueado a la hora de cambiar pañales y, a pesar de que Grace y él estuvieron a punto de matarse varias veces de puro agotamiento, siempre corría a disculparse si no llevaba razón.

Con Ryan supieron que les daría problemas ya desde los dos años. Tenía algo especial, sí. Era más guapo que un querubín, terco como un mulo y un cabroncete de lo más pillo. Las normas no iban con él. No le afectaban. Tanto era así que Grace se vio arrastrada en dos ocasiones a las oficinas del supermercado Tesco por ser sospechosa de robo y no la soltaron con una amonestación hasta que la cinta de seguridad reveló que Ryan había estado cogiendo artículos del estante a la altura de sus ojos y metiéndoselos en la chaqueta cuando su madre no miraba. Antes de cumplir los cuatro años le tenían vetada la entrada en dos supermercados y, en las escasas ocasiones en que se veía obligada a llevarlo de compras, estuvo atándolo al carrito con unas esposas hasta que cumplió los seis. Con él Lenny era el relajado. Grace era demasiado temperamental y, con el genio de su madre, fue un milagro —auspiciado por la templanza del padre— que el niño no acabara enterrado en el jardín trasero.

Jeffrey era el de la consola. Un prodigio con los ordenadores, ya a los nueve años recurrían a él para cualquier cosa técnica, pero era muy perezoso para todo lo físico y, por supuesto, comía demasiado. Su padre había intentado interesarlo por los diversos equipos de Bernard, que si fútbol, que si natación, que si atletismo, y hasta lo había llevado al salón de bailes irlandeses de Stephen, pero no quiso saber nada del tema. Por lo demás, el niño se pasaba la vida «muerto de hambre», y Grace no era de las que dicen «no»... al menos hasta que el médico les reveló que padecía de obesidad. Lenny le había trasladado su preocupación por Jeffrey durante años y ella no había hecho caso. Por suerte, era demasiado bueno para venirle ahora con un «te lo dije».

Su marido era muy buena persona, de modo que no tuvo ningún sentido que Grace hiciera la maleta y se fuera de casa simplemente porque él había insinuado que el pastel de lentejas estaba chafado.

Todo había empezado en un ambiente de lo más apacible. Lenny había vuelto a casa de su media jornada y había encontrado a su mujer en la cocina, enfrascada en un recetario. Le había dado un beso y había puesto el programa que venía oyendo en la radio del coche. Encendió el hervidor y cogió dos tazas de la repisa como un autómata. El locutor estaba hablando con una mujer que había decidido rifar su casa. Los boletos costaban cien euros y estaba dando una dirección de internet para quien estuviera interesado en comprarlos. Ya había vendido ciento cincuenta mil euros en participaciones y solo necesitaba otros cincuenta mil para liquidar la hipoteca y largarse del país.

—¿Y si no consigue cubrir la hipoteca? —le preguntó el locutor.

—El banco puede hacerse cargo del resto.

—¿Crees que deberíamos comprar un boleto? —le preguntó Lenny, tendiéndole una taza de café.

—¿Dónde está la casa?

—Por Mayo.

—No.

—Mayo es bonito. —Se sentó al otro lado de la isla de cocina—. ¿A qué huele?

—Es el pastel de lentejas.

—No. ¿Tú crees? Ostras, si tuviéramos perro, habría jurado que se había tirado un pedo.

Fue entonces cuando Grace Black perdió la cabeza. Cogió un guante de cocina, abrió el horno, sacó el pastel y lo lanzó contra la pared. Lenny se levantó de un brinco.

—Pero, Grace, ¿a qué coño ha venido eso?

—Hazlo tú entonces —chilló—. Ve tú a comprar, corta, cocina, y aguanta los lloriqueos de todos, que si patatín, que si me duele la puta barriga. ¡Encárgate tú, Lenny! Total, tú lo haces todo mucho mejor que yo.

—A ver, tranquilízate.

Era lo peor que podía haberle dicho, porque fue entonces cuando por unos momentos Grace consideró la posibilidad de coger el cuchillo de trinchar y clavárselo en la cabeza. En su lugar agarró una taza que estaba a centímetros del cuchillo y la estrelló contra las baldosas. Se partió en mil pedazos.

—¡Vale, vale! Sea lo que sea, seguro que podemos hablarlo. —Lenny estaba agitando las manos con gestos de apaciguamiento en un intento por calmarla.

—¿Sea lo que sea? ¿Sea lo que sea? —chilló—. ¿Y qué será, Lenny? ¡No lo sé! ¿Qué puede estar mal? —Cogió otra taza y se dispuso a lanzarla.

—¡Para el carro! ¡Déjate de tonterías, Grace! No tienes cinco años y a tu edad no valen las pataletas.

No lo pensó. Lanzó la taza y le dio en toda la cara. Al instante le salió sangre de la nariz y empezó a hinchársele el ojo. Se quedó tan conmocionada al ver la sangre y como se tambaleaba que salió corriendo de la habitación. *¿Qué he hecho?* En lugar de ayudar a su marido o siquiera disculparse, sintió una necesidad imperiosa de huir. Subió a su cuarto y metió en una maleta ropa interior limpia, vaqueros y unas cuantas camisetas; cogió una bolsa de aseo y, por suerte, su bolso estaba en el pasillo. Oyó a Lenny en el baño de abajo, limpiándose la sangre de la cara mientras ella abría ya la puerta de la calle. No sabía si le había roto la nariz, le había dejado un ojo morado o ambas cosas. No podía pensar en eso, aún no era capaz de admitir lo que había hecho. La rabia se le había disipado pero seguía dándole vueltas la cabeza. Él la llamó; parecía más conmocionado y confuso que enfadado. No podía mirarlo a la cara, de modo que cerró la puerta de la calle tras de sí y corrió al coche sin un destino en mente, solo la necesidad desesperada de huir y esconderse.

Davey

Llamaron del colegio poco después de las dos y media. Juliet estaba con una jaqueca muy fuerte y Grace no respondía al teléfono. Molly y Jack habían vuelto a casa el tiempo justo para coger una vieja agenda llena de números. Fue Davey quien quedó en ir a recoger a su sobrina lo antes posible. Llamó a un taxi y se preparó un bocadillo mientras lo esperaba, pero llegó antes de lo previsto y tuvo que comérselo por el camino. El taxista era un ugandés que hablaba por los codos; acababa todas las frases con una risa o un resoplido. Le gustaba aporrear el volante para enfatizar su punto de vista.

—¿Sabe lo que creo del aborto? —le preguntó de buenas a primeras. Davey no tenía ni idea de qué creía del aborto ni de ninguna otra cosa—. Nada —respondió el hombre—. Me da igual. La legislación solo sirve para distraernos de lo que está pasando de verdad.

—¿Y qué está pasando?

—Robos. —Dio un palmotazo contra el volante—. No me he ido de Uganda para venir a Irlanda a que me roben. Nos meten impuestos, impuestos y más impuestos… hagas lo que hagas, impuestos.

Él se quedó callado. No tenía nada que aportar a la conversación.

—Ah, pero las mujeres irlandesas… —El taxista se rio satisfecho—. Qué guapas son.

Davey no recordaba que las irlandesas fueran guapas. La última novia que había tenido antes de mudarse a Estados Unidos le echó encima a sus dos hermanos por romper con ella. De no haber sido por Francie y Jay, sería hombre muerto. No dijo nada.

—¿Está casado? —le preguntó el hombre.

—No.

—¿Gay?

—No.

—¿Solo?

—No.

—Ja. —Resopló—. Parece solo.

—Pues no lo estoy. —*¡Que lo sepa!*

—Como quiera.

—Defina «solo» —le pidió Davey.

—Que no tiene que rendir cuentas.

Lo pensó unos segundos. Llevaba dos días desconectado de todo y el único mensaje que le había llegado había sido de Casey mandándole besos y de Mabel preguntándole si podía hacer algo. Ninguna de las mujeres con las que se acostaba lo había llamado ni había notado su ausencia.

—Vale, de acuerdo, estoy solo.

—¿Le gusta estar solo?

—No lo pienso. —*Estoy mintiéndole a un desconocido.*

129

—Todo hombre necesita una mujer.

—Creo que sobreviviré.

—Sobrevivir no es vivir.

Vale, estoy solo. ¿Contento? Se arrepintió de haber entrado al trapo. Mandó mentalmente a tomar por culo al taxista.

—¿Le gusta la música?

—Sí. —Agradeció el cambio de tema.

El hombre le sonrió e introdujo un CD en el reproductor. Era un grupo ugandés muy enérgico y con mucha percusión.

—¿Le gusta?

—No.

El taxista se encogió de hombros y dijo:

—Una pena.

El recinto del colegio estaba tranquilo. Entró por la puerta principal y miró a su alrededor en busca de alguien que le ayudara al internarse por el pasillo sombrío. Odiaba los colegios y no había vuelto a pisar uno desde su expulsión. Llamó a la puerta con el cartel de SECRETARÍA pero no contestó nadie. Fue hasta la sala de profesores y, antes de llamar, sintió un nudo en el estómago. *Eres ya mayorcito, por el amor de Dios*, se dijo, pero aun así se arregló el pelo y se puso bien la camiseta. A la segunda llamada abrió la puerta una mujer. Tendría veintipico años, y era guapa y lucía una gran sonrisa.

—Estoy buscando a mi sobrina, Juliet Hayes.

—Ah, vale, un segundo. —Abrió la puerta del todo y entonces reveló que era la única de la sala y que estaba comiéndose un bocadillo—. Pase.

—Perdón por la interrupción.

Repasó con la mirada la pintura desconchada, las mesas abatibles y las sillas de plástico. *Así que esto es una sala de profesores...* No se quedó muy impresionado.

La maestra se limpió las manos en una toalla y cogió el café.

—No pasa nada. Sígame.

Recorrieron juntos el pasillo.

—Tengo a Juliet en inglés y matemáticas.

—Ah.

—Es muy buena alumna.

—Igual que su madre. Cerebro para dar y regalar.

—¿Qué tal está su madre?

Se sintió incómodo. No sabía cómo responder a esa pregunta. *Ay, Dios, está muriéndose. Rabbit se está muriendo.* Ella debió de notar su forcejeo interior porque no esperó su respuesta.

—Juliet ha tenido que sobrellevar muchas cosas pero es muy fuerte.

—Sí, es verdad. —*Signifique lo que signifique.*

La maestra le pidió que le diera un minuto y luego desapareció en una habitación sin placa. Regresó al poco con Juliet.

—¿Davey? —dijo su sobrina, entre sorprendida y feliz de verlo.

131

—Grace está en paradero desconocido, así que te toca quedarte conmigo, gazapilla.

La niña asintió y sonrió, dejó en el suelo la mochila y le echó los brazos al cuello.

—Qué bien que hayas venido, Davey. Gracias, señorita Hickey. —Se despegó de su tío y recogió la mochila.

—De nada, Juliet. Que te mejores.

Fuera hacía un calor poco propio de la estación. La niña se quitó el chaquetón y se lo colgó de las asas de la mochila. Davey notó el cambio en su cara antes de que le preguntara:

—¿Por qué has venido?

—Me han llamado del colegio.

—Me refiero a por qué estás aquí en Irlanda, zoquete —dijo en tono juguetón.

—Oye, la única que me llama así es mi madre.

—Lo siento, no lo sabía, pero ¿por qué has venido?

—Os echaba de menos. —*Por favor, Juliet, por favor, no insistas. No sé qué decirte. No me obligues a decírtelo yo, no me corresponde.*

Su sobrina consideró lo que le había dicho y decidió aceptarlo como respuesta.

—Yo también te he echado de menos.

A Davey le entraron ganas de llorar.

—¿Tienes llaves de casa de Grace? —le preguntó cambiando de tema.

—No.

—¿Quieres ir a casa de la buela a echarte un rato?

—No.

—Puedo llevarte al médico si no te sientes bien.

—No me pasa nada.

—¿Y la jaqueca?

—Lo he dicho por decir.

—¿Y eso?

—Necesitaba salir de allí —dijo Juliet; con el tío Davey no tenía que decir mentiras.

Este suspiró: la entendía mejor que nadie.

—Vale, entonces, ¿qué quieres que hagamos?

—Quiero ir al parque de Saint Stephen.

—Llevo años sin ir.

Cogieron el autobús, subieron a la planta de arriba y se sentaron delante del todo. Davey llevaba mucho tiempo sin ver Dublín desde esa atalaya privilegiada. Era bonito. Hablaron de lo mucho que había cambiado la ciudad en los quince años que él llevaba viviendo en Estados Unidos. Juliet le señaló la red de tranvías Luas. No se había fijado en los viajes anteriores.

—Tienen muy buena pinta.

—Y además funcionan y todo.

—¡Uau, un transporte público que funciona!

Antes de entrar en el parque compraron café y unos hojaldritos de manzana para llevar.

—¿Quieres pan para los patos?

—No tengo cinco años.

El parque estaba sorprendentemente ajetreado para ser las tres de la tarde de un día entre semana. Aunque no superaban los dieciocho grados, había gente que se había quitado ropa y estaba tomando el sol en el césped. Un grupo de jóvenes tocaba en el quiosco de la música. Eran buenos: música divertida y chicos guapos. Consiguieron que Juliet sonriera.

—Vamos a quedarnos a oírlos —le pidió la niña, y él se alegró de poder complacerla, de modo que se sentaron en la hierba, se bebieron el café y picaron de los pasteles.

—¿Todavía tocas la guitarra? —le preguntó.

—A veces. —Él mismo se la había comprado y ella le había prometido que sería la mejor guitarrista de la historia.

—¿Te aburre?

—No, qué va, es que he estado muy liada.

Davey comprendió. La niña dedicaba casi todo su tiempo libre a cuidar de su madre. Tendría que haber hecho más por ayudarlas. *Soy un capullo. Te he defraudado, chiquita.*

—Se te daba muy bien.

—Se me daba normal.

—No, tenías talento.

—Gracias.

Estuvieron otra canción pendientes del grupo.

—¿Davey?

—Dime.

—A lo mejor algún día vamos a verte a Nashville.

—Me encantaría. —Hizo caso omiso del plural. Si la niña se dio cuenta, no hizo nada por ponerlo en jaque.

—Ma siempre está hablando de cuando vivió en Estados Unidos y lo bien que lo pasó. Seguro que le encantaría volver.

Davey quiso cambiar de tema.

—Yo fui a verla el primer verano que se fue a Nueva York.

—¿Sí?

Davey sabía que a su sobrina le encantaba oír historias de su madre.

—Vivía en una lata de sardinas en una bocacalle de Broad Street.

—¿Con Marjorie?

—Sí.

—¿Y eso fue antes o después de que saltaras al burro con ella? —preguntó con una sonrisa pícara.

—Antes. —Se tapó la cara con las manos.

Su sobrina alargó las suyas y se las apartó.

—Sigue contando.

—Era julio y hacía tanto calor que guardaban el maquillaje en la nevera, donde tampoco había mucho más, la verdad. Nos íbamos al bar solo con tal de tener aire acondicionado.

—Y de tomar cervezas.

—Eso también, sí, pero, de verdad, creía que me derretía. Nunca había sentido un calor igual. Estaba deseando largarme de allí pero a tu madre le encantaba.

—Ella me dijo que te fuiste porque echabas mucho de menos a la buela.

—Sí, por un lado sí.

—Pero luego volviste.

—No me quedó más remedio.

—Pero ¿ahora te gusta?

—Sí.

—¿Por qué se fue ella si tanto le gustaba?

—Por Johnny.

—Pero él le dijo que fuera, quería que se quedase en Estados Unidos.

—Ya, pero a ella le costaba estar lejos de él. —Removió incómodo la hierba. No le gustaba hablar de la relación de Rabbit y Johnny, le resultaba demasiado doloroso.

—Yo antes quería que él hubiese sido mi padre.

—¿Ah, sí? ¿Y eso? —Se quedó descolocado; le parecía un deseo extraño para una niña pequeña.

—Por todas las historias, por lo mucho que ella lo quería, lo increíble que era y lo mucho que molaba, mientras que mi padre, puff, en realidad solo me sé una historia.

—¿Qué historia?

—Que salió corriendo detrás de un ladrón que le pegó un tirón del bolso a mi madre.

—¿De verdad?

—Así se conocieron. No me digas que no lo sabías…

—No sé, supongo que me he perdido muchas historias en todos estos años. —Se preguntó por qué nunca le había preguntado a su hermana cómo había conocido al padre de su hija. *¿Qué mierda me pasa?*—. Bueno, es romántico, ¿no te parece?

—Ni siquiera atrapó al ladrón.

—Pero lo intentó.

—Si tú lo dices… —Hizo una pausa—. Ma me preguntó si quería que lo buscara.

—¿Y?

—Le dije que no.

—Te comprendo.

—Dice que era buena gente pero que en realidad no lo conocía. Tres semanas es muy poco tiempo. Puede ser un psicópata asesino.

—O peor, contable.

Sonrió con la broma de su tío.

—Además, no lo necesito, tengo a ma.

Juliet estaba poniéndolo a prueba, consciente o inconscientemente. A Davey le volvieron las ganas de llorar. *Si la niña es capaz de mantener el tipo, es lo mínimo que puedes hacer. Nota mental: pedirle a Francie que me pegue un puñetazo en la cara. Me lo merezco por gilipollas.* Era hora de moverse. Se levantó.

—Venga.

135

—¿Adónde vamos?

—Vamos a dar un paseo por la calle del recuerdo.

—Vale.

Cuando iban saliendo del parque, la niña se le enganchó al brazo y le dijo:

—Gracias por el paseo, Davey.

Siempre se habían sentido así de a gusto juntos. Compartía con su sobrina la amistad fácil que su hermana siempre había ansiado tener con él de niña. Pero había estado demasiado ocupado diciéndole a su hermanita que se fuera a la mierda y se había perdido todo lo bueno que ella había compartido con Johnny, su mejor amigo. Ahora Juliet se hacía mayor y él también se lo estaba perdiendo.

—Tenemos que hablar más por Skype —dijo.

—Siempre dices lo mismo. —La niña rio—. Ma dice que eres un desastre nato.

—Tiene razón.

—Yo le digo que estás muy ocupado haciendo lo que más te gusta. Vives en la mejor de tus vidas.

—¿De dónde sacas esas cosas?

—Ma está enganchada al programa de Oprah, que se pasa la vida diciendo mierdas de esas.

—Te quiero, gazapilla —le dijo, y lo sentía en lo más hondo de su ser. Quizá fuera la primera vez que se lo decía a alguien aparte de a su madre. Era un gran momento.

Juliet se puso colorada y le pegó un puñetazo en el brazo.

—Cállate.

—Es verdad.

—De verdad, que te calles. —Estaba avergonzada pero sonreía.

—Vale, me callo pero solo porque te quiero.

—Pedazo de zoquete —dijo Juliet a media voz.

Llegaron a la callejuela poco antes de las cinco.

—Cuando dijiste lo de la calle del recuerdo, no creía que

hablaras de una calle en concreto. —Juliet caminaba por delante de su tío—. Están chulos los grafitis.

—Es el muro de U2 —dijo Davey inspeccionándolo de arriba abajo.

—¿Qué buscas?

—Firmamos aquí el último verano antes de que se fuera todo al traste.

—¿Qué pusisteis? —preguntó la niña uniéndose a la búsqueda.

—«Johnny, Francie, Louis y Jay, Davey y Rabbit, su hermanita, han venido para quedarse» —dijo leyéndolo.

Estaba medio borrado, apenas legible, pero, en cuanto se lo señaló, Juliet también lo vio.

—Uau, qué profundo.

—No fue nuestro mejor trabajo, lo reconozco.

—¿Aquí pone Kitchen Sink?

—Sí.

—Nombre de grupo chungo, tío Davey.

—Nombre de grupo guapo.

—Con ese nombre no ibais a ninguna parte.

Davey repasó el escrito de la pared con el dedo.

—En esos tiempos todavía creíamos que lograríamos triunfar.

—Bueno, a ver, es que erais un poco lerdos.

Se rio.

—Puede ser, pero éramos lerdos felices.

—¿Cómo era ma en aquella época? —preguntó Juliet siguiéndolo por Windmill Lane.

—Un incordio.

—Pero la querías.

Davey rio entre dientes.

—Era imposible no quererla.

—¿Qué edad tenía ella cuando escribisteis en el muro?

—Catorce.

—La gente nos dice que nos parecemos.

—Es verdad. —Lo que no le dijo fue que, a sus doce años, Juliet, sin las gafas de culo de vaso y los dos moños en lo alto de la cabeza, era más guapa que su madre.

—¿Sigues teniendo las grabaciones del grupo?

—Puede que en una cinta en el desván.

—Pero ¿tienes radiocasete?

—En el desván posiblemente.

—¿Me tocarás algo un día de estos?

—Sí, estaría muy bien.

—Mola.

Siguieron en dirección a Pearse Street.

—Davey.

—Dime.

—¿Podemos ir ya a ver a ma?

Asintió, le pasó el brazo por los hombros y se dirigieron a la parada de taxis. De camino reflexionó sobre lo orgulloso que estaba de su sobrina y lo mucho que le preocupaba su futuro. *¿Cuándo vamos a hablar de Juliet?*

Johnny

El tío Terry abrió los portones traseros de la vieja furgoneta y dejó a la vista al grupo y a Rabbit sentados de cualquier manera entre el equipo, medio asfixiados por el calor.

—Arriba y abajo —les gritó.

Davey se levantó con todo el pelo pegado a la cabeza por el sudor; se tambaleó ligeramente pero recuperó el equilibrio apoyando una mano en el techo. Francie y Jay se quedaron sentados, jadeando. Johnny sacudió con cuidado a Rabbit, que tenía los ojos abiertos pero parecía dormida.

—Venga, nenazas, para arriba. —El tío Terry aporreó el lateral de la furgoneta—. Empieza el espectáculo.

El nuevo representante de los Kitchen Sink les había organizado bolos en todas las salas y festivales que encontró ese verano. Decía que para octubre ya les habría conseguido un contrato y que iba a ser gordo. Ya se habían interesado por ellos en Reino Unido. Tenían las canciones, y solo necesitaban foguearse en una gira de batalla para ganar un poco más de tablas sobre el escenario. Cuando hubiesen triunfado en Irlanda, estarían preparados para el mundo exterior. Paddy Price iba a llevar a los Kitchen Sink al estrellato y, tras dos años de ensayar, componer y esperar, estaban más que preparados. Era una operación bajo mínimos, con el dinero justo para pagarle al tío Terry por su cuestionable vehículo y ellos montando y desmontando solos; en un principio Grace se había apuntado como *roadie* pero, en cuanto comprendió que tenía que andar cargando amplis sucios y montando la batería de su hermano, los mandó a tomar por culo.

A Rabbit le habían ofrecido ser técnica de sonido; se sabía las canciones de pe a pa y había demostrado tener buen oído, lo que resultó muy útil teniendo en cuenta que iba aprendiendo sobre la marcha. Tras unos cuantos bolos cuestionables, le había cogido el tranquillo y no se le daba nada mal. Con catorce años Rabbit Hayes no tenía edad para entrar en la mayoría de locales, pero, con su metro setenta y cinco, y tras haberse cambiado las gafas por lentillas y haberse soltado por fin su melena sedosa hasta por debajo de la cintura, no parecía más pequeña que su hermano de dieciocho; si acaso, para fastidio de Davey, cuando se maquillaba, parecía mayor.

Ella era la encargada de llevar la bolsa de cables y el bombo de su hermano. Los chicos se ocupaban del resto. La sala de esa noche era oscura y, por suerte, fresca. Había otro grupo en el escenario haciendo la prueba de sonido. Rabbit se acercó al tipo que estaba tras la mesa de mezclas, una copia barata de Johnny Rotten, con unos veinte años y un imperdible en la nariz.

—Supongo que termináis dentro de un cuarto de hora —le dijo Rabbit.

139

El otro la miró de arriba abajo.

—Terminaremos cuando terminemos.

Johnny le dio un codazo a Francie para alertarlo del altercado que estaba a punto de producirse.

—Terminaréis dentro de un cuarto de hora.

—¿Quién lo dice?

—El programa y yo.

—¿Y quién coño eres tú?

—Lo importante no es quién soy, sino lo que pienso hacer. ¿Puede permitirse tu grupo comprar un equipo nuevo?

El sucedáneo de Johnny Rotten volvió a mirarla de arriba abajo, aunque esa vez con cautela. Ella se quedó allí plantada dejando que la escrutara.

—Quince minutos —cedió el otro.

—Te dije que había nacido para esto —comentó Johnny con Francie.

—Ya ves.

El local se llenó hasta la bandera. Tras unos cuantos acoples iniciales que Rabbit se encargó de solucionar rápidamente, fue todo rodado. Hacia la mitad del concierto vio entre el público a su amigo del colegio, Chris, que la saludó. Ella le devolvió el gesto pero siguió a lo suyo. Johnny se metió al público en el bolsillo desde el primer minuto, mientras que los chicos no cometieron ni un error y daban botes de aquí para ella sin esfuerzo alguno. Fue una buena noche, de las mejores quizá. La voz de Johnny sonaba cristalina, los coros remataban perfectamente las melodías, no hubo más acoples y el *reverb* quedó genial. Cuando ya tocaron la última, el público estaba enloquecido y empezó a gritar:

—¡Otra, otra, otra!

Él los tranquilizó con un gesto de la mano.

—¿Y si os canto una cosa que he escrito para una chica?

El público chilló y dio palmas.

—Vale, a ver, todavía no se la he cantado al grupo, así que, ¿os importa si la hago a *cappella*?

Más gritos, pese a que probablemente la gran mayoría no sabía qué significaba a *cappella*.

Davey soltó las baquetas, Louis cogió su cerveza y le dio un buen sorbo tras el teclado, Francie y Jay se cruzaron de brazos sobre las guitarras y dieron un paso atrás... hasta que vieron que el teclista estaba bebiendo cerveza y empezaron a hacerles gestos como locos a sus novias para que les llevaran a ellos también. Johnny sacó el micrófono del pie, se sentó encima del altavoz y cantó.

Se hizo el silencio en la sala y todo el mundo se quedó escuchando inmóvil, incluida Rabbit. Alandra se había ido hacía dos semanas, de modo que imaginó que la canción era para la española. La melodía era preciosa, y se notaba que cantaba desde el corazón. Hacía tiempo que había superado sus celos. Incluso le había dado pena cuando la chica se fue, sobre todo porque su padre estaba muy enfermo. Cuando acabó, el público aplaudió y vitoreó y el grupo bajó del escenario mientras la gente volvía a corear:

—¡Otra, otra, otra!

Rabbit estaba a punto de dejar la mesa de sonido cuando la copia barata de Johnny Rotten fue a estrecharle la mano.

—Buen bolo.

—Gracias.

Chris estaba esperándola.

—¡Ha sido buenísimo! Lo vuestro va en serio.

—Me alegro de que te haya gustado.

—A mí la que me gusta eres tú.

—Vete a tomar por culo, Chris.

—De verdad. Mira, tengo que quedarme todo el puñetero verano en este pueblucho de Wexford pero, cuando vuelva, me gustaría salir contigo.

Rabbit sonrió. Chris era mono: le había hecho la vida imposible cuando tenía doce años pero desde entonces había sido su guardaespaldas y su amigo.

—Me lo pensaré.

El chico asintió.

—Muy buena. Anda, ven conmigo a comerte unas patatas.

Rabbit rio.

—Tengo que estar en la furgo dentro de una hora.

—Unas patatas te las comes en diez minutos.

—Vale, voy a decírselo al grupo.

En el viaje de vuelta los chicos iban borrachos, riendo y charlando, hasta que el tío Terry subió la calefacción para noquearlos. Los únicos que sobrevivieron fueron Johnny y Rabbit.

—¿Te gusta Chris? —le preguntó él.

—Me cae bien.

—¿Y el otro chico?

—¿Eugene?

—Ese.

—Ahora vive en España con su madre.

—¿Y eso?

—Su padre está preso.

—¿Quién es su padre?

—Billy, el de las apuestas.

Johnny estuvo a punto de morderse la lengua.

—¿Nos obligaste a pegarle al hijo de Billy el de las apuestas?

—Bueno, siendo justos, ni yo os pedí que le pegarais ni sabía quién era Billy el de las apuestas hasta el juicio del año pasado.

—Nos podían haber partido las piernas.

—O peor.

—Hazme un favor.

—¿Qué?

—No se lo digas ni a los gemelos.

—Vale.

Hurgó en el bolso y sacó dos paquetes de patatas.

—¿Tienes hambre?

—Mogollón.

Le lanzó un paquete y él intentó cogerlo pero se le escapó. Aterrizó al lado de su pierna pero, en vez de agacharse, tanteó el suelo. Aunque estaban a oscuras ya se habían hecho a la penumbra. Era raro. Cuando por fin lo encontró, le dio la impresión de que no podía cogerlo. Rabbit se inclinó para pasárselo. Lo abrió y se lo puso sobre el regazo.

—Ten.

—No sé qué me pasa.

—Estás cansado, no es nada.

—Será eso.

Dejó las patatas a un lado.

—¿No las quieres?

—No, se me ha quitado el hambre —dijo, y acto seguido apoyó la cabeza en el lateral de la furgoneta y cerró los ojos.

6

Rabbit

Se volvió para ver de frente a su hija, que estaba tendida en la cama con ella. Le pasó los dedos por el pelo castaño claro y se lo enroscó alrededor.

—Qué guapa estás hoy.

—Pues tú estás fatal, ma —le respondió Juliet.

Rabbit rio y se llevó la mano a la cara.

—Es un poco de hinchazón nada más. Ya se me bajará.

—¿Quieres agua?

—No, estoy bien.

—No has comido a mediodía.

—No tenía hambre. ¿Tú has comido?

—Un poco.

—Tienes que comer más, estás muy canija.

—Comeré más si comes tú también.

Su madre sonrió.

—Trato hecho.

—¿Quieres que te traiga algo de la cafetería?

—¿Qué te parece si empiezo mañana?

—Vale.

Su hermano entró con dos cafés y dos bocadillos y le tendió uno de cada a su sobrina.

—Estoy bien, Davey.

—Come.

—No tengo hambre.

—Que comas.

—¿En serio?

—Sí, en serio.

Juliet se lo pensó unos segundos y luego abrió el envoltorio y le dio un bocado.

—Está rico —dijo incorporándose y poniéndose la almohada en la espalda para apoyarse.

—Le he pedido a la chica que lo abriera y le echara más mayonesa y pimienta.

—Muy buena.

Rabbit le sonrió a su hermano y dibujó un «gracias» con los labios antes de volver la vista a Juliet. La lluvia acribillaba la ventana y la luz de fuera se extinguió por completo. Davey encendió la lamparita y, cuando notó que su hermana temblaba, cogió su manta favorita, la de piel de oveja, y la arropó con ella.

En ese momento apareció Francie, calado hasta los huesos.

—Ahí fuera se está acabando el mundo. —Se sacudió, se plantó en dos zancadas delante de Rabbit y la rodeó con los brazos con cuidado de no estrujarla.

—Me alegro de verte, Francie.

—Ya verás. —La dejó con cuidado sobre la cama y se paró a revolverle el pelo a Juliet antes de sentarse—. Lo siento, anoche no pude pasar.

—¿Qué fue ese jaleo que se montó?

—Uno de los chicos del curro, que se cortó la mano.

—¡Sí, hombre! —exclamó Davey.

—Un corte limpio por la muñeca.

—¿Cómo? —quiso saber Rabbit.

—Haciendo el capullo con una espada de samurái.

—¡No! —exclamó la niña, que en el acto dejó de comer la otra mitad del bocadillo.

—¿Qué pasó?

—Pues nada, que el tontolaba que se la cortó salió corriendo y llorando y unos cuantos cogimos al otro lerdo e intentamos parar la hemorragia con el cinturón de una chica. ¿Te acuerdas de Sheila B?

—Claro.

—Como para olvidarse —añadió Rabbit.

—Pues su hija, Sandra, trabaja con nosotros, y la tía cogió la mano, la lavó y la metió en una bolsa de hielo para que me la llevara al hospital. Anoche se la cosieron, así que, con suerte, se recuperará. Sandra le ha contado que se le ha quedado hecha una garra y el otro se lo ha creído. —Rio.

—¿Y qué tal está Sheila B? —se interesó Davey.

—Como una cabra.

—Siempre estuvo un poco loca —dijo Davey sonriendo.

—Bueno, ahora ya es un caso de locura seria. Lleva varios meses en un manicomio.

—Qué horror. A mí me caía bien —dijo Rabbit.

—Eso es porque a ti no te tiró nunca a un canal —respondió Francie, haciendo reír a los dos hermanos con el recuerdo.

—¿Te tiró a un canal? ¿Por qué? —preguntó Juliet.

—Francie salía con ella y Sheila era un poco celosa —le explicó su madre.

—Buen eufemismo —apuntó Francie.

—Lo creas o no, en sus tiempos él era un chico muy guapetón y las mujeres se volvían locas por él —comentó Davey.

—¿Cómo que era? ¡Serás desgraciado! Todavía conservo mi gancho —dijo flexionando los músculos—. Tengo loquitas a las viejas del supermercado de mi barrio.

—Cada vez que se le acercaba una chica, prácticamente teníamos que agarrar a Sheila —recordó Rabbit.

—¿Te acuerdas de la vez que te encerró en el camerino del Olympia porque había unas fans que querían pedirte un autógrafo?

146

—Sí, y amenazó con meterle fuego al local.

—¡Toma! —exclamó Juliet.

—Pero era muy divertida, y conmigo siempre se portó bien.

Francie asintió.

—Con ella teníamos las risas garantizadas.

—Y siempre conseguía convencer a los dueños de los bares para que nos sirvieran la última.

—Era como un sexto sentido —aseguró Francie.

—¿Llegó a casarse?

—No, la dejé tocada. ¡Cualquiera me iguala a mí! —dijo acariciándose la barriga cervecera.

—Entonces Sandra es tuya… —bromeó Davey.

—No me jodas con eso, que el día que entró a trabajar le pregunté la edad y tuve que contar los meses con los dedos. Hasta que hice las cuentas, sudé más que un pedófilo disfrazado de Barney.

—Sandra es hija de Carbery *el Mojado* —les contó Rabbit.

—¿El bajito del parche en el ojo? —preguntó Davey, y su hermana asintió.

—¿Por qué lo llamáis «el Mojado»? —quiso saber Juliet.

—Porque llevó pañales hasta primaria.

—Unos meses después de que Francie rompiera con Sheila, el Mojado ganó unas cuantas libras en el bingo, se la llevó dos semanas a España y ella volvió preñada.

—¡No! —exclamó Davey.

—¿Dónde está ahora? —preguntó Francie.

—Lo último que supe es que trabajaba de barman en Brooklyn.

—¿Sandra conoce a su padre? —se interesó Juliet.

—Qué va —respondió Francie—. La penúltima noche de las vacaciones Sheila intentó apuñalarlo en el ojo bueno con una sombrillita de cóctel y después de eso no volvieron a hablar.

Juliet rio.

—Qué locura.

Molly llegó con Jack. Francie se levantó y fue a darle un abrazo.

—Señora Hache.

—Ay, Francie, me alegro de verte, hijo. —Lo apartó un poco para poder mirarlo bien—. Sigues igual de guapo —le dijo, y él miró a los demás con gesto triunfante.

—¿Qué tal, señor Hache? —Le dio un apretón cariñoso a Jack.

—Mejor ahora que te veo, hijo.

—Siéntese aquí —le dijo Francie a Molly señalándole la silla mientras él iba a sentarse al lado de Davey. Jack fue a acomodarse en el sofá a los pies de la cama.

—¿Qué pasa por aquí? —preguntó Molly.

—Que Sheila B está ingresada en el manicomio —le contó Rabbit.

—Normal. Que Dios me perdone pero está como una puta cabra.

—En sus tiempos era muy buena con los bailes folclóricos. Salió en *Riverdance* y todo.

—Se me había olvidado.

—Porque la echaron a los cinco minutos.

—¿Qué pasó?

—No sé, pero se rumoreó que había acosado sexualmente a un tío en mallas.

—No me extrañaría. —Jack suspiró—. Es una auténtica pena, era una bailarina estupenda.

—¿Dónde está Grace? —preguntó Molly.

—Ni idea, buela.

—¿Quién ha ido a recogerte?

—He ido yo.

—Vuestra hermana lleva todo el día sin coger el teléfono.

—Estará liada, ma —intervino Rabbit.

—Qué liada ni qué niño muerto —respondió Molly, y justo mientras lo decía apareció Lenny luciendo un ojo a la funerala.

Sus suegros se pusieron en pie nada más verlo.

—Jesús, María y José, ¿qué te ha pasado, Lenny? —exclamó Molly.

—Nada, un chico que ha intentado atracarme.

—¿Y le has dado lo suyo? —preguntó Francie.

—Ha salido corriendo.

—¿Lo conocías?

—No.

—Lástima.

—¿Por qué? ¿Pensabas darle tú lo suyo? —preguntó Davey divertido.

—No, quería preguntarle al crío si quería unirse al nuevo club de boxeo de Freddie. No le vendría mal un par de púgiles. —Francie guiñó un ojo para dar a entender que bromeaba.

—¿Dónde está Grace? —le preguntó Molly a Lenny tocándole el moratón que tenía en torno al ojo; este subió las manos para protegerse pero su suegra se las apartó de un manotazo—. ¿Te has limpiado ese corte?

—Sí.

—¿Y?

—¿Y qué?

—Que dónde está Grace.

—Creí que la encontraría aquí.

—Lleva todo el día con el móvil apagado.

—Ya lo sé.

—Bueno, ¿y debería preocuparme?

—No.

—Ajá.

Todos se quedaron callados unos segundos, y Juliet aprovechó la ocasión.

—¿Puedo quedarme con vosotros esta noche, buela?

—Tienes todas las cosas en casa de Grace —le recordó Molly.

—Qué va, y además de todas formas mañana tengo que coger cosas de mi casa.

—El abuelo y yo tenemos trabajo mañana.

—¿Adónde vais? —preguntó Rabbit.

—No te metas donde no te llaman.

—Uh, debe de ser algo guarrillo —bromeó Francie.

—No empieces, Francie Byrne.

—¿Puedo quedarme o no?

—Yo me encargo de ella —se ofreció Davey, y Juliet sonrió.

—¿Te parece bien? —le preguntó Molly a Lenny, que asintió y fue a sentarse al lado de Jack en el sofá.

—Se te ve pálido —le dijo Rabbit a Lenny.

—No he comido.

—Si quieres, puedes comerte mi bocadillo de pollo —le ofreció Juliet levantando el paquete de papel.

—Ah, estupendo. —La niña se lo dio a Davey, que se lo pasó a Francie y este a Lenny, que le dio un mordisco—. Riquísimo.

—El truco está en pedirles que te lo abran y le echen más mayonesa y pimienta —le explicó Juliet, haciendo que su tío asintiera orgulloso.

Jacinta apareció entonces con un cuenco de plástico lleno de medicinas.

—No quiero ser aguafiestas pero hay mucha gente aquí.

—No se preocupe, yo tengo que irme ya de todas formas. Le prometí al Garra que iría a verlo no muy tarde.

Rabbit rio.

—El Garra… Al desgraciado ya le han puesto mote.

Francie se agachó para darle un beso en la frente.

—Ponte buena pronto, Rabbit —le dijo sabiendo perfectamente que era imposible.

—Lo haré —mintió, a él y a sí misma.

Juliet sonrió al amigo de su tío y le dio la mano cuando se la ofreció.

—Igualita que tu ma. —Por un segundo se le arrugó la cara y Davey tuvo que salir al rescate.

—Te acompaño fuera.

—Mi hermano vendrá el domingo —le dijo a Rabbit, que asintió.

—No quiero analgésicos en un rato —le dijo a la enfermera.

—¿Estás segura? Hoy has tenido varios accesos de dolor irruptivo.

—Ya lo sé pero estoy bien, y me dejan muy cansada.

—Como quieras. Estoy fuera si me necesitas.

Jacinta ya había salido cuando Molly le preguntó a su hija:

—¿Qué es eso del dolor irruptivo?

—No es nada, ma. Juliet, cuéntale a tu buela lo del Garra.

Juliet rio y procedió:

—Un zoquete del trabajo de Francie que se las ha arreglado para cortarse la mano de cuajo con una espada samurái.

—Igual que Gerry Foster —dijo Molly.

—¿Como que igual que Gerry Foster? —intervino Jack.

—Que se quedó ensartado en una cerca.

—Eso no tiene nada que ver… —opinó Rabbit.

—¿Perdió un puto riñón o no? —incidió Molly.

Jack refunfuñó para sus adentros mientras Juliet y Rabbit compartían una sonrisa cómplice.

—Lector Kenny se mordió un trozo de su propia lengua y se lo tragó —dijo Lenny.

—¿Lector era su nombre real?

—Qué va, se llamaba Kenneth.

—¿Kenneth Kenny? —se extrañó Juliet.

—Su madre estaba fatal de lo suyo.

—Hablando de estar fatal, ¿te has enterado de lo de Sheila B? —le preguntó Molly.

151

. Estaba siendo una visita estupenda, y Rabbit hizo todo lo posible por mantenerse despierta, pero el sueño se apoderó de ella antes de que su madre pudiera añadir nada más.

Davey

Se paró a fumarse un cigarrillo con su amigo a las puertas de la clínica.

—Creía que lo habías dejado —le dijo Francie.

—Había.

—Correcto.

La lluvia seguía cayendo a cántaros y golpeaba la marquesina de plástico bajo la que se guarecían.

—La he visto mal, CC.

—Ya.

—Vas a tener que cuidar de tus padres.

—Lo sé.

—Esto los va a matar, Davey.

—Lo sé, los cuidaré.

—¿Y Juliet?

—No sé.

—Pues ya va siendo hora de que lo penséis. —Francie apagó la colilla.

—No entierres a Rabbit antes de muerta.

—Mira, deja de esconder la cabeza en el culo como una puta avestruz —replicó Francie—. Rabbit ha sido la pequeña pero os ha cuidado a tus padres y a ti. Ya no puede hacerlo, así que haz el favor de coger el testigo. —Le puso una mano en el hombro a su amigo—. Me tienes aquí para lo que quieras, pero, como la dejes tirada, te muelo a palos. —Le dio una bofetada sin fuerza y Davey asintió: su amigo tenía razón.

Francie se cruzó con Marjorie cuando iba camino del coche, la saludó con la mano y le mandó un beso. Le señaló la marquesina donde Davey seguía fumando. Ella se acercó a él con una cara que habría agriado la leche.

—¿Qué pasa?

Le quitó el cigarrillo de la boca y lo aplastó con el pie.

—Tu hermana está muriéndose de cáncer. Como vuelva a verte con una mierda de esas en la boca te doy de hostias.

—¿Por qué hoy me quiere pegar todo el mundo?

—Tienes una cara muy pegable —contestó Marjorie, y Davey rio.

Entraron juntos y se encontraron con sus padres y su sobrina cuando llegaban a la recepción. Molly estaba poniéndose el abrigo y riñendo a Juliet por no traer algo más grueso. Le señaló un paragüero que había junto a la puerta.

—El mío es el de lunares —le dijo Juliet, que saludó a Marjorie mientras iba a por el paraguas.

Molly le dio un abrazo a la amiga de su hija.

—Se te ve divina, cielo. ¿Cómo ha ido el viaje?

—De maravilla. Aunque ojalá... —Se le empañaron los ojos.

—Lo sé. —Molly le acarició el brazo y miró angustiada hacia Juliet, que estaba peleándose con los paraguas.

—Tenemos que irnos. Ah, Davey, tu padre y yo estaremos mañana casi todo el día fuera, así que te confío el cuidado de Juliet y Rabbit.

—¿Adónde vais?

—A Cavan.

—¿Y eso?

—Hemos quedado con Michael Gallagher —explicó tímidamente Molly.

—Michael Gallagher —repitió Davey—. El sanador de Johnny... ¿El mismo Michael Gallagher?

—Sí.

—Ay, no, señora Hache —dijo Marjorie.

—Ma, se va a cabrear —protestó Davey.

—No pensamos decírselo.

—¿Y entonces cómo funciona? —se interesó Marjorie.

—Eso es lo que vamos a averiguar mañana cuando hablemos con él. —Molly se llevó un dedo a los labios.

Cuando se fueron, Davey se quedó preocupado, dudando de que su madre estuviera haciendo lo correcto. Rabbit era atea e involucrar a alguien como Michael Gallagher era insultar la fe acérrima en nada que siempre había tenido su hermana. Le parecía un motivo de discordia bastante serio.

—Tu madre está aferrándose a un clavo ardiendo, Davey, es solo eso —lo consoló Marjorie mientras se dirigían al cuarto de Rabbit.

Lenny seguía allí, velando el sueño de su cuñada. Saludó a su amiga con la cabeza, y esta le devolvió el saludo. Él se levantó y dijo:

—Ha venido la enfermera y le ha puesto la medicación. No se ha despertado. —Recogió su chaqueta—. Está dormida como un tronco.

—Gracias por todo, Lenny.

—No tienes que darme las gracias, es mi familia. —Se acercó a la puerta—. Y si ves o sabes algo de mi mujer, dile que la quiero.

—¿Va todo bien?

—No —dijo Lenny mirando a Rabbit, que seguía con la respiración superficial—. No, pero ¿cómo podría...? —Se fue.

Davey y Marjorie se sentaron juntos en el sofá. Él le contó lo de la pobre Sheila B y el desgraciado al que le habían cortado la mano en el tajo y ella le habló de la vuelta al trabajo y de los estreses asociados con su primer día tras las vacaciones. Era directora de un banco. El tiempo que duró la burbuja era la mejor amiga de todo el mundo pero, desde que la crisis había causado estragos, entrar por la puerta del banco era como ir al campo de batalla. Era angustioso tener que negar el dinero a gente desesperada, batallar con la dirección general casos imposibles de ganar y presionar a los clientes para que pagasen deudas que los dejaban en bragas.

—Soy la mala de la película.

—Haces lo que puedes.

—Cuéntaselo al hombre de setenta años que ha venido hoy a mi despacho y que se va a quedar sin casa porque la puso como aval en la hipoteca inflada de su hijo.

—No fuiste tú la que le dijo que rehipotecara su casa.

—Tú no estabas aquí cuando en la televisión les aconsejaban a hombres como él que hicieran justo eso.

—Te limitas a hacer tu trabajo.

—Y tengo que dejarlo por mi bien, y el de mi espíritu.

—¿Y qué te gustaría hacer?

—¿Quieres que te diga la verdad? Me gustaría escribir un libro, pero escribo de pena, así que no creo que funcionara.

Davey sonrió e insistió:

—¿Y algo más?

—Me gustaría abrir una boutique.

—¿Y a qué esperas?

Marjorie resopló y repuso:

—¿Tú sabes cuántas tiendas cierran a la semana en este país?

—No.

—Muchas.

—Pero tú lo harías distinto.

—Unos alquileres absurdos que solo pueden pagarse los pijos, impuestos, tasas y gente como yo que te niega hasta la más mínima línea de crédito.

—Siempre puedes retomar el acordeón.

—¿Crees que hay mucho trabajo para una acordeonista?

—En Nashville triunfarías.

Soltó una risita.

—Seguro.

Rabbit se removió en la cama, gimió por lo bajo e hizo un extraño sonido, como ahogándose. Se quedaron en silencio, temiendo estar asistiendo a algo aterrador. El momento pasó y la respiración pareció volver a la normalidad.

Marjorie suspiró aliviada.

—Esto es un infierno, Davey.

—Ya.

La puerta se abrió y Grace asomó la cabeza. Tenía la cara hinchada y estaba empapada, un aspecto penoso en suma.

—Buenas.

—Buenas —le respondió su hermano.

Marjorie ladeó la cabeza y le hizo señas con el índice para que pasara. Grace entró, con los hombros hundidos. Los otros dos le hicieron sitio en el sofá y Marjorie le dio una palmadita al hueco. Su hermana se sentó y los tres se quedaron un par de minutos mirando a Rabbit.

—¿Qué ha pasado? —le preguntó Davey.

—Se me ha ido la olla.

—Comprensible —opinó Marjorie.

—¿Y?

—Le he tirado una taza a Lenny en toda la cara.

—¿Has sido tú la del ojo morado?

—En realidad ha sido sin querer.

—Eso es lo que dijiste después de pegarme un puñetazo en la cara cuando Rabbit te cogió la bici y se la cargó.

—Tenía dieciséis años y fue porque Rabbit se agachó.

—Juliet se queda esta noche con nosotros.

—Vale.

—Y Lenny dice que te diga que te quiere.

—Vale. —Rompió a llorar. Marjorie le pasó un brazo por la cintura—. No puedo con esto —sollozó Grace.

—Yo estoy igual. —Marjorie miraba a su mejor amiga en posición fetal en la cama.

—Tenemos que dejar de fingir —terció Davey. Su hermana levantó la cabeza y se lo quedó mirando—. Debemos empezar a hacer planes y a hablar de qué va a pasar con Juliet.

Su hermana asintió con tristeza.

—Lo sé.

—Ma y pa se van mañana a Cavan, así que nos reuniremos en casa de ma el domingo.

—¿Qué van a hacer en Cavan?

—Michael Gallagher.

—Joder, me cago en todo.

Rabbit se removió, se puso de lado y gimió levemente. Se quedaron mirándola hasta que se calmó.

Marjorie se fue la primera. Davey la acompañó fuera, la despidió y volvió a la habitación, donde Grace se había pasado al sillón junto a la cama. Tenía cogida la mano de Rabbit y rezaba en silencio. Cuando vio aparecer a su hermano, le dijo:

—Ya sé que ella no cree, pero yo sí.

Él fue a sentarse en la silla de enfrente y volvió a colocarle bien la mantita de oveja.

—A lo mejor Michael Gallagher la cura —insinuó Grace.

—No va a curarla y, cuando pase, tenemos que ser fuertes para pa y ma.

—Lo sé.

—Y tú tienes que dejar de tirarle tazas a tu marido.

—Lo prometo.

—Tenemos que asegurarnos de que Rabbit tenga una buena... —tragó saliva—... muerte.

—¿Qué te ha entrado? —Parecía impresionada.

—He sacado la cabeza del hoyo.

—Ya era hora.

Alargó la mano y su hermano se la cogió y se quedaron así, con los dedos entrelazados por encima de Rabbit, apenas unos instantes, pero en un gesto que los unió. Era el primer paso en su relación como hermanos sin ella.

Υ

Johnny

La sala estaba hasta los topes. Era la más grande donde habían tocado los Kitchen Sink hasta la fecha. El camerino era enorme, con mucha luz y cerveza y aperitivos gratis. El ruido de dos mil fans esperando a que el grupo saltara al escenario se filtraba por las paredes. Davey estaba en el váter, cagándose vivo, mientras Francie se fumaba vivo en el despacho y el representante, Paddy, intentaba sacar a una Sheila B muy borracha y beligerante del *backstage*. A Jay le gustaba dormir antes de los bolos y estaba frito en el suelo, bajo el perchero de la ropa.

Rabbit se encontró con Louis en el pasillo, charlando con su mejor amigo, Dillon, y él le indicó por dónde se iba al camerino. Johnny estaba calentando la voz cuando entró. Había hablado con el técnico de sonido del local, intercambiando notas. El hombre se había quedado impresionado con la chica de catorce años que se había encontrado en el control de sonido; por supuesto, no sabía su edad, porque, de haberla sabido, ni siquiera le habría hablado; sin embargo, dado su desconocimiento, le mostró sus respetos por su trabajo como técnica de sonido para la gira de los Kitchen Sink. Johnny había defendido que hiciera ella el bolo pero los demás, incluido su hermano, se mostraron categóricos: preferían a alguien cualificado como aquel tipo. Rabbit lo comprendió e incluso se alegró de ceder los mandos. Ser técnica de sonido nunca había sido su sueño, y sabía que esa noche acabaría su corta carrera como tal. Los Kitchen Sink habían subido de nivel, y en cierto modo se sintió aliviada. Se sentó al tocador de espaldas al espejo en que se miraba Johnny.

—Se me ve hecho polvo.
—Se te ve estupendo.
—Estoy agotado, Rabbit.
—Lo vais a hacer genial.
—Esta noche lanzamos un tema.

—Lo sé.

—Para fliparlo.

—Mola.

Jay dio un ronquido y Johnny rio.

—¿A quién se le ocurre dormir antes de un bolo?

Una joven llamó a la puerta y abrió.

—Están saliendo los teloneros. Tenéis veinte minutos.

—Gracias —le dijo Johnny, que hizo ademán de levantarse, pero le fallaron las piernas y tuvo que agarrarse a la mesa para no caerse.

Parecía angustiado y vulnerable, aunque fue solo un segundo.

—¿Estás bien? —le preguntó Rabbit levantándose de un salto para sujetarlo.

Él sacudió la cabeza y fingió que no pasaba nada.

—Estoy bien, de verdad, es solo cansancio.

Paddy consiguió librarse de Sheila B y despejar así la costa para que Francie saliera de su refugio en el despacho cerrado bajo llave. Estaba disfrutando de su primera cerveza cuando Davey salió del váter sin nada en el cuerpo.

—¿Cerveza? —le ofreció Francie.

—¿Quieres que reviente?

Louis apareció justo cuando Jay se despertaba. Quedaban cinco minutos para subir al escenario, de modo que Rabbit los dejó solos para que se concentraran y se mezcló entre el público, donde se unió a Grace y su novio del momento, Conor, Marjorie y su padre, que iba vestido de vaquero de pies a cabeza.

—¿Qué te has puesto, pa?

—Es la moda. —Le guiñó un ojo.

—¿Ha sido cosa tuya? —le preguntó a su hermana.

—Él está encantado.

Antes de tener ocasión de rechistar, anunciaron el comienzo del concierto. Rabbit se giró y vio en el escenario a Davey, que se sentó a la batería, a Francie y Jay colgándose la guitarra y el bajo y a Louis colocándose tras el teclado. Su hermano entrechocó cuatro veces las baquetas, los chicos entraron, y todos esperaron a que saliera el cantante. Pero no entró a tiempo y los chicos siguieron sin que nadie se diera cuenta, ni el público, ni su hermana ni su padre.

¿Dónde está?

Apareció por fin, saludó, el público lo vitoreó y se metió en la canción. Rabbit vio que Francie se relajaba visiblemente. Después todo salió bien. El público estaba encantado y, cuando tocaron el tema nuevo, enloqueció del todo. Marjorie, Grace y su novio pegaban botes y chillaban. Su padre los contemplaba orgulloso mientras seguía el ritmo con el pie. Rabbit miraba a Johnny esperando que ocurriera algo malo.

Decidió ir al *backstage* justo antes del bis y esperar en el camerino. Sabía que Davey se enfadaría: justo antes y justo después del bolo, solo los del grupo podían estar en el camerino. Pero ella quería ver a Johnny de cerca para averiguar qué estaba pasando.

El cantante fue el primero en entrar y, cuando lo hizo, no la vio. Se apoyó contra la pared.

—No es solo cansancio —le dijo ella, y entonces él la miró y se arrastró hasta una silla, donde se dejó caer, absolutamente rendido.

Estaba consumido, vaciado, incapaz de moverse. Hundió la cabeza entre las manos.

—¿Por qué no has entrado a tiempo?

—Me he quedado pillado.

—¿Pillado?

—No podía moverme, Rabbit.

—¿Tenías miedo?

—No, es que no podía poner un pie delante del otro.

—Tienes que ir a un médico.

—Ya lo sé.

—Yo te acompaño.

—No. —Fue categórico—. Y, Rabbit, por favor, no se lo digas a nadie.

—Te lo prometo.

En ese momento aparecieron los chicos con el subidón de adrenalina, deseando celebrarlo. Estaban tan contentos que ni siquiera repararon en Rabbit.

—Vamos a llegar al número uno —dijo Francie.

—Y cuando lo hagamos, las discográficas de Londres se matarán por nosotros —añadió Jay.

—Ha sido un buen bolo. —Johnny hacía lo posible por estar a la altura de la exaltación.

—¿Qué mierda ha pasado en la primera canción? —quiso saber Louis.

—Perdón, tenía que mear —explicó Johnny.

Francie y Jay rieron y Davey asintió, solidario, hasta que vio a su hermana.

—¿Qué haces tú aquí?

—Le he pedido que viniera a contarnos cómo se había oído desde abajo.

—¡Muy buena! ¿Y qué tal? —preguntó Francie.

—Perfecto.

El gemelo sonrió de oreja a oreja.

—*Top of the Pops*, allá vamos.

Rabbit se escabulló mientras los chicos seguían con sus celebraciones.

Más tarde, cuando la sala estaba a punto de cerrar, se encontró a Johnny apoyado contra la pared del pasillo y fue hasta él y le pasó el brazo por la cintura.

—Los chicos van a ir a una discoteca pero yo tengo que irme a casa —le contó; Rabbit le dijo que se apoyara en ella—. Estoy muy cansado, de verdad.

—Pues vamos a casa.

Salieron por la puerta principal, donde Rabbit se quitó el pase del *backstage* y Johnny le tendió el suyo. Le dio los dos a Grace y a su novio.

—¿Puedes llevar a Johnny a casa? —le pidió a su padre.

—Por supuesto que sí. ¿Nos hemos pasado con las copas, hijo? Si había que pasarse de rosca una noche, hoy estaba más que justificado.

Marjorie apareció pegando un bote delante de Johnny y le dijo que había estado tremendo.

—Tremendo, tremendo, el mejor de todos los tiempos.

Johnny le sonrió y le dio las gracias. Rabbit lo ayudó entonces a entrar en el asiento del acompañante. Se quedó dormido al instante y, aunque Marjorie no paró de hablar emocionada durante todo el trayecto a casa y Jack puso la radio, no se despertó ni una vez. Rabbit lo observaba con un nudo cada vez mayor en el estómago. Había sido al mismo tiempo la mejor y la peor noche posible.

CUARTO DÍA

7

Molly

$\mathcal{A}$ las ocho de la mañana ya estaban de camino. Había amanecido cubierto y unos gruesos nubarrones amenazaban lluvia. Su marido estaba cansado; los dos habían pasado la noche en vela investigando sobre terapias alternativas y ensayos clínicos de Estados Unidos. La búsqueda había sido tan infructuosa como frustrante. Ella había contemplado todas las opciones, desde la biorretroalimentación hasta los andalaberintos, y había concluido que los americanos estaban locos.

—Por Dios y todo el santoral, ¿cómo cojones va a curar el cáncer andar en círculos?

Su marido iba escuchando un disco de los Snow Patrol mientras ella seguía leyendo los distintos ensayos que habían impreso esa misma noche.

—¿Ha habido suerte? —le preguntó Jack cuando paró en una gasolinera.

—La mayoría son para estudiar pacientes, no para curarlos.

—Dunne dijo que...

—Dunne puede decir misa. No es más que un médico.

—Sí, el médico que le dio una oportunidad a nuestra niña. Acuérdate de los demás.

—Perfectamente, y por eso tenemos que irnos al extranjero. Los irlandeses vamos retrasados, siempre ha sido así y siempre lo será —replicó Molly.

Su marido se bajó para llenar el depósito mientras ella seguía leyendo.

—¿Quieres algo de dentro? —le preguntó él asomando por la ventanilla.

—No. —Jack hizo ademán de irse.

—Bueno, espera, sí que me tomaría un té.

—Vale.

—Pero no compres chocolatinas.

—Que no.

—Y compra un cupón.

—Vale.

—Y el periódico.

Molly se asomó por la ventanilla para gritar el último encargo. Jack estaba de espaldas pero levantó la mano para hacerle ver que la había oído.

Seguía en el coche enfrascada en lo suyo, cuando golpearon la ventanilla. Levantó la vista y vio a un hombre que le sonaba pero no sabía bien de qué.

—¿Señora Hache?

—¿Sí?

—Soy yo, Louis.

—¡Louis! No me lo puedo creer. ¿Cuánto hace que no nos vemos?

—Como unos veinte años.

Molly se llevó la mano a la boca.

—¡Veinte años! Te habrás casado y todo.

—Mi esposa es aquella de allí. —Señaló el coche aparcado enfrente. Una mujer la saludó y ella hizo lo propio—. Y esos dos son mis pequeños. —Había un niño y una niña en el asiento trasero.

—Son preciosos. Me alegro mucho por ti. Y bueno, Louis, ¿seguiste con la música?

—Qué va. Fui a la facultad y estudié informática.

—Bien hecho, hijo.

—¿Y cómo están todos?

—Davey sigue en Estados Unidos, trabajando con la cantante de country.

—He seguido su carrera. Le ha ido muy bien, señora Hache.

—No se ha casado, ni tiene hijos... al menos que yo sepa.

—A Davey siempre le bastó con la música.

—Un par de tambores no te calientan la cama por la noche. —Miró hacia el coche de Louis—. No hay nada como la familia. A Davey ni se me ocurriría decírselo... Ya sabes lo que se cabrea cuando se atreve una a decir lo que piensa.

Louis se rio.

—Está usted igual, señora Hache. ¿Y qué tal las chicas?

—Muy bien —mintió—. Grace está casada y tiene cuatro hijos y Rabbit tiene una niña.

—Sigo lo que hace en el periódico. Me apenó leer lo del cáncer.

Molly olvidaba a menudo que su hija había escrito sobre su lucha. Se sonrojó levemente y se preguntó si él sería consciente de haberla pillado en un renuncio. Rabbit no había vuelto a escribir desde que se rompió la pierna y su último artículo había sido en un tono esperanzador: se sentía muy bien.

—Es una luchadora, pero qué te voy a contar.

—Todavía la veo intimidando a los técnicos de sonido que le doblaban la edad y le sacaban tres cabezas. Habría sido una excelente ingeniera de sonido, si hubiera querido.

—Yo siempre pensé que habría sido una enfermera estupenda.

—Me alegra saber que está mejor.

Molly no lo contradijo. No lograba reunir fuerzas para decirle la verdad, se veía incapaz de afrontarlo.

—Yo se lo digo. Le va a encantar cuando le cuente que te he visto.

Louis se despidió y entró en la gasolinera y ella volvió con su lectura. Jack tardó otros diez minutos en aparecer, con el cupón de lotería en la boca. Le tendió el té y el periódico y, mientras se subía, le pasó el cupón.

—No vas a creerte con quién me he encontrado dentro.

—Con Louis.

—Se ha puesto como un tonel. Tendría que mirárselo. Le he contado lo de Jeffrey. Me ha dicho que se va a dar hasta septiembre para empezar a ponerse en forma.

—No le habrás dicho nada de Rabbit, ¿verdad? —le preguntó cuando se incorporaban de vuelta a la autovía.

—No. ¿Por qué?

—Porque me ha preguntado por ella y le he dicho que estaba estupenda.

—Es que es estupenda. —Le sonrió a su mujer.

—Sí. Es de puta madre.

Se rieron y luego se hizo el silencio. Molly siguió leyendo, pero no había nada que sacar en limpio de toda esa documentación. Jack subió la música y ella se quedó mirando por la ventanilla los pastos de vacas, ovejas y forraje, mientras él se concentraba en la carretera, aunque ambos estaban pensando en su hija y preguntándose cuánto tiempo más podrían seguir con la farsa de que no pasaba nada.

Michael Gallagher les pareció frágil y delgado cuando les hizo pasar a su viejo bungaló desvencijado. Lo siguieron hasta la cocina, habitada por seis gatos que no tenían problema en sentarse donde fuera menos en el suelo.

—Jesús, María y José —masculló Molly por lo bajo.

—¿Té o café? —les preguntó el hombre.

—Estamos bien —contestó Molly.

Por nada del mundo comería o bebería en esa casa. El hombre les indicó dos sillas remetidas bajo la mesa de la cocina. Las retiraron y se acomodaron. Él fue a sentarse enfrente.

—¿Qué es tan delicado que no podían contármelo por teléfono?

—En realidad no es delicado, es que prefiero hablar de negocios cara a cara —le explicó Molly: a la gente le costaba mucho más decirle que no en persona.

—Entiendo. —El hombre se frotó la prominente nariz con el índice y el pulgar.

—Probablemente no recuerda a mi hija Rabbit...

—¿Cómo iba a olvidarme? Me llamó charlatán y amenazó con denunciarme por curanderismo y fraude.

—Qué memoria —dijo Molly. *Maldita sea. Pero no iba a amilanarla nadie*—. Bueno, el caso es que tiene cáncer.

—Como todos.

—¿El qué?

—Próstata.

—Vaya, lo siento.

—Yo también lo siento —se solidarizó Jack.

Michael se encogió de hombros.

—Yo creía que los sanadores no se ponían malos. Qué tonta.

—¿Y no puede curarse a sí mismo? —le preguntó Jack.

Por supuesto que no puede curarse. Rabbit tenía razón. Es un charlatán, se dijo Molly.

—Las cosas no funcionan así.

—¿Y sigue pudiendo sanar aunque esté enfermo? —La pregunta sonó bastante tonta formulada en voz alta pero a Molly le dio igual.

—Si se dan las circunstancias adecuadas.

—¿Iría a visitar a Rabbit?

—¿Ella quiere que vaya?

—No, más bien no.

—Entonces, ¿la idea es darle una sorpresa?

—Habíamos pensado no decirle nada.

169

—¿Nada?

—Íbamos a llevarlo mientras ella duerme.

—¿Se dan cuenta de que el paciente tiene que querer sanar para que sea posible?

—Bueno, ella quiere sanar.

—Pero no que la cure yo.

—No es nada personal.

—No cree en supercherías —quiso explicar Jack.

—Cielo, no eches leña al fuego —le dijo Molly, antes de volver con Michael—: Si usted quisiera sanarla con sus manos, nosotros podríamos hacer que entrara y saliera en un santiamén.

—Entonces ¿la idea es colarme en su casa en mitad de la noche? —preguntó arqueando una sola de sus espesas cejas plateadas.

—No, duerme mucho... por la medicación... y está en una clínica de cuidados paliativos. —Las palabras le sonaron raras al salir de su boca.

Michael Gallagher la cogió de la mano.

—Estadio cuatro.

—Sí.

—Lo siento mucho, Molly.

—No hay por qué. Ayúdenos y ya está. —Detectó el pánico en su propia voz.

—No puedo.

—¿Por qué? —le rogó.

—Se está muriendo, Molly.

Jack dejó caer con fuerza el puño sobre la mesa al tiempo que se cubría la cara y los ojos con la otra mano.

—Pero usted ayudó a esa ciega y al niño de Traelee que tenía leucemia y a mucha otra gente.

—Es demasiado tarde para Rabbit y, aunque no lo fuera, ella tiene que creer.

—Yo creo. Puedo creer por las dos.

—Lo siento.

—Por favor.

—No pienso malgastar ni vuestro dinero ni vuestro tiempo. Debéis iros a casa y prepararos para la despedida.

Jack se quedó sin mover un músculo y Molly dirigió la mirada de la cara apenada de Michael Gallagher a la de su marido.

—¿No puedo convencerlo?

—No, Molly.

Se enjugó bruscamente una lágrima rebelde con la palma y luego apoyó la mano en el hombro de su marido, que le puso la suya encima y la acarició.

—Teníamos la esperanza de que... —Se le quebró la voz y dejó la frase a medias.

—Lo sé —dijo el hombre.

Ya en la puerta de la calle, se disculpó una vez más, mientras el matrimonio recorría el caminito de entrada cogidos del brazo, ella sollozando y él con la cabeza de su mujer pegada al pecho.

171

Grace

Entró con la maleta por la puerta de su casa. Antes de haberse quitado el abrigo, Lenny ya había bajado la mitad de las escaleras. Cuando le vio la cara a su marido, se llevó las manos a los ojos.

—Lo siento mucho. No tengo ni idea de qué me ha pasado.

Él la abrazó con fuerza y le dio un beso en la coronilla.

—Se te ha ido de las manos.

—Te he hecho daño.

—Ha sido sin querer.

—Te he tirado una taza a la cara aposta.

—Tendría que haberla esquivado.

—Si esta conversación fuera al revés, y tú estuvieras disculpándote por hacerme daño y yo estuviera justificándote, la gente lo llamaría violencia doméstica.

Lenny rio.

—Me cago en todo, Grace, llevamos veinte años juntos y este es nuestro primer tazazo en la cara. Creo que sobreviviré.

—Lo siento muchísimo.

Fueron a la cocina.

—Ya lo sé. Y ahora, venga, olvídalo. —Él encendió el hervidor y ella se sentó en el taburete de enfrente—. ¿Una tostada?

—Sí, por favor, estoy muerta de hambre.

Metió dos rebanadas de pan en la tostadora.

—¿Dónde están los chicos?

—Stephen, en la biblioteca, Bernard, jugando al fútbol, Ryan sigue dormido y Jeffrey está con la consola en casa de Stuart. ¿Has dormido?

—No, pero Rabbit sí.

—Anoche estaba mejor.

—Sí, es verdad. Me he enterado de que te atracaron.

—Bueno, tampoco iba a contarles que se te había ido la olla. Y hablando del tema, ¿te han contado lo de Sheila B?

—Sí, pobre mujer.

Lenny sirvió dos cafés y le puso una tostada a su mujer, que no pudo evitar mirar lo que le había hecho en la cara.

—Estoy loca perdida.

—¿Por qué? ¿Qué has hecho? —preguntó Stephen apareciendo de la nada con sus vaqueros rotos y una vieja camiseta de Blondie.

—Nada.

—¿Y dónde estabas, por cierto? —quiso saber su hijo mientras abría la nevera y cogía el cartón del zumo.

—Me quedé con Rabbit.

—¿Cómo está?

—Está más fuerte.

Cerró la nevera.

—No te he preguntado por su forma física. ¿Cómo está?

—Stephen...

—Ma, ¿puedes dejar de tratarnos como si fuéramos tontos? —El chico llenó un vaso de zumo y fue a sentarse sobre la encimera—. ¿Entonces?

—Está muy enferma.

—No... ¿en serio? Nunca me lo habría imaginado. —Estaba siendo sarcástico.

Grace consideró por un momento tirarle una taza a la cabeza.

—No te pongas chulo con tu madre —intervino Lenny.

Stephen suspiró y saltó de la encimera.

—Ya va siendo hora de que contéis la verdad, sobre todo a Juliet. —Se apuró el zumo, se fue y, al poco, la puerta de la calle se cerró de golpe.

Grace miró a su marido.

—Davey ha convocado una reunión para mañana en casa de ma para hablar justo de eso.

—Podríamos construir un anexo —le propuso Lenny de buenas a primeras.

—¿Para qué?

—Para Juliet.

—Pero si no podemos ni dejar un euro al descubierto en la cuenta, ¡cómo vamos a ampliar la casa!

—Podemos decirle a Stephen que se independice.

Se rio.

—No puedo creer lo que estoy oyendo. Sé que lo estoy oyendo pero no me lo creo.

—Ya lo sé.

—Tengo mucha suerte de tenerte.

—Ya lo sé.

—No sabes lo mucho que te lo agradezco.

—Es lo mínimo.

—Lo siento mucho.

—Para ya.

—Si quieres, puedes tirarme una taza —bromeó.

—No.

—Por favor.

—No.

—¿Qué puedo hacer para compensarte?

—¿Y tienes qué preguntarlo?

—Qué fácil eres.

Lenny sonrió y se frotó las manos.

—Voy a echar un polvo, amigos, sexo de sábado por la mañana, viviendo al límite. —Bailó por la cocina divirtiendo a su mujer con sus payasadas.

—¿Y Ryan?

—Yo me encargo. —Fue a los pies de la escalera y gritó—: ¡Ryan!

—¿Qué?

—Lárgate cagando leches.

—¿Qué?

—Ya me has oído.

—Pero si estoy castigado.

—Ya no. ¡Fuera!

—Muy buena.

Ryan tardó menos de cinco minutos en vestirse y largarse. Lenny y Grace se desnudaron, intimaron y estuvieron un cuarto de hora a la tarea después de que el segundo de sus hijos gritara «Adiós, pringados» y cerrara de un portazo.

Disfrutaron juntos del después.

—Seguramente acabe robando un banco.

—¿Quién?

—Ryan.

Lenny rio.

—Qué va, le irá muy bien.

—También creíamos que a Rabbit le iría muy bien.

—Ryan no es Rabbit.

—No, es verdad.

—Está intentando averiguar quién es, eso es todo. No es mal chico.

—Eso díselo a los críos a los que les mangó los iPhones.

—No volverá a hacerlo.

—Eso espero.

—Sigo sin poder creer que tuviera un puesto en el mercadillo de Dún Laoghaire y no supiéramos nada.

—Es un chico espabilado.

Era cierto. No solo se había dedicado a montar un puesto para vender lo que había robado a sus compañeros de clase durante tres meses, sino que había invertido el dinero en acciones de alto rendimiento. Había mentido a la policía y había dicho que se lo había gastado, pero Grace, un día que andaba registrando en su cuarto, le había pillado la cuenta en el ordenador abierto. Lo obligó a sacar lo suficiente para compensar a los chicos, pero había seguido invirtiendo y reinvirtiendo los beneficios de sus ganancias ilícitas. Al principio ella no quiso ni oír hablar del tema, pero al final cedió después de que aceptara devolver el dinero a los niños y donar cien euros a una organización benéfica contra el cáncer. «Es mi última oferta, ma, de ahí no paso. Lo tomas o lo dejas», le había dicho.

—Creo que se aburre. —Miró de reojo el moratón de su pobre marido.

—Ya lo sé. Ojalá le gustara el fútbol como a Bernard.

—A lo mejor deberíamos buscar algún programa de cursos para estudiantes aventajados.

—¿Con lo que cuestan? —replicó Lenny.

—Qué importa, puede pagárselo él.

Su marido rio.

—Buena suerte con eso.

—¿Jeffrey siguió ayer la dieta? —quiso saber.

—Bueno, después de que el pastel de lentejas acabara

175

como un cuadro abstracto en la pared y de recuperarme de mi tazazo, compré unos filetes y nos los comimos con un poco de ensalada.

—Gracias.

—Y luego me lo llevé a correr antes de ir a ver a Rabbit.

—¿Corrió o se dedicó a cogerse el costado y a quejarse?

—En parte sí, pero va mejorando. Tienes que dejar de preocuparte por los niños, ya tienes bastante con lo tuyo.

—Si te digo la verdad, solucionar los problemas de los niños es lo que me mantiene cuerda. Si me permitiera pensar en Rabbit a todas horas, juro por Dios que acabaría con Sheila B en el manicomio.

Estaban los dos agotados. Ella había pasado una noche incómoda en el sofá del cuarto de Rabbit. No tenía pensado quedarse pero su hermana se había despertado justo cuando se iba y se alegró de poder tenerla para ella sola. Hablaron de Francie, de lo divertido que era y la alegría que le había dado verlo. Recordaron su boda y lo bien que se lo pasó todo el mundo, hasta el pobre Johnny, que estaba ya en la silla de ruedas por entonces. Hablaron de las pelucas de Rabbit y del culo de J. Lo, de en qué momento se le habían torcido las cosas a Michael Jackson y de por qué Pakistán tenía cogido por los huevos al resto del mundo. Su hermana volvió a quedarse dormida tras una hora de charla, y entonces le dio pereza marcharse y prefirió arrebujarse en la manta que le había dado Jacinta. Además, estuvo bien quedarse escuchando la respiración de Rabbit.

Grace sabía que Lenny no dormía bien cuando ella no estaba. Le había dicho que se quedaba con su hermana: le había mandado un mensaje diciéndole que ella también lo quería y que lo sentía mucho, y luego le había dicho que se quedaba pero él se había pasado la noche cambiándose de lado, como si lo viera. Lenny era un solucionador nato. Si ella o los chicos tenían algún problema, él se devanaba los sesos para encontrar una solución y no se quedaba tranquilo hasta que las cosas salían adelante. Aquello, sin embargo, no iba a salir adelante de ninguna forma, y resultaba paralizante.

Acabaron quedándose dormidos hasta que los despertó un grito desgarrador de Bernard. Lenny se incorporó de un brinco en la cama y Grace se tapó al instante los pechos desnudos.

—Agg, mis ojos, ¡mis ojos, mierda!

—No digas palabrotas.

—Pues no me enseñes las tetas, ma.

—Pues no entres como loco en nuestro cuarto sin llamar —le dijo su padre.

—Qué asco. —Empezó a retroceder—. Tendría que estar prohibido. —Cerró la puerta tras él.

Grace y Lenny se miraron y se echaron a reír.

Davey

Davey estaba tomando café junto al ventanal que daba al parque. De pequeño le encantaban los sábados. Era, de lejos, su día favorito; el resto de días había que sacarlo a rastras y a gritos de la cama, pero los sábados incluso madrugaba. Se despertaba él solo a las nueve y, todavía en pijama, corría escaleras abajo para tomar sus cereales. Cuando terminaba, Rabbit se le unía en el salón y se aovillaba en el sofá mientras él se ponía en el suelo delante del sillón de pa y esperaban a que empezara el programa. No tenían mucho que contarse a esas horas de la mañana, pero, en cuanto aparecía el reloj amarillo de la BBC y el presentador decía «y ahora, a las nueve y media, *Swap Shop*», chillaban y levantaban las manos para hacer una pequeña ola descoordinada.

El programa duraba dos horas y cuarenta y cinco minutos. Para cuando terminaba, toda la casa estaba en pie y llegaba ruido de todas partes. Grace se empeñaba en pasar la aspiradora en cuanto se levantaba y su madre se ponía a charlar con una amiga u otra en el teléfono de la cocina, mientras su padre oía la radio a todo volumen y preparaba un gran desayuno de sábado para todos. Conforme el mundo exterior iba invadiendo el salón, Davey y Rabbit se acercaban todo lo posible al televisor, ambos sentados a lo indio en el suelo y con los ojos clavados en la pantalla, hasta que su madre entraba con los desayunos y les gritaba que se alejaran y se fueran a las sillas antes de que les estallasen los ojos o se les incendiaran las cabezas por culpa de la electricidad estática.

A Davey le encantaban esas mañanas ruidosas, alegres y emocionantes, pero la parte que más le gustaba era cuando estaba todo en silencio y Rabbit y él esperaban expectantes otro programa casi siempre brillante.

Después se vestía y salía al parque, donde algunos chicos del barrio empezaban ya un partido de fútbol. Aunque no era tan buen jugador como su padre en sus tiempos, no se le daba mal y, en cualquier caso, era mucho mejor que la mayoría de los niños de la calle. Sus habilidades le granjearon popularidad y los equipos solían disputárselo, lo que le hacía sentir muy especial.

—Hayes va con nosotros.

—Está muy bien donde está.

—Fue con vosotros la semana pasada.

—¿Y?

—Pues eso.

De vez en cuando había roces y tenía que intervenir. Tras un altercado especialmente feo, llegó a casa con Bobby Nugent y su nariz partida y su madre decretó que desde ese día se echarían a suertes los equipos. Los chicos protestaron pero nadie se atrevió a rechistarle a la señora Hache. Después de ese episodio se sintió menos especial pero, a decir verdad, nadie volvió a su casa llorando, de modo que fue un trato bastante decente. Había pasado muchos sábados felices correteando todo el día por el parque, parando tan solo cuando su madre lo obligaba a comerse un bocata o beber un zumo de naranja. El sábado era el día de la comida basura en casa de los Hayes, y las niñas agradecían enormemente la alternativa poco saludable a su dieta por lo general sana. A las siete lo llamaban para ducharse y a las nueve estaba delante de su serie favorita de todos los tiempos, *Starsky y Hutch*. A Rabbit no le dejaban verla, lo que le hacía saborear aún más la vivencia. Y aunque había jugado en el parque en primavera, verano, otoño e invierno, siempre que los recordaba, en su cabeza los días siempre eran soleados.

—¿Qué estás mirando? —le preguntó Juliet desde la puerta siguiendo los ojos de su tío hasta el parque vacío.

—Al pasado. —Davey se levantó.

—Mi madre me ha contado que eras una leyenda en el barrio.

—Durante un breve periodo de tiempo.

—¿Los baterías que triunfan en grupos de country americano no se consideran leyendas en el barrio?

—No.

—Vaya... ¿Conoces todavía a alguien?

—Qué va. Antes de irme solo salía con los del grupo.

—Francie, Jay y Johnny —dijo, y él asintió—. ¿Qué fue de Louis?

—Él siempre fue a su rollo.

—¿Qué significa eso?

—Nada, eso, que los otros cuatro estábamos muy unidos, como hermanos, pero Louis lo que quería era triunfar, y cuando la cosa se fue a pique, fue el primero en desaparecer.

Juliet se sentó en el sofá, con los pies arriba y hacia un lado, como le gustaba hacer a su madre.

—¿A ma se le daba bien ser técnico de sonido?

—¿Quién te ha contado eso?

—Francie. —Davey se limitó a sonreír para sus adentros—. ¿Y bien? ¿Era buena? —insistió la niña.

—Era la mejor que podíamos permitirnos.

—Pero si trabajaba gratis.

—Por eso.

—¡Vete por ahí!

Le tiró un cojín a su tío, que lo cogió al vuelo y se lo devolvió.

—Estoy de broma. Era buena con el sonido y casi mejor intimidando a los otros técnicos.

—¿Y eso es una habilidad importante?

—No puedes ni imaginártelo.

Juliet asintió.

—¿Tú crees que yo podría llegar a intimidar a un técnico de sonido?

—Juliet, tú eres una Hayes. Podrías intimidar hasta a Atila el rey de los hunos si te lo propusieras.

La niña pareció alegrarse con sus palabras. Dedicó un par de minutos a quitar las pelusillas del sofá hasta que él le preguntó:

—¿Por qué?

—No sé.

—¿Qué te gustaría hacer de mayor?

—El plan A es curar el cáncer. Y en realidad no tengo plan B.

—¿Te gusta el colegio?

—Lo odio.

—Yo también lo odiaba.

—Esperaba que me dieras la chapa con lo importante que es.

—Me expulsaron con catorce años, así que no seré yo quien te coma la cabeza.

—¿Y no te dio miedo?

—Era demasiado tonto para tener miedo.

—¿Siempre quisiste ser batería?

—No siempre pero, desde que me regalaron la primera, es lo único que he querido hacer.

—Ojalá me pase a mí algo así.

—Seguro.

—Gracias, Davey. —Se puso en pie—. ¿Te importa si vuelvo a la cama? Estoy muy cansada.

Él asintió y le dijo:

—Seguiré aquí cuando te levantes.

En cuanto se fue su sobrina, su vista regresó al parque vacío. *A estas horas habría estado lleno e iríamos por el tercer partido. Me cago en internet.*

Jack

Estuvo todo el trayecto de vuelta a casa pensando en la gravedad de la situación. *Ahora que el charlatán se ha negado a aceptar nuestro dinero estamos realmente jodidos.* Tocaban a su fin los días de esperanza, lucha y farsa. Habían chocado contra una pared. ¿Y ahora qué? No lo procesaba. *No es posible un futuro sin Rabbit.* Pero su cerebro no podía conjurar ni una solución más.

—Siempre podemos tirarnos con el coche por un acantilado —dijo Molly de pronto, como si estuviera leyéndole la mente—. Sería injusto para los chicos pero al menos nosotros nos iríamos primero, como tendría que ser lo natural, me cago en todo —añadió.

—A mí siempre me ha gustado la playa de Dollymount —dijo.

—A mí también.

—Y lo bonita que está en esta época del año. Y en Wicklow hay unos sitios preciosos.

—Yo no voy a superar esto, Jack —reconoció Molly dejando que le rodaran las lágrimas que no podía ya contener.

Detuvo el coche en el arcén de la autovía, encendió las luces de emergencia y miró a su mujer. Quiso decir algo reconfortante pero era incapaz de pensar con claridad porque el corazón le latía con tanta fuerza y la cabeza le zumbaba a tal volumen que, por un segundo, creyó estar sufriendo un infarto. *No, no, mierda, no le hagas eso a Molly.*

—¿Jack?

—Molly.

—Ay, Dios, Jack, ¿qué pasa?

Y de buenas a primeras la presa que tenía por dentro se rompió y estalló en lágrimas. Molly lo apretó con fuerza y se abrazaron torpemente, llorando como críos en el arcén de la autovía mientras en la radio no paraba de sonar *Born to Make You Happy* de Britney Spears.

Cuando llegaron al aparcamiento de la clínica, Molly se había recuperado lo suficiente para ver a Rabbit. Jack estaba todavía demasiado hecho polvo, de modo que le preguntó a su mujer si no le importaba que él se quedara un rato en el jardín.

—Claro que no.

Se dieron un beso, y se quedó viendo cómo se alejaba su mujer y admirando su temple. *Ojalá yo fuera igual de fuerte.* Ahora que les habían arrebatado toda esperanza temía volver a retraerse en sí mismo, pero sabía que no podía permitirlo. No quería ser esa persona por la que todos estaban preocupados el día que Rabbit entró en la clínica; hasta su hija se preocupó, y eso no tenía ningún sentido. Debía hacer de tripas corazón para que su hija pudiera contar con él, tenerlo cerca en el peor momento posible, por mucho que hasta el último gramo de su ser deseara meterse en un coche y plantarse en Dollymount, Howth o en cualquiera de esos sitios preciosos de Wicklow. *Venga, Jack, deja de comportarte como un crío.* Atravesó el aparcamiento y entró en la recepción. No estaba Fiona; en su lugar lo saludó un hombre que se presentó como Luke.

—Encantado, Luke. Soy Jack Hayes, el padre de Rabbit. Esperaba poder hablar con Rita Brown, si está disponible.

—Ahora mismo se lo miro. Siéntese, por favor.

Obedeció y se puso a leer el periódico hasta que apareció Rita, que le sonrió y le estrechó la mano.

—¿Cómo estás, Jack? —le preguntó, y a él se le empañaron los ojos en el acto—. Sígueme.

Recorrieron un largo pasillo hasta la oficina con su nombre. Una vez dentro, le señaló un cómodo sillón.

—¿Te apetece un café? ¿O prefieres té?

—Estoy bien.

La mujer se acomodó en una silla frente a él.

—A mí no me parece que estés bien.

—Rabbit se va a morir —le temblaba la voz—, y no hay nada que podamos hacer para evitarlo.

—Así es.

—No puedo verla morir.

—Va a ser muy duro.

—Muy duro no, es imposible.

—Nada es imposible.

—Vale, entonces, si nada es imposible, aún es posible salvarla. —En su tono se reflejaba su rabia interior.

—Hay cosas que son imposibles.

—No puedo con esto.

—Sí que puedes.

—No puedo.

—Es tu deber.

—¿Seguro que está usted cualificada? —le preguntó.

La mujer rio entre dientes.

—Rabbit me ha contado que usted la trajo al mundo.

Jack cerró los ojos y se ordenó no llorar.

—Así es.

—Debió de darle un miedo horrible.

183

—Sí.

—Pero aun así lo hizo.

—No tenía alternativa. Era mi deber. —Los labios le temblaban y los párpados le ardían.

—Creo que ya ha quedado clara mi argumentación.

—Se lo agradezco.

—Tienes una familia estupenda, Jack, tenéis que apoyaros los unos a los otros.

Él asintió y se enjugó las últimas lágrimas que iba a permitirse ese día. Se levantó y le tendió la mano a la mujer.

—Gracias.

—Estoy disponible siempre que me necesites.

Cuando salió de la oficina fue al servicio, donde se lavó la cara y se recompuso un poco. Se comió una ensalada pequeña en la cafetería y luego compró un rollito de pollo y una taza de té para su mujer.

Antes de dirigirse a la habitación de su hija, escogió en la tienda de regalos un bonito peluche de un conejito color crema.

184

Juliet

Se bajó cuando el coche paró delante del garaje. Davey estaba escuchando un partido de fútbol en la radio, de modo que entró sola. No había vuelto a su casa desde el accidente. Al ver que todavía quedaban restos de sangre en el suelo de la cocina, buscó un trapo y los limpió, frotando con fuerza para borrar los espesos glóbulos que se habían formado sobre las baldosas.

Alguien le acercó la fregona por detrás. Juliet se giró en redondo, agarrándose el pecho con la mano.

—Kyle, por Dios, qué susto me has pegado.

—Perdona. —Su vecino pasó la fregona por donde ella había frotado.

—¿Qué te pasa, por qué últimamente te dedicas a aparecer de la nada y asustar a la gente?

—Pues no creo que asuste a nadie más.

—¿Qué quieres decir?

—Que a lo mejor eres tú, que vives en las nubes.

—Sí, claro.

—He chillado «hola» al entrar por la puerta y he estado silbando la canción de *Dora la Exploradora*.

—Sería por lo bajo.

—Entonces, ¿por qué todos los demás me dicen que me calle?

—Por costumbre.

—No pasa nada porque vivas en las nubes, yo estaría igual.

Juliet se levantó y se sacudió la ropa.

—Mira, me harías un gran favor si dejaras de compadecerte de mí. Vale, sí, mi madre está mala y se ha roto la pierna, no es el fin del mundo.

Kyle dejó a un lado la fregona.

—Esta mañana he perdido la carrera.

—Vaya, lo siento.

—Últimamente no hago más que perder.

—¿Y eso?

—No sé.

—¿Y te importa?

—Bastante.

—Lo siento.

—Mi pa dice que no me concentro.

—¿Y tú qué crees?

—Que no soy lo suficientemente bueno.

—¿Por qué?

—Porque lo doy todo en la pista pero siempre hay otro que es mejor que yo.

—¿Quién?

—Simon Davis.

—Bueno, es solo uno —apuntó Juliet apoyándose en la barra.

—Con uno basta.

—Tendrás que seguir intentándolo.

—Sí, supongo.

—Tengo que coger ropa limpia.

—Vale.

Kyle la siguió por las escaleras, aunque ella habría preferido subir sola, por mucho que de pequeños él hubiera pasado media vida en su cuarto. De eso, sin embargo, hacía mucho tiempo.

—Está muy cambiado —comentó el chico al entrar detrás de ella.

—Lo creas o no, dejé de pensar que era una princesa.

—Yo sigo teniendo mi colcha de Batman.

—Muy chungo.

—Muy guapo —dijo, y la hizo sonreír.

Kyle fue a sentarse en la cama mientras ella cogía ropa de la cómoda y del armario.

—¿Dónde te estás quedando? —quiso saber su amigo.

—Estaba en casa de mi tía Grace, pero ahora voy a la de mi abuela.

—¿Vas a volver?

—Pues claro. ¿Por qué estás tan raro?

Se dio la vuelta para mirarlo a la cara; estaba provocándolo para que él le dijera lo que ella ya sospechaba. Ya era hora, solo necesitaba que alguien le confirmara sus miedos y Kyle, su amigo de toda la vida, podía hacerlo tanto como cualquiera.

—No me estoy comportando raro.

—Suéltalo ya, Kyle.

—No es nada.

—¿Qué quieres decir?

—No quiero decir nada, lo que quiero es que me lo digas tú.

—¿Que te diga el qué? —estaba gritando.

—No importa.

Su amigo se levantó pero ella se interpuso y le bloqueó la puerta.

—Sí que importa.

—Lo siento mucho, de verdad.

La apartó de un empujón, bajó corriendo las escaleras y salió por la puerta, dejando atrás a Davey, que ni siquiera lo vio, enfrascado como estaba en el partido. Juliet no lo llamó. Tampoco lloró, sollozó ni dijo nada. En lugar de eso se hizo un ovillo y esperó a que se le pasara el intenso dolor que sentía en el corazón. A fin de cuentas, no estaba preparada para la verdad. *Todo irá bien. No pasa nada. Kyle es solo un crío, él no sabe nada. Por favor, ma, ponte bien. Por favor, por favor, no me dejes. Me portaré mejor. Me aseguraré de que no vuelva a pasarte nada malo. Te lo prometo, te lo juro, por favor, no te vayas.*

Se levantó cuando el dolor en el abdomen superó al del corazón. Solo estuvo de pie unos segundos antes de doblarse en dos.

—Ah, Diosss… —susurró—. ¿Qué me…?

Volvió a sentarse y esperó a que se le pasara. Al cabo de unos minutos se levantó y terminó de hacer la maleta pero, cuando llegó al coche, debía de haber palidecido siete tonos porque, al verla, Davey le preguntó si se encontraba bien.

—¿A ti te han sacado el apéndice? —le preguntó a su tío.

—No, ¿por qué? —Parecía preocupado.

—¿Y a mi ma?

Davey bajó la radio y lo pensó.

—Fue a Grace.

—¿Puedes llamarla para ver qué se sentía?

Su tío metió marcha atrás y retrocedió hasta la calle.

—Nos vamos a urgencias.

—No hace falta que vayamos a urgencias. Lo que nece-

187

sito es que alguien me describa los síntomas para saber si es eso.

—Nos vamos a urgencias.

—Eso es una tontería.

—No es ninguna tontería.

—¿Sabes el tiempo que podemos estar esperando? Cuando salgamos, seré mayor de edad.

—No exageres.

—Mi ma tiene cáncer y una vez estuvimos en la sala de espera ocho horas.

—Dios Santo. Vale, llama a Grace.

Juliet llamó a su tía y la puso en manos libres.

—¿Grace?

—Buenas, gazapilla. Me he enterado de que te has mudado a casa de la buela. Siento haberme perdido ayer.

—No pasa nada, y gracias por todo.

—Ya sabes que eres bienvenida cuando quieras.

—Lo sé.

—¿Qué querías?

—Cuando te sacaron el apéndice, ¿qué sentiste? —gritó Davey.

—¿Qué ha dicho?

—Pregunta qué se siente cuando tienes el apéndice chungo —dijo Juliet, contrayendo la cara de dolor mientras hablaba.

—¿Por qué?

—Tengo un dolor horrible, Grace —admitió.

—¿En el lado derecho o el izquierdo?

—No, en medio.

—¿Seguro?

—En medio y abajo, como si fuera a parir una bola de bolos.

—Quita el manos libres.

—¿Qué?

—Davey, no es el apéndice, quitad el manos libres.

Juliet obedeció y se llevó el teléfono al oído.

—¿Te ha bajado ya la regla alguna vez? —le preguntó su tía.

—No.

—¿Te has mirado las braguitas?

—Pues no. —Juliet se sonrojó.

—Creo que acaba de bajarte y, cuanto antes vayas a una farmacia, mejor que mejor.

—Eh… no.

—No pasa nada, ya verás —le aseguró Grace.

—Ah… —dijo Juliet—. No tengo dinero.

—Pásame a tu tío.

—No, no, estoy bien, Grace, por favor.

—No te haré pasar vergüenza, voy a decirle que te dé dinero y que te lleve a una farmacia. Te compras una caja de tampones normales, una de compresas grandes, por si no te ves usando tampones, y algún analgésico.

—Vale.

—Ya verás que no es nada, Juliet.

—Vale.

—Siento no estar ahí —le dijo, y la niña estuvo a punto de llorar porque quería a su ma.

Le pasó el teléfono a Davey, que parecía más angustiado que ella. Lo observó mientras hablaba con su tía, sin parar de asentir y de decir vale a todo, como ella antes. Colgó.

—Está bien, nada de urgencias. Perfecto. Tenemos que buscar una farmacia y todo estará solucionado. —Estaba intentando actuar con naturalidad pero sudaba y no la miraba a los ojos.

Lo sabe. Me podría morir aquí mismo de la vergüenza.

Fueron a la farmacia, Davey sacó del bolsillo cincuenta euros y se los dio sin dejar de asentir y de decirle OK con el pulgar. Juliet se bajó del coche y sintió que se le caía el mundo en los pantalones. *Oh, no.* Llevaba un vaquero negro pegado. Tenía miedo de mirar abajo mientras atravesaba la

189

carretera pero esperaba que al menos la sangre no se viera. Tiró de la camiseta hacia abajo, intentando que fuese más larga de lo que era. El dolor ya no la molestaba, lo que más la preocupaba era la humillación.

Cuando consiguió llegar a la puerta de la farmacia, se fijó al instante en que había dos hombres en el mostrador. *No, no, no. No puede ser. ¿Por qué tengo tan mala suerte? Mierda, mierda, mierda.* Notaba que Davey la observaba y esperaba a que abriese la puerta y entrara. Miró hacia atrás y él volvió a subir el pulgar. *Mátame, mátame ya.* Entró y en el acto uno de los hombres le preguntó en qué podía ayudarla. *Normalmente podría estar una hora en una tienda sin que un adulto me preguntara qué quiero, pero no, hoy tiene que estar el hombre más atento y amable del mundo. Mi vida es lo peor.*

—Solo estaba mirando —dijo.

«¿Por qué he dicho eso?» Sintió entonces otro chorro y fue a esconderse tras el stand de cremas para los pies y cruzó las piernas. *¿Qué voy a hacer?* Entonces, justo cuando estaba llegando al estado de pánico cegador, apareció una joven tras el mostrador de los cosméticos. Suspiró aliviada, descruzó las piernas y se acercó a la dependienta. Era una chica guapa, con un bonito pendiente de diamante en la nariz y una bola en la lengua.

—¿En qué puedo ayudarte? —le preguntó.

Juliet se inclinó sobre el mostrador y le dijo en voz baja:

—Necesito su ayuda, por favor.

—¿Qué te pasa?

—Acaba de bajarme la regla y estoy con mi tío —susurró Juliet.

La joven asintió dándole a entender que comprendía.

—¿Tu primera vez?

—Sí.

—¿Cómo de mal? —Los ojos de la dependienta pasaron de la cara de Juliet a la entrepierna y vuelta.

—Mal.

Otro gesto de comprensión.

—¿Dolor?

—Estoy fatal.

—De acuerdo.

La cogió de la mano y la hizo pasar entre los dos hombres, que estaban ahora atendiendo tranquilamente a otros clientes. En la trastienda había un baño limpio. La chica le dijo que pasara.

—Espera aquí.

Juliet echó el pestillo y suspiró aliviada. Se bajó los pantalones y descubrió una truculenta escena del crimen.

—Ay, Dios.

Se sentó en el váter. Le vinieron unas ganas tremendas de llamar a Della: primero para decirle que le había bajado la regla y segundo para pedirle perdón por pensar que estaba presumiendo cuando se quejaba del dolor. Comprendía ahora que no era eso: no había mucho de lo que presumir. Limpió toda la sangre que pudo con el papel higiénico y a punto estuvo de llorar cuando se manchó la mano. Se la limpió y le dio un poco de náuseas. Pasaron unos minutos y empezó a pensar que la chica se había olvidado de ella cuando llamaron a la puerta.

—Soy yo, sola.

Abrió una rendija y la dependienta le pasó un paquete de compresas grandes, una caja de tampones, toallitas de bebé y unas bragas limpias.

—Haz lo que puedas con eso.

—Eh… muchas gracias.

—¿Has probado alguna vez a ponerte un tampón?

—No.

—A lo mejor aquí en la tienda es demasiado pedir. Guárdatelos para luego, ¿vale?

—Ah, vale. Hum… ¿de dónde ha sacado las bragas?

—Son mías.

—Ah.

—Esta noche no duermo en mi casa, así que has tenido suerte.

—Se lo agradezco mucho —dijo Juliet, que empezó a trabajar con las toallitas.

—No es problema. A mí me vino la primera regla en una barca de pesca con mi padre y mis dos hermanos.

—Qué horror —dijo Juliet quitándose los vaqueros.

—Llevaba falda. Mi hermano se resbaló con el pastel.

—Uau, no. —Envolvió sus braguitas manchadas y las tiró a la papelera.

—Por suerte, creyó que eran tripas de pescado y me libré.

A Juliet se le revolvió la barriga.

Cuando por fin salió del cubículo, la chica abrió un grifo para que se lavara las manos. En cuanto terminó, le tendió dos pastillas y un vaso de agua. Juliet se las tomó.

—Dos cada seis horas, no más —le advirtió.

—Prometido.

—Bien. —La chica esbozó una amplia sonrisa—. Es una mierda pero no te pasará nada. —Cogió entonces los tampones, las toallitas, las pastillas y las compresas, se las metió en una bolsa de papel grande y se la tendió.

A Juliet se le empañaron de pronto los ojos.

—Gracias.

La chica le dio un abrazo rápido y volvieron a la tienda.

Pagó en la caja y, cuando se iba, la chica le guiñó un ojo. Si los hombres se habían enterado de lo ocurrido, tuvieron la decencia de no hacérselo ver.

Atravesó la calle hacia el coche de su tío, al que vio preparándose ya para hablar. Se acomodó como pudo en el asiento del acompañante, esperando no manchar la tapicería. Le tendió la vuelta.

—Quédatela.

—Estamos hablando de treinta y cinco pavos.

—Cómprate algo bonito.

Estaba intentando sonar natural pero le salía tan mal que Juliet se sintió mucho mejor con la situación e incluso se envalentonó.

—Quiero comprarme bragas nuevas.

Su tío palideció ligeramente.

—Estupendo, sin problema. ¿Algún sitio en concreto?

La niña se echó a reír.

—Que era broma…

—Ay, Dios… Había pensado que podríamos parar en casa para que te cambies y luego ir a ver a tu ma. ¿Qué me dices?

—¿Podríamos parar también a comer algo? De pronto me ha entrado un hambre de muerte.

—Por supuesto.

—Yo invito —dijo blandiendo el dinero.

193

Cuando llegaron a casa, Juliet sacó la bolsa del maletero y salió disparada escaleras arriba, hacia la deseada ducha. Se pasó un buen rato bajo el agua antes de coger la caja de tampones. Leyó las instrucciones y luego llamó a Della.

—Ey.

—Ey, tía. Necesito ayuda.

—Cuéntame.

—¿Cómo se pone una un tampón sin hacerse daño?

—¡No!

—Sí.

—¿Dolor extremo?

—Sí.

—¿Hambre?

—A muerte.

—Ya verás, Juliet, ni todo el azúcar del mundo te parecerá suficiente. —Della dio un suspiro profundo para expresar su angustia.

—¿Qué me cuentas de los tampones?

—Vale, a ver, pero vas a tener que relajar el chichi.

—¿Cómo hago?

—Respira hacia él.

—¿Cómo?

—No sé... yo lo hago sin más.

Juliet se pasó el siguiente cuarto de hora intentando que el tampón entrara en su chichi sin causar estragos. Cuando acabó, estaba quedándose sin crédito en el móvil.

—Tengo que dejarte.

—Vale, llámame luego.

—Sí, y gracias.

Colgó y se cambió de ropa. Se sentía limpia y el dolor había pasado. Bajó las escaleras con energía renovada.

—¿Listo para ir a comer? —le preguntó a su tío.

—Donde quieras.

Le habló del restaurante favorito de su ma.

—Al fin y al cabo es una ocasión especial. —Sonrió y aunque lo decía en broma se puso colorada.

—Joder, mier... —Se tapó los ojos igual que hacía el abuelo cuando quería esconderse de algo que no sabía afrontar.

—Has estado muy bien.

—He sido un capullo, no he hecho nada.

—Por eso.

Regresaron al coche.

Johnny

El tema del *maxi-single* de los Kitchen Sink estaba subiendo como la espuma en las listas de éxitos irlandesas y ese día un ejecutivo de la discográfica iba a verlos tocar y a hablar del disco. La cola ocupaba toda la calle. Había chicas con camisetas del grupo; en algunas solo aparecía la cara de

Johnny. Había algún que otro chico pero la mayoría eran niñas… chillonas. Rabbit pasó de largo hasta llegar a la cabeza de la cola y llamó al cristal de la puerta.

—Oye, ¿tú quién te crees que eres? —protestó una chica.

—Estoy con el grupo —le explicó Rabbit mientras esperaba a que le abriera alguien de seguridad.

—Sí, claro.

—Pues sí.

La chica miró a sus amigas y luego de nuevo a ella.

—¿Podrías colarnos?

—No lo creo.

—¿Por qué? —Se llevó una mano a la cadera, en actitud agresiva y, aunque no era tan alta como ella, era mucho más corpulenta y tenía puños como toneles.

—Lo siento. —Rabbit aporreó el cristal con más urgencia.

—Mira esta, que se cree que su mierda no huele.

Rabbit barajó la posibilidad de salir corriendo y llamar a los chicos desde una cabina pero, justo cuando la otra le ponía la mano en el hombro, apareció Johnny y le abrió la puerta.

—¡Es él! —chilló la chica, mientras Johnny cogía a Rabbit de la mano y la arrastraba al interior.

—Sí, soy yo. Nos vemos en el concierto, chicas.

Se despidió con la mano y cerró la puerta tras ellos. Las fans chillaron y la noticia de su breve aparición corrió por toda la cola, lo que alimentó el frenesí.

—Creía que me pegaba.

—Menos mal que pasaba por aquí.

—Están todas locas.

—Bueno, es que soy irresistible.

—No seas capullo.

Arrugó la nariz y se caló sus gafas invisibles. A Johnny le encantaba cuando lo hacía: le recordaba a la niña pequeña que lo seguía por todas partes y bebía de sus palabras, hasta

195

que apareció Alandra y lo cambió todo. Aunque se habían pasado el verano de gira juntos, Rabbit ya no era su sombra y la echaba de menos.

—¿Qué estás mirando? —le preguntó ella.

—A ti.

—¿Por qué?

—Porque has crecido un montón.

—¡Ay, no digas eso, que pareces mi padre! En el aniversario de boda de mi tío Gem se tomó dos copas y me dio la murga con esa historia. Yo no sabía dónde meterme.

Subieron las escaleras pero, a la mitad, a Johnny le fallaron las rodillas y, al no poder agarrarse a la barandilla, se cayó con todo su peso, como un saco de patatas. Rabbit corrió a incorporarlo pero él rechazó la ayuda.

—Estoy bien, estoy bien. —Intentó apartarla.

—Pues entonces levanta.

—¿Qué?

—Ya me has oído.

Se agarró de la barandilla y se puso en pie.

—Estoy cansado, solo eso.

—Siempre estás cansado.

—Bueno, no sé si te habrás dado cuenta, pero estamos algo liados.

—Te pasa algo.

—No me pasa nada. —Intentó alejarse pero su cuerpo se negaba a ayudarlo.

—Te pasa algo, Johnny —insistió ella echando chispas por los ojos.

—¡Como vuelvas a decir eso te largas! —le chilló.

Rabbit se quedó callada mientras lo veía prepararse para dar el siguiente paso. Subió lentamente y ella lo observó sin moverse del sitio. No era tanto la falta de equilibrio como la inseguridad en el paso. No dijo nada más y esperó a que se perdiera de vista para sentarse en los escalones y morderse las uñas.

Francie se la encontró allí diez minutos después.

—¿Qué ha pasado?

—Llegas tarde a la prueba de sonido.

—¿Y qué haces tú aquí entonces?

—Ya no se necesitan mis servicios, ¿no te has enterado?

—Puede que ya no seas nuestra técnico de sonido pero seguimos necesitándote, así que levanta el culo y vamos.

Lo siguió hasta el escenario. Johnny estaba sentado sobre un altavoz desde donde daba órdenes a Davey, Louis y Jay. No le convencía el sonido de los teclados y su hermano no paraba de equivocarse en el mismo punto de la canción.

—¿Lo haces para fastidiarme? —le preguntó a Davey.

—Sí, todo lo que hago es para fastidiarte a ti —respondió este, que ya bastante frustrado estaba consigo mismo para tener que aguantar a Johnny.

Francie entró en el escenario.

—¿Dónde te habías metido?

—A Sheila le ha dado un bajón.

—Pues manda a paseo a esa colgada.

—Mira, tío, te quiero y eso pero, como vuelvas a llamar colgada a mi novia, te parto la cara. —Francie se colgó la guitarra.

—Sheila está como una cabra y tú estás como una cabra por estar con ella —dijo Johnny.

—Estás pidiendo a gritos que te dé. —Francie se descolgó la guitarra.

—Eh, tranquilízate, anda. Todos sabemos que está como una puta regadera.

—Tú te callas, Jay —le dijo a su hermano.

—¿O qué?

Davey se levantó de detrás de la batería.

—¿Qué coño está pasando aquí?

—Que Francie está muy ocupado yendo detrás de una puta pirada para encargase de los asuntos del grupo.

Johnny nunca decía palabrotas; su padre y él eran dos de

las pocas personas que no calificaban de «puto» o «puta» todo lo que salía por sus bocas. A Rabbit la extrañó oír esa palabra saliendo de él, como una nota desafinada, y lo más alarmante era la agresividad con que la había dicho. Francie se adelantó para ir a pegarle, Jay cogió de los brazos a su hermano, que se volvió y le pegó un puñetazo en la nariz. Louis corrió a mediar con los brazos extendidos.

—Bueno, bueno, ya está bien.

Jay le hizo una zancadilla a Louis, que se cayó encima de ambos con los brazos aún extendidos.

—¡Aj, mierda, mi dedo!

Jay le pasó por encima para ir a devolverle el puñetazo en todo el ojo a su hermano, que a su vez le metió una patada en los huevos. El primero embistió a su gemelo con la cabeza y ambos se cayeron de rodillas a la vez, uno con la nariz partida y el otro con el ojo morado.

—¿Qué coño te pasa, Johnny? —le gritó Davey señalando a los gemelos.

El cantante salió del escenario y les dejó a todos mirándolo con los ojos desencajados.

Davey ayudó a los hermanos a levantarse mientras Rabbit le daba un pañuelo a Jay para la nariz. Después examinaron el ojo de Francie. Louis seguía en el suelo, poniendo el grito en el cielo por su dedo.

—Vale, perfecto, no podías dejarlo correr, ¿verdad, Francie? —le increpó Davey.

—No tendría que haberse metido —replicó el guitarra señalando a su gemelo.

—Claro, porque hostiar al cagón era una gran idea. Te lo habrías cargado.

Francie asintió porque el otro tenía razón: Johnny servía para querer, no para pegar.

—Rabbit, baja al camerino y averigua a ver qué cojones le pasa —le pidió Davey.

—No quiere saber nada de mí.

—A ti es a la única a la que hace caso —terció Jay.

—Hoy no.

—Venga, Rabbit, ve... en serio. Nuestras vidas penden de un hilo.

—¿Y por qué no vas tú, Davey? Es tu grupo. —Estaba demasiado frustrada para admitir que tenía miedo.

—No le falta razón —intervino Francie.

—Pues ve tú.

—Como vaya allí abajo, lo reviento. —El guitarra levantó las manos en alto—. Me conozco.

Davey suspiró.

—La noche más importante de nuestra carrera y estoy rodeado de capullos.

Salió del escenario y los demás se quedaron donde estaban. Jay se limpió la sangre de la nariz y se guardó el pañuelo sucio en el bolsillo. Louis se enderezó el dedo como pudo y se puso tras el teclado.

—A lo mejor me lo tienen que entablillar, pero si alguien me invita a una copa creo que sobreviviré.

—¿Ensayamos? —le preguntó Jay a su hermano.

—A la mierda —respondió este, que cogió de nuevo la guitarra.

Rabbit fue al camerino y llegó justo a tiempo para ver cómo echaban a su hermano por la puerta.

—Se le ha ido. Se le ha ido la puta pinza.

Davey volvió al escenario y la dejó allí. Se quedó mirando la puerta un par de minutos antes de llamar, pero Johnny no respondió. Probó de nuevo.

—Fuera.

—Lo siento mucho, de verdad.

—Vete, por favor.

—Solo quiero que me hables.

—No puedo.

—¿Por qué?

Johnny abrió la puerta.

—Porque estoy jodido.

Rabbit entró y cerró la puerta.

—¿Qué está pasando, Johnny?

—Soy incapaz de tenerme en pie, Rabbit. Cuando cierro el ojo derecho, no veo nada. Las fans van con los cordones de las botas de motero sin atar, igual que yo, porque se creen que lo hago por moda. No es eso, es que tengo los pies el doble de grandes de lo normal.

—Pues tendremos que ir al médico. A lo mejor es un virus. La amiga de mi madre pilló un virus en Jersey y ha perdido algo de pelo y estuvo en cama varias semanas.

—No es un virus.

—¿Ahora eres médico?

—No.

—Entonces…

—No creo que pueda tocar hoy.

—Sí que puedes.

—No lo entiendes, me voy a caer de cara.

—Pues siéntate.

—Eso es muy poco rockero.

—Lo que es rockero es tocar después de tener un accidente con el autobús de la gira. —Johnny frunció el entrecejo; parecía escucharla, de modo que prosiguió—: Francie tiene un ojo morado, Jay la nariz partida y Louis es probable que tenga un dedo roto. Tú puedes haberte torcido la pierna y alguien puede hacerle algo a Davey. Decís que os habéis estrellado de camino pero que, aun así, habéis venido porque queréis a vuestros fans y sois así de duros. Podemos convencer a los chicos porque de todas formas están hechos polvo.

—Podría funcionar.

—Funcionará. De aquí a la portada de una revista.

—Rabbit, eres mi salvadora.

—Entonces mañana vamos al médico.

—No tienes por qué venir.

—Voy a ir.

Johnny se disculpó con los chicos y los convenció de que el accidente de autobús era buena idea. Cuando Davey volvió al camerino, hubo que convencerlo un poco más que al resto porque Francie estaba ya con el puño apretado, dispuesto a golpearle de un modo u otro.

—¿Y si decimos que yo iba en otro coche? —rogó Davey.

—Eso es muy poco rockero.

—Venga ya...

—No te comportes como un puñetero crío. Te daré solo un toquecito.

—Tus toquecitos pueden causar daños cerebrales.

—No te vas ni a enterar —intervino Johnny.

—Ah, pero tú sí puedes fingir —le echó en cara a Johnny, al que Rabbit estaba entablillándole la pierna.

—No podemos partirte los brazos porque si no, no podrías tocar, y no se ven las piernas, así que tiene que ser la cara —dijo Jay, a lo que su hermano asintió.

—La cuestión es: ¿quieres entrar en el salón de la fama del rock o no? —preguntó Francie.

—Quiero.

—Muy buena. —Francie le pegó un puñetazo en la boca.

Esa noche los Kitchen Sink tocaron ante un auditorio lleno, con Johnny en una silla con su pierna en alto, acompañado de su banda de lisiados. Se dejó el pellejo cantándole a un público agradecido y entregado. Después le dio a un periodista musical la exclusiva de la experiencia cercana a la muerte de los Kitchen Sink y, cuando estuvo tan cansado que necesitó que Rabbit lo acompañara a la barra, Peter Moore, el de la discográfica, estaba esperándolo allí con una pinta.

—Esta noche habéis subido varios enteros, chicos —les dijo, y los del grupo se sonrieron—. Seguid así y nuestros socios de Reino Unido querrán subirse al carro. Vais a ser muy grandes. —Levantó el vaso y los demás lo imitaron.

Johnny miró el suyo, lo cogió lentamente y lo entrechocó con el de Moore antes de volver a bajarlo. No le dio ni un sorbo, no era de mucho beber.

—Recordad esta noche —dijo Peter.

—Desde luego —respondió Johnny—, será difícil de olvidar.

8

Rabbit

Cuando se despertó, se vio rodeada de familia. Ma, pa, sus hermanos y su hija, que estaba dormida con la cabeza sobre el regazo de la abuela.

—¿Qué hora es?

—Las siete pasadas —le dijo su madre.

—¿Me he perdido todo el día?

—Sería que tenías que descansar —respondió Grace.

—Creo que voy a pedir que me den vitaminas. —Intentó incorporarse en el sitio y su hermana corrió a ayudarla—. Ya puedo yo.

—Ya, bueno, pero yo lo hago mejor —replicó Grace, que la incorporó y le colocó bien las almohadas por detrás.

—¿Cuánto tiempo lleva dormida Juliet?

—Ya estoy despierta —dijo la niña rascándose la cabeza e incorporándose lentamente.

Rabbit le sonrió de oreja a oreja.

—¿Cómo está mi gazapilla?

La niña fue a abrazarla.

—¿Cómo estás tú?

Rabbit escrutó a su hija.

—Te veo pálida.

—Estoy bien.

—¿Has comido?

—Davey me ha llevado al Fiddlers.

—Vaya, qué nivel.

Su hija miró a su hermano, que estaba sentado junto a la ventana, y le sonrió.

—Sí, estaba superrico.

—Yo, encantado.

—¿Stephen y Bernard siguen aquí? —preguntó Juliet, y Grace le confirmó que sí—. ¿Quieres verlos, ma?

—Claro.

—Vale, voy a avisarlos, pero no podemos quedarnos todos a la vez.

—A mí no me vendría mal estirar las piernas —se ofreció Jack, que se levantó y cogió el conejito del suelo y se lo acercó a su hija antes de darle un beso en la frente—. Un conejito para mi conejita.

Rabbit rio.

—Me encanta, pa.

—Y a mí me encantas tú. —Por un segundo todo se detuvo en la habitación—. Bueno, venga, Juliet, vamos a acabar con el sufrimiento de los chicos.

Cuando se hubieron ido, Rabbit miró a su madre y luego a Grace.

—¿Qué le pasa a Juliet?

—Nada —contestó Davey, aunque no porque creyera que no había que darle la noticia de la menstruación de su hija sino porque no se veía capaz de hablar del tema.

—¿Grace?

—Le ha bajado hoy la regla.

Davey se tapó la cara.

—Ah… ¿Y está bien?

—Está perfecta. Davey lo ha solucionado todo.

—¿Davey?

—Le he dado dinero y ella ha ido a la farmacia. Fin de la historia. ¿Podemos hablar ahora de otra cosa?

Grace se echó a reír.

204

—Ojalá hubiera estado para verte la cara.

A Rabbit le divirtió la idea de que su hermano, tan vergonzoso para algunas cosas, hubiera tenido que lidiar con la regla de una jovencita, pero en parte también le dio ganas de llorar.

Molly salió al rescate.

—Yo tuve mi primera regla yendo a caballo. Me bajé de *Duque* y Ricky Horgan me chilló que tenía mermelada en el culo. No era mermelada, como comprenderéis.

Rabbit y Grace rieron mientras su hermano se ponía colorado como un tomate.

—Por Dios, ma…

—Yo estaba de campamento con las Chicas Exploradoras. Me llené las bragas de hojas de acedera, no dije nada y nadie se dio ni cuenta —contó su hermana mayor.

—Vaya que sí, Grace, una opción de compresas de lo más ecológica. Podrías haberlas patentado —comentó Molly por encima de los gemidos de Davey.

—Yo no tengo historia —dijo Rabbit.

—Mejor —contestó Davey.

—Todo el mundo tiene una —la animó Grace.

—Déjalo, por favor —le rogó su hermano.

—Déjalo tú.

—Ma, de verdad, dile a Grace que lo deje.

—¿Qué tienes, doce años o qué, Davey Hayes? —lo regañó Molly.

—Venga, Rabbit.

—Yo solo fui al baño, vi sangre y llamé corriendo a ma.

—Vale, ya está, me voy a la cafetería —dijo Davey, que procedió a largarse.

Molly se rio con sorna.

—Me acuerdo, tenías solo diez años. Gritabas: «Ma, ma, creo que me estoy muriendo». —A Rabbit se le empañaron los ojos en el acto y se hizo el silencio en la habitación—. No quería decir eso —tartamudeó su madre—. No tendría que haberlo contado.

Se hizo entonces un silencio absoluto. Las tres mujeres clavaron la vista en el suelo, y fue entonces cuando Rabbit aceptó la verdad.

—Ma —dijo con voz temblorosa—. Ma, mírame. Mírame, por favor, ma.

Molly respiró hondo y le sostuvo la mirada a su hija.

—Creo que esta vez me estoy muriendo de verdad, ma.

En cuestión de un segundo, pese a sus dos caderas de titanio, Molly se había levantado del sofá y estaba abrazando a Rabbit y enjugándole las lágrimas.

—Ya lo sé, cielo, ya lo sé.

—Lo siento, ma —dijo Rabbit, y Grace tragó saliva al tiempo que le rodaban por la cara gruesos goterones calientes.

—Noooo, no hay nada que sentir, cielo. Te queremos tanto… —Molly le acarició la cabeza.

Justo entonces Stephen y Bernard entraron tan campantes en la habitación.

—Ey, tía Rabbit —dijo Bernard.

—¡Idos a tomar por culo! —gritó Grace.

En el acto los dos chicos evaluaron la situación y se retiraron sin mediar palabra.

Rabbit lloró unos minutos más en los brazos de su madre y luego se enjugó los ojos y prometió no volver a llorar.

—Llora todo lo que tengas que llorar —le dijo Grace.

—Estoy ya harta —respondió, e hizo entonces la pregunta que todos tenían en mente—: ¿Y Juliet?

—Tenemos que decírselo, Rabbit —le dijo su madre.

—Davey ha organizado una reunión mañana en casa de ma para hablar de quién va a quedarse con ella y, bueno, por eso no te preocupes porque todo el mundo quiere quedársela —le explicó su hermana.

Rabbit asintió y se mordió el labio.

—¿Ha sido Davey?

—Se mostró muy rotundo —comentó Grace.

—Me alegro por él —respondió Rabbit, que le dijo entonces a su madre—: ¿Podemos esperar otro día más para decírselo?

—Claro que sí.

—Si me pongo peor…

—No te preocupes, cielo.

—Vale.

Volvieron a quedarse en silencio.

—Ma, de verdad, ¿«ma, creo que me estoy muriendo?» —repitió Grace con una gran sonrisa en la cara—. Santo Dios, ma, otra para los anales.

Molly miró a Rabbit en busca de una señal. Le bastó la sonrisa en su cara.

—El otro día le dije que la bañera era tan grande que podía ahogarse dentro —dijo Molly avergonzada.

Rabbit y Grace estaban riendo cuando Juliet asomó la cabeza por la puerta.

—¿Dónde están los chicos?

—Vinieron y se fueron —contestó su tía.

—Ah —dijo entrando y sentándose al lado de su madre—. Qué rápido.

—Pero pasará al recuerdo —dijo Rabbit, y Grace rio.

—Vale, bueno, estáis actuando un poco raro las tres pero no pasa nada. Hoy ha sido un día raro.

—Eso me han dicho —dijo Rabbit apretándole la mano a su hija—. Supongo que dará para una buena historia.

—Sí, toda una historia —corroboró Juliet para gran disfrute de su madre.

Cuando todos se hubieron ido a casa, Rabbit se quedó intentando hacer las paces con su defunción inminente. No estaba ni cabreada ni frustrada, tampoco asustada o preocupada. No experimentaba amargura ni ganas de revancha. Lo único que sentía era una gran tristeza por tener que dejar atrás a la gente que más quería, sobre todo a su hija. Llevaba mucho tiempo luchando, pero ahora por fin sabía que no podía seguir. Costaba despedirse de la vida, con sus subidas y bajadas y todas las cosas que la hacían bella. También pensaba en Marjorie. Ojalá su amiga encontrara una vida más feliz y una buena pareja. Su muerte no sería un golpe tan duro para ella si tuviera un hombro en el que llorar. Por unos instantes fantaseó con la idea de juntar a Davey con Marjorie; sería un final de cuento de hadas. Rabbit se iría al hoyo y su hermano se comería el bollo; adoptarían a Juliet y vivirían felices para siempre. Se rio sola acordándose de la hermana Francine y su severa advertencia cuando con dieciséis años ella se había atrevido a admitir su escepticismo en clase de religión: «Es muy fácil darle la espalda al Señor cuando todo va bien, pero espera a estar en tu lecho de muerte, querida. Lo llamarás, y espero que no sea demasiado tarde». Por la forma en la que había dicho «espero que no sea demasiado tarde» en realidad se veía que deseaba justo lo opuesto, y que además se sentiría muy defraudada en caso contrario. Por aquel entonces la monja ya rondaba los ochenta, de modo que llevaría tiempo bajo tierra. *Una lástima, me encantaría llamarla y decirle que me estoy muriendo y sigo sin llamar al Señor, así que... ¡que te den, pingüina! Para cabrona, yo, hermana Efe.*

Cuando echaba la vista atrás, no sentía ningún remordimiento o arrepentimiento. Bueno, tal vez unos cuantos pero, por encima de todo, había hecho lo que había podido y no habría cambiado nada, salvo tal vez haberse ido a Estados Unidos cuando Johnny se lo dijo. Quizá las cosas hubieran salido de otra manera si se hubiera quedado, aunque, de todas formas, cuando subió al avión con destino al JFK, era consciente de que lo había perdido para siempre. Si sentía algo era lo que podía depararle el futuro que nunca tendría; no poder estar para Juliet, no poder ya encontrar otro amor y no poder terminar el libro basado en su blog. Sentía no haber ahorrado suficiente dinero para la educación y las necesidades básicas de su hija, y dejar esa carga a su familia. Se preguntó por qué no estaba enfadada: al fin y al cabo, era todo de lo más injusto. Tal vez era por el cansancio.

—¿Tienes dolores? —le preguntó Jacinta, que había entrado a cambiarle el parche.

—No te he oído entrar.

—Estás que vas y vienes.

—Anoche me porté mal contigo, lo siento.

—Qué va, nada de eso.

—Fui una borde.

—Estabas con un dolor horrible. Tengo que lidiar con cosas mucho peores.

—¿Cuánto tiempo me queda, Jacinta?

—Es difícil de saber.

—Pero no mucho.

—Es probable que no.

—Pero es difícil de saber.

—Exacto.

—No me duele nada.

—Eso está bien —le dijo Jacinta—. Duerme bien, Rabbit.

Pero ya se había ido.

El blog de Rabbit Hayes

4 de diciembre de 2009

C de Cagarse encima

Llevo un tiempo sin escribir. La quimio se lo curra para hacer que la muerte parezcan unas vacaciones. Pero os he confeccionado una lista con los efectos secundarios en orden alfabético: la A no empieza mal con amnesia, la B nos regala una boca seca, la D se lleva la palma con su diarrea, dolor abdominal, dolor de pecho, seguida de cerca por la E de entumecimiento. En la F tenemos fatiga y síntomas gripales; H de hematomas y llegan las llagas por la LL. Hay un hueco hasta la P, que viene pegando fuerte con su pérdida de peso. Pasamos luego a la R de reflujo gástrico y vamos con el sarpullido por la S, seguido de temblores en la T, para terminar con la V de vómitos. La X, la W, la Y, y la Z siguen en el banquillo. Por lo demás, la quimio es una bocanada de aire fresco.

Juliet se está portando de maravilla. Ha estado leyendo sobre comida contra el cáncer en internet y se empeña en que hagamos zumos. La semana pasada preparamos un brebaje verde que le hizo vomitar por la nariz y, cuando paró de boquear y de llorar, me dijo: «Así por lo menos no eres la única que vomitas, ma». Es una buena jodienda —y creedme, entre la acidez constante, la halitosis, los vómitos o cagarte encima y no saber dónde están las bragas limpias, hay jodiendas donde elegir—, pero nunca me he sentido sola. Hablo con mi madre por teléfono mañana, tarde y noche, y cuando no hablamos, está en mi casa limpiando, cocinando y quejándose de Annie, la vecina sorda de al lado.

—¿A quién se le ocurre ver la tele a ese volumen un día de diario? Hay discotecas con menos decibelios que la salita de esa vieja.

Le ha aporreado varias veces la pared y la ha amenazado con el día del juicio final, pero si la sorda de Annie la oye, se hace la loca, porque se limita a saludar, sonreír y gritar sobre el tiempo cada vez que se cruza con mi madre por la calle. Grace también se pasa aquí todo el santo día, y cuando mi madre no está limpiando es porque está haciéndolo ella. También intenta cocinar, y se agradece (sobre todo por parte del husky del vecino y los tres gatos de Annie la sorda). Mi padre ha aprendido a chatear por el móvil para que podamos hablar hasta cuando esta cabeza jaquecosa me duele demasiado para articular palabra. Con Davey hablo por Skype y me manda paquetes con regalitos desde todos los balnearios del mundo. El último era de la India y olía a huevo podrido. Lo tengo en el cobertizo del jardín porque es demasiado caro para tirarlo pero no tanto como para probarlo.

Marjorie es la pausa relax: entra y sale, nunca se queda más de la cuenta y siempre sabe qué decir y hacer, aunque sea: «No sé qué decir ni hacer». A veces me canta alguna cancioncilla que se ha inventado por el camino. Es muy graciosa, mucho más de lo que cree. Tengo ganas de que encuentre a alguien. Juliet es mi fiel compañera.

Puede que esté vomitando, agotada y con un miedo tremendo, pero lo que no estoy es sola.

QUINTO DÍA

9

Molly

Cuando Molly no podía dormir, le gustaba andar, al contrario que su marido, que era más de quedarse tumbado, con los ojos abiertos de par en par y mirando el techo. Si no fuera por lo mucho que resoplaba por la nariz, lo habrían dado por muerto. No pasaba desapercibido, era un tic y/o costumbre que tenía desde pequeño. La cantidad de resoplidos estaba directamente relacionada con la presión que tenía. Si existía un récord mundial de resoplidos, probablemente Jack Hayes lo batía por las noches. Molly se puso un abrigo y se dedicó a dar vueltas por el parque que había enfrente, vueltas y vueltas, hasta que la oscuridad se disipó en luz y Pauline Burke salió de su casa en camisón y zapatillas con dos tazas de té caliente.

—Debes de estar helada.

—Estoy bien.

—Tienes las pantuflas empapadas de rocío y un moco o directamente un carámbano en la punta de la nariz.

Se lo quitó con el dorso de la mano y se quedó mirando el elemento denigrante.

—Creo que es solo piel reseca.

—Entra, anda. Voy a hacer unos huevos con salchichas para desayunar —dijo Pauline, tirando del brazo de su vieja amiga y arrastrándola a su casa; después de treinta años

Molly sabía que su vecina no aceptaría un no por respuesta.

Una vez dentro, se dio cuenta del frío que tenía y empezó a temblar con fuerza, hasta el punto de que su amiga tuvo que echarle una manta por encima y le insistió para que metiera los pies en agua caliente.

Se quedó sentada sin decir nada, con la taza entre las manos, mientras Pauline trajinaba con el desayuno y ponía la radio, donde emitían un programa descafeinado, de primera hora de la mañana. La luz del día entraba por la ventana de la cocina y *Minnie*, la perra, corría en círculos delante de la puerta hasta que se puso a saltar arriba y abajo sin parar. Su dueña fue a abrirle y salió disparada al exterior, ladrándoles a los pájaros y al mundo. Cuando su amiga le puso el desayuno delante, le advirtió lo siguiente:

—Quiero ver el plato vacío, por lo menos la mitad.

Molly suspiró hondo pero no rechistó. Tenía hambre pese a sentir un cansancio repentino por el que tan solo llevar el tenedor a la boca le parecía una tarea mastodóntica.

—Me alegro de que hayas sacado tiempo para arreglarte el pelo —comentó su amiga.

Molly se llevó la mano a la cabeza y se alisó la melena.

—Me lo hicieron en la clínica.

—Un buen detalle por su parte.

—No es mal sitio.

—Eso cuentan. Anda, cómete la salchicha. —Molly obedeció—. Creo que lo mejor es que nos vayamos en septiembre. He estado pensando en Francia porque está muy a mano y en esa época el tiempo sigue siendo cálido sin que haga demasiado calor. Ya sabes que no soporto los calores.

—No voy a poder.

—Claro que vas a poder.

—Tendré que encargarme de Juliet.

—Entonces, ¿te la vas a quedar tú? —preguntó Pauline, que parecía sorprendida.

—Claro que sí. ¿Quién quieres que se la quede?

—Dios, Molly, es demasiada carga a tu edad.

—Davey ha organizado una reunión para hablar del tema hoy mismo. No sé para qué se molesta pero supongo que es su forma de aportar algo.

—¿Cuánto queda? —preguntó Pauline en una voz que superaba en poco al susurro.

—No mucho —respondió sin asomo alguno de lágrimas.

—¿Qué puedo hacer?

Molly miró primero su desayuno a medio comer y luego sus pies en agua caliente.

—Acabas de hacerlo, querida.

Pauline se levantó y recogió la mesa. Al pasar con los platos al lado de su amiga, se paró a darle un beso fugaz antes de volver al fregadero.

—Vamos a ir a Francia, abuela —masculló para sí pero lo suficientemente alto para que la oyese Molly.

La primera vez que vio a su vecina estaba en el umbral de los Hayes con la cara ensangrentada y dos pequeños llorando aterrados uno bajo cada brazo. Era una noche de invierno de 1980, y Molly y su familia acababan de mudarse al barrio. Pauline estaba histérica.

—¡Por favor, por favor, déjenos entrar! ¡Nos va a matar a todos!

Fue entonces cuando Molly comprendió que el hombre que amenazaba a su vecina era el mismo que estaba atravesando el parque con algo en la mano que parecía un bastón de viejo. Jack se había ido ya y el hombre era enorme, fuerte, agresivo y probablemente un loco. No se lo pensó dos veces. Hizo pasar a Pauline y cerró la puerta antes de que el otro llegara a la verja. Echó los dos pestillos y se quedó impertérrita cuando el hombre se puso a aporrear la madera con tal fuerza que temió que se les cayera encima toda la fachada. Los críos empezaron a llorar, y Pauline intentó hacerles callar, pero estaba tan asustada y tan magullada que los niños no hicieron sino aullar aún más.

Entre los gritos y los aporreos, Grace y Davey no tardaron en bajar en pijama por las escaleras, restregándose los ojos y preguntándose qué estaba pasando. Cuando vieron en el pasillo a la mujer ensangrentada y a los niños que gritaban, su hija mayor se sentó en los escalones y se echó a llorar y su hijo fue corriendo en busca de su madre. El hombre estaba echando sapos y culebras por la boca.

—¿Cómo se llama? —le preguntó Molly a Pauline.

—Gary.

Dejó a su hijo en las escaleras con su hermana y luego se acercó a la puerta y se puso a aporrearla con la misma virulencia que el hombre.

—Yo también sé aporrear puertas, Gary.

Aquello lo detuvo en seco. Más allá de los llantos de los niños, todos tuvieron un momento de tranquilidad para calibrar el siguiente paso.

Gary fue el primero en hablar:

—Quiero a mi mujer y a mis hijos.

—Una pena, no puede ser.

—Abra la puerta o se arrepentirá.

—La policía viene de camino, Gary —mintió.

—Yo soy la policía. —Lo dijo con petulancia, pagado de sí mismo.

—Ah, por eso te crees que puedes pegarle a una mujer y aterrorizar a unos chiquillos. Yo soy, yo soy… —lo remedó.

—¡A mí no me habla usted así!

—¿O qué?

—O entro por su puta ventana.

Lo oyó dar unos pasos y dirigirse hacia la ventana del salón. Sin pensárselo, quitó el pestillo de la puerta de la calle y la cerró tras ella. El hombre se volvió a tiempo para ver a Molly coger el bastón que había dejado en el suelo y había utilizado para aporrear la puerta. Se le acercó lentamente… probablemente igual de impresionado que ella porque se hubiera quedado fuera a solas con él; pero arreglar esas ventanas podía salirle por un ojo de la cara, por no hablar del impacto que un lunático atravesando el salón podía causar en los niños. Todavía se los oía chillar dentro.

—¿Qué es lo que piensa hacer con eso? —le preguntó mirando el bastón.

Molly fantaseó con la idea de estampárselo en toda la boca.

—Voy a usarlo para apoyarme mientras lo mando a tomar por culo.

—¿Ah, sí? —Parecía casi divertido; ya no gritaba, estaba intrigado.

Ella se apoyó en el bastón y le dijo:

—Vete a tu casa, Gary.

—¿Y qué pasa si no lo hago?

—Cuando aparezcan tus amigos, les contaré lo que le has hecho a tu mujer y, aunque te encubran, por lo menos algunos te juzgarán como te mereces. En cuanto te vayas, llamaré a mi tío, que es jefe de policía en Garda, y me aseguraré de que sepa qué clase de hombre eres. —Estaba mintiendo pero el hombre no lo sabía.

Se fue sin más palabras y sin bastón.

Esa noche Pauline y los niños durmieron en su casa. Fue el primero de los tres incidentes similares antes de que su vecina reuniera por fin valor para echarlo. Cuando lo hizo, el cura de la parroquia local, el padre Lennon, fue a verla a su casa para convencerla de que permitiera volver al marido. Su numerito de culpabilidad podría haberle salido bien si Molly no hubiera llegado justo cuando el cura le decía a Pauline que «se lo había buscado». No podía ni ver al padre Lennon: le había perdido todo el respeto el día que le vio aceptar dinero de un Gary sobrio y arrepentido para que rogara por su alma torturada después de haber mandado dos semanas al hospital a su mujer. El dinero que se embolsó el cura equivalía al sueldo de una semana, y en esa época era evidente que no era precisamente el marido quien proveía en esa familia. Pauline y los niños estaban medio muertos de hambre, y, de no haber sido por su buena mano con la aguja, habrían vestido con harapos. El cura se había metido el dinero en el bolsillo y le había dicho a Gary que rezaría para que volvieran a unirse en armonía o cualquier basura por el estilo. Jack había tenido que contener a Molly en el pasillo del hospital donde Pauline yacía destrozada y hecha polvo.

—Es usted una deshonra para la Iglesia, ¿me oye, Lennon? —gritó.

El día que entró en la cocina de Pauline mientras Lennon intercedía por Gary, el hombre palideció nada más verla.

—¿Qué mierda está diciendo?

—No hace falta ponerse así.

—¿Qué te está diciendo? —le preguntó a Pauline.

—Que mis votos significan algo y que mi alma corre peligro.

—¿Y tú te lo crees?

—Si te digo la verdad, me da exactamente igual. Desde que Gary no vive con nosotros, los niños están cada vez más felices y contentos, yo ya no tengo miedo y hasta he encontrado un trabajo de media jornada.

—Ya puede ir largándose —le dijo al cura.

—Un segundo. —El hombre levantó un dedo admonitorio.

No tendría que haberlo hecho. Era un hombre muy menudo y delgado. Molly lo miró desde arriba y le dijo:

—O sale ahora mismo cagando leches de esta casa por su propio pie, o lo cojo yo y lo saco, usted verá qué prefiere.

Pauline soltó una risita, y no solo porque la cara del padre Lennon era un poema, sino porque, cuando se ponía nerviosa, le daba por reírse.

—Que no os vuelva a ver poner vuestros sucios pies en mi iglesia —dijo el cura mientras se iba.

—Será un placer —contestó Molly, que cerró la puerta de un portazo.

Después de eso las dos familias empezaron a ir a misa en la iglesia del aeropuerto, y a veces iban a comer luego por los alrededores. Fue allí donde Molly conoció al padre Frank. Tenían sus desavenencias, pero era un hombre bueno y decente y, cuando le llegaba alguien que necesitaba ayuda y un poco de orientación, sabía que siempre podía contar con Molly. Tenían mucho respeto el uno por el otro, y en cierto modo eran amigos. Llevaba unos días pensando en él. Mientras volvía de casa de Pauline, tomó nota mentalmente de llamarlo en cuanto terminara la reunión de Davey.

Cuando el padre Frank llamó al timbre, fue como si le hubiera leído la mente y, aunque llevaba varios meses sin ir a misa y la última vez que habían hablado habían discutido, se alegró de verlo. Jack y Juliet estaban en la clínica con Rabbit. El cura sabía lo de su hija, y era precisamente por eso por lo que había ido a verla. Prestaba asistencia en ese tipo de clínicas y, aunque no estaba apuntada para orientación espiritual, había visto su apellido y sabía que solo había una Rabbit Hayes.

—¿Qué puedo hacer por ti, Molly?

Agradeció que su amigo fuera al grano.

—Puedes darle la extremaunción.

—Sabes que ella no quiere.

—Pero yo sí quiero, y por favor, no me digas que no porque no podría soportar otro no.

El hombre meditó unos instantes.

—Puedo esperar hasta que esté dormida.

Molly le guiñó un ojo.

—Las grandes mentes piensan parecido.

—No es lo ideal, Molly.

—Pero es mejor que nada y, ahora mismo, es lo único que me mantiene en pie.

—Cumpliré con mi deber.

—Es lo único que pido.

—¿Saben los demás lo que estás planeando?

—No, y ni falta que hace.

—Ten cuidado, Molly, lo último que necesitas es una pelea interna.

—Ya me encargaré yo. Bueno, te quedas a cenar.

No era una petición, y el padre Frank sabía bien que era mejor no discutir.

Grace

Stephen salió al jardín con su madre, que hasta ese momento había estado disfrutando a solas de un café. Hacía frío pero con una chaqueta se estaba estupendamente. Su hijo fue a sentarse a su lado.

—Siento que tengas que quitarle tiempo al estudio para ir a distraer a tu prima —le dijo.

—No pasa nada, ya lo recuperaré.

—Crucemos los dedos. —Seguía enfadada porque no se hubiera aplicado durante el curso.

—¿Qué quieres que le digamos? —preguntó Stephen.

—Decidle simplemente que queréis dar una vuelta con ella.

—Porque eso no levantaría sospechas...

—Decidle...

—¿La verdad?

—Todavía no.

—Ostras, ma, ¿a qué estáis esperando?

—Rabbit nos ha pedido un día más.

Bernard salió al jardín con una bufanda del Manchester United y guantes a juego. Se sentó entre ambos.

—¿De qué habláis?

—De lo que tenemos que decirle a Juliet cuando nos la llevemos esta tarde.

—Nada.

—Va a hacer preguntas.

—No, qué va.

—¿Qué va a hacer, subir al coche y no decir nada?

—Bueno, a lo mejor pregunta adónde vamos —dijo Bernard.

—Y una mierda.

—Stephen, esa boca.

—Perdona, ma, pero es que va a preguntar y no quiero que se entere por mí.

—No va a preguntar porque ya lo sabe —opinó Bernard.

—No, no es verdad —replicó el mayor—. Se cree que va a volver a su casa.

—Puede que no quiera saberlo pero lo sabe —dijo el pequeño.

—Y hablando del tema... ¿Se viene a vivir con nosotros? —le preguntó Stephen a su madre, mientras Lenny se les unía en la mesa con una cafetera llena y varias tazas limpias.

—Pues claro que se viene con nosotros —le respondió su padre, que ahuecó el cojín y se sentó.

—Yo podría compartir cuarto con Bernard hasta que pille un piso compartido en alguna parte, y Ryan y el gordo pueden juntarse.

—No llames «el gordo» a tu hermano —lo regañó Grace.

—En realidad no está gordo, está obeso —apuntó Bernard.

—No tiene gracia. Además, los cuartos son demasiado pequeños para compartir.

—Hablaba por hablar.

—Podríamos vender a Ryan a los chatarreros —sugirió Stephen.

Bernard rio.

—Sí, pero nos lo devolverían a las dos semanas.

—Ja ja —dijo Ryan, que en esos momentos apareció desde la cocina, retiró una silla y se sentó con ellos.

—¿Hablando de Juliet?

—Sí —respondió Lenny.

—He visto una caravana de segunda mano por internet por ciento cincuenta euros... una monería. La podríamos aparcar fuera y yo podría vivir en ella —propuso.

—Ryan por fin estaría donde tiene que estar, Juliet podría quedarse con mi cuarto, yo irme con Bernard y el gordo quedarse en el trastero —concluyó Stephen.

—No vamos a meter a tu hermano en una caravana.

—A mí me da igual —insistió Ryan.

—Claro. A saber lo que podrías tramar ahí dentro.

El chico rio para sus adentros y dijo:

—Cosas guapas.

—Oye, pa, ¿el Unabomber no vivía en una caravana? —preguntó Bernard.

—Creo que era una tienda de campaña.

—Vosotros reíd, pero no veo que nadie tenga una solución mejor —dijo Ryan con toda la razón.

Hicieran lo que hiciesen, iban a estar muy apretados, pero a Grace la conmovía y la reconfortaba que sus hijos acogieran así a Juliet. Se sintió orgullosa. Se acordó entonces de su pequeño.

—¿Dónde está Jeffrey?

Ryan se echó hacia atrás y miró por la ventana para ver a su hermano con la cabeza metida en la nevera.

—¿Tú qué crees?

—¡Jeffrey, ya puedes dejar de husmear en la puta nevera! —chilló Grace. Los otros tres chicos rieron.

El benjamín apareció, dolido y abatido.

—Solo estaba mirando, ma.

Pero Grace lo agarró y le dio un abrazo antes de que pudiera rehuirla.

—Ma, suéltame.

—Os quiero, chicos —dijo, y de pronto se puso a llorar.

Ryan se levantó.

—Yo me largo.

Stephen se fue sin decir nada y Jeffrey logró zafarse y

correr de vuelta a la casa. Bernard le dio un beso a su madre y dejó solos a sus padres.

—Bueno, hay que reconocer que tú sí que sabes echar al personal.

—Por eso yo quería una niña.

Lenny le sirvió otro café a su mujer y luego se levantó.

—Pues parece que vas a tener una, después de todo. —Se fue y dejó a Grace contemplando su nueva realidad.

Cuando su hermana era solo un bebé, solía montarla en su cochecito rojo de muñecas y pasearla por el parque. Rabbit era una cosita gorda y resbaladiza a la que no le hacía gracia estar confinada en un carrito de juguete, hasta el punto de que reventó el fondo y salió por debajo. Grace no sabía cómo había podido cargarse el carrito pero estaba convencida de que lo había hecho adrede. Rabbit se quedó chillando sobre el césped, pataleando con los puños cerrados, y ella la dejó allí porque no podía llevar el carrito roto y a su hermana a la vez: nadie iba a robar a un bebé chillón, mientras que el cochecito, aunque roto, era muy bonito. Cuando volvió a por ella, con su madre iracunda a la zaga, Rabbit ya se había calmado. Estaba haciendo gorgoritos, tan campante, pegando patadas hacia el cielo. Su madre ni siquiera la cogió directamente porque se la veía tan feliz que daba pena molestarla; en lugar de eso, se quedaron viendo cómo charlaba enérgicamente pero sin palabras con el cielo azul.

—La hermana de mi amiga Alice tiene que ir a un colegio especial —dijo Grace.

—¿Y? —preguntó Molly.

—Nada, lo decía por decir. —Grace miró a su hermana de hito en hito.

Con cinco años Rabbit se cayó a un hoyo. La familia había ido de excursión al campo y su hermana tuvo que ir a dar con la única zanja abierta en una granja de doce hectáreas. Era bastante profunda, y no había manera de sacarla, aunque al menos la veían. Grace iba con ella cuando pasó. Estaban mirando las vacas en el prado y su hermana parecía intrigada, pero ella estaba aburrida y tenía hambre. Prefería el zoo: por lo menos allí había helado. Apartó la vista por un minuto de su hermana pequeña y a esta le dio tiempo de trepar por la valla y desaparecer.

—¡Ma, pa! —aulló Grace.

Sus padres y el granjero llegaron corriendo. Ella fue la primera en llegar hasta su hermana. Miró por la zanja y la vio allí atrapada, pero con una tranquilidad pasmosa.

—¿Estás bien?

—Creo que me he roto la bota.

El granjero le dijo que no se preocupara, que no iba a pasarle nada. Hasta ese momento no se le había pasado por la cabeza que pudiera pasar algo más, de modo que rompió a llorar y repitió que creía que se había roto la bota.

—No te preocupes por la bota, cielo.

—Son mis favoritas. —Sollozaba—. Y estoy atrapada, ma.

—Vamos a sacarte de ahí —le aseguró su madre.

El granjero fue a llamar a los bomberos, y su padre se dedicó a ir de un lado para otro, mascullando para sus adentros. Grace se sentó en el césped y se puso a hacer una cadeneta de margaritas, mientras su madre les contaba historietas sobre una niña que se cayó a un pozo. Ella la escuchó mientras trenzaba las flores. Su madre contó que la niña que se había caído al pozo era muy valiente y no lloró nada, que fue muy paciente porque sabía que llevaba un tiempo que los hombres fueran a rescatarla. Era muy graciosa porque, a pesar de estar en el fondo de un pozo, contó un chiste que hizo reír a todos los que estaban arriba.

—¿Qué chiste era, ma? —quiso saber Rabbit.

—Dímelo tú, cielo —le pidió Molly.

Rabbit lo pensó un par de minutos.

—Había una vez una niña llamada Conejo, que no veía

bien de lejos, un día se cayó y se rompió la puta bota y la castigaron por decir una palabrota.

Grace nunca había oído a su hermana pequeña diciendo «puta», y por mucho que a su madre le gustase esa palabra en todas sus variantes, no era para niños. Paró de trenzar margaritas, a la espera de que su madre se enfadara, pero no fue así; en lugar de eso, se echó a reír con ganas.

—¿Lo ves, cielo? Todo saldrá bien —dijo Molly, y Rabbit la creyó.

Los bomberos tardaron otra hora más en sacarla del hoyo. Davey se lo perdió todo porque no le gustaban las granjas y había insistido en quedarse en el coche leyendo cómics y escuchando la radio. Se perdió a Rabbit contando su historieta y saliendo del hoyo, sonriendo y saludando a pesar de que tenía el tobillo roto y había perdido una bota. El aparcamiento estaba tan lejos que Davey no vio ni a los paramédicos que la asistieron ni a la ambulancia que se la llevó. Iba con la cadeneta de margaritas que le había hecho Grace y su madre al lado. Ya por entonces era una niña fuerte.

Grace se quedó en su jardín pensando en la hermana que la seguía a todas partes mucho antes de que se enamorara del grupo de Davey. Se arrepentía de todas las veces que le había gritado que la dejara en paz, que saliera de su cuarto o que se fuera sin más. *Lo siento mucho, Rabbit.*

En la época que media entre la infancia y la adultez, se hicieron amigas. Después de la muerte de Johnny y de que Davey se fuera a Estados Unidos, se hicieron íntimas, más aún cuando Rabbit se enteró de que se había quedado embarazada de un hombre al que apenas conocía. Había considerado la opción del aborto unos cinco minutos, y luego había resuelto que no era nada que no pudiera sacar adelante ella sola. La vida sería mucho más fácil si hubiera podido subir sin más a un avión y encargarse del asunto. Grace estuvo a su lado desde el principio. No la juzgó ni la sermoneó, y supo que a su hermana le esperaban tiempos

227

duros como madre soltera, pero también que lo haría a las mil maravillas.

—¿Qué más da quién sea el padre? —le dijo cuando Rabbit lo mencionó como otra razón para considerar el aborto.

—Ni siquiera sé de qué parte de Australia es. A ver, creo que lo mencionó una vez pero era un pueblo cualquiera en medio de la nada. No tengo ni idea.

Le parecía un horror traer al mundo a un crío sin padre.

—Cuando pienso en quién soy yo, veo a ma y a pa. Te veo a ti y a Davey, pero primero a ellos, ¿sabes?

—Ya.

—Mi hijo solo me verá a mí, faltará una parte.

—Tu hijo se verá reflejado en ti, en ma, en pa, en Davey, en mí, en Lenny y los chicos. Somos todos su familia, somos parte de en quien se convertirá... y no estamos tan mal, ¿no?

—A mí me valéis.

—Pues ahí lo tienes.

—Voy a tener un hijo, Grace.

—Eso parece.

—¿Se lo dirás a ma por mí?

—Se lo diremos juntas.

—¿Puedes ponerte delante de mí?

—Por el bien del crío, sí, claro que sí.

Grace apoyó a su hermana durante todo el embarazo, aunque fue su madre la que le cogió la mano durante el parto, pero no porque ella no fuera bienvenida sino porque, cuatro días antes de la fecha en que salía de cuentas, Ryan pilló el sarampión, y no dejaron que Grace entrara en la maternidad. Se dedicó a dar vueltas por el jardín, esperando a que sonara el teléfono. Eran las siete y un minuto cuando llegó la llamada.

—Grace, por fin tenemos una niña.

Se echó a llorar y preguntó:

—¿Cómo está Rabbit?

Antes de que su madre pudiera responder, su hermana le quitó el teléfono.

—¡Es preciosa! ¡Verás cuando la veas, Grace! Se parece a ti, ¿verdad, ma? Tiene tus ojos. Me he emocionado cuando la he visto. —Estaba sin aliento, entusiasmada y eufórica.

—¿Cómo estás tú?

—Reventada.

—Te estoy preguntando por tu chichi.

—Ma dice que parece un accidente de tráfico.

—No te preocupes, irá a mejor.

—La verdad, Grace, me da igual. Soy madre.

—No sabes lo que me alegro por ti, Rabbit.

—Ya sé que suena a pasteleo pero nunca he sentido un amor así. Tengo que dejarte, a ver si puedo darle ya de comer a Juliet.

—¿Juliet? ¿No iba a ser Rose?

—En cuanto la he visto… Es una Juliet.

—Me gusta.

—¡Espera a verla! Tiene tus ojos.

—Ya lo has dicho. —Grace se rio por dentro.

—Grace.

—Sí.

—Creía que no volvería a ser feliz —susurró Rabbit.

—Ya lo sé.

—Ojalá Johnny la hubiese visto.

—Lo mismo está mirando desde ahí arriba.

—Mira, Grace, ya sabes que no creo en esa mierda.

—Creía que a lo mejor el milagro del nacimiento te había hecho cambiar de opinión.

—Siempre he creído en la naturaleza.

—Vale, vale.

—Y ahora te dejo, que tengo que ir a ser madre. —Rabbit rio entre dientes—. Soy madre, Grace.

Molly se había enfadado cuando Rabbit declaró que no pensaba bautizar a Juliet. Aunque su hija había expresado su ateísmo desde pequeña, a su madre nunca se le había ocurrido que lo transmitiría. Hizo que Grace intercediera cuando surgió el tema en un asado dominical en su casa, un mes después de que naciera Juliet. Fue Lenny quien puso el dedo en la llaga.

—Bueno, dado que es verano y que tenemos un jardín grande, ya sabes que eres más que bienvenida a celebrar aquí el convite del bautizo.

Rabbit rio.

—Sí, claro, gracias.

Estaba siendo sarcástica pero su madre optó por ignorarla.

—Será estupendo.

—Ma, ¿qué te has tomado?

—Lipitor, Atenolol, aspirina y lactulosa. ¿Por qué? —Molly estaba a la altura del sarcasmo de su hija.

—No voy a bautizar a Juliet.

—No digas tonterías.

Grace miró a Lenny con mala cara y este masculló un «mierda» por lo bajo. Jack siguió comiendo como si la situación no fuera a reventar de un momento a otro. Stephen y Bernard se quedaron callados a la espera, observando. Ryan solo tenía dos años por entonces, y estaba en su trona, dando palmas y riendo como si supiera lo que pasaba y estuviese encantado.

—La tontería sería adoctrinar a mi hija en un sistema de creencias falaz.

—No hace falta que blasfemes, Rabbit.

—Mira, ma, haz lo que te salga del moño.

—Oh-oh —dijo Grace mientras Ryan pegaba botes en la trona.

—Rabbit, no le hables así a tu madre —intervino Jack, que acto seguido le pidió a Lenny que le pasara las patatas asadas.

Molly se levantó.

—Vamos a dejar las cosas claras, Rabbit Hayes. A lo mejor tú no crees en Dios, pero yo sí, hasta lo más hondo de mi ser, y si crees que mi nieta no va a ser bautizada, estás muy equivocada.

Rabbit rio.

—Ma, si te la quieres llevar a dar un paseo y que el padre Frank le eche un escupitajo de agua en la cabeza, allá tú, pero no esperes que le ponga un vestidito, dé una fiesta o siquiera lo reconozca, porque para mí no significa nada. Me da igual lo que digas porque Juliet no se va a criar como católica.

—Muy bien. Eso haré.

—Estupendo, que te lo pases bien.

—Me lo pasaré en grande. Y le llevaré la Buena Nueva.

—¿La Buena Nueva? De verdad, ma, creo que has leído demasiados carteles.

—Puede ser, pero no te equivoques, que quizá tu hija no acepte a Dios en su vida, pero por lo menos se lo presentaré.

Grace rogó para sus adentros que Rabbit no le respondiera porque su madre hablaba en serio y nadie, ni siquiera sus propios hijos, le rechistaban cuando hablaba en serio. Su hermana se quedó callada pese a la rabia que tenía visiblemente dibujada en la cara. Jack pidió más zanahorias. Cuando Lenny consiguió hacer contacto ocular con Grace, musitó:

—Lo siento.

Todos comieron en silencio durante unos minutos hasta que Bernard, que tenía seis años, soltó:

—Mi amigo Aamir no cree en el niño Jesús. Es vegetariano.

Todos soltaron una carcajada y la tensión se desvaneció. Sería la primera de muchas discusiones entre Rabbit y su madre por el derecho de Juliet a una educación religiosa. Que Grace recordara, era lo único por lo que su madre y su hermana chocaban. Rabbit era categórica, si Juliet necesitaba un Dios en su vida, que fuera a buscarse uno

231

cuando tuviera la edad suficiente para tomar una decisión sobre sus necesidades espirituales. Molly creía que su nieta tenía derecho a saber sobre Dios y luego, si elegía rechazarlo como había hecho su madre, al menos habría tenido la oportunidad de conocerlo.

Juliet, por tanto, no era católica pero su abuela hacía como si lo fuera. Al contrario que su hermana y que su padre —por lo que sospechaba—, Grace era creyente. No sabía por qué y no le gustaba pensarlo. Iba a misa de vez en cuando, los chicos se habían criado como católicos y rezaba cuando las cosas se ponían mal. Se preguntó cómo podría criar bajo el mismo techo a unos hijos católicos y a una sobrina atea. *Dios Santo, dame fuerza para criar a una atea.*

Lenny apareció entonces desde la cocina.

—Hay que irse, cielo.

Grace cogió la taza y entró en la casa.

—¿Estás preparada?

—No.

—Irá bien. Encontraremos una solución. —Llamó entonces a los chicos—. Stephen, Bernard, vámonos. Ryan, Jeffrey, no queméis la casa.

Cogió las llaves y Grace y los chicos lo siguieron hasta el coche.

Juliet

Cuando tenía cinco años, se obsesionó con tener un padre. Todas sus amigas del colegio tenían el suyo; algunos vivían en casas distintas pero las visitaban y las llevaban al McDonald's. En todos los libros que leía y los dibujos que veía, los personajes tenían padres. Sus primos tenían un padre, sus vecinos tenían padres, hasta el perro de la casa de al lado tenía padre, que vivía a tres casas de él; daban juntos el paseo de primera hora de la mañana y última de la tarde por la calle sin salida. Su madre le había explicado que su padre no la visitaba porque vivía demasiado lejos. Fue por entonces cuando empezó a decirle a todo el que pillaba que su padre era extraterrestre.

—Vive en una galaxia muy lejana —le contó a Kyle, mientras comían patatas en el murete de fuera.

—Tiene sentido, por eso puedes doblar el pulgar hacia atrás de esa manera.

—Y también puedo hacer esto.

Se bajó del murete, se quedó delante de su amigo, unió las manos por detrás y luego las subió hasta la cabeza sin soltarlas. Kyle dejó las patatas en el muro y se puso a su lado para intentar imitarla. No pudo levantarlas más allá de las escápulas.

—Uau. —Volvió a coger la bolsa de patatas y a subirse en el murete—. Me pregunto de dónde será tu padre.

—De Marte —dijo Juliet muy convencida.

—¿Cómo lo sabes?

—Lo siento por dentro.

—¿Crees que tiene superpoderes?

—No sé.

—¿Tú tienes superpoderes?

—Puede ser.

—Tenemos que averiguarlo.

—Vale.

Ese fue el día que Juliet saltó del tejado del garaje y se rompió la muñeca. Aunque estaba bastante magullada y lloraba, ambos esperaron un rato más largo de la cuenta para avisar a su madre, con la idea de darle tiempo a actuar a sus poderes de autocuración. Al ver que no funcionaban y que tuvieron que ponerle una escayola, no se desanimaron. Decidieron que probablemente tendría que esperar a ser mayor para que empezaran a funcionar.

Con ocho años abandonó la idea de ser medio extraterrestre y aceptó que su padre era australiano y no marciano, aunque fue un duro golpe. Hizo muchas preguntas difíciles pero Rabbit se empeñó en ser todo lo sincera posible con su hija.

—¿Lo querías?

—Era muy querible.

—¿Cómo es que no tienes ninguna foto suya?

—Porque antes no había móviles con cámara.

—¿Por qué no te fuiste a Australia con él?

—Porque me gusta vivir en mi país.

—¿Me echa de menos?

—Él no sabe que estás.

—¿En Irlanda?

—No, me refiero a que se fue antes de que nacieras.

Juliet tuvo que pensarlo unos minutos. Luego fue a sentarse en los escalones de la entrada. Al cabo de unos minutos Rabbit se le unió.

—¿Por qué no podemos buscarlo?

—Es que Australia es un país muy grande.

—¿Y qué?

—Tenía un apellido muy común.

—¿A qué te refieres?

—A que allí Adam Smith es como Paddy Murphy aquí. Hay muchos.

—¿Cuántos?

—Millones.

—¿Por qué no sabes de dónde es?

—Lo siento muchísimo, de verdad, cariño.

—Yo también.

Juliet subió las escaleras y se metió en la cama. Esa noche se quedó dormida sin cenar, y a la mañana siguiente, cuando se levantó, su madre estaba dormida a su lado. Después de eso no volvió a sacar el tema. Renunció a su padre.

No tuvieron que pasar muchos meses de esa charla para verse obligadas a tener otra. Esa vez estaban presentes la abuela y la tía Grace. La madre de Kyle la había acompañado hasta la verja y, cuando dejó la mochila en la entrada, Juliet las oyó hablar. Fue corriendo a abrazar a su abuela pero, en cuanto entró en la cocina, notó que algo iba mal.

—¿Has llorado, ma?

—No.

—Tienes los ojos rojos.

—La alergia.

—Ah.

—Siéntate ahí —le ordenó su abuela señalándole la barra de la cocina—. Te he hecho tu tarta favorita, un *crumble* de manzana.

Juliet obedeció. Su tía, mientras, estaba ocupada limpiando la cocina.

—¿Qué haces limpiando? —le preguntó.

—Nada, que quiero ayudar a tu madre.

—¿Tú también tienes alergia?

—Ahora está todo el mundo igual.

—Ah.

Juliet se había tomado medio trozo de tarta y un vaso de leche cuando su madre le explicó que iba a tener que ir al hospital para que la operaran.

—¿Para operarte de qué?

—Me tienen que quitar un bulto.

—¿Qué clase de bulto?

—No será nada.

—Tal vez veas a tu madre un poco cansada durante un tiempo, pero ya está —le explicó su abuela.

—¿Cómo de cansada?

—Todavía no lo sé, cariño.

Juliet se terminó la tarta.

—Tengo deberes —dijo, pero antes de salir de la cocina fue a darle un abrazo a su madre—. Yo te cuidaré, ma.

Y eso había hecho desde aquel día.

Madre e hija tenían sus rutinas: cambiaban en función de si Rabbit estaba con quimio o radiación, si tenía que operarse o simplemente seguir el tratamiento. Juliet lo tenía todo apuntado y no era una experta solo en las medicinas de su madre: era igual de buena fregando vómitos, cambiando sábanas, limpiando baños e incluso había tenido que cambiar algún pañal de adulto cuando las cosas se habían puesto feas. Mantenía la casa impecable y sabía diferenciar la comida buena para el cáncer de la mala. Cuando su madre se ponía mejor, le enseñaba a cocinar, y Juliet resultó ser una alumna aventajada; solía encargarse de la cena para que su madre pudiera descansar. Era la primera en levantarse por las mañanas y por lo general la última en meterse en la cama. No se acostaba muy tarde pero su madre estaba todo el tiempo cansada. A veces la oía llorar en su cuarto, pero nunca entraba; cuando ella misma lloraba, prefería estar sola, de modo que supuso que su madre también. Una vez que el llanto duró mucho, gritó desde el otro lado de la pared:

—Te quiero, ma.

Su madre dejó de sollozar y gritó:

—Y yo a ti, gazapilla. —Después de eso dejó de llorar, o siguió en silencio.

Juliet conocía a todos los médicos y las enfermeras de su madre, que a su vez la conocían a ella. Insistía en tomar apuntes cuando pasaba algo nuevo, y el personal siempre se mostraba paciente y respondía a todas sus preguntas, daba igual lo tontas que parecieran. En el hospital y después de las cirugías observaba a las enfermeras mientras limpiaban las heridas de su madre, para aprender, por si acaso. En casa era la guardiana de la puerta; se empeñaba en responder ella a todo el que llamaba, y nadie pasaba sin limpiarse las manos con el gel antibacteriano que tenía en el mueble de la entrada. Y cuando Rabbit estaba en sus momentos más delicados, Juliet era la única que sabía dónde poner la almohada extra, bajarle la temperatura o cuándo insistirle para que comiera o bebiera y cuándo era mejor dejarla sola.

Los últimos cuatro años de su vida habían sido duros y a

veces tristes, pero habían sido en gran medida estupendos porque su madre la necesitaba tanto como ella a su madre. Eran colegas de trincheras, que peleaban codo con codo. Compartían una empatía y una cercanía que, pese a sus doce años, Juliet sabía que era especial. También se reían mucho: su madre era muy divertida. No contaba muchos chistes, pero cuando le daba por ahí eran los más divertidos del mundo. Su humor era una reacción ante el mundo. Era positiva y desenfadada; sonreía mucho más en comparación con las malas caras, e incluso cuando las cosas pintaban mal, siempre encontraba algo de lo que reírse. Pero lo que más le gustaba a Juliet era la forma en que hablaban entre las dos y las cosas que se contaban.

Después de las sesiones de quimio solían echarse en la cama y hablar del colegio, de chicos, del último accidente de motocross de Kyle, o del artículo en el que trabajaba su madre, del blog del cáncer, o de si debería reconstruirse el pecho o no.

237

—Yo creo que tendrías que ir por todo lo alto.

—¿En plan tía Grace o en plan Pamela Anderson?

—Yo había pensado un tamaño Kim Kardashian.

—Yo creía que lo que tenía grande era el culo.

—También está servida por arriba.

—Bueno, entonces está equilibrada, pero yo podría caerme.

—Beyoncé tiene una buena pechuga.

—Yo me quedaría con la de Susan Sarandon.

—¿Con la de quién?

—Una actriz.

—¿Ha puesto voz en alguna peli de dibujos?

—No lo sé.

—¿En qué pelis salía?

—En un montón. *Thelma y Louise* era una de mis favoritas.

—¿Y ahí se le ve la pechuga?

—No lo creo. *Los búfalos de Durham* estaba muy bien, y me gustó mucho *Pasión sin barreras*, aunque me perdí el final.

—¿Por qué?

—Te lo contaré cuando seas mayor.

—Qué asco.

—Y luego estaba *Pena de muerte*.

—¿Se la viste en esa?

—Hacía de monja, así que lo dudo.

—Ah. Entonces, ¿cuándo se la has visto?

—No me acuerdo bien, pero lo pensaré, ¿vale?

—Si te acordaras de la peli, podríamos buscarla por internet.

—Es igual, gazapilla. Aunque me las reconstruyera, no se parecerían a las de Susan.

—Aunque no lo hagas, seguirás siendo guapa.

—Y así podemos prestarnos las camisetas, por lo menos hasta que te crezcan las tuyas.

—Ya me están creciendo.

—Eso me recuerda que tenemos que medirte para un sujetador.

—¿No te va a poner triste?

—Qué va, los odio a muerte.

—Y a ti no te vendría mal otra peluca.

—¿No te gusta la que llevo?

—Sí, pero está bien tener opciones.

—No sabría ni qué elegir.

—¿De qué color tiene el pelo Susan Sarandon?

—Rojo.

—El rojo te sentaría de maravilla, ma.

—Así que, ya que no puedo tener su pechuga, ¿puedo tener su pelo?

—Sí.

—Me gusta.

Esa noche vieron el DVD de *Thelma y Louise*, y desde

ese día la habían visto un montón de veces. Citaban frases enteras cuando las cosas se ponían mal.

El día que fueron a comprar pelucas y sujetadores de primeriza descubrieron que Juliet tenía ya la 75B.

—Hala, Juliet va a tener la pechuga grande como su tita.

—Venga ya.

—Hazme caso. Vas a tener que ponerte sujetadores del tamaño de una tienda de campaña infantil.

Juliet rio.

—Que no.

Pero su madre se puso seria entonces.

—Da igual el tamaño que tengan. Tú eres perfecta.

—Y tú también, ma.

—Así me gusta.

Resultó que las pelucas rubias le sentaban mejor que las pelirrojas, pero se lo pasaron en grande interpretando su propia versión de la última escena de *Thelma y Louise* en la tienda, para diversión de las dependientas. Juliet, con una peluca castaña, volvía la cara y le decía muy seria a su madre:

—Sigamos adelante, ma.

Su madre se colocó bien la peluca roja.

—Pero ¿qué dices, Juliet?

Miró hacia delante y asintió:

—Vamos, ma.

Su madre fingió acelerar el coche invisible en el que se suponía que iban sentadas.

—¿Estás segura?

—Sí, ma, sí.

Su madre fingió apretar el acelerador, se cogieron las manos y corrieron hacia delante y se dejaron caer de rodillas.

—Fin —le dijo Juliet a las dependientas, que aplaudieron entusiasmadas.

—Esas chicas sí que supieron convertir el suicidio en un final feliz —dijo la más alta.

Madre e hija hicieron una reverencia y luego cambiaron la peluca roja por la rubia.

Esa noche fueron a cenar a su restaurante favorito, Juliet con su sujetador nuevo y su madre con su peluca rubia.

—Ese hombre te está mirando, ma. —Tenía los ojos de un camarero clavados en ella.

—Todavía no he perdido mi gancho, gazapilla. —Le guiñó un ojo.

Había sido un día genial, uno de los mejores de Juliet. Se dijo que habría muchos más, pero temía equivocarse. Cada día que su madre pasaba en esa clínica se sentía más distante de ella. *¿Cuándo vas a volver, ma? No sé funcionar sin ti.*

Había vuelto de la clínica y estaba leyendo en el cuarto de invitados de su abuela cuando oyó que llamaban a la puerta y que su primo Stephen saludaba a su abuela.

—Juliet, han venido tus primos a por ti —gritó Molly. Fue al hueco de las escaleras.

—¿Cómo?

—Stephen y Bernard van a un concurso de flores o algo así que hay en el parque al lado de su casa.

—Yo prefiero quedarme leyendo.

—Hace un día estupendo y han venido a por ti. Toma, anda, la chaqueta. Te vas.

Juliet miró alternativamente de su abuela a su tía, que estaba a su lado con una sonrisa desproporcionada.

—Hay atracciones... Bueno, unas sillas voladoras y un látigo.

Bernard hizo sonar el claxon en el exterior. Juliet bajó las escaleras. Su abuela le tendió la chaqueta y salió por la puerta sin decir nada. Sus primos estaban esperándola en el coche. Se subió al asiento trasero y Stephen arrancó.

—Creía que tenías que estudiar.

—Necesitaba un descanso.

—¿Y no tienes nada mejor que hacer que ir a un concurso de flores conmigo y con Bernard? —le preguntó con un tono que delataba sus dudas.

—Oye, que yo soy muy buena compañía —replicó Bernard, haciéndose el ofendido.

—Igual que tú —añadió Stephen.

—Ajá.

Su primo cambió el CD y puso la música a todo volumen. Bernard cantó e hizo como si tocara la guitarra.

Cuando llegaron al parque, los chicos estaban muertos de hambre.

—Vamos a comer antes —propuso el mayor.

Encontraron un puesto donde la comida tenía buena pinta y Juliet los siguió. Era un buffet libre a cinco euros por cabeza, de modo que los chicos estaban en el séptimo cielo, sentados a una mesa de madera con montones de comida delante. Juliet picoteó de una hamburguesa.

Bernard señaló el bombón de tofe que su prima tenía delante.

—Cuando termine con esto, me voy a comer un barco de tofes de esos.

Juliet miró hacia atrás.

—A mi ma le encanta el tofe.

—Pues píllale una bolsa entera.

—Eso voy a hacer.

—También puedes comprarle una planta si quieres —le sugirió Stephen.

—En los hospitales no les gusta que llevemos plantas, pero supongo que podría comprársela para cuando vuelva a casa.

—Me parece una idea maravillosa —le dijo Bernard pasándose de entusiasmo.

Su hermano le dio una patada por debajo de la mesa. Juliet se hizo la sueca.

—Stephen, ¿qué vas a hacer cuando termines los exámenes?

—Pues estaba pensando en irme a Alemania a trabajar con unos amigos, pero en realidad no puedo irme hasta que... —calló.

—¿Hasta que qué? —preguntó Juliet.

—Hasta que no arregle el tema del pasaporte —dijo, a lo que Bernard puso los ojos en blanco.

—¿Qué le pasa a tu pasaporte?

—¿Has pensado alguna vez en hacerte interrogadora?

—No.

—Pues deberías, se te da muy bien.

—No lo creo. No te he sacado ni una respuesta decente.

—Vamos al látigo —sugirió Bernard.

—¿Qué dices tú? —le preguntó Stephen a su prima.

—Vale.

—Pero antes tenemos que comprar el tofe. No vaya a ser que luego no haya.

Después de comprar el tofe y la planta para su madre, Juliet se excusó para ir al baño antes de subirse al látigo.

Bernard y Stephen se quedaron esperando en la taquilla.

—Antes casi la cagas.

—Habló don Flipado. «Sí, maravilloso, qué gran idea, genial.» Tú sí que sabes disimular.

—Bueno, por lo menos yo no he dicho que no puedo hacer planes de viaje hasta que muera la tía Rabbit.

—¿Cómo?

Cuando se dieron la vuelta, vieron los enormes ojos de su prima pequeña llenos hasta los bordes y rebosando. Se les cayó el alma a los pies.

—Na-nada —tartamudeó Stephen.

—Estábamos de broma.

—No, mentira.

Juliet dejó caer la planta y salió corriendo a toda velocidad. Sorteó la muchedumbre y, en cuestión de segundos, logró desaparecer sin dejar rastro. Cuando los chicos comprendieron que la habían perdido, se separaron y peinaron el parque de arriba abajo. Al final tuvieron que claudicar y reconocer que la habían liado bien.

Marjorie

Marjorie siempre había odiado los domingos. En los años ochenta había pocos niños que se libraran de misa, y ella no se contó entre los afortunados. Todas las semanas la obligaban a ponerse un vestido de rayas absurdo y unos zapatos de charol azul, y la llevaban a rastras, entre gritos, a la iglesia. El servicio parecía durar una eternidad, el olor del incienso le revolvía las tripas y, cuando su madre insistía para que cantase cada himno más alto que el anterior, le daban ganas de matar a alguien. Si realmente Dios hubiera tenido el poder de colarse en la cabeza de Marjorie y fuera tan vengativo como lo pintaban, la habría dejado seca en el sitio.

La cena de los domingos era otra prueba de resistencia. Marjorie odiaba la carne, sobre todo la ternera, pero una dieta vegetariana no era algo que se tolerara en la Irlanda de los ochenta. La obligaban a comer un gran filete de ternera con patatas asadas empapadas en fondo de carne y luego la mandaban a jugar al jardín, daba igual que lloviera o hiciera sol, porque los domingos la televisión era solo para los adultos. Como todas las tiendas cerraban, se sentaba en el murete y se ponía a leer hasta que su salvadora, Rabbit, aparecía con la bici, la montaba en el transportín y pedaleaban juntas hacia la libertad.

Marjorie era hija única de unos padres muy conservadores. Se crio en una casita de postal, perfecta, reluciente por

243

dentro y por fuera. Vestía con las mejores ropas e iba siempre impecable.

Parecía una muñequita porque, para su madre, era justo eso: algo bonito que vestir y de lo que presumir. Pero las muñecas no tienen personalidad, no se rebelan ni hacen preguntas, no tienen opiniones propias ni, Dios nos asista, vuelven sucias a casa. Cuando no estaba limpiando, su madre se dedicaba a leer o a rezar, mientras que su padre era marino, de modo que siempre estaba embarcado y rara vez en casa. Cuando aparecía, le decían que su padre tenía que descansar y que no hiciera ruido ni lo molestara. Por entonces no lo conocía mucho, y ahora las cosas no eran muy distintas. Rabbit dijo una vez en broma que seguro que era de esos hombres que tienen una familia en cada puerto. Aunque Marjorie se había reído, en realidad se había quedado con la duda.

No podía quejarse de cuidados, pero el afecto era algo que brillaba por su ausencia en la casa. El mundo de su amiga era más luminoso, más sucio y real. En su casa nadie tenía que tomarse una aspirina y acostarse si Rabbit se derramaba algo en el vestido; en su casa había abrazos y risas, y no importaba lo que vistieras, hicieras o en qué estado aparecías: nada era un problema, todo podía solucionarse.

A los ojos de la pequeña Marjorie, la vida de su amiga era de lo más glamurosa. Tenía hermanos mayores que molaban, y era un buen plus que Davey estuviera en un grupo con otros chicos enrollados. Durante tres cumpleaños seguidos, al soplar las velas Marjorie deseó pertenecer a la familia Hayes.

Había domingos que el grupo ensayaba, y su amiga y ella se escondían tras la cortina para escucharlos. Eran los mejores domingos. Aun medio ahogada con un trozo de ternera en la garganta, se sentía afortunada y honrada, o mejor, incluida. La señora Hayes siempre le dejaba ponerse un chándal de Rabbit para que no tuviera que preocuparse de mancharse su ropa de domingo.

Luego había otros domingos horribles en que la obligaban a quedarse en casa porque algún pariente lejano o anodino iba de visita. Le hacían bailar danzas irlandesas, y después les enseñaban a los invitados sus medallas y sus placas. Se sentaba allí en silencio mientras los adultos charlaban, y solo hablaba cuando se dirigían a ella, cosa que rara vez ocurría. Fueron algunos de los días más largos de su vida.

Cuando se independizó, dejó de ir a misa. Se hizo vegetariana y se pasaba la mayoría de los domingos de compras, comiendo fuera, yendo al cine o a ver algún partido, lo que fuera con tal de llenar el vacío. Pero siguió sin poder librarse de la horrible sensación de los domingos.

El timbre sonó pasadas las diez. Fue a abrir, convencida de que sería Simone, la vecina de al lado, que querría pedirle cualquier cosa, pero se vio delante de su exmarido, Neil. Poco más y se le sale el corazón por la boca.

—Me he equivocado de timbre y me ha abierto Simone.

Claro, cómo no, será imbécil. No vuelvas a pedirme ni una bolsita de té, Simone Duffy.

—Iba a llamarte pero no sabía si lo cogerías.

Vaciló. *¿Le cierro la puerta en la cara? ¿Sí o no? ¿Portazo o no portazo? Dios, se le ve estupendo.*

—Pasa. —No había por qué ser infantil. *La separación ya ha terminado, el divorcio no es más que una formalidad. No queda nada por lo que pelear... entonces ¿qué hace aquí?*

Lo dejó pasar a la cocina. Era la primera vez que iba a su piso, de modo que miró a su alrededor, observándolo.

—Es bonito el piso.

—Es pequeño. ¿Quieres un café?

No, claro que no quieres. Solo has venido a apuñalarme, robarme o a hacerme sentir culpable por algo y luego irte.

—Me encantaría.

Qué huevos. Marjorie encendió el hervidor y él se sentó. Echó varias cucharadas de café en dos tazas.

245

—Me temo que solo tengo instantáneo.

Cuanto antes te lo bebas, antes te irás.

—No hay problema. Estarás preguntándote qué hago aquí. —*NO, ¿por qué?* Ni siquiera respondió—. He venido porque me he enterado de lo de Rabbit.

—Ah.

Acababa de dejarla por los suelos. Él siempre le había tenido mucho cariño a su amiga, incluso durante la separación. De hecho, Rabbit siempre encontraba más justificaciones para Neil que para ella y no dudaba en salir en su defensa. Él lo sabía y se lo agradecía.

—Solo quería decirte que lo siento mucho, de verdad.

—Ah. —*No llores, no llores, por favor, no llores.*

El agua hirvió. Marjorie se recompuso como pudo y la sirvió en las tazas.

—¿Sigues tomándolo sin azúcar?

—Sí.

—Yo también.

¿Para qué dices eso? Fueron a sentarse a la barra de la cocina y le tendió el café.

—¿Cómo está?

—Mal. —*No llores.*

—¿Le queda tiempo? —Negó con la cabeza—. ¿Estás bien?

—No.

—Normal. Hasta la fecha, Rabbit Hayes ha sido el amor de tu vida.

—Sí, es verdad —admitió, porque era cierto: quería a su mejor amiga más que a nada y a nadie del mundo.

—Yo antes le tenía envidia.

—Ya no.

—Mira, Marjorie, sé que todavía las aguas no han vuelto a su cauce y que los dos hemos dicho y hecho cosas muy dolorosas.

—Fui yo, según tú.

—Bueno, vale, yo solo quería decirte que de verdad espero que estés bien.

—Gracias, Neil.

Dejó la taza en la mesa y se levantó.

—Debería irme, Elaine está esperándome abajo en el coche.

—Me alegro de que le hayas dicho que venías.

—No tiene nada que temer.

El comentario debería haberle dolido pero no fue así.

—Me alegro mucho por ti, de verdad.

Lo acompañó hasta la puerta. Justo cuando se iba, se volvió para abrazarla y la pilló desprevenida.

—Dile a Rabbit que le mando todo mi amor. —Tenía la voz trabada por las lágrimas.

—Se lo diré —dijo con la voz entrecortada.

—Espero que encuentres a alguien, Marjorie.

Le dio un beso en la mejilla y, cuando se hubo ido, ella no tenía claro qué pensar ni qué hacer, de modo que se sentó en el suelo de la entrada y se dio golpecitos en la cabeza contra la pared.

Cuando se mudó a aquel piso, se deshizo del coche. No lo necesitaba y Rabbit le había hecho ver los beneficios de desplazarse en bici por la ciudad. Lo disfrutaba mucho, incluso en invierno, aunque a veces, en raras ocasiones como ese día, era un poco incómodo porque tenía que ir a casa de los padres de Rabbit, que quedaba demasiado lejos para ir en bici, y con el autobús tenía que hacer transbordo. Había pensado ir y volver en taxi, pero Davey le había dicho que pasaría a recogerla; al fin y al cabo, había sido él quien le había insistido para que fuese a la reunión.

Se levantó por fin, se duchó, se vistió y se quedó esperándolo. Por un momento consideró lo que podría haber pasado si su exmarido se hubiera encontrado en el estrecho pasillo de fuera con el hombre con el que lo había engañado. *¿Una pelea a puñetazos? No lo creo.* A Neil se le veía feliz, mucho más que cuando estaba con una mujer que no lo valoraba. *No le pegaría: es probable que le diera las gracias a Davey.* Sonó el portero automático y fue a abrir.

—Soy Davey.

—Un minuto y bajo.

Cuando se acomodó en el coche, Davey arrancó.

—Estás muy guapa.

—Neil acaba de plantarse en la puerta de mi casa.

—Creía que no os hablabais.

—Se ha enterado de lo de Rabbit.

—¿Y qué?

—Que ha venido a decirme que lo sentía y que esperaba que estuviese bien.

—Ha sido un detalle.

—Sí, es verdad.

—¿Estás bien?

—No, estoy hecha una puta mierda, Davey. ¿Tú no?

—Si te soy sincero, siempre estoy hecho una puta mierda.

—También es verdad... ¿Estás seguro de que es conveniente que yo vaya a la reunión?

—Rabbit lo habría querido así.

—Ojalá pudiera quedarme con Juliet, Davey. Si no hubiera dejado a Neil, podríamos habérnosla quedado.

—Si «Si» fuera un burro, nos daríamos todos un paseo.

—Es que fuimos unos burros. Y nos dimos un paseo. Por eso yo ahora vivo en un piso con una sola cama.

—Tenías que decirlo... —Davey estaba divertido.

—Me lo has puesto a huevo.

Aparcaron delante de la casa de los Hayes. El coche de Grace ya estaba en la entrada.

—Tú tienes que ser la valedora de Rabbit, ¿de acuerdo? —le dijo Davey, a lo que ella asintió—. Así que, si tienes que decir algo, dilo.

—Vale.

Se bajaron del coche y Molly fue a abrirles la puerta.

—Entrad, entrad, que estoy con el asado.

Marjorie pasó a la cocina, donde estaban ya todos sentados, Grace, Lenny, Jack y el padre Frank. La mesa estaba puesta. Salvo el cura y Molly, todos parecían incómodos.

—Padre Frank, no sabía que venía usted —dijo Davey mirando a su madre de reojo.

—No, es que he venido de visita y tu madre me ha invitado a cenar. No pude decirle que no. Los asados me privan.

—Ya.

Davey seguía fulminando con los ojos a su madre por encima del cura, pero ella le lanzó una mirada de las suyas: «Te callas la boca».

—Marjorie, siéntate ahí al lado del padre Frank. Espero que te guste el asado —le dijo Molly.

Me cago en los domingos.

249

Johnny

El pasillo del hospital estaba prácticamente vacío salvo por Johnny, Rabbit y los gemelos. Ella tenía dieciséis años y su hermano había cumplido los veinte esa misma semana, el último de los chicos en hacerlo. El cantante tenía la vista clavada delante y tarareaba una melodía, al volumen justo para que Rabbit la oyera y se le quedara en la cabeza. Ella había madurado mucho en dos años, aunque en realidad a todos les había pasado desde que diagnosticaron a Johnny.

La primera vez que les dijo las palabras «esclerosis múltiple» nadie supo de qué estaba hablando. Fue en una reunión del grupo en la cocina de los Hayes. Habían invitado a Molly y a Jack. Estaban todos nerviosos, preguntándose qué pasaba. Rabbit era la única que sabía que Johnny había estado haciéndose pruebas; lo que no sabía era que se trataba de una enfermedad incurable, que la de él era de la peor clase que existía y que terminaría por arrebatárselo a todos. Johnny era fuerte y tenía esperanzas. Iba a pelear y estaba convencido de que pronto empezaría a mejorar.

—¿Qué significa eso? —preguntó Francie.

—Que dejaré de caerme, veré un poco mejor, o al menos no veré peor… No sé, como que las cosas dejarán de irse a la mierda, supongo.

—¿Te estás yendo a la mierda? —quiso saber Jay.

—Me pondré bien.

—¿Qué sientes? —indagó Francie.

—Es como estar bajo agua.

—¿Y qué pasa con el contrato con la discográfica? —intervino Louis.

—No va a afectarlo en nada —les prometió. Los cuatro miembros de la familia Hayes no dijeron nada y Johnny se dio cuenta—: ¿Qué dice usted, señora Hache? Voy a ponerme bien, ¿verdad?

Molly se había quedado conmocionada.

—Claro que sí —respondió con un leve tartamudeo.

—¿Señor Hache?

—Lo solucionaremos. Entre todos —respondió Molly.

—Mi mujer tiene razón. No hay nada que no pueda superarse —añadió Jack.

Johnny, Rabbit y los chicos se relajaron notablemente y el humor cambió. *Si ma y pa Hayes dicen que todo saldrá bien, es que es verdad.*

Nadie sabía, desde luego, lo extremo del caso de Johnny, pero, a pesar de someterse a numerosas intervenciones, nunca tuvo posibilidades reales. Ya no cantaba tan a menudo ni tan bien como antes; el grupo tuvo que cancelar uno de cada tres conciertos, y cuando se corrió el rumor por la industria local, la discográfica irlandesa no tardó en cancelarles el contrato. Al día siguiente, Louis anunció que dejaba los Kitchen Sink. Después de una semana en cama, cuando recuperó las fuerzas suficientes, Johnny regresó al garaje para anunciarles que se convertirían en un grupo nuevo llamado Sound. En lugar de sustituir al teclista, buscaron otro guitarra, y Kev encajó bien con los chicos. Todos sabían que sería una batalla cuesta arriba, pero la música nueva reflejaba una manera de componer más madura, y el dolor, la angustia, la esperanza y la desesperación de Johnny se colaban en cada una de las cautivadoras letras que escribió. Ya no podrían hacer tantos bolos y tendrían que empezar desde cero, pero a los chicos no les importaba: estaban juntos, en familia, haciendo lo que más les gustaba, y seguían empeñados en que funcionase. En los dos años desde la defunción de los Kitchen Sink y el nacimiento de los Sound, Kev se convirtió en un hermano más y, tras unos inicios lentos, debidos en parte a la salud de Johnny, empezaron a granjearse el apoyo de muchos fans. Era una nueva era.

Kev apareció entonces, con el casco de la moto en la mano.

—Qué infierno de tráfico —dijo sentándose al lado de Francie—. ¿Habéis comido?

—Unos bocadillos de la cafetería —dijo Jay.

—¿Han averiguado ya por qué se mea encima?

Johnny le tiró una revista y Kev la esquivó.

—No, aunque lleva todo el día bebiendo mierdas y llenando botes.

—¿Nos dará tiempo a llegar al concierto?

—Si tenemos que irnos antes de que acaben, nos vamos y punto —dijo Johnny.

—De eso nada —lo contradijo Rabbit.

—Claro que sí. Y se acabó el tema.

—No digas chorradas.

—Es un bolo importante —le recordó su hermano.

—Lo más importante es la salud, Davey, y lo sabes muy bien.

—Le dará tiempo a terminarlo todo y luego nos iremos

al bolo, así que haced el favor de tranquilizaros, coño —intervino Jay.

—Y Rabbit tiene razón: de aquí no nos vamos hasta que salga lo que quiera que le hayan metido —sentenció Francie.

—Dejad de hablar de mí como si no estuviera —protestó Johnny.

—Bueno, pues deja de hacerte el duro —respondió Francie.

—Es mi grupo, mi vida, y decido yo. —Johnny se levantó y se alejó lentamente, apoyando una mano en la pared para no perder el equilibrio.

—Muy buena, Davey. —Rabbit parecía muy cabreada.

—¿Qué he hecho yo ahora?

Kev estiró las piernas y le gritó a Johnny:

—Eh, píllanos un Twix, anda.

Rabbit fue a buscarlo a la máquina expendedora.

—Están esperándote.

—No quiero estar aquí.

—Yo tampoco.

—Estoy harto. —Apoyó la espalda contra la pared.

—Es una mierda.

—Es que me siento peor. ¿No tendría que estar mejor?

—Con la cantidad de mierdas que te han metido, sería lo normal, pero a veces las cosas llevan su tiempo.

—Pero la voz no estoy perdiéndola, ¿verdad? —preguntó.

Rabbit vio el miedo en sus ojos.

—Qué va, tu voz nunca ha sonado mejor.

—¿Me lo juras?

—Te lo juro.

—Cuando ya no me salga bien, me lo dirás, ¿verdad?

—Cuando no te salga bien, tú mismo lo sabrás. Anda, vamos, que tienes una cita con un tubo.

Cambió el peso del cuerpo de la pared al hombro de Rabbit. Cuando regresaron a la sala de espera, Francie y Kev estaban tonteando con una guapa enfermera, Jay parecía dormido con la revista en la cara y Davey salió del baño con cara de funeral.

—¿Qué te pasa a ti? —le preguntó Johnny.

—Mi barriga, que está cabreada conmigo.

—Te la tiene jurada siempre... Es a él a quien deberían meterle una tubería en el culo —le dijo Francie a la enfermera.

—Es por el sitio y este olor insoportable. No es nada personal —dijo Davey.

—Tenemos que entrar ya —le dijo la enfermera a Johnny.

Este dejó el apoyo de Rabbit y caminó despacio tras la mujer. Cuando hubo desaparecido, le dijo al grupo:

—Si no sale dentro de una hora, tenemos que cancelar.

—¿Desde cuándo eres la jefa de todo lo que se refiere a Johnny?

—Desde que yo se lo dije —respondió Francie.

—Eso no es verdad.

—Rabbit, ¿quieres ser la jefa de todo lo que se refiere a Johnny?

—Sí.

—Ea, listo.

—¿Vosotros los estáis oyendo? —les preguntó Davey a Kev y a Jay.

—Yo estoy intentando sobar, tío —gruñó Jay.

—Es la única a la que le hace caso —replicó Kev.

—Me cago en la hostia, pero si solo tiene dieciséis años. Solo falta que se convierta en nuestra representante.

Se fue hecho una furia.

Llegaron al concierto justo a tiempo para la prueba de sonido. Desde que había enfermado, Johnny pasaba más tiempo tocando el piano que la guitarra. El piano le permitía sentarse y el sonido casaba bien con las canciones nuevas. Había dormido en la camilla del hospital mientras le hacían los análisis y en la furgoneta camino del concierto. Después de la prueba de sonido durmió otra hora en el camerino. Para cuando tocó salir al escenario, se había recuperado lo suficiente para entrar en escena sin ayuda y cuando empezó a cantar los dejó a todos boquiabiertos. Era una sala pequeña pero se había llenado hasta la bandera. Grace y Lenny estaban delante, saludando. Jack se había quedado junto a la barra y Rabbit en la mesa de mezclas, donde había un técnico de la casa, que, sin embargo, no puso problemas a su cooperación: le hacía la vida más fácil y era una bonita visión.

Cuando terminó el concierto, el público gritó pidiendo otra. Los chicos dejaron los instrumentos y la gente los abucheó.

—Venga, chicos, una más —dijo Johnny desde su asiento ante el piano.

Fingieron ceder, volvieron a colgarse los instrumentos y Davey se colocó tras la batería. El público aulló. Johnny empezó la canción solo con la voz y el piano. La sala entera enmudeció. Rabbit miró hacia la barra e intercambió una sonrisa con su pa. El resto del grupo se le unió en el estribillo, pegando botes al compás. Ella se fue de la mesa de mezclas antes de que acabara la canción y regresó al camerino para llevarles agua y cervezas a los chicos. Después de eso fue al baño y tuvo que tragarse diez minutos de cola porque Davey había bloqueado los del *backstage* con su barriga chunga. Cuando salió, los chicos estaban celebrándolo en la barra.

—Os he llevado cerveza al *backstage* —les dijo.

—Teníamos ganas de tomarnos una aquí —le contestó Francie.

—¿Y Johnny?

—¿Qué pasa con él? —preguntó Jay.

—Que dónde está.

Jay le preguntó a su vez a Davey, pero este estaba rodeado de chicas y no le dio más importancia. Levantó las manos en alto, no sabía.

Kev estaba morreándose con una rubia alta. Rabbit lo agarró del hombro y le preguntó:

—¿Has visto a Johnny? —Conforme hablaba, el gentío se disipó y pudo verlo sentado todavía al piano en el escenario. Pasó la vista de Kev a Francie y preguntó—: ¿Lo habéis dejado en el escenario?

—Hostia, mierda.

Rabbit se dirigió hacia el escenario, viendo ya en la cara del cantante que estaba de mal humor.

—No he podido salir yo solo… Es un peligro con tantos cables. Davey y su dichosa cinta americana por todas partes. Y no se ve nada con esta oscuridad.

—Es que estaban con el subidón de adrenalina —intercedió Rabbit.

—Me han dejado tirado.

—Se les ha olvidado, no pasa nada.

—Llevo aquí un rato sentado como un gilipollas, aguantando a capullos borrachos.

—Venga, vamos.

—Necesito apoyarme en tu hombro, Rabbit.

—Ya te cojo.

Lo ayudó a incorporarse. Se lo veía agotado y le temblaban las manos. Se apoyó en ella y fueron abriéndose camino juntos hasta el camerino. Lo dejó allí y fue a buscar a su padre, que estaba en la barra de delante con Grace y Lenny.

—Pa, tenemos que irnos.

—Vale, chiquita, traigo el coche a la puerta. —Apuró el vaso de naranjada—. Os dejo aquí, chicos. No despiertes a tu madre cuando entres dando tumbos, Grace.

—Había pensado quedarme en casa de Lenny —respondió tímidamente.

—Por encima de mi cadáver. —Se levantó para irse—.

255

No vayas a caer en desgracia con mi mujer, Lenny, que puede fusilarte.

—Tomo nota, señor.

Johnny no quiso ver a los chicos, estaba demasiado cabreado. Salió por la puerta lateral, apoyado con todo su peso sobre Rabbit. Se quedó dormido en cuanto entró en el coche.

Jack estaba preocupado.

—¿Cuánto tiempo puede seguir así?

—Todavía puede entrar en remisión, pa. Lo he estado leyendo y todavía podría ser.

—Claro que podría ser, no es más que un chaval.

Rabbit ayudó a Johnny a salir del coche y llegar a la puerta de su casa. Su madre llamó al padre y entre los dos lo subieron a su cuarto. Les dieron las gracias a Rabbit y saludaron a Jack, que seguía en el coche, antes de cerrar la puerta. Ella volvió y se pasó al asiento del acompañante.

—Si no entrara en remisión, ¿cuánto tiempo le quedaría? —le preguntó Jack a su benjamina.

—No mucho, pa.

Se fueron.

10

Davey

Cuando el padre Frank se hubo ido, ya eran las seis pasadas y la reunión por fin pudo empezar. Los platos estaban lavados y todo el mundo había tomado la taza de té de rigor. Molly tenía ganas de acabar rápido porque quería ir a ver a Rabbit. Había hecho el seguimiento por teléfono. Jay había ido una hora a verla pero luego su hija había pasado casi toda la tarde durmiendo. Molly quería estar allí cuando despertase, de modo que, con eso en mente, le pareció que lo más oportuno era no andarse por las ramas. Se sentó a la mesa y miró a todos los presentes uno por uno.

—Evidentemente Jack y yo nos quedamos con Juliet.

—No sé qué tiene eso de evidente —replicó Davey.

—A nosotros nos gustaría quedárnosla —intervino su hermana levantando el dedo.

—No digas tonterías, Grace. No tenéis sitio —repuso su madre con desdén.

—Podemos hacerlo.

—Ya lo vimos. Un sofá, cuando nosotros tenemos una habitación libre.

—No es una cuestión solo de cuartos.

—Entonces, ¿de qué es?

—De lo que es mejor para Juliet —terció Davey.

Molly se levantó y puso las manos sobre la mesa.

—¿Y nosotros no lo somos? ¿Os hemos criado a vosotros o no?

—Exacto, ya habéis criado lo que teníais que criar —respondió Davey.

—¿Qué quieres decir con eso? —replicó Molly incorporándose.

—Quiere decir que tienes setenta y dos años y pa setenta y siete.

—Y estamos como una rosa.

—No estás siendo realista, ma —se atrevió a decir Grace.

—Yo soy tan realista como la que más.

—No podemos permitir que pierda a otros padres —dijo Davey.

Había sido una afirmación dura, aunque él no había querido que sonase así. Comprendió que había pillado por sorpresa a su madre; evidentemente, ella sabía la edad que tenía y le preocupaba, pero aun así le dolió. Se dejó caer en la silla con todo su peso y se quedó mirando a su marido.

—¿Jack?

—Tiene razón y, en el fondo, tú también lo sabes.

—Grace no puede darle de comer a otra alma —protestó Molly.

—A lo mejor yo podría comprar o alquilar un piso de dos habitaciones —sugirió Marjorie.

—Eres muy amable pero tú tienes tus propios problemas, querida, y Juliet es nuestro problema.

—La niña no es un problema, Grace.

—No quería decir eso, ma.

—Mis problemas no son tan grandes, así que me gustaría que se me considerase como una opción real —insistió Marjorie.

—Se viene con nosotros —sentenció Grace.

—Eso no está decidido —les recordó Davey.

—¿Ah, no? Entonces, ¿qué has pensado tú?

—He pensado que tendría que venir a vivir conmigo. —Las palabras le salieron sin más de la boca; no había habido ni reflexión ni meditación previa. Se oyó decirlas sin más. Todo el mundo se lo quedó mirando, como si esperaran que estallara en risas y gritara: «¡Que era broma!».

—Ah, conque por eso querías que viniera… Creías que te iba a apoyar. —Marjorie parecía enfadada.

Davey seguía sorprendido por lo que acababa de decir, pero no quería retractarse.

—No, lo que pensé es que hablarías por Rabbit.

—Vale, pues es una idea de mierda. Yo no opino de la edad de tus pas, de la falta de espacio o de que yo no tenga hijos, pero tú eres un soltero que vive a caballo entre dos estados y un autobús, nunca has tenido una relación que haya durado más de seis meses y jamás has cuidado ni de una mascota, y menos aún de una cría.

—Ni yo lo habría dicho mejor —la respaldó Grace.

—Te agradezco tu sinceridad y tienes razón: tengo casas en Nueva York y en Nashville, y me paso meses en un autobús; nunca he tenido una relación que durase más de cuatro meses, no seis, y la verdad es que no soy muy amante de los animales. Lo que sí soy es el tío de Juliet. Tengo dinero y puedo sacar tiempo de sobra para cuidarla.

—¿Y tu idea es apartarla de sus abuelos, sus tíos, sus primos y todo lo que conoce nada más morir su madre? —preguntó Marjorie.

—Sí.

—No puedes hacer eso —protestó su hermana.

—Tengo pensado vivir mucho tiempo y tengo sitio de sobra, y no solo en mi casa sino en mi vida. Puedo hacerlo perfectamente.

Era como si alguien lo hubiera poseído y estuviera hablando por su boca porque Davey no podía creer lo que decía, por mucho que le pareciera lo correcto. *¿Qué mierda* *está pasando? ¿Qué estoy diciendo? ¿De veras podría cuidar de una niña de doce años?*

Todos callaron unos instantes, más que nada por la sorpresa: nadie parecía estar considerando realmente su perorata.

Jack se levantó.

—Juliet es de aquí. Grace, si tú puedes hacer sitio para que se quede en tu casa, te la llevas tú. Hasta entonces nos la quedaremos nosotros. No es lo ideal y no es lo que quiero para ella pero, ahora mismo, no podemos hacer otra cosa.

Salió de la habitación. Se levantó la sesión. Molly siguió a su marido.

Grace suspiró hondo.

—Bueno, lo ha dicho pa.

Davey se levantó.

—Debería llevarte a casa —le dijo a Marjorie.

—Ya me las arreglo yo.

—Te he traído yo y yo te llevo.

—Vale.

Marjorie se despidió de Grace y Lenny, que seguían a la mesa, bebiendo té.

En cuanto estuvieron en el coche, Marjorie le pidió perdón.

—Siento no haberte apoyado.

—Has hecho lo que has creído mejor para Rabbit.

—Sí.

—Igual que yo.

—Por lo menos los dos podremos dormir tranquilos esta noche.

No volvieron a hablar hasta que aparcó delante del piso de ella.

Marjorie vaciló antes de bajar.

—Eres un buen hombre.

—De verdad, Marjorie, no tienes que excusarte.

—No te estaba juzgando. Rabbit dice que soy demasiado crítica con la gente, lo que es irónico teniendo en cuenta que soy una adúltera, de modo que, ¿quién soy yo para juzgar a nadie?

—Tienes todo el derecho.

—Me ha dado la impresión de que se te ha ocurrido al vuelo.

—Y es verdad.

—¿Qué quieres decir?

—Que no lo había pensado ni por un momento hasta que no os he visto allí discutiendo sobre quién la cuidaría mejor y he pensado: «Y ¿por qué no yo?».

—Así sin más.

—Así sin más.

—No es un juguete, Davey, no puedes devolverla.

—Eso ya lo sé.

—¿De verdad?

—Quiero que se quede conmigo, Marjorie.

—Tú no sabes lo que quieres y nunca lo has sabido.

—Por favor, esto no tiene nada que ver con lo nuestro.

—Por supuesto que no. Tiene que ver con querer llevarte a una niña que ha perdido a su madre lejos de la gente a la que más quiere.

—Sé lo que me estás diciendo, y te entiendo, de verdad, pero puedo hacer esto y, lo que es más importante, quiero hacerlo.

—Sí, desde hace cinco minutos.

—Mi padre puede decir lo que quiera pero pienso pelear por ella.

—Bueno, muy bien, pero te aconsejo que hables con Rabbit.

—¿Y si ella me apoya tú también me apoyarás?

—Si ella te apoya, da igual lo que yo piense.

—A mí no me da igual.

—Ha sido un día largo, Davey. —Salió del coche.

Él bajó la ventanilla.

—Bueno, consúltalo con la almohada.

No arrancó hasta ver que encendía las luces del piso. *¿Estaré loco?*, se preguntó mientras conducía de vuelta a casa. Sin embargo, aparte del peso de la responsabilidad de criar a una adolescente, Davey Hayes se sentía más ligero de lo que se había sentido en años.

Jay estaba esperándolo en el pub con una pinta para él. No había mucha gente, al menos no como antiguamente, cuando los domingos se llenaba. Jay terminó de comer.

—La parienta ha llevado a los niños a casa de su madre —dijo. Davey apuró la pinta y asintió—. He ido a ver a Rabbit hoy —siguió.

—Me lo ha dicho mi madre.

—Sabía que estaba mal pero... —Sacudió la cabeza y dejó la frase a medias.

Francie apareció entonces por detrás y le revolvió el pelo a Davey.

—Ese CC, ¿qué haces?

Jay llamó a la camarera de la barra.

—¿Nos pones otra ronda por aquí, guapa? —Señaló su pinta y luego a su hermano.

Francie se hizo sitio al lado de Davey.

—¿Cómo está Rabbit?

—Fatal.

—Pero rige perfectamente —dijo Francie.

—Hoy no ha hablado mucho —musitó Jay.

—¿De qué habéis charlado? —quiso saber Davey.

—Del pasado, más que nada.

—¿De Johnny?

—Sí.

—Me pregunto si estará esperándola —dijo Francie más para sí que para los demás.

—No sé, pero si es así, ya le queda poco. Lo siento, CC —dijo Jay, a lo que Davey asintió—. Me ha dicho que hoy ibais a hablar de qué hacer con Juliet.

—Sí, de eso vengo.

—¿Y?

—Yo quiero que se quede conmigo.

—¿Te la quieres llevar? —preguntó Francie sin disimular el asombro en su voz.

—No jodas. —Jay se echó a reír—. ¿En serio?

Francie se recostó en el asiento y dejó que su hermano hablara y Davey respondiera.

—Hablo muy en serio.

—Mira, CC, te lo voy a decir claro: porque te tires a adolescentes no significa que puedas criar a una.

—Georgia tiene veinticinco.

—¿Es porque te sientes solo?

—No.

—Porque tú eres el protagonista de esta historia.

—No es eso.

Francie cogió la pinta que había puesto en la mesa la camarera durante el interrogatorio de Jay.

—No tienes ni idea de lo que cuesta criar a un hijo. Nunca has tenido a nadie que dependa de ti —incidió Jay.

—Ya lo sé, ya lo sé. Nunca he tenido ni un perro...

—¡Un perro, dice! No has tenido ni una planta. No, borra lo dicho: sí tuviste una planta, nos la fumamos y a Louis le entraron cagaleras.

En esas Kev entró por la puerta del bar, vio a los chicos y fue directo hacia Davey. Lo cogió por detrás y lo zarandeó.

—¿Cómo está mi CC?

—Está perdiendo la puta cabeza, así es como está —contestó Jay.

Francie siguió callado, algo poco común en él.

—¿Qué ha pasado? —preguntó Kev, que le hizo una seña a la camarera y le señaló las pintas de sus amigos; la chica asintió y él subió los pulgares y se sentó al lado de Jay—. Bueno, ¿qué ha hecho ahora?

—Quiere quedarse con Juliet.

—Siento lo de Rabbit —respondió Kev.

—Gracias.

—Pero no seas zoquete. No puedes cuidar ni de ti mismo.

Francie le dio un sorbo a su pinta.

Davey empezaba a tener la impresión de que la gente de su vida no lo tenía en tan alta estima como él había creído.

—Chicos, estoy haciendo todo un esfuerzo por no sentirme insultado.

—Es que no deberías. Eres un soltero que viaja gran parte del año. Yo trabajo desde casa y mi mujer también pasa allí gran parte del tiempo, y te juro por Dios que a veces me dan ganas de matarlos, o matarme yo, o a todos. —Kev suspiró—. Jamás lo haría, pero, créeme, es tentador.

—Tus niños no tienen ni cinco años. Juliet tiene doce —le recordó Davey.

—Claro…, porque los adolescentes son una balsa de aceite… Mi Adele tiene quince años y el otro día su madre encontró condones en su cuarto. ¡Condones, me cago en la hostia! —Jay tenía la cara colorada—. Dice que estaba guardándoselos a una amiga… como si hubiéramos caído de un guindo…, ¿y sabes qué me dijo su madre? «Creo que deberíamos plantearnos que tome la píldora.» ¡Que tiene quince años, por Dios!

—Yo no toqué una teta por encima de un jersey hasta los quince —apuntó Kev.

Francie rio.

—No tiene gracia —repuso Jay—. Los chicos es una cosa, pero una chica adolescente… Acabaría contigo, CC.

Davey solo tenía tiempo para una pinta. Dejó a Kev y a

Jay consolándose por los problemas con los hijos y Francie lo acompañó hasta el coche.

—Me he fijado en que has estado muy callado —le dijo Davey a su amigo.

—Jay estaba hablando por los dos.

—Entonces tú también piensas que soy un cabrón egoísta.

—Yo lo que creo es que estás perdiendo a tu hermana, estás de duelo, y solo, y que todo lo que ha dicho mi hermano es verdad. No tienes ni idea de lo duro que es. Pero también creo que la niña y tú encajáis. Y me parece que es justo que seas tú quien se encargue de la pequeña de Rabbit.

—¿De verdad? —Davey tenía la esperanza de que su amigo no estuviera siendo sarcástico.

—De verdad. —Francie le dio una palmadita en la espalda—. Lo más normal es que la cagues, pero así es la vida.

—¿Y qué me dices de mi estilo de vida?

—Que lo cambiarías.

—Sí, es verdad.

—Venga, anda, ve a ver a tu hermana y gánatela.

—Gracias, Francie.

Eran las ocho y media pasadas y Davey iba de camino a la clínica cuando le sonó el teléfono. Era Grace, histérica.

—Los niños han perdido a Juliet.

Rabbit

Estaba gritando cuando Molly entró en la habitación. El médico intentaba calmarla pero era evidente que llevaba las de perder.

—¿Quién coño eres tú? —gritaba.

—Soy Enda.

—¡Jacinta! —Rabbit estaba pegando gritos en la cara del pobre hombre—. ¡Jacinta!

—Jacinta no está, yo soy el médico de guardia. Esta noche me encargo yo de usted.

—Fuera.

—Rabbit.

—Me llamo Mia, soy Mia Hayes. Rabbit no es ningún nombre.

—Lo siento, aquí en el historial pone «Rabbit».

El hombre estaba tan concentrado en la lunática que le gritaba desde la cama que no vio entrar a Molly, y si Rabbit sí reparó en su presencia, tampoco dio muestras de ello. Se le había salido el goteo de la vía y el líquido se le había concentrado bajo la piel y le había hinchado el brazo.

—Solo quiero cambiarle el goteo —le dijo el médico, pero ella se negaba a que la tocara.

—¿Qué está pasando aquí? —preguntó Molly, alertando así de su presencia al médico atribulado.

—Lo siento, yo…

—Tranquilo, hijo. Parece que mi hija es la que está dando la nota.

—Vete de aquí, ma —le ordenó Rabbit.

—Me llamo Enda —le dijo el médico.

—Yo, Molly. Encantada.

—Lo mismo digo, Molly. —Se inclinó sobre la cama para apretar la mano tendida de la mujer.

—¿Por qué no os vais los dos a tomar por culo? —dijo Rabbit remarcando mucho las palabras.

—No va a poder ser. Bueno, ¿qué está pasando? —repitió Molly.

—No, nada, ma. Está todo estupendo. No sabes lo agradecida que estoy. Estoy en la cresta de la ola, ¿no te jode?

—Ya puede usted calmarse, señorita.

—No me hables como si fuera una puta cría.

—Pues entonces no te comportes como una puta cría.

Era evidente que había demasiados «putos» para Enda, porque dijo:

—Les daré un minuto.

—Gracias, hijo. —Molly le sonrió cuando pasó por su lado. Cuando se hubo ido, se sentó al borde de la cama—. Si no dejas que te arregle eso, no va a poder ponerte las medicinas y dentro de poco estarás gritando de dolor.

—Ya estoy gritando de dolor —dijo Rabbit entre los dientes apretados.

—Pues entonces tu actitud desafiante tiene menos sentido todavía.

Rabbit volvió lentamente la cara hacia la pared.

—¿Habéis decidido ya quién se queda con mi hija?

—Ah, ya veo a qué viene todo esto.

—Que me respondas a la pregunta.

—Por ahora nos la quedamos tu pa y yo.

A Rabbit le cayó una lágrima del ojo a la sábana.

—Ah, qué bien. —Su sarcasmo y su acritud no podían ignorarse.

—Di lo que tengas que decir, Rabbit.

—Que estoy encantada de que primero me vea morir a mí y luego a ti y a pa, antes de que la larguen a saber dónde.

—Se la va a quedar Grace en cuanto tenga un cuarto.

—Bueno, ¿qué más puede pedir una madre moribunda?

—No te pongas así de dramática, Rabbit, joder.

Se volvió para mirar de frente a su madre.

—«No te pongas así de dramática.» Me estoy muriendo, ma, me cago en todo. Si no puedo ponerme dramática ahora, entonces, ¿cuándo?

—Ahí no te falta razón. —Molly rio y, al poco, Rabbit también rio.

No tenía ninguna gracia pero rieron hasta que les dolió la barriga, y entonces lloraron, rieron y vuelta a llorar. Cuando lo hubieron sacado todo y pararon, Molly le pidió disculpas por el futuro a corto plazo de Juliet.

—Estamos haciéndolo lo mejor que podemos, cielo.

267

—Ya lo sé, ma, perdona. Ayer creí que iba a poder dejarla sin más pero hoy lo único que quiero es…

—¿Pegarle a un bebé?

—No.

—¿Patear a un jubilado?

—No.

—¿Acosar a un pobre médico?

—Eso.

—No pasa nada por estar enfadada, Rabbit.

—Sí, sí que pasa. No tengo tiempo para eso.

Sus palabras calaron hondo en Molly, que sin embargo supo reponerse y recobrar el ánimo.

—Y hablando de enfados, ¿sabes que Grace le tiró una taza a Lenny en toda la cara?

—Me lo ha contado.

—Cómo no.

—Un buen ojo morado, la verdad.

—Causó sus estragos, sí.

—Pobre Lenny. Seguro que no se lo vio venir.

—No pasa nada por estar enfadada, cielo —repitió Molly con mucho tacto—. Estamos todos enfadados.

—Gracias, ma. —Rabbit volvía a llorar—. ¿Puedes pedirle a Enda que vuelva? Ahora sí que quiero la medicina.

—Claro.

Se quedó en la cama poniendo ladrillos en su cabeza para bloquear el dolor, al tiempo que practicaba el discurso para su hija: «*Juliet, mi camino ha llegado a su fin.*» *No, suena demasiado a canción country.* «*Juliet, me muero.*» *Demasiado directo.* «*Juliet, tengo que dejarte…*» *Suena a que estoy abandonándola.* «*Juliet, he hecho lo que he podido…*» *No, demasiado autocompasivo.* «*Juliet, te quiero, lo siento.*» *Demasiado triste. Joder, ¿qué coño voy a decirle? No puedo cagarla con esto.*

Si hubiera creído en Dios y en la vida eterna, habría podido consolar a su hija. Habría podido prometerle que la vería desde arriba y la protegería, o más bien desde abajo, dependiendo de lo estricto que fuera Dios con el tema del sexo antes del matrimonio, los anticonceptivos y el robo. En cierta ocasión le había mangado una bolsa de cables a un grupo de capullos que se llamaban los Funky Punks; había sido su único flirteo con el crimen, y no había conseguido arrepentirse mucho. Si hubiera sido creyente, habría podido decirle a su hija que volverían a verse, que no era el fin, pero, por mucho que quisiera consolarla, no pensaba mentirle, y, aunque lo hiciera, Juliet se daría cuenta y eso sería una crueldad.

Enda regresó solo.

—Lo siento mucho.

—No pasa nada. —Le cogió el brazo.

—He sido una capulla.

—Los he visto peores. La semana pasada un hombre de setenta años intentó pegarme una patada en la cara —le dijo mientras le examinaba el brazo y la mano en busca de una vena—. Tienes las venas hechas polvo.

—¿Y por qué hizo eso? —le preguntó—. Esta de aquí todavía va bien. —Le señaló una vena en el otro brazo.

—No le pareció correcto que le insertara un catéter.

—Yo llevo sin moverme de esta cama una eternidad. ¿Tengo uno de esos?

—Sí. —Le clavó la aguja.

—Ah, pues no recuerdo que me lo pusieran.

Enda le colocó bien la cánula.

—Ya está, listo. —Le inyectó la medicina—. Voy a cambiarte el parche también.

—Enda.

—¿Sí?

—¿Dónde está mi madre?

—Está hablando por teléfono.

—¿Es tarde?

El hombre miró el reloj.

—Algo más de las nueve.

—Mi hija dijo que vendría esta noche pero ya es muy tarde. Mañana tiene colegio.

—Mañana será otro día.

—Si llego a verlo.

—Tranquila, que llegarás, peleando como estás peleando, créeme.

—¿Me lo juras?

—Buenas noches, Mia. —Enda no tuvo que hacer ninguna promesa porque ya estaba quedándose dormida.

—Rabbit —dijo cuando el médico cerraba ya la puerta—, me llamo Rabbit.

Johnny

No todos los días llegaba a la ciudad una santa en vida. Al menos, eso le dijo Johnny a Rabbit cuando intentó persuadirla de que lo llevara a ver a la Madre Teresa. Ella no estaba nada convencida, y le insistió a su amigo para que fuera con su padre.

—Pero solo tengo dos entradas y quiero que vengas tú.

—¿Por qué?

—Porque sé que te vas a enfadar.

—No pienso ir.

—¡Por favor! Estoy muy enfermo y podría ayudarme.

—Si pudiera ayudarte, las pensiones esas que tiene montadas en India se llamarían hogares de vivos, no hogares de moribundos, y deja de poner tu enfermedad como excusa.

Estaban tendidos en el suelo del salón, escuchando música y mirando el techo.

—Va a peor, Rabbit.

Esta se volvió, se apoyó sobre un codo y lo miró. Seguía siendo muy guapo pero ahora parecía siempre cansado y mayor de veinte años. Al final suspiró hondo y dijo:

—Vale, está bien. Iré contigo.

Él le sonrió.

—A lo mejor te hace cambiar de opinión.

—Lo dudo.

—Si me cura.

—Si te cura, cambiaré de opinión, eso seguro.

—Es muy importante, Rabbit, estas entradas valen su peso en oro. Tenemos mucha suerte.

Le ponía muy triste estar mirando a un chico hermoso, con tanto talento y tanto amor que dar y vida que vivir, y que no pudiera ni incorporarse solo… Suerte tenía poca.

Al día siguiente su madre le insistió para que se pusiera su mejor vestido, y cuando Davey recogió a Johnny, este apareció trajeado. Molly les hizo una foto al lado de la ventana. Él salía sentado contra el poyete y con el brazo sobre ella para apoyarse. Quien no supiera que estaba enfermo habría visto en la foto a una pareja joven y feliz a punto de salir, no a un discapacitado con su mejor amiga y cuidadora a tiempo parcial. Davey los llevó a la iglesia. Johnny había empezado a usar bastón pero insistió en subir él solo los escalones, de modo que les llevó un tiempo y, cuando entraron por la puerta, la Madre Teresa ya había empezado a hablar.

A pesar de llegar tarde, Johnny caminó con su bastón hasta la primera fila y ella lo siguió obediente. Se hizo un hueco al lado de una mujer que olía a antiséptico y tenía un gran bulto en la cabeza. La iglesia estaba hasta arriba y ese día hacía bastante calor. A Rabbit el olor a incienso mezclado con antiséptico, perfume barato, sudor y desesperación le levantó el estómago y, cuando empezó a ver motitas negras en el aire, puso la cabeza entre las manos y se prohibió desmayarse. Johnny no se dio cuenta, estaba hipnotizado, pero ella lo único que veía era a una mujer diminuta vestida con trapos de cocina azules y blancos; hablaba en voz muy baja, a veces inaudible. Él estaba echado hacia delante, como para no perder ni una palabra que saliera de su boca. Rabbit

271

ya bastante tenía con obligarse a no caer ni vomitar como para prestar atención a lo que decía la mujer.

Al final los enfermos se pusieron en cola para que les diera su bendición. Johnny se levantó con una agilidad que no le había visto en mucho tiempo y, a pesar de la fuerte competencia, consiguió ser de los primeros. Rabbit no se apartó de su lado, preparada para sostenerlo si se caía, deseando para sus adentros que no tuviera que cogerla nadie a ella. Se fijó en el ligero temblor en las piernas de su amigo, pero no supo hasta qué punto era por la enfermedad o por los nervios. Cuando lo tuvo delante, la anciana lo bendijo y siguió a lo suyo. No estuvo ni cuatro segundos delante de él y, en vez de hablarle, musitó una plegaria. Cuando estuvieron a diez personas de distancia, Rabbit le susurró al oído:

—¿Podemos irnos ya?

—¿Es un chiste? —le susurró él.

—¿Cuántos irlandeses se necesitan para enroscar una bombilla? Uno para sujetar la bombilla y otros veinte para emborracharse hasta que la habitación da vueltas. Eso es un chiste. «¿Podemos irnos ya?» es una petición.

Johnny la miró con malos ojos, lo que significaba que les quedaba un buen rato. No se fueron hasta después de otras dos horas. Davey estaba dormido en el coche pero, cuando Rabbit abrió la puerta del pasajero, lo despertó una discusión airada.

—Quita, puedo yo solo —gritó Johnny, que se apartó de Rabbit cuando ella intentó ayudarlo a entrar en el coche.

—Muy bien, tírate otra media hora para entrar en el coche. Total, somos jóvenes, tenemos toda la vida por delante. —Ella subió detrás y cerró de un portazo.

—Entonces, ¿ha ido bien? —preguntó Davey mientras arrancaba.

—Tu hermana es la persona más irrespetuosa que conozco —respondió Johnny, que parecía enfadado y herido a partes iguales.

—¿Ahora te das cuenta? —preguntó Davey intentando aliviar la tensión.

Pero era una batalla perdida: su hermana estaba tan enfadada como su amigo.

—Me he tirado tres horas oyendo cómo esa pasa humana nos decía que el sufrimiento es un puto don divino.

—¿Lo ves? Es increíble. ¡Estás hablando de una santa!

Rabbit le enseñó el dedo a Johnny.

Davey sacudió la cabeza y dijo:

—Ostras, Rabbit, no puedes llamar pasa humana a la Madre Teresa... Es blasfemia, me cago en todo.

—Mira, Davey, no te metas tú también. Es todo una patraña, cháchara de trampa y cartón. ¿Es que no lo ves, Johnny?

—No tendría que haberte obligado a venir. —Su decepción era casi palpable.

—Está claro.

—Acabamos de asistir a una experiencia superprofunda, de las que solo se viven una vez en la vida, y tienes que cargártela. —Empezó a temblarle la rodilla y se estampó una mano encima para intentar detenerla, pero los espasmos siguieron—. ¡Para ya! —rugió, y volvió a golpearse la pierna, lo que asustó a Rabbit.

Pero entonces lo hizo una vez más y la pierna salió disparada y dio con la rodilla contra el salpicadero. Los hermanos se miraron por el retrovisor. Los dos tuvieron a bien no decirle nada a Johnny, que se había tapado la cara y estaba llorando en silencio. Rabbit se sintió fatal; había hecho lo que había podido por apoyarlo, pero las iglesias la ponían nerviosa, y él sabía que para ella nada de eso tenía sentido de modo que, cuando la anciana había hablado de lo abominable que era el aborto, ya no pudo soportarlo más. No tendría que haber murmurado que la monja se metiera en sus asuntos, sobre todo porque lo había dicho tan alto que la habían oído el monje de la silla de ruedas y la mujer de una pierna

273

que tenían al lado. No se los vio muy afectados. El monje le dijo que si era eso lo que creía podía irse, mientras que la mujer se limitó a chasquear la lengua y quedarse mirándola.

Johnny bullía de rabia. No habló en todo el camino de vuelta a casa y solo dejó que lo acompañara hasta la puerta Davey. Fue la única pelea de verdad que tuvieron en su vida, y se pasaron dos semanas enteras sin hablarse, hasta que por fin Rabbit cedió. Le tiró piedrecitas a la ventana del cuarto y amenazó con subirse por el árbol del jardín de los gemelos y entrar si la obligaba. A sus dieciséis años era demasiado joven para entender que el exabrupto de Johnny en el coche tenía que ver poco con su falta de respeto y todo con su decepción por entrar y salir de esa iglesia como un lisiado. Le pidió perdón una y otra vez por haber sido una auténtica capulla y le prometió no volver a acompañarlo a una iglesia. Él estaba tirado en la cama, con la guitarra al lado. Tenía los ojos cerrados. Se quedó callado, y Rabbit temió que sus disculpas y sus promesas no valieran de nada.

—Y nunca más volveré a insultar a la Madre Teresa. Es genial que se preocupe por los enfermos, y puede decir lo que sea sobre lo que quiera. Todo el mundo tiene derecho a opinar.

—Eso es muy maduro por tu parte. —Seguía con los ojos cerrados pero la sonrisa de su cara la animó a seguir.

—Y nunca debería haber amenazado con patear a esa señora de una sola pierna.

—Más bien no.

—Por mucho que me aplastara la muleta contra el pie aposta.

Él abrió los ojos por fin.

—Yo también lo siento, no debería haberte pedido que vinieras. No fue justo.

—Más que injusto, fue doloroso. —Se sentó en el sillón que había puesto la madre de él al lado de la cama.

—He escrito un montón de canciones nuevas.

—Enséñamelas.

Se incorporó lentamente y fue a ponerle almohadas en la espalda, justo como a él le gustaban. Cogió la guitarra y le cantó las canciones. Ella escuchó con los ojos cerrados, hasta que terminó, y se levantó y lo besó en los labios.

—No volvamos a pelearnos nunca más.

—Vale. —Parecía algo sorprendido por su osadía.

—Tengo que irme —dijo levantándose del borde de la cama y poniéndose la chaqueta.

—¿Adónde vas?

—Tengo que ir a cortar con mi novio.

—¿Por qué?

—Porque estoy enamorada de ti.

—Rabbit, soy demasiado mayor y estoy demasiado enfermo para ti.

—Me da igual.

—Somos solo amigos —le gritó a sus espaldas cuando bajaba ya por las escaleras.

—Sabré esperar —le gritó a su vez.

Juliet

Cuando eran más pequeños, Ryan y Juliet se pasaban la vida jugando juntos. Eran los primos más cercanos en edad, así que era lógico que estuvieran todo el rato gravitando uno en torno al otro. Si las fotos que sus madres les sacaban una vez al año eran indicativo de sus sentimientos reales, estaban realmente obsesionados el uno con el otro. En todas las instantáneas, y había demasiadas para contarlas, los primos aparecían o cogidos de la mano, o abrazándose o besándose. Aunque eso había sido cuando tenían menos de cinco años, los dos se avergonzaban cuando a sus padres les daba por rememorar viejos tiempos.

En los últimos años no habían pasado mucho tiempo

juntos. Iban a escuelas distintas y les interesaban cosas distintas. Ryan había estado siempre muy seguro de sí mismo y de lo que quería de la vida, mientras que ella, más allá de curar el cáncer, no tenía ni idea de quién era o qué quería. Su primo era popular entre las chicas y siempre era el centro de atención. Ella prefería la periferia. Le habían pedido salir varias veces pero la idea de un chico metiéndole la lengua en la garganta la superaba. Además, estaba ocupada con su madre; tenía demasiadas cosas que pensar y hacer para andar perdiendo el tiempo detrás de cualquier chico. Ryan llevaba teniendo novias desde los nueve, estaba curtido en el tema. La única vivencia de Juliet había sido a los diez años, cuando Timmy Sullivan le lamió la cara por una apuesta. Fue baboso y repugnante, y le dejó restos de patatas con sabor a queso y cebolla en la mejilla. Salió corriendo antes de que le diera tiempo a pegarle, y se quedó tan conmocionada que se echó a llorar. Estuvo dos años sin probar las patatas con sabor a queso y cebolla.

276

Antes de que su primo cumpliera los nueve y descubriera el mundo de las chicas, se pasaban la mayor parte del tiempo jugando en la cabaña de madera que ella tenía al fondo del jardín. Era su guarida, un sitio en el que se escondían del resto del mundo. Hacían pícnics, hablaban de dibujos animados, jugaban al parchís, al Conecta 4 y al favorito de Ryan, el bacarrá. No había pisado la casita desde que su primo se había perdido de vista. Kyle odiaba los sitios cerrados y Della decía que olía a calcetines sucios. No se había dado cuenta hasta ahora pero su amiga tenía razón: olía a calcetín sucio.

Además estaba oscuro. Encontró una linterna en la repisa, al lado de los juegos, la encendió y miró su casa por la ventana, que también estaba en penumbra. Por un momento había pensado en entrar pero supo que allí la encontrarían, y no se había equivocado: esa noche Grace y Lenny habían registrado la casa dos veces de arriba abajo, gritando su nombre, y Davey había estado esperándola varias horas. Se había ido hacía una hora pero volvería.

No estaba segura de qué iba a hacer. Lo único que quería era que la dejaran en paz. Le dolía tanto el corazón que tenía ganas de meterse la mano por dentro y arrancárselo. No había comido y tenía las yemas de los dedos blancas y entumecidas. Estaba cansada, miró el reloj: eran las diez de la noche. Abrió la cómoda y sacó la manta vieja en la que Ryan y ella solían hacer los pícnics. Se envolvió en ella y se quedó dormida.

Se despertó sobresaltada por la luz de su propia linterna contra su cara. Se puso la mano de visera.

—¿Quién anda ahí? —preguntó con voz chillona y aterrada.

—El pedófilo del barrio —le dijo Ryan apuntándose la luz a la cara—. Uajajá.

—Vete, por favor. —Se tapó la cara con la manta pero oyó que su primo se sentaba.

—Esto es más pequeño y más apestoso de lo que recordaba.

No respondió. Ryan la había decepcionado cuando había dejado de juntarse con ella, pero lo peor, lo que más le había dolido, había sido que, cuando fue a vivir a casa de sus tíos, fue el único primo que no hizo ningún esfuerzo por hablar con ella o hacerla sentirse en casa. Hasta Jeffrey, con su prediabetes, su hambre perenne y sus traumas, se había esforzado más. Ryan se había limitado a salir de las habitaciones cada vez que ella entraba, y eso le había dolido mucho. Se había preguntado si le había hecho algo malo, pero no había llegado a planteárselo a él: no le daba tiempo, se iba antes de poder hacerlo. Le dio un empujoncito con la linterna.

—Déjame en paz.

—No puedo.

—¿Ah, no? Pues lo has estado haciendo muy bien.

—Perdona.

Bajó la manta.

—¿Por qué?

—Porque todo el mundo te estaba mintiendo y yo no quería.

Se sentó y apoyó la espalda contra la pared de la cabaña. Tenía a su primo enfrente.

—¿Cuánto hace que lo sabe todo el mundo? —quiso saber.

—Más o menos desde que se rompió la pierna. Lo que pasa es que no querían creerlo.

—¿Y ella lo sabe?

—Sí.

—¿Y por qué no me lo ha dicho?

—Te lo quiere decir, y te lo dirá. Supongo que le cuesta.

—¿Cuánto le queda?

—No mucho.

—¿Y qué es no mucho? —preguntó Juliet con los ojos empañados y la voz temblorosa por el miedo.

—No lo sé, Juliet. Nadie me dice nada. Tengo que enterarme pegando la oreja aquí y allá.

—A lo mejor se equivocan.

—No se equivocan. Stephen y Bernard me han dicho que anoche parecía ida.

—¡No está loca! —chilló enfadada.

—No quería decir eso, y lo sabes. Parecía como si fuera a morirse porque se va a morir.

A Juliet le rodaron las lágrimas por la cara.

—Pero no puede. No quiero.

—Da igual lo que tú quieras.

—Para ti es muy fácil decirlo... tú tienes dos padres. Te odio. —Se levantó—. Te odio de verdad. —Intentó salir corriendo por un lado pero su primo corrió a bloquearle la puerta—. Que te quites.

—No.

—Ryan, te lo digo en serio.

—No.

—Quita o te doy.

—Pues dame.

—Te voy a dar de verdad.

—Venga.

Le pegó tal patada en la espinilla que su primo se cayó al suelo.

—Joder, Juliet, ¿qué coño haces?

—Lo que tú me has dicho.

—Creo que me la has roto. —Estaba agarrándose la pierna con las dos manos y tenía cara de dolor.

Juliet se preocupó. No podía dejarlo ahí tirado, y más si le había roto un hueso.

—A ver que la vea.

Extendió la pierna lentamente y soltó sonidos lastimeros cuando ella le subió la pernera del vaquero. Lo iluminó con la linterna. Estaba muy roja y le saldría un buen moratón pero no se la había roto.

—Sobrevivirás —dijo, y rompió a llorar con fuerza, sin consuelo.

Ryan se quedó a su lado en silencio mientras su prima lloraba hasta la última lágrima.

—Todo va a salir bien.

—No, eso es mentira.

—Te lo digo de verdad, tienes que confiar en mí.

De pronto se encendió la luz de la cocina. Su primo se acercó a la ventana y escrutó la casa.

—Es Davey —dijo sentándose a su lado—. Mira, mi ma está volviéndose loca, Stephen y Bernard se sienten fatal y todo el mundo está preocupado por ti.

—Pues que no me hubieran mentido.

—Tú también has mentido.

—Eso no es verdad.

—A mí no me engañas, Juliet Hayes. Tú lo sabías.

279

Ella asintió y dejó caer la última lágrima que le quedaba dentro.

—Yo solo quería que desapareciera.

—Pues no va a desaparecer.

—Creo que es mejor que vayamos dentro —dijo, y Ryan la siguió fuera de la húmeda cabaña de madera.

Cuando Davey los vio entrar en la cocina, se le iluminó la cara. Sin mediar palabra, fue hacia ellos y les dio un abrazo. Ryan se zafó.

—Davey, de verdad...

Pero Juliet no se soltó y se quedó abrazada con fuerza a su tío. Este le dio un beso en la cabeza y le dijo:

—Ya estás en casa.

Ryan se había escabullido y, para cuando se separaron, ya no estaba.

—Siento haberos preocupado a todos.

Estaba helada, de modo que Davey le preparó un baño. Lo oyó hablar con Grace por teléfono. Cuando descubrió que no había nada comestible en la despensa, le gritó desde abajo que iba a la tienda. Juliet se quedó rodeada de espuma, calentita y rendida. No se durmió pero se perdió en sí misma. Cuando oyó abrirse la puerta, consiguió salir de la bañera y vestirse en su cuarto. Aunque era la habitación de siempre se sintió extraña en su propia casa. Todo le parecía irreal. Davey la llamó desde abajo. Llegó a la cocina con el pijama y la bata y su tío le preparó una tortilla.

—Cómete lo que puedas —le dijo, pero Juliet tenía hambre y se lo comió casi todo.

—Eres buen cocinero.

—Si te gustan los huevos, la pasta y el pastel de carne, soy tu hombre.

—¿Qué va a pasar conmigo, Davey?

—Todavía no lo sé, Juliet, pero te prometo que, pase lo que pase, respetaremos tu opinión.

—Yo solo quiero a ma.

—Ya lo sé, chiquita.

—Así es como llama el abuelo a mi madre.

Juliet durmió en su cama y su tío en la habitación de invitados. Dio vueltas toda la noche y vio cómo la oscuridad se convertía en luz, sabiendo que probablemente fuera la última noche que pasaría en su casa. Poco antes del amanecer, salió de su cuarto y se fue al de su madre. Se metió en la cama y la olió en el edredón y las sábanas. Se quedó abrazada a las almohadas y por fin logró conciliar el sueño.

SEXTO DÍA

11

Davey

Su colon irritable llevaba un tiempo sin darle guerra pero, en cuanto abrió la puerta del cuarto de Juliet y descubrió que su sobrina no estaba, a punto estuvo de cagarse encima. Se recuperó rápidamente cuando la vio durmiendo tan tranquila en medio de la cama de su madre. Volvió a la cocina con el desayuno que había preparado y tiró la comida a la basura para dejarla dormir un poco más. Encendió el hervidor y habló por teléfono con Grace mientras se bebía el café; seguía muy enfadada con sus dos mayores por haber perdido a la hija única de su hermana moribunda y, aunque Ryan había sido el héroe del día, no le había transmitido mucho sobre el estado anímico de Juliet.

—Me dijo: «¿Tú qué crees? Su madre se muere». Y luego se fue a la cama.

—Ha dormido en el cuarto de su madre.

—Ay, Dios, qué lástima.

—He pensado que a lo mejor podíamos quedarnos aquí los dos hasta que Rabbit no esté. —Grace se quedó callada al otro lado de la línea—. Su mundo se derrumba a su alrededor, y este es su hogar.

—No piensas desistir, sigues queriendo quedártela, ¿verdad?

—Sí.

—Pa y ma no van a consentirlo, Davey.

—Yo creo que sí.

—Sigue soñando.

—Ya lo veremos.

Davey oyó que la puerta se abría mientras Grace seguía al teléfono. Molly entró en la cocina con cara ojerosa.

—Ha llegado mamá —informó a su hermana.

Grace gimió.

—Me va a matar.

—No, no te va a… Ma, no vas a matar a Grace, ¿verdad?

—No, voy a matar a sus hijos —respondió Molly, que fue a encender el hervidor.

Dejó el teléfono y se puso a preparar un café para su madre, que se quitó el abrigo y se sentó a la mesa de la cocina.

—¿Y Juliet?

—Sigue dormida. ¿Has comido?

—Una tostada. Todavía la tengo aquí en la garganta. —Se retorció las manos y luego se las pasó por el pelo—. Tenemos que llevarla a la clínica. Rabbit la echó de menos anoche.

—Ya lo sé, ma. Dale media horita más.

Esta asintió y Davey le tendió el café y se sentó a su lado.

—¿Ya has hecho lo de la extremaunción? —le preguntó a su madre.

—Estaba un poco alterada. Pensé que como se despertara en medio del asunto íbamos a tener que ir a dos funerales.

—Deberías dejarlo, ma.

—No puedo.

—Por cierto…

—No, Davey, no vas a llevarte a Juliet a Estados Unidos.

—¿Y si me quedo aquí?

Su madre le puso una mano en la mejilla.

—Has sido siempre muy bueno, Davey, pero tu vida está allí, hijo.

—Mi vida está donde yo diga. Podríamos quedarnos esta casa.

—Rabbit es periodista *freelance* y madre soltera. Es de alquiler.

—Pues la compro.

Ni Davey ni Molly habían oído las pisadas de Juliet por las escaleras o el pasillo. Cuando se dieron cuenta, estaba al lado de ellos.

—¡Juliet! Casi me matas del susto.

—Tendrás hambre, ¿no? —le preguntó Davey.

—Qué va.

—Sí, cielo.

—Yo quiero vivir con Davey.

—Tu tío no puede quedarse aquí, cielo.

—Ya lo sé. Quiero irme con él.

Por la cara que puso su madre no supo bien si quería echarse a llorar o pegarle un puñetazo. Davey se recostó ligeramente en la silla, sin tener claro qué hacer o decir.

—Ya lo hablaremos en otro momento —dijo Molly con la voz que utilizaba cuando no pensaba transigir con argumento o discusión alguna.

La niña fue a sentarse delante. Davey se levantó para volver a encender el hervidor y metió dos rebanadas de pan en la tostadora. Tras unos instantes de silencio, Molly le preguntó a su nieta si tenía más preguntas que hacerle.

—No.

—¿Estás segura, cielo?

Juliet se levantó antes de que el hervidor sonara y las tostadas salieran disparadas y fue hacia la puerta.

—¿Y tu desayuno?

—No tengo hambre. —La niña salió de la cocina.

—¿Has visto lo que acabas de hacer? —lo increpó su madre.

Molly no tardó en irse. Davey fue a ducharse y a cambiarse en el baño principal; Juliet utilizó el del cuarto de su madre. Se encontraron abajo, listos para ir a la clínica.

—Davey...

—¿Sí?

—¿Puedo entrar luego sola? —preguntó Juliet cuando iban ya camino del coche.

—Por supuesto.

Subieron en el coche.

—Davey...

—¿Sí?

—¿Tú de verdad quieres que me quede contigo? —le preguntó con la voz ligeramente quebrada, delatando su miedo.

—Juliet, todos queremos quedarnos contigo.

—¿Y qué quiere ma?

Davey podía haberle dicho algo trillado, en plan «Quiere que seas feliz», pero en cambio admitió la verdad:

—No lo sé.

Se incorporaron a la calle y Juliet encendió la radio. Estaban poniendo una vieja canción de Dolly Parton. La subió un poco y echó el asiento hacia atrás.

—¿Te gusta el country? —le preguntó Davey.

—No mucho.

Juliet cerró los ojos y cuando llegaron a la clínica se había dormido. Aparcó y se quedó esperando otros cinco minutos antes de despertarla. Vio a la gente que iba y venía y rumió sobre los acontecimientos de los últimos cinco días. Miró a su sobrina dormida y sintió un terrible desasosiego. *¿Qué coño he hecho?*

La niña se despertó y fijó la vista en su tío, que miraba por la ventanilla perdido en sus pensamientos.

—¿Qué le digo? —le preguntó Juliet cuando sus ojos se encontraron.

—Lo que tú quieras.

—Lo que quiero es echar a correr.

—Yo también.

Se bajaron del coche y fueron de la mano hasta la puerta de la clínica. Una vez dentro su sobrina se soltó y él se quedó viéndola ir sola a la habitación de su madre.

—Estaré aquí cuando salgas —le dijo antes de que abriera la puerta.

No se había cerrado todavía cuando vio a Mabel sentada en una silla, con un libro en la mano y una amplia sonrisa en la cara.

—¿Mabel?

—En persona.

—¿Qué haces aquí?

—Bueno, como Casey no podía venir, ha mandado a su mejor sustituta.

Se levantó y le dio un abrazo. Davey se derritió en su calor.

—Nunca serás sustituta de nadie y no sabes lo que me alegro de verte.

—Lo siento muchísimo, cariño.

—¿Dónde estás quedándote? ¿Y los chicos?

—En la carretera con una canguro y su otra madre.

—¿Cómo va la gira?

—Olvídate de la gira.

—¿Cuánto tiempo te quedas?

—Lo que haga falta.

Davey volvió a abrazarla.

—¿A qué viene eso?

—Es la primera vez desde que estoy aquí que me siento realmente en casa.

Regresaron a las sillas, donde Davey le explicó los acontecimientos de los últimos cinco días y cómo Juliet y su madre estaban justo ahora intentando aceptar su muerte.

—Qué triste, de verdad.

—Casey está preocupada por si no vuelvo, ¿verdad?

—Se preocupa cada vez que coges un avión a Irlanda.

—Puede que esta vez no se equivoque.

Mabel le dio un empujoncito con el hombro.

—Vamos a ir día a día.

Cuando la conoció, tenía su lengua metida en la garganta de su mejor amiga. Estaba en el *backstage* de un festival en Washington. Casey acababa de volver del escenario y Mabel, una afroamericana alta y corpulenta, sin pelo, que siempre llevaba pantalones de cuero y camisetas de calaveras, había estado esperando entre bastidores. Allá donde iba, todo el mundo creía que era una estrella del rock.

Mabel lo pilló mirándolas con los ojos muy abiertos.

—¿Por qué nos mira así? —le preguntó a Casey cuando se separaron y él seguía mirando.

—Está juzgándote —respondió la cantante.

—¿Y?

—Buena técnica —declaró Davey, a lo que Casey rio.

—Me gusta este tío —dijo Mabel.

—Es de los buenos.

—Igual que tú. —Mabel se inclinó para darle otro beso, y se fue: Casey quedó prendada.

Mabel trabajaba como mánager de la gira de otro grupo del cartel. Al cabo de una semana lo había dejado y vivía con ellos en el autobús. Al cabo de un mes había sustituido al mánager de la gira de Casey, un fumeta llamado Job, sin que este se diera ni cuenta. Se quedó hasta el final de la gira pero, después de eso, Mabel se convirtió en la mánager oficial de las dos siguientes giras, hasta que se casaron. Tenía un gran sentido de la justicia y era muy trabajadora y una auténtica rompepelotas, con un sentido del humor negrísimo. Le gustaba tomar copas y se hizo amiga de Davey en nada de tiempo. Desde que tenían a los niños, pasaba menos tiempo en la carretera pero seguía logrando organizar desde su casa hasta el último detalle de la gira, la vida de Casey y a veces hasta la de Davey.

Este se apostó en la puerta de su hermana, a la espera, y Mabel fue a la cafetería y volvió con unos tés y unos rollitos.

—Les he pedido que quitasen el pepino.

—Gracias.

—¿Aquí qué pasa, que la gente no ha visto una negra en su vida? —preguntó cuando la tercera persona volvió la vista al pasar a su lado.

—Es por tu calva. Las visitas creen que tienes cáncer y sienten lástima por ti, y los moribundos creen que tienes cáncer y se preguntan qué coño haces para tener tan buen aspecto.

Mabel rio un poco.

—No tienes por qué quedarte aquí, ya lo sabes.

—No he cogido un avión para meterme en un hotel. —Le sonó el teléfono y, después de mirar la pantalla, se lo pasó a Davey—. Es para ti.

—Buenas, Casey.

—Qué alegría oír tu voz.

—Lo mismo digo.

—¿Cómo estás?

—Mejor después de ver a Mabel.

—Sabes que si pudiera cancelar, lo haría.

—Lo sé.

—Te echo de menos. Todos te echamos de menos. —Se oyeron silbidos y saludos desde el autobús, de los hombres y mujeres con los que viajaba.

—Diles que yo también los echo de menos.

Le devolvió el teléfono a Mabel, que se alejó y habló entre susurros. Se quedó solo en la puerta de su hermana, preguntándose qué estaba pasando tras aquella puerta cerrada y recordando los muchos días y noches que había pasado con la carretera corriendo bajo sus pies, con una dirección y un destino fijados, y sin preocupaciones propias reales. *Nada volverá a ser igual, Rabbit. ¿Cómo podría serlo si tú no estás?*

Juliet

Su madre estaba sola y dormida. Fue de puntillas hasta ella, lenta y cautelosamente, temiendo despertarla, aunque aún más asustada de lo que podía pasar si lo hacía. Se quedó en la silla junto a la cama y, por primera vez desde que su madre estaba en la clínica, se permitió no solo mirarla, sino verla de verdad. Escrutó la cara hinchada de su pobre ma, la decoloración en torno a sus labios resecos y cortados, las manos y los brazos amoratados y maltrechos, y oyó su respiración laboriosa y sonora, que salía a borbotones de su boca abierta y seca. No se parecía en nada a como era antes. No tenía ni pelo ni pómulos y, cuando estaba despierta, parecía que se le hubiese ido el color de sus ojos hinchados. Casi siempre en posición fetal, su cuerpo en otro tiempo largo y delgado parecía más corto e inflado. Retenía líquido hasta en los dedos, agarrotados e irreconocibles. Parecía una de esas personas deshechas de las películas sórdidas que a los niños les encantaba ver. Tenía sangre alrededor de la vía nueva del brazo y se le había bajado la hinchazón de la mano, pero seguían saliéndole unas gotitas pequeñas del pinchazo.

La bandeja del desayuno estaba intacta. Había bastoncillos de limón y glicerina sobre el armarito. Su madre tenía apretado contra el pecho el conejito de peluche; parecía una niñita perdida, y en ese momento Juliet experimentó un afecto, un amor y una ternura tan abrumadores que sintió como si fuera ella la madre. Le tocó ligeramente el brazo; seguía teniendo la piel suave. Desenvolvió un bastoncillo y se lo pasó con suavidad por los labios partidos. Fue al baño, humedeció una toalla y, con toda la delicadeza del mundo, le limpió la sangre reseca alrededor de la vía.

—Te quiero, ma —le susurró.

Su madre abrió los ojos ligeramente.

—¿Juliet?

—Si me hubieran dado a escoger a quién quería de madre en el mundo entero, te habría escogido a ti. Has sido alucinante. Eres alucinante.

Las lágrimas rodaron por las caras de madre e hija.

—Eres lo mejor que me ha pasado en la vida, Juliet Hayes. —Rabbit intentaba abrir todo lo posible los ojos para poder ver bien a su pequeña.

—Lo sé, ma —respondió enjugándole las lágrimas a su madre con un pañuelo.

—Estoy muy cansada, Juliet.

—Pues duerme.

—Sube aquí, pequeña. —Su madre intentó dar una palmadita en la cama.

—Vale.

Rodeó la cama, se subió y abrazó por detrás a su madre, que a su vez tenía cogido al conejito. A los diez minutos estaban las dos profundamente dormidas.

293

Jack

Jack vio a Mabel al lado de su hijo antes de que ella lo viera a él. Enseguida le conmovió su bondad. *Ha venido hasta aquí por Davey.* Era fácil olvidarse de que, aunque su hijo no tenía una familia tradicional en Estados Unidos, no estaba solo. Davey vio acercarse a sus padres y se levantó.

—Ma, te presento a mi amiga Mabel.

—¿Cómo estás, guapa? —le dijo Molly tendiéndole la mano—. Jack no para de dar la brasa con lo estupenda que eres.

—Él sí que es estupendo —respondió Mabel, que le dio un abrazo a Jack—. Me alegro mucho de verte, abuelo.

—Ja, ja, así lo llamo yo —dijo Molly.

—Qué detalle que hayas venido.

—No querría estar en otra parte.

A lo largo de los años, Jack había ido muchas veces a ver tocar a su hijo con Casey. A veces se unía a Francie, Jay y Kev, y convertían el viaje en un fin de semana de chicos; otras veces había ido con Grace y Rabbit, Rabbit y Juliet, o Grace, Lenny y los chicos. Molly era la que se cuidaba más de viajar: le gustaban Blackpool y Gales, y todo lo demás podía irse a tomar por culo. La primera vez que Davey le sacó el tema de pasar una temporada en Nashville su madre se rio en su cara. «Sí, claro —le dijo desternillándose para sus adentros—, ¿y por qué no voy a la luna, ya que estoy? He oído que hay un ambiente que es como de otro mundo.»

Siempre que iba —y a veces lo hacía solo—, Casey y Mabel lo cuidaban tanto que incluso le daba pena volver a casa. Había vivido hasta en el autobús de la gira, una forma de viajar que era emocionante el primer día y medio y luego se volvía algo cansina, pero merecía la pena. Le encantaba ir de ciudad en ciudad, mientras contemplaba la carretera sin fin cruzándose con los horizontes azules, rojos, naranjas y negros, antes de llegar a otro auditorio enorme. Veía las pruebas de sonido del grupo en los estadios vacíos y le dejaban subir a todos esos escenarios increíbles. Tenía guardados todos los pases de *backstage* de su vida, desde los Kitchen Sink y los Sound hasta los de Casey, y para él todos tenían algún recuerdo asociado para la posteridad. Cuando vio a Mabel, le entraron ganas de llorar. Le recordó la vez en que Rabbit y él habían viajado con Juliet a Las Vegas, donde el grupo daba diez funciones seguidas. Su nieta tenía solo cinco años, de modo que estaba en su periodo SOY EXTRATERRESTRE. Habían pasado cinco días juntos de una felicidad increíble, con Mabel y Casey mimando a Juliet con la baba caída, como si fuera su hija. En aquella época Rabbit se encontraba bien, muy capaz de correr tras la alienígena, pero las chicas habían insistido en llevársela a los mejores espectáculos, las piscinas más alucinantes y los restaurantes para niños más recomendados. Le habían comprado tanta ropa, zapatos y muñecas que Rabbit tuvo que pararles los pies antes de que el equipaje adicional les costara una fortuna. Como la pareja se encargó de Juliet, en esos días su hija había podido pasar mucho tiempo con Davey y él. Fue como cuando ella era técnico de sonido del grupo de su hermano y Jack, el presidente del club de fans.

La muerte de Johnny había distanciado a sus dos hijos, destruyendo la intimidad que habían construido de una manera totalmente inconsciente. Cada cual desapareció en su duelo y su culpabilidad. Esos días y noches calurosos que pasaron tonteando por las tiendas, vagueando en piscinas y charlando en los bares hasta bien entrada la noche sirvieron para reconstruir ese puente roto. En los conciertos, Davey había presumido de hermana ante su grupo y sus técnicos, la pequeña, una técnico de sonido «de campeonato». Ella se había puesto tras la enorme mesa y se había maravillado. Cuando Eddie, el jefe de sonido, le preguntó si quería probar, Rabbit le dijo que no sabría ni encenderla. Jack sintió el orgullo de su hijo por su hermana cuando Davey terció: «Pero si le das una hora te quita el trabajo». Mabel y Casey conocían la historia de Davey, Rabbit y Johnny, sabían que los hermanos seguían de duelo y habían querido ayudar a cerrar la herida. Jack siempre les estaría agradecido.

Molly, Jack, Davey y Mabel estaban sentados en fila, sin perder de vista la puerta. Era obligatorio conceder a Juliet y Rabbit todo el tiempo que quisieran, pero mirar puertas es duro, sobre todo en tales circunstancias. Su madre rebuscó en el bolso y sacó una bolsa de caramelos de limón. Se los pasó a Jack, que se los pasó a Davey, que se los pasó a Mabel.

—Limón y tofe. Están ricos, pero hay que tener buenos empastes —le dijo Molly a Mabel, que cogió uno y volvió a pasarlo a la fila.

—Creo que allí no tenemos de estos.

—Una pena.

Jack le preguntó por Casey y los niños, y Mabel les contó lo geniales que eran, salvo por la manía del pequeño Emmet, de seis años, de chuparle la cara a su hermano gemelo Hopper.

—Es como si no pudiera evitarlo, todos los santos días. Hopper se vuelve loco y le pega. Y entonces empiezan los llantos, seguidos de la pataleta de uno o de los dos. Dios, es una locura.

—Vaselina —dijo Molly.

—¿Perdona?

—Úntale un poco de vaselina en la cara a Hopper, así, cuando Emmet le lama, se llenará la lengua. No volverá a hacerlo.

—La psicóloga nos dijo que se le pasaría con el tiempo.

—Se le pasará mucho más rápido si la cara de su hermano sabe a mierda.

Mabel reflexionó y asintió.

—Esa loquera cuesta casi quinientos dólares la hora.

—La próxima vez me llamas a mí. Te cobraré la mitad por una solución real.

Mabel le aseguró que así lo haría y le dijo a Jack:

—Es tan increíble como me habías contado.

—Pues claro que es increíble —corroboró orgulloso.

Jack Hayes quería a su mujer más que a su vida. En los peores momentos ella siempre había estado en esa silla con la cabeza alta, consolándolos a todos con el mero hecho de ser ella misma. *Si hay un Dios, tengo que darle las gracias por ti, Molly Hayes. Aunque, por supuesto, antes de nada le pegaría una patada en el culo por todo lo demás.*

Cuando estás esperando en el pasillo de un hospital, el tiempo pasa muy lento. Jack sintió la necesidad de estirar las piernas y Mabel se ofreció a acompañarlo. La llevó hacia el jardín y lo rodearon lentamente, cogidos del brazo. Cayó una lluvia muy ligera: Jack ni siquiera se dio cuenta al principio y Mabel incluso la disfrutó.

—Si no lloviera, no sería Irlanda —comentó ella.

—Qué le vamos a hacer.

—¿Te he hablado alguna vez de mi madre?

—No.

—Murió cuando yo tenía veintiún años. También fue madre soltera.

—Lo siento mucho.

—La atropelló un coche, un gilipollas amante de la velocidad. Mi madre murió en el acto y no hubo despedidas.

—Supongo que tenemos suerte de que al menos podamos despedirnos.

—Qué va, lo que echo de menos no es no haberme despedido, sino a ella.

—¿Cómo lo sobrellevaste?

—Al principio muy mal. Me quedé sola y era joven, y me daba miedo quién y qué era. Fue una época oscura y cometí muchos errores, pero luego hice tabla rasa y me puse a trabajar, me centré y empecé a tener ambiciones. Poco a poco me fui sintiendo cada vez más cómoda en mi propia piel y, aunque siguió siendo duro, la vida continuó.

—Me alegro mucho de que Davey os tenga a ti, a Casey y a los chicos.

—Para nosotros es como de la familia, ya lo sabes.

—Se me había olvidado, pero ya no se me volverá a olvidar.

Davey apareció corriendo hacia ellos.

—¡Pa, ven corriendo! A ma le pasa algo.

Su hijo volvió rápidamente sobre sus pasos y Jack y Mabel lo siguieron desde los jardines hasta la recepción y, de allí, a una consulta. Molly estaba tendida en una camilla mientras Dunne la atendía.

—Molly —dijo Jack, aterrado.

—¡Estoy bien! No me pasa nada, ¿me oís? Estoy perfectamente. —Había hablado sin levantar la cabeza.

El médico les pidió que abandonaran la habitación y

luego cerró la puerta tras él. Mabel se quedó apartada para no molestar.

—¿Qué ha pasado? —le preguntó jadeando a su hijo.

—Que de repente se le han caído los caramelos, se ha agarrado el pecho y casi se ha caído de la silla —explicó Davey.

El médico apareció de nuevo.

—¿Molly sufre de angina de pecho?

—No.

—Bueno, ahora mismo se encuentra estable pero tenemos que hacerle un electro.

—¿Aquí?

—Me temo que no.

—No va a querer moverse de aquí —replicó Jack.

—No tiene alternativa. La ambulancia ya está de camino.

—Ay, por Dios —murmuró.

El médico le insistió para que se sentara.

—No ha sido muy grave. Le harán un diagnóstico, le pondrán un tratamiento y estará bien.

—No puedo perderla también a ella. —Jack hundió la cabeza entre las manos.

—No vas a perderla.

El médico volvió con Molly. Davey, Jack y Mabel la oyeron protestar amargamente. Aparecieron dos paramédicos que fueron directos a la habitación.

Cuando Jack levantó la cabeza, Davey estaba caminando pasillo arriba, pasilla abajo y hablando con su hermana mayor.

—Grace, ¿vienes de camino? Pues date media vuelta y vete para el hospital. Es ma... creen que ha tenido un infarto.

Molly apareció por el pasillo sujeta con correas a una camilla y tapada con una manta azul marino.

—No ha sido un infarto, no exageres.

Insistió en pararse para hablar con su marido y le pidió que le buscara la mano, de modo que Jack apartó la manta y se la cogió.

—Estoy bien, no es nada. Si fuera grave, lo sabría. Yo siempre sé estas cosas, y tú lo sabes.

—Lo sé.

—Me hago la tontería esa del electro y vuelvo.

—Yo voy contigo.

—No, quédate con Rabbit.

—Davey, quédate tú con tu hermana y con la niña. Grace y yo estaremos con tu madre.

—Vale.

—Mabel, cuídamelo.

—Claro.

—No pienso dejarte sola, Molly.

Su mujer no discutió porque comprendió que hablaba muy en serio.

Jack se acomodó a su lado en la ambulancia y, aunque no le dio por rezar, se concentró en repetir un mantra: *Esta vez no va a pasar nada.* Rabbit estaba muriéndose y la horrible verdad era que su padre iba a sobrevivirla. Reconcomido por la culpa, Jack la lloraría el resto de sus días, pero tenía la inteligencia suficiente para aceptar que seguiría con su vida y que volvería a sonreír y reír. Y lo soportaría porque tenía a Molly; estaba siempre a su lado alegrándole la vida, era lo que movía su corazón. Jack Hayes adoraba a sus hijos, y de buen grado se habría sacrificado por cualquiera de ellos, pero no podía vivir sin su mujer y lo sabía.

Grace

Estuvo a punto de empotrarse contra un camión pero, en el último momento, lo esquivó por los pelos.

—¡Virgen Santa! —chilló Lenny.

Grace pisó a fondo el freno y Jeffrey se aplastó la nariz contra el reposacabezas de su padre y pegó un grito.

Lenny se volvió y vio que salía sangre de la nariz de su hijo más pequeño.

—Me cago en la...

Grace miró por el retrovisor.

—¿Dónde leches está tu cinturón?

—Perdón, ma.

—Podías haber acabado al otro lado del puto parabrisas. ¿Es que en esta familia todo el mundo tiene ganas de morir?

—El cinturón es un coñazo.

—Eso te pasa por gordo, Jeffrey.

—No te pases, Grace —murmuró Lenny.

—Tienes razón, no es bonito. Nuestro prediabético ha estado a punto de salir volando por el parabrisas.

El chico se puso el cinturón con una mano mientras se tapaba la nariz sangrante con la otra.

—Tranquilo, hijo, dentro de cinco minutos estamos en el hospital. Tú eres la que has estado a punto de empotrarte en el camión, Grace. Tienes que tranquilizarte.

Respiró hondo y respondió:

—Lo siento, cariño.

—La buela se va a poner bien, ma. Y yo no voy a pillar diabetes porque voy a adelgazar y a partir de ahora me pondré siempre el cinturón.

—Gracias.

—Lo siento, ma.

—Lo siento, hijo.

En cuanto bajaron del coche, Lenny le examinó la nariz. El chico tenía la cara y la camiseta hechas un cristo pero al menos la hemorragia había parado.

—No se ve nada roto.

—Yo la noto bien —corroboró Jeffrey.

—¿Seguro? —preguntó Grace mientras cogía el bolso del maletero.

—Sí.

—Vamos. —Fue hacia las urgencias a tal velocidad que a Lenny y a Jeffrey les costó seguirle el ritmo.

Grace conocía el interior de las urgencias como la palma de su mano. No se paró a pedirle información a nadie. Había aprendido hacía tiempo que si entrabas con confianza y seguridad nadie te molestaba. Los médicos estaban demasiado ocupados y los vigilantes se dejaban engañar por sus aires de autoridad. Lenny y Jeffrey se dirigieron a la sala de espera. No tardó en encontrar a sus padres, más que nada porque oyó una discusión con un médico tras la cortina. Cuando la descorrió, vio a su madre en una camilla con cables pegados al pecho, a su padre de pie a su lado y a un joven médico atribulado. Dos cubículos más allá había una chica borracha que gritaba «vodka ya» cada dos por tres.

—¿Qué está pasando? —preguntó Grace.

—Estaba explicándole aquí al médico que ya estoy bien y que seguro que puede cambiar las pruebas para más adelante, cuando nos venga mejor.

—Y el médico no está de acuerdo. Dice que deberían ingresar a tu madre para que la observen.

—Ma, vas a tener que quedarte.

—No pienso quedarme.

—Doctor, ¿podemos hablar fuera un momento?

El joven la siguió y cerró la cortina tras él; se alejaron unos pasos y hablaron en voz baja.

—¿Es posible medicarla para evitar complicaciones posteriores hasta que podamos encontrar otra fecha para las pruebas? —le preguntó Grace.

—Yo no se lo aconsejo.

—Pero ¿es porque está realmente en peligro o porque usted tiene que cubrirse las espaldas?

Al médico no le hizo gracia que fuera tan directa. Pero a ella le daba igual, no tenía tiempo para cortesías.

—Su madre es una señora de setenta y dos años que presenta dolor torácico y dificultades respiratorias. Los síntomas remitieron cuando el señor Dunne le administró nitroglicerina. Debe hacerse un electro para determinar si sufre angina de pecho y, en tal caso, tendrá que someterse a más pruebas para ver de qué tipo es.

—No ha respondido a mi pregunta.

—Que no esté en peligro inmediato no quiere decir que no lo esté si se va de este hospital. Estoy cubriendo las espaldas de todos.

—¿Cuánto tiempo llevarían esas exploraciones?

—Depende.

—¿De qué?

—De la gente que haya en cola y de la gravedad de cada caso en particular.

—¿Se valoran las circunstancias especiales?

—Todo el mundo tiene sus propias circunstancias especiales.

—¿Todo el mundo tiene a su hija de cuarenta años muriéndose en una clínica de cuidados paliativos?

Al médico se le heló la expresión. Casi al momento cambió su actitud y su lenguaje corporal.

—Lo siento mucho. Déjeme ver qué puedo hacer.

—Le estaríamos muy agradecidos.

Cuando Grace regresó, su madre estaba echada y su padre le tenía la mano cogida.

—Todo va a ir bien, ma. Te van a hacer las pruebas todo lo más rápido posible, y ya verás como dentro de nada estamos saliendo por la puerta.

—Yo tengo que irme de aquí ya. —A Molly se le empañaron los ojos—. No tenemos tiempo para esto.

—Espera un poco. Yo me encargo, te lo prometo.

—Así me gusta, Grace. Es una luchadora como su ma —le dijo Jack a su mujer.

Lenny y Jeffrey no estaban en la sala de espera. Llamó a

su marido, que le confirmó que se habían ido a la cafetería de enfrente. Su hijo había faltado al colegio porque tenía una cita temprana con el pediatra, pero se habían despertado tarde y no habían podido desayunar. Iba siendo hora de comer algo, y cuando Grace entró y olió a café y tostadas, le sonaros las tripas y sintió un ligero vahído. Cuando pidió, se reunió con Lenny y Jeffrey en la mesa.

—Estoy comiendo ensalada, ma. —Su hijo le señaló el plato.

—Así me gusta.

—¿Cómo está la buela?

—Cabreada.

—Eso es buena señal.

Grace estuvo de acuerdo.

—Lo único que necesita es salir de ahí.

Se comió el bocadillo y se bebió el café. Cuando estaban pagando le sonó el teléfono. Era su padre.

—Van a subirla a planta.

Eran buenas noticias. Le harían las pruebas y, si todo iba bien, saldría antes de que se dieran cuenta. Grace le dijo a su marido que fuera a llevar a su hijo al colegio y luego pasara por su trabajo; no hacía falta que estuvieran los dos rondando por allí. Pero Lenny no quiso dejarla sola.

—Está pa —dijo, y les insistió para que se fueran.

Se paró en un Spar para comprar aperitivos para sus padres pero, al volver, se encontró a Jack dormido como un tronco en una silla y a su madre tras una puerta cerrada. Rebuscó en la bolsa, cogió una barrita de cereales y se la comió. Después sacó una bolsa de gominolas y se las comió. Cuando terminó decidió que, puesto que ya se había saltado su estricto régimen, podía tirarse a la piscina y comerse el huevecito de chocolate. Hasta que empezó a sentarle mal y se odió por comer tantas porquerías. Vio una revista en las sillas de enfrente. La había leído de cabo a rabo la semana anterior en la peluquería pero volvió a leerla... lo que fuera con tal de distraerse de lo que estaba pasando. Era ya demasiado.

Su padre roncaba; por lo general era un sonido que la ponía de los nervios pero ese día le resultó reconfortante. De vez en cuando, pensaba en Rabbit y se preguntaba qué estaría pasando. Jeffrey había querido ir a visitar a su tía después de la cita con el pediatra pero no había podido. Bernard y Stephen tampoco pudieron hablar con ella cuando fueron. El único que no había insistido para ver a su tía había sido Ryan. Se preguntó por qué, ya que, de los cuatro, él era el que más la tenía en un altar. En la pared había un gran reloj negro con las manecillas y los números en blanco. No sabía si sus hijos tendrían ocasión de despedirse de su tía, o si ella misma estaba perdiendo la suya, o cuánto duraría su hermana si se enteraba de que su querida madre estaba pasándolo mal. *No te preocupes, Rabbit, ma va a ponerse bien, ¿lo sabes, verdad? Con ma no puede nadie. Si alguien puede vivir eternamente, es ella, así que tranquilidad y espéranos. No te vayas todavía, por favor, Rabbit.*

Se pasó el resto de la tarde hablando con médicos, cuidando a su padre y escribiéndole a Davey cuando él le mandó un mensaje:

Cómo va ma?

Creen que es angina. ¿Cómo está Rabbit?

¿Qué mierda es eso de angina? Quiere salir al jardín pero sigue lloviendo.

Ha venido un médico y nos ha dicho que no nos preocupemos, que lo más seguro es que no sea de las malas, aunque no sé qué quiere decir. NO la dejes salir al jardín mientras llueva.

¿Va a venir esta noche ma? Si Rabbit pretende hacer algo, lo hace, y más teniendo a Juliet y Mabel de su parte. Hago lo que puedo.

No sé todavía. Haz el favor de imponerte, Davey.

Mantenme informado. Acaba de dormirse, crisis superada.

Los médicos decidieron dejar a su madre en observación, aunque probablemente le darían el alta por la mañana. Cuando estuvo instalada en la habitación, Molly insistió para que Grace se llevara a su padre a casa y la dejaran sola.

—Estoy cansada y lo único que quiero es dormir. Por favor, Grace, vete con tu hermana.

—Vale, ma.

Se sintió aliviada, y su nivel de ansiedad se redujo ligeramente. *Espéranos, Rabbit.* Jack quería ver a su hija pero hasta él estaba demasiado cansado para rechistar cuando Grace aparcó delante de su casa.

—¿Y si se nos va?

—No lo hará, pa.

—No lo sabes.

—Lo sé, os esperará.

Se inclinó y le dio un beso en la mejilla a su hija.

—Dile que ma y pa la quieren e irán a verla mañana.

—Yo se lo digo.

Él bajó del coche y ella lo vio abrir la verja y llegar hasta la puerta. Intentó meter la llave en la cerradura pero le temblaba la mano. Por fin se abrió. Se despidió de ella con la mano, entró y cerró. Eran las cinco pasadas. Grace decidió ir a su casa, ducharse, cambiarse, darles de comer a los niños y llevarlos a ver a su tía. Estaba convencida de que Rabbit esperaría a sus padres, pero también sabía que el tiempo se acababa.

305

Johnny

En los dos años que habían pasado desde que Rabbit le declaró su amor a Johnny, había cambiado mucho y nada. El grupo había pasado por las manos de dos representantes más; la salud del cantante seguía empeorando, y andaba con bastón, cada vez más lento y débil. De vez en cuando su cuerpo se negaba a cooperar, aunque nunca lo hacía sobre el escenario, por extraño que pareciera. Todavía podía cantar. Pero, si bien su voz y su talento seguían intactos, costaba vender un grupo con un cantante discapacitado, daba igual lo buenos que fueran los temas y lo sólido que fuera el directo. Los chicos siguieron adelante; hacía tiempo que habían acordado que no se rendirían hasta que no lo dijera Johnny, pero Francie empezó a trabajar a tiempo parcial en una farmacéutica de la zona, Jay se apuntó a un curso de ingeniería acústica y Kev sustituía de vez en cuando al guitarra de una orquesta de bodas. Davey seguía teniendo esperanzas y se consagró en cuerpo y alma al grupo. A falta de representante, asumió las tareas de gestión.

—Si Stevie Wonder puede, nosotros también —decía y repetía una y otra vez, para diversión de los chicos y frustración de Johnny.

Seguían dando conciertos siempre que podían; no solían actuar fuera de la ciudad, pero si les salía un bolo bien pagado en otra parte, todavía podían contar con los gemelos y el tío Terry, que los llevaba en su furgoneta del pan, e incluso instalaron una especie de camastro en la parte trasera para que Johnny pudiera dormir en el camino de ida y de vuelta. Estaban un poco apretados pero se las arreglaban y, aunque ya no albergaban la gran ilusión de otros tiempos, seguían pasándoselo en grande.

Davey mandó una maqueta a una discográfica nueva de Londres y, al cabo de una semana, recibieron la llamada de un emocionado Billy Wilde, del departamento de contratación: le habían encantado las canciones. El hombre le pidió unas fotos y él le mandó una de hacía cuatro años. Wilde se entusiasmó al ver lo guapo que era el cantante, así como el resto del grupo. Formaban un buen conjunto, parecían estrellas del rock: no comprendía cómo no los habían contratado ya. Davey no dijo nada y el tipo le pidió verlos en directo pero, como no tenían ningún concierto por delante, se ofrecieron a tocar en el garaje para él. Accedió, cuanto antes pudiera verlos, mejor que mejor.

Rabbit había cumplido los dieciocho y, aunque seguían sin tener una relación amorosa, Johnny y ella estaban más unidos que nunca. Cuando daban conciertos, era su mano derecha. Nada llegaba a él sin pasar por ella, que se aseguraba de que no le faltase nada antes, durante y después de la actuación. Le ayudaba a entrar y salir del escenario. Antes de que se hiciera evidente que en realidad no podía valerse sin ella, los chicos se mostraron algo reticentes a su constante presencia, pero esa fase pasó rápidamente. Cuando los demás salían de copas y a ligar los viernes y los sábados por la noche, Johnny y Rabbit se quedaban en casa comiendo curry y viendo películas. Francie y Jay los trataban como si fueran pareja y ninguno de los dos protestó jamás. Kev preguntaba a menudo por qué no se hacían novios de una vez, pero solo cuando Davey no estaba presente: no reaccionaba bien a la idea de que nadie, ni siquiera uno de sus mejores amigos, tuviera relación alguna con su hermana pequeña.

La tarde que Billy Wilde aterrizó en Dublín hacía un bochorno pegajoso. Johnny no soportaba el calor, le hacía sentirse más cansado de lo habitual. Llevaba toda la mañana con temblores y fuertes espasmos musculares. Necesitaba dormir, y solo les quedaba una hora antes de la llegada de Wilde. Hicieron la prueba de sonido sin él. Rabbit lo arrastró a la planta de arriba, prácticamente cargándoselo a la espalda. Ninguno pestañeó porque estaban acostumbrados. Le ayudó a acomodarse en su cama, corrió las cortinas y lo tapó.

—Luego vengo a por ti cuando llegue.

—Estaré mejor después de echar una cabezada.

Mientras dormía, los chicos se quedaron en el jardín disfrutando del sol. Davey estaba angustiado: sus compañeros parecían demasiado relajados. Hablaban de todo y nada, salvo del tipo que iba a venir a verlos y que tal vez les ofreciera un contrato discográfico. No acababa de creerlo, y Rabbit se dio cuenta, pero su hermano no dijo nada y se limitó a ir de un lado para otro, hasta que desapareció en el baño. Esa falta de emoción le valió a Rabbit para saber todo lo que debía saber pero, aun así, no perdió la esperanza: a lo mejor…

Molly recibió en la puerta a Billy, que era un pelirrojo bajito pero corpulento, con patillas y ni un centímetro en la oreja sin un pendiente. Se le notaba emocionado. Cuando lo acompañó al jardín para que conociera al grupo, el hombre les estrechó las manos a todos y les aseguró que había venido para hacer negocios. Balanceó el maletín y le dio una palmadita para asegurarse de que entendían que llevaba contratos dentro. Rabbit fue a por Johnny y su madre le insistió a Billy para que entrara a beber y a comer algo.

Cuando lo despertó, los espasmos habían desaparecido pero tenía los pies dormidos y nada de equilibrio. Rabbit lo ayudó a peinarse su hermoso pelo y a ponerse su chaqueta retro de terciopelo.

—¿Qué tal estoy?

—Muy guapo.

—Vamos al lío.

Pero, nada más decirlo, ella supo que no estaba bien: le había tocado un día malo. Si hubiera tenido un mínimo de suerte y hubiera sido uno de los buenos, tal vez el tipo los hubiera contratado pero, mientras lo llevaba escaleras abajo, los dos supieron que todo había acabado.

El hombre estaba sentado a la mesa, con el maletín

abierto y los contratos a la vista. Los chicos lo rodeaban y
Molly servía un té tras otro. Cuando lo vio aparecer, comprendió al instante que el cantante de la foto no era el
mismo que aquel hombre mermado que andaba con bastón
e iba cogido de la cintura de una joven para no caerse. A
Billy se le borró la sonrisa de la cara.

—Yo soy Johnny. —Se soltó de la cintura de Rabbit y le
tendió la mano—. No va a poder ser, ¿verdad, Billy? —El
hombre sacudió la cabeza, en su cara, la euforia desbancada ya
por la tristeza—. ¿Te gustaría oírnos de todas formas, Billy?

—Será un honor.

Fueron todos al garaje, Molly incluida, para ver el último
concierto de la carrera de Johnny y los Sound. Ese día tan
solo una persona en aquel garaje no lloró, y fue el hombre
encorvado sobre una silla que cantaba con una pasión que
nacía de los rincones más oscuros de su alma.

12

Rabbit

Juliet le había colocado bien las almohadas para que estuviera incorporada cuando Grace, Lenny y los cuatro chicos entraran en tropel en el cuarto. Davey y Mabel habían decidido irse para dejarles sitio. Su hija quiso quedarse a toda costa, de modo que su hermana consintió en llevarla luego a casa.

—No te olvides de traerme mañana fotos de tus niños —le dijo Rabbit a Mabel cuando ya se iba.

—No me olvidaré.

—Y mañana salgo al jardín —le dijo a su hermano.

—Si deja de llover.

—Mañana brillará el sol.

—¿Ahora tienes poderes extrasensoriales o qué?

—O puede que acabe de ver el parte. —Señaló el televisor.

Todos rieron, probablemente más de lo que merecía el comentario, pero sentaba bien verla por encima de las circunstancias.

—¿Qué es eso de extrasensorial? —le preguntó en voz baja Jeffrey a su madre, pero esta se limitó a sonreír: no importaba y Rabbit tenía el uso de la palabra.

—Gracias por el día de hoy —les dijo.

Se había encontrado bien, aunque hubiese dormido gran

parte del tiempo. En los momentos en que había estado despierta había visto cómo Mabel y Davey le enseñaban a jugar al póquer a su hija, que a las pocas partidas ya estaba desplumando a su tío. Mabel se quedó impresionada y a Juliet se la veía encantada con ella; aunque vagamente, la recordaba de cuando habían ido a Las Vegas. Habían estado contándole anécdotas de cuando era pequeña y de las aventuras que habían compartido.

—Bailaste una jiga en el escenario del Caesars Palace —le contó Rabbit.

—Durante la prueba de sonido de Casey y en una canción —añadió Mabel.

—¿Cuál? —quiso saber Juliet.

—En *Keep on Keeping* —contestó Davey.

—Esa me encanta.

—A mí también —murmuró Rabbit.

—Me acuerdo de las patatas del sitio de las marionetas. Estaban riquísimas —recordó Juliet.

Mabel no daba crédito.

—¿Eso es lo que recuerdas? ¿Te llevamos a conocer al auténtico Barney y te acuerdas de las patatas fritas?

Rabbit rememoró tiempos mejores y la buena vida que habían tenido.

Cuando Davey y Mabel se fueron, Juliet habló emocionada sobre cómo le había ganado a su tío en el póquer, mientras su madre la miraba orgullosa. Ryan la retó a una partida pero Mabel se había llevado las cartas.

—Otra vez será —dijo Grace.

Rabbit le preguntó a Jeffrey por su dieta.

—Va bien.

—Ya te irás acostumbrando.

—Sí.

Se acordó de que Stephen tenía pronto los exámenes y quiso saber cómo lo llevaba.

—No las tengo todas conmigo.

—No bajes la guardia ahora.

Le preguntó a Bernard por su equipo de fútbol.

—Va como el culo.

—No digas palabrotas.

—Perdón. Perdemos siempre.

—¿Y eso?

—Porque jugamos como el cu… jugamos fatal.

—Vaya, lo siento —dijo Rabbit.

El chico se encogió de hombros y dijo:

—He empezado a jugar al *hurley*.

—¿Y cómo va?

—Fatal.

—¿Y tú qué te cuentas, Ryan?

—Dee O'Reilly me dejó meterle mano el otro día.

Lenny tragó saliva y Grace lo miró a él y luego a su hijo, con la boca literalmente colgando. Juliet también se había quedado visiblemente asombrada. Rabbit soltó una risotada y, al hacerlo, la habitación entera se echó a reír de tal manera que Linda, la enfermera que sustituía a Jacinta por las noches, asomó la cabeza para ver qué estaba pasando.

—Perdona, Linda —dijo Rabbit.

La enfermera le sonrió encantada.

—No pidas nunca perdón por reír. Aquí no estamos muy sobrados de risas —dijo, y se fue.

Cada vez que Rabbit miraba a Ryan, este le guiñaba un ojo y ella se reía para sus adentros.

Jeffrey andaba algo perdido. Primero no sabía qué era extrasensorial y ahora no entendía cómo había metido Ryan la mano dentro de nadie ni por qué tenía tanta gracia.

Tantas risas dejaron agotada a Rabbit.

Grace le dijo a Lenny, Juliet y los chicos que la esperaran fuera en el coche. Sus sobrinos hicieron cola para despedirse, todos y cada uno angustiados por la idea de que podía ser la última vez. Hicieron lo posible por no llorar, pero era difícil, y cada uno lo consiguió en mayor o menor medida. Cuando todos le habían dado el beso, Rabbit mantuvo la cabeza alta y se aseguró de sonreír. Juliet insistió en ponerle bien las almohadas para que estuviera cómoda.

—Nos vemos mañana, ma.

—¿Y el colegio?

—Puede esperar —respondió su hija, y Rabbit asintió. La niña se fue y la dejó a solas con su hermana.

—Si quieres, puedo quedarme a dormir —se ofreció Grace.

—Qué va, vete a casa.

—Que duermas bien, Rabbit.

—Tú también, Grace.

Cuando estaba ya cogiendo el bolso, Rabbit le hizo una última pregunta.

—¿Dónde está ma?

—Creía que te lo habría dicho Davey.

—Me dijo que estaba muy cansada.

—Agotada.

—Mírame.

Grace la miró a los ojos.

—¿Dónde está?

Su hermana soltó el bolso.

—No le pasa nada, está en observación en el hospital. Mañana por la mañana le dan el alta.

—¿Qué ha sido?

—Un ataque al corazón muy, muy suave.

—Dios Santo.

—Está bien, Rabbit.

—¿Me lo juras?

—Te lo juro.

—¿Y mañana le dan el alta?

—A primera hora, si se sale con la suya. —Grace volvió a coger el bolso y fue a darle un beso a su hermana—. Es ma. —No tuvo que decir más: ambas sabían que ma era invencible—. Duerme bien, Rabbit.

Grace se fue pero no se quedó sola mucho tiempo porque Linda apareció con las medicinas.

—¿Sigues despierta?

—Superdespierta.

—¿Cómo va el dolor irruptivo?

—Me siento bastante bien.

—Bastante bien suena bien.

—Bastante bien suena estupendamente.

Rabbit vio cómo Linda llenaba una jeringuilla.

—Espera un poco, un par de minutos —le pidió a la enfermera.

Aquella inyección la mandaría a dormir. Le gustaba volver en el tiempo con Johnny pero también estaba bien disfrutar del presente todo lo posible. Linda dejó la jeringa en un bol de plástico y se sentó.

—Michelle es la optimista, Jacinta la cantante... ¿Tú qué te cuentas?

—Entonces, ¿ya te has enterado de lo del novio de Michelle?

—Chungo tema.

—Lo he visto un par de veces en las fiestas de Navidad. Seguro que le va mejor con cualquier otro, pero seguir viviendo en la misma casa es una pesadilla.

—Yo cambiaría las llaves —dijo Rabbit.

—Yo también. —Pareció casi aliviada de que alguien pensara igual que ella—. ¿Por qué no lo hará?

—Porque juega limpio.

—¿Y tú qué, Rabbit? ¿Tú juegas siempre limpio?

—A veces —respondió con una sonrisa—, y otras es mejor irse inventando tus propias reglas al paso.

—Amén.

Linda era de estatura media, con el pelo corto teñido de rojo y en buena forma, pero Rabbit calculó que debía de tener cincuenta y pocos años.

—¿Tienes hijos, Linda?

—Dos niñas. Una es contable y la otra está estudiando para ser veterinaria.

—¿Tienen novios?

—Si tienen, yo no lo sé. ¿Y tú qué? ¿Algunas de las hienas de la risa floja eran tuyas?

—La niña. Tiene doce años y se llama Juliet.

—Qué nombre tan bonito para una niña tan bonita.

—Es perfecta. Yo solo espero que esto no la destroce.

—No.

—No puedes saberlo. Ya lleva soportando mucho. ¿Y si mi muerte es lo que convierte a una niña inteligente, guapa y maravillosa en un desastre de persona? ¿Y si la vuelve triste, amargada, cabreada? ¿Y si esto la empuja a una vida desgraciada?

—A mí me ha parecido que estaba rodeada de buena gente.

—Sí, pero no me tendrá a mí.

—Tienes que confiar en que será capaz de superarlo y en que la gente que la rodea la ayudará.

—No me queda otra, ¿verdad?

—No. Ahora mismo lo único que puedes hacer es lo mejor que puedas hacer.

—Tienes razón. Gracias, Linda. Ya puedes ponerme la inyección si quieres.

La enfermera la obedeció y le dio las buenas noches, mientras Rabbit esperaba a que el líquido fluyera por sus venas y le llegara a la cabeza y los ojos. No opuso resistencia a la oscuridad porque sabía que, al otro lado, estaría esperándola su viejo amigo.

El blog de Rabbit Hayes

12 de marzo de 2010

Cáncer 0-Rabbit 1

¡He ganado, he ganado! El cáncer ha desaparecido. Esta mañana me han declarado totalmente curada y desde entonces estoy como flotando. Juliet no para de pegar botes de aquí para allá y de cantar *YMCA*, no me preguntéis por qué. Mi madre se ha puesto a llorar y luego le ha echado la culpa a la menopausia. (Hablamos de que tiene setenta años.) Mi padre está tan contento que se ha tirado todo el trayecto en coche hasta casa silbando, y cuando un hombre en un Honda negro le ha pitado en una rotonda él le ha sacado el dedo tan campante. Si lo conocierais, sabríais que no le pega nada. Y además se rio al hacerlo. La vida es bella. Grace no para de darme apretones y Lenny no para de dárselos a ella. Marjorie está de viaje de trabajo, pero no ha soltado el móvil.

Hemos ido a comer para celebrarlo. Mis sobrinos han hecho cola para felicitarme, todos muy tiernos, salvo Jeffrey, que estaba demasiado ocupado con el buffet. Ryan me ha dicho que era muy buena noticia y que no me preocupara, que la madre de su amigo había tenido cáncer y solo había tardado un año en recuperar su aspecto. Ese chico siempre me hace sonreír. Adoro a todos mis sobrinos, por supuesto, pero no se pierdan a Ryan...

Estoy deseando hablar con Davey esta noche, deseando decirle que por fin se ha terminado todo.

Tengo que dejaros... Me estoy poniendo mi mejor peluca, mi vestido y mis bailarinas (nota mental: comprarme unos zapatos decentes) y voy a ir al pub con mi madre y mi hermana a tomarme una copa como está mandado. ¡Que venga ya el resto de mi vida!

Rabbit Hayes. Cambio y corto. Muac.

SÉPTIMO DÍA

13

Davey

Se despertó con el sonido de la radio proveniente de la planta baja. Se duchó, se vistió y, cuando llegó a la cocina, Juliet había hecho huevos revueltos con tostadas. Le mandó sentarse, y él obedeció mientras le decía que tenía que ser él quien la cuidase.

—No seas tonto, a ma le hago el desayuno todos los días —dijo dándole el zumo de naranja.

Probó los huevos.

—Buenísimos. —Era cierto.

—El secreto es hacerlos con un poco de mantequilla.

—Bueno es saberlo.

Juliet se sentó enfrente y le dio un sorbo al té.

—¿Tú no comes?

—Nunca tengo hambre por la mañana. También sé coser. A ver, no soy ni Dolce ni Gabbana pero he hecho una camisa y tres faldas.

—Me alegro por ti.

Su sobrina sonrió.

—Yo podría cuidarte, Davey.

Paró de comer y dejó el tenedor en el plato.

—Pero, Juliet, tú no tienes que cuidar de mí. A ver, sé que parezco medio tonto, y que a veces me comporto como tal, pero el adulto soy yo, y el que debe cuidarte a ti, ¿vale?

—Solo quiero que sepas que yo pondría de mi parte.

—Tú lo único que tienes que hacer es ser una niña y, además, antes debemos hablar con tu madre. Ella tiene la última palabra, y no sé si es esto lo que ella querría.

Su sobrina se quedó callada y pensativa, y él intentó llevarla a otros temas, hablando de películas y música, e incluso de ropa, pero Juliet no mordió el anzuelo. Quien no fuera consciente de por lo que estaba pasando pensaría que se había enfadado, pero Davey lo entendía: estaba triste y confundida y se sentía culpable y aterrada. No tenía por qué hablar si no quería. Juliet se disculpó y se fue a su cuarto. Él aprovechó para llamar a Grace y preguntarle por su madre. No había necesidad de que la niña estuviese al tanto del susto de la abuela: bastantes preocupaciones tenía ya. Su hermana iba camino del hospital para recoger a su madre; iba a llevarla a su casa a ducharse y luego acercaría a sus padres a la clínica.

—¿Cuándo salís vosotros? —le preguntó Grace.

—Dentro de una hora.

—Vale. En teoría ma no debe conducir en unos días y pa tiene la vista demasiada afectada por la diabetes, así que si los acerco yo, ¿puedes llevarlos tú luego de vuelta?

—Sin problema.

—Estupendo. —Davey estaba a punto de colgar cuando su hermana añadió—: Ah, y no te acostumbres a tener a Juliet. —Grace colgó antes de que pudiera responder.

Llamaron a la puerta y se encontró al otro lado con un chico.

—Tú eres el tío —dijo.

—Y tú eres Kyle, el vecino rarito de enfrente —recordó Davey.

—Yo no soy rarito.

—Te pillé comiéndote un gusano cuando tenías cuatro años.

—Qué va, no puede ser.

—Decías «rico rico».

—No me lo creo.

—Juliet, tienes visita —gritó.

En ese momento le sonó el teléfono, de modo que lo cogió y se alejó, dejando a Kyle plantado en el umbral. No reconoció el número pero sí la voz en cuanto contestó. Era su novia, la joven Georgia.

—¿Te apetece follar?

—No.

—¿Estás fuera?

—Sí.

—¿Hasta cuándo?

—No lo sé.

—Jo, me aburro.

—Vaya por Dios.

—¿Quieres que nos digamos guarrerías por teléfono?

—La verdad es que no.

—¿Qué te pasa?

—Que mi hermana se está muriendo.

Oyó cómo Georgia tragaba saliva al otro lado de la línea y luego un silencio.

—¿La conocías mucho? —le preguntó con un leve tartamudeo.

—Es mi hermana —respondió lentamente, como si estuviera hablándole a una cría de dos años.

—Ah, perdona, qué empanada mental.

Siguió otro silencio.

—Tengo que irme —le dijo.

—Sí, yo también. —Davey colgó.

Supo que era la última vez que hablaba con ella y no le dedicó ni un minuto más. *Grace tiene razón. No sé lo que es tener una relación de verdad.*

Estaba sentado a la mesa del comedor, leyendo el periódico con el café a medias, cuando Juliet apareció con Kyle.

—Queda café. Un momento... ¿tenéis edad suficiente para tomar?

—¿Es retrasado o algo así? —le preguntó Kyle a su sobrina, que se rio por lo bajo.

—Yo no soy el que come gusanos —respondió Davey sin apartar la vista del periódico.

—Ni yo. —Kyle retiró el taburete de la barra de la cocina y se sentó.

—Está claro que no te acuerdas, pero dijiste «rico rico».

—No le hagas caso —intervino Juliet—. Una vez me dijo que habían tenido que quitarme el sexto dedo de cada mano cuando era pequeña.

—Me acuerdo… Fue en la época en la que creías que eras extraterrestre.

Davey rio con ganas.

—Nos pidió que la llamáramos Juliet Tron.

—Tengo superbuena memoria. Me acordaría de haber comido gusanos.

—Y corrías por el jardín con la pilila colgando al aire.

—¿Yo? ¡Mentira!

—¡De eso sí que me acuerdo! —exclamó su amiga.

Davey señaló a Kyle.

—Muy buena, por cierto.

—Y luego me llama a mí rarito —bufó el chico.

Juliet estaba divertida y, aunque el vecino no se le veía del todo cómodo con el contenido de la conversación, ella parecía haberse olvidado de todo lo malo. *El chico sabe lo que estoy tramando y está siguiéndome la corriente.* Kyle siempre había sido un buen chaval.

Cuando Juliet subió al coche, Davey llamó a Kyle, que ya había cruzado la calle, fue hasta él y le dio un billete de veinte euros.

—Cómprate algo.

—Qué dices, hombre.

—Eres un buen amigo. —Le metió el billete en la mano.

—¿Es verdad que vas a quedarte con ella y vas a cuidarla tú? —le preguntó el chico.

—Todavía hay mucho que decidir —contestó.

—Ella cuenta contigo —le dijo, y luego le dio las gracias por el dinero y se fue.

Davey se puso tras el volante.

—¿Qué ha sido eso? —indagó Juliet.

—Nada —dijo, pero estaba cagado de miedo.

¿Y si Rabbit dice que no? ¿Y si a ma le da un síncope y tiene otro ataque al corazón? ¿Y si no soy capaz?

El «ella cuenta contigo» y el «no te acostumbres a tener a Juliet» estuvieron dándole vueltas por la cabeza durante todo el trayecto hasta el hospital. *No tendría que haber abierto esta bocaza. Jay tenía razón, qué clase de padre voy a ser. No soy más que un tío que hace promesas que no sabe si puede mantener.*

—¿En qué piensas, Davey?

—En nada, ¿y tú?

—En Kyle corriendo por el jardín con el pajarito al aire.

Davey rio para agradar a Juliet, aunque en realidad tenía la cabeza en otra parte.

Ella cuenta contigo. No te acostumbres a tener a Juliet. Mi ma me mata.

Molly

Dejó el hospital con una receta, una dieta resumida en una página y una cita para ver a un especialista a las seis semanas. A Grace no le hacía mucha gracia que tuviera que esperar tanto tiempo, pero su madre la consoló diciéndole que no estaba en peligro inminente y, en lugar de enzarzarse en una breve discusión sobre la conveniencia o no de un reposo u otro, zanjó el asunto rápidamente:

—Tengo pensado estar sentada en el sillón de una clínica, no bajar a una mina chilena.

Jack estaba esperando en la puerta de casa. Se lo veía cada día más viejo, pensó Molly. No había dormido —no podía si ella no estaba en su misma cama—, pero insistió en prepararle unas tostadas y un té mientras ella se duchaba; incluso había ido a la panadería del barrio a comprarle su bollo favorito, un danés de crema.

Al bajar las escaleras oyó que su marido y su hija cuchicheaban. Dejaron de hablar bruscamente cuando entró en la cocina. Ya habían colgado su régimen nuevo en la nevera. Se sentó sin ganas ante la tostada y el pastelito y le dio un sorbo al té mientras Grace les contaba el «cachondeo» que habían tenido con Rabbit la noche anterior.

—Está mucho más despierta, ma.

Por una parte se alegró muchísimo pero, por otra, le dio pena habérselo perdido. Su marido no paraba de repetir que las cosas pintaban mejor, disfrutando del momento presente, mientras aparcaba en su mente el hecho de que, por más despierta que estuviese, su hija se iba a morir igualmente, y tarde o temprano su mujer tendría que someterse a una operación quirúrgica. Molly lo adoraba justo por eso: ella era de preocuparse mientras que a él bastaba darle un mínimo detalle positivo para tenerlo contento. Si alguien era Don Optimista ese era Jack. Y por esa misma razón había acabado cediendo y saliendo con él.

Cuando se conocieron, el corazón de Molly estaba ocupado por otro hombre, que salía con una amiga de ella que no le pegaba en absoluto; era cuestión de tiempo, por tanto, que la cosa se fuera a pique. Ella no era conocida precisamente por su paciencia, pero parecía dispuesta a esperar. Estaba en el baile semanal con una amiga cuando Jack se acercó a su silla y quiso sacarla a bailar. Ella lo rechazó educadamente, con la excusa de que se había dado un golpe en el pie. No tardó en pasar otra semana, y esa vez Jack esperó a que ella se quedara sola para volver a pedírselo. Lo rechazó una vez más con la misma educación: «Si no fuera por este pie dichoso...».

«No te preocupes», le dijo él, que fue a hablar con su mejor amigo, Raymond. La primera vez que Molly lo vio, Raymond iba empujando una silla de ruedas hacia ella.

«Estás de broma», le dijo cuando Jack sugirió darle una vuelta.

«Diez minutos en la pista.»

Aunque se sentía como una idiota, se subió a la silla y en los diez minutos que él estuvo dándole vueltas, se olvidó del otro y acabó la velada bailando en brazos de Jack. Cuando, a las semanas de noviazgo, ella le preguntó por qué había insistido sabiendo que había fingido lo del pie, él le contestó que ella no era del tipo de mujer que se habría molestado en mentir si no sentía nada. Tenía razón. Le preguntó que cómo lo sabía.

«Hace un mes, cuando mi amigo Joseph se negó a aceptar tu negativa, lo mandaste a freír espárragos.» Era evidente que él leía en ella como en un libro abierto. Y no se dejaba intimidar por una mujer fuerte: es más, le atraían las mujeres así. Por no hablar de que era capaz de hacerse ilusiones incluso a partir de una mentira. El día que Molly se enamoró de él, Jack Hayes había resultado ser un ejemplar de una especie escasa.

Rabbit se sintió visiblemente aliviada al ver entrar por la puerta a su madre.

—Ma, me has dado un susto de muerte.

—Ahora ya sabes lo que se siente —le respondió.

Jack y Grace sonrieron de oreja a oreja, mientras Molly iba a sentarse en el sillón y ellos se acomodaban en el sofá.

—Hoy no te quiero aquí mucho tiempo, ma.

—Haré lo que me dé la gana.

—Y yo haré que te echen.

—Nunca le harías eso a tu madre.

—Apuesta lo que quieras.

—Dios, qué dura eres conmigo.

—A alguien habrá salido —comentó Jack.

—Puede que hoy vaya a echarme una siestecita a casa.

Su hija le preguntó por su salud pero ella no quiso entrar en el tema. No paró de decir que no era nada y que no se preocupasen. Las chicas insistieron pero Jack, por supuesto, la conocía mejor. No tardó mucho en estallar:

—¡Por Dios Santo, pienso enterraros a todos! —soltó y entonces, entre dientes, añadió—: Mierda. Lo siento, cielo. Otra vez igual que con la vieja del brazo postizo.

Las chicas, su marido y por fin ella misma rieron.

A los pocos minutos llegaron Davey y Juliet, justo a tiempo para ver cómo Rabbit se enjugaba una lágrima de la risa.

Esa tarde Molly se echó una cabezada, con su marido abrazado a ella. Estaban los dos tremendamente cansados. Él cayó el primero y ella se quedó mirando la pared un rato y pensando en todo lo que había que hacer. El padre Frank estaba esperando su llamada; seguía empeñada en que le diera la extremaunción a su hija, con o sin su consentimiento, y era mejor hacerlo ahora que estaba más despierta. También debía hablar con él sobre el funeral. Era difícil pensar en eso pero alguien tenía que hacerlo. Y Rabbit tendría algo que decir al respecto. *¿Querrá que la entierren o que la incineren?* Molly no lo sabía. *¿Qué clase de funeral preferirá? Discreto, seguramente, pero Rabbit tiene muchos amigos, y aunque no es conveniente que la vean en la clínica, querrán ir al funeral. ¿Qué ropa se pondrá? Tiene tanta ropa bonita, pero ¿le quedará algo bien? Tendrá que ponerse la peluca, asumiendo que se haga una ceremonia con el ataúd abierto... pero ¿querrá el ataúd abierto? Nunca le ha gustado ser la protagonista. ¿Y la música? ¿Se les pone zapatos a los di-*

juntos? No me acuerdo de qué hicimos con mi madre aunque ella nunca le dio mucha importancia a los zapatos... A Rabbit en cambio le encantan...

Se quedó dormida.

Juliet

Hacía un frío poco propio de la estación cuando llevó a su madre en silla de ruedas hasta el jardín. Les había costado lo suyo montarla, y la visión de su cuerpo discapacitado al levantarla, del catéter casi vacío con pequeñas gotas de orina por dentro del tubo transparente, y de la pierna, todavía con puntos, hinchada y amoratada, la había revuelto por dentro. El recuerdo de la herida seguía todavía demasiado vivo. Fingió que no pasaba nada y que era todo de lo más normal mientras su madre gritaba de dolor y se mordía el labio con tanta fuerza que le quedó una marca roja. Retrocedió cuando a su madre se le subió el camisón y reveló su trasero enrojecido, desapareciendo en la sombra para dejar que la enfermera se ocupara y simulando por un momento que no estaba allí. Davey no se anduvo con muchos tapujos: en cuanto la enfermera apartó las mantas, salió corriendo todo lo rápido que le permitieron sus piernas. Juliet no quería que su madre se sintiese abandonada, de modo que no se movió, a pesar de que hubiese preferido estar con su tío, tonteando y haciendo cosas normales. Combatió la culpa mientras llegaba a un banco que había en un pequeño claro entre árboles y dientes de león. Le echó el seguro a la silla y su madre aspiró el aire y levantó la vista hacia el cielo totalmente despejado.

—Parece verano.

Le colocó bien la mantita, tejida con lanas suaves y cálidas que a Marjorie le había costado una fortuna. Rabbit se la bajó pero ella insistió en remetérsela por la cintura.

329

—No hace tanto calor, ma.

No tenía claro si estaba intentando esconder el deterioro de su madre o si en realidad le preocupaba que se resfriara. Siguió otra oleada de culpabilidad. Su tío se sentó en el banco con un café en la mano.

—¿Te acuerdas de los años que íbamos a Blackpool, Davey?

—Como para olvidarse.

—Nos lo pasábamos pipa.

—Sí, es verdad.

—Tendría que haberte llevado a Blackpool, Juliet.

—No pasa nada, me encantaron Francia, España, Las Vegas y Nueva York.

—Aun así...

—¿Cómo se llamaba el burro viejo que estaba todo el día muelle arriba, muelle abajo?

—*Desmond* —dijo Rabbit.

—¿Un burro que se llamaba *Desmond*? —se sorprendió Juliet.

—Es que no era un burro cualquiera. Sabía contar hasta diez con las pezuñas y se tiraba pedos cuando se lo pedían.

—«Tírate uno fuerte», le decía el hombre... ¿cómo se llamaba? —preguntó Davey.

—No sé, solo me acuerdo de que olía a tabaco y a Old Spice. Pero decía «tírate uno fuerte» y *Desmond* se lo tiraba.

—Todos los niños que veraneábamos allí íbamos a ver al burro pedorro. Te lo digo, si algún día quieres hacerte rica, invierte en algo que sea pedorro. A los niños te los ganas con cualquier cosa que se tire pedos.

—Es verdad. El día que fuimos y había muerto me pasé horas llorando —dijo Rabbit.

—Me acuerdo —corroboró Davey con una voz aguda que daba cuenta de que acababa de recordarlo y estaba disfrutando—. Tuvimos que inventarnos un funeral en el aparcamiento del hotel.

—Pero no enterraríais al burro de verdad... —dijo Juliet.

—No, enterramos un llavero del burro *Desmond* que mi madre le había comprado a Pauline, la vecina de enfrente —le explicó Rabbit.

—Y le echamos unas flores del campo por encima. Pa cavó un hoyo con una cucharilla y ma dijo unas palabras —añadió Davey.

—Descansa en paz, burrito *Desmond*. Nos trajiste alegrías, nos has traído dolor...

—Y jamás volverán a verse posaderas como las tuyas —concluyó Davey.

Rabbit sonrió.

—Obliga a ma a decir algo en el mío. No va a querer, pero oblígala, ¿vale, Davey?

—Vale.

Juliet cambió de tema.

—¿Quieres algo de comer, ma?

—No, gracias, cielo.

—Hoy tampoco has comido en todo el día.

—No tengo hambre.

—¿Ni algo de picar? En la cafetería hay biscotes de almendra.

—Estoy bien así. ¿Cómo os las estáis arreglando en casa, Davey?

—Muy bien —respondió Juliet antes de que él respondiera.

—Es muy buena cocinera. Esta mañana me ha hecho huevos revueltos.

—Pues tendrías que probar sus *scones*.

—¿Haces *scones*? ¿Qué edad tienes... noventa años?

—Llevo dos años practicando con la panificadora —le contó Juliet.

—Ah, perdona —respondió Davey, haciendo sonreír a la niña.

Ellos dos siempre se habían entendido muy bien, y aunque la niña veía a su tío menos que a cualquier otro miembro de la familia, no les costaba nada retomar la relación.

—¿Por qué estás frotándote las sienes? ¿Te duele la cabeza? —le preguntó Rabbit a su hermano.

—No, solo estaba pensando.

—¿En qué?

—He dormido en tu cama. ¿Pasa algo?

—No pasa nada. ¿Seguro que quieres estar en mi casa, Davey?

—Está más que seguro —respondió Juliet.

Davey asintió.

—Ella está más contenta en su casa y con ma recién salida del hospital es mejor que le demos un poco de espacio. Si nos quedáramos en su casa, no haría más que preocuparse por nosotros.

—Estoy superbien con Davey, ma —le dijo.

—Ya lo veo —respondió su madre, y antes de que pudieran decir nada más, vieron acercarse a Derek Salley, el redactor favorito de Rabbit.

Ella le tendió la mano y él se la estrechó.

—¿Quién iba a decir que ibas a estar más guapa sin peluca?

—Zalamero.

—Te echamos de menos.

—Este es mi hermano Davey, y a Juliet ya la conoces.

—Buenas —lo saludó la niña.

—Davey, ¿por qué no te la llevas a tomar algo? —le pidió su madre.

—No tengo hambre —respondió ella.

—Sí que tienes —le insistió su tío, que se levantó y tiró del cuello de la camisa de Juliet, quien fingió un poco de fastidio pero luego lo siguió después de despedirse de su madre con la mano.

Y

En la cafetería, ante el quinto café de la mañana de Davey y la segunda magdalena de Juliet, su tío le preguntó por el redactor.

—Ma ha estado escribiendo un blog para el periódico pero tiene más material para un libro —le contó.

—¿Qué clase de libro?

—Sobre estar enferma y esas historias.

—¿Qué historias?

—Cosas de mayores.

—No lo sabía.

—No lo sabe nadie.

—Me alegro por ella.

—Davey, ¿a que está teniendo un día muy bueno?

—El mejor hasta la fecha.

—Es una buena señal, ¿verdad?

—Sí, chiquita, es bueno.

Derek se quedó un cuarto de hora más. En cuanto se fue, Rabbit quiso que la llevaran de vuelta a la cama: le había vuelto el dolor irruptivo. Era desgarrador y fue más que suficiente para terminar con una agradable tarde en el jardín. Era evidente que su madre estaba haciendo lo posible por ser fuerte y valiente pero, a pesar de tener apretada con fuerza la boca, se le escapaban los chillidos. Una vez dentro, la enfermera llamó a un médico, que pidió a Davey y Juliet quedarse un momento a solas con la paciente. Estuvo un cuarto de hora.

Esperaron en las sillas de plástico de fuera.

—¿Por qué crees que está tardando tanto? —preguntó Juliet a su tío.

—No quiero saberlo.

—Se pondrá bien. Lo he visto un montón de veces. Ahora se dormirá y cuando se despierte todo habrá vuelto a la normalidad. Está teniendo su mejor día.

—Voy a ir a por otro café.

—Ya has tomado demasiados.

—Ah, perdona, ma. —Le sacó la lengua.

—Espera, voy contigo. —No quería quedarse esperando sola al otro lado de esa puerta.

Cuando volvieron, Rabbit estaba dormida y el médico se había ido. Davey puso una excusa tonta para salir, pero Juliet sabía que había ido a buscar al médico. Se quedó con su madre y la observó de cerca, oyendo cómo respiraba por la boca. *Tú duerme, ma, cuando te despiertes estarás mejor.*

Grace

Lenny se había ido temprano a trabajar, y a ella estaba costándole salir de la cama; quería quedarse en el capullo de sábanas, en estasis. Oyó que los chicos se levantaban, se peleaban en el baño, bajaban las escaleras en tropel y trasteaban por la cocina. Jeffrey la llamó varias veces, pero no se atrevió a entrar en el cuarto, que había sido una zona libre de niños desde que él había dejado de mearse en la cama a los tres años.

Ryan llamó una vez.

—Ma, ¿puedo salir luego con los colegas?

En teoría todavía estaba castigado pero, desde que se había saltado el toque de queda para ir en busca de Juliet, había costado seguir imponiéndose. Quiso replicar, pero, como mantenerse en sus trece y decirle que no o ceder y dejarle ir con su bendición le suponía un dilema, dio la callada por respuesta.

—Me lo tomaré como un sí —dijo, y se alegró de que su hijo decidiera por los dos.

Oyó un primer portazo y luego un segundo. No recordaba si Stephen se había ido a la biblioteca con su padre o no. Casi con seguridad se había quedado sola. Rara vez se quedaba en la cama holgazaneando. Lo normal era que bajara la

334

primera, hiciera el desayuno y les gritara a los chicos que se dieran prisa, mientras iba planeando el día. Salía de casa a la vez que ellos y se encontraba con sus amigas para dar un paseo por el canal o ir a la compra; siempre había algo. Tenía que levantarse: necesitaba hacer millones de cosas antes de ir a ver a Rabbit, pero aun así no conseguía salir de la cama. Estaba cansada, aunque despierta... demasiado quizá. Oía los sonoros cantos de los pájaros, sentía la brisa desde la ventana abierta, que le cosquilleaba el fino vello de los brazos, y olía la madreselva de Breda, la vecina de al lado. En el alféizar había una urraca dándole la espalda, vigilando la zona y ocupándose de sus asuntos. *Urraca en la ventana, muerte cercana*, recordó el dicho. Se quedó el tiempo suficiente para que la hiciera sentirse muy mal. *¿Qué será lo siguiente, un cuervo?* Ni siquiera se dio cuenta de que estaba llorando, y desde luego no tan alto como para que su hijo mayor la oyera desde su dormitorio al fondo del pasillo. El golpe en la puerta la sobresaltó.

335

—¿Ma? —Quiso decirle que se fuera pero no conseguía recobrar el aliento para hablar—. Voy a entrar —avisó, más por él que por ella.

Se había enterado del inolvidable encuentro de Bernard con los pechos de su madre. Abrió la puerta tímidamente y se sentó en el suelo a su lado. No dijo nada mientras ella hacía un esfuerzo por recobrar la compostura. Cuando por fin controló sus emociones, su hijo le ofreció un poco de edredón para que se limpiara la cara, pero Grace usó el dorso de las manos.

—¿Qué haces aquí? —le preguntó.

—Estudiando en mi cuarto.

—¿Y la biblioteca?

—Hay demasiada gente.

—¿Demasiadas distracciones?

—Susan está saliendo con Peter.

—Lo siento.

—Bah, es un buen tío. Ya se me ha pasado. Bueno, ¿qué vas a hacer? —le preguntó encogiéndose de hombros.

—No consigo salir de la cama.

—Yo te ayudo.

Se levantó y le tendió la mano a su madre, que la agarró con fuerza. La incorporó y no la soltó hasta que estuvo en pie.

—Ve al baño mientras yo te preparo algo de comer.

—No, no, vete a estudiar.

—Ma, si suspendo, recuperaré en agosto.

—¿Y qué pasa con tu viaje?

—Ya habrá otros.

Toda la rabia que había sentido por la incapacidad de su hijo para hincar los codos durante el curso se disipó en un momento, y de pronto la invadió un orgullo abrumador. *Se está haciendo mayor.*

Stephen se tomó un café, un huevo pasado por agua y una tostada mientras esperaba a que su madre bajara de una vez. También había desplegado sobre la mesa el anuncio de la caravana que había visto Ryan. Fue a sentarse al lado de su madre en la barra y le dijo:

—La buela no puede quedarse con Juliet, ¿verdad?

—Quizá todavía no sea consciente, pero está claro que no.

—Entonces pillamos la caravana pero, en vez de que se la quede Ryan, dormiré yo.

—Stephen...

—Es una solución a corto plazo. Aprobaré los exámenes, si no la semana que viene, el mes que viene, y el próximo curso me ataré a la silla. Estudiaré, conseguiré un trabajo de media jornada y me iré de casa.

—Yo no quiero echarte de tu propia casa.

—Ma, tengo edad y temeridad de sobra. —De pronto Grace se vio berreando de nuevo como una cría—. No quería ponerte triste —le dijo su hijo, mientras ella no paraba de mecerse, sollozar y limpiarse los mocos con las manos.

—Ya lo sé que no querías. Es que estoy muy orgullosa… Lo siento.

Hizo ademán de abrazar a su hijo pero este se apartó.

—Espera, que voy a por un pañuelo.

—Vale, hijo —consiguió decir antes de estallar en la tercera oleada de llanto.

Stephen llamó al vendedor de la caravana mientras ella se recomponía. Seguía a la venta y no quedaba lejos, de modo que Grace comprendió que mejor antes que después.

Su hijo condujo y se perdieron por un momento, pero no tardaron en encontrar una ruta alternativa y al final llegaron a la casa del tipo en menos de media hora. Tenía la caravana aparcada en el jardín delantero, elevada sobre unos ladrillos; en otros tiempos debió de ser blanca, pero con los años se había vuelto de un extraño amarillo grisáceo. Era pequeña.

337

—La palabra clave es «casita», ma.

Estaban inspeccionando el exterior cuando el vendedor salió de la casa. Era un hombre menudo, calvo pero con una barba muy poblada. A Grace le pareció raro que una persona tan menuda tuviera una barba tan larga. *Pareces un mago, o un elfo o un mago elfo.* Estaba moreno y lucía unos bíceps grandes que acentuaban la pequeñez de sus manos. Iba vestido con una chaqueta de motero ajustada, aunque acababa de salir de casa y ese día hacía calor. Stephen lo saludó primero y le dio la mano. Se llamaba Ron y era simpático, muy parlanchín. Cuando hubieron terminado con las presentaciones, Grace selló los labios y dejó que su hijo negociara. El hombre se la enseñó por todo alrededor mientras iba señalando lo recia y lo fuerte que era. No parecía oxidada, al menos al ojo no avezado, y Ron juró que, aparte de la leve decoloración, estaba igual que el primer día. Abrió la puerta y entró seguido de Stephen y de

Grace, que pasó como pudo: era realmente pequeña. Ron se quedó en un sitio y fue señalando la zona de comedor-dormitorio y la cocinita, que incluía una hornilla, un fregadero minúsculo y una encimera, así como una repisa con un tostador. Entraron en fila india al baño, que era tan pequeño que Stephen tuvo que agacharse y ponerse de lado para entrar. Como estaba más cerca de la puerta, fue el primero en salir, seguido de su madre y de Ron.

—¿A que es una belleza? —preguntó el dueño sin el menor asomo de ironía.

—A mí me gusta —opinó Stephen, mirando a su madre, que se quedó prácticamente inmóvil.

—A ver, por ciento cincuenta euros prácticamente te la estoy regalando.

—Está el tema de los ladrillos…

—Tengo las ruedas en el garaje. Están bastante usadas porque Rhonda y yo estuvimos viajando por toda Nueva Zelanda durante cuatro años. —*Ron y Rhonda, qué fuerte*—. Os pueden aguantar hasta la casa pero si quieres llevártela de viaje, tendrás que comprarle unas nuevas.

—¿Incluirías las ruedas y los ladrillos por los ciento cincuenta?

—Sin problema.

—¿Y lo de dentro?

—Todo tuyo.

—Por toda Nueva Zelanda, vaya… —comentó Stephen.

—Sí. Trabajé de extra en *El Señor de los Anillos*, en la una y en la dos.

—Ahora lo entiendo todo —terció Grace.

Los otros dos se quedaron mirándola, y ella les devolvió una mirada inexpresiva hasta que Stephen retomó la conversación con el hombre.

—Vaya, tuvo que ser un buen tute para la caravana.

—Está hecha para eso.

—Mira, si me la dejas por cien, nos la quedamos.

—Ni de coña.

—Me apuesto lo que quieras a que tiene los bajos más reventados que las ruedas.

El hombre lo miró de arriba abajo.

—Te gusta jugar fuerte.

—Yo diría que no soy el único aquí.

—Te la dejo en ciento veinticinco.

—Trato hecho.

Estaban ambos encantados consigo mismos cuando de pronto se volvieron y vieron que Grace había empezado a llorar otra vez en silencio.

—Anda, vete al coche, ma.

Stephen le tendió las llaves y ella obedeció mientras su hijo seguía al mago elfo al interior del garaje.

La llamaron al móvil. Era Davey, que había asistido a un dolor irruptivo de Rabbit y se había asustado. Intentó calmarlo pero estaba como una moto.

—¿Está durmiendo?

—Sí, la han dejado KO. He hablado con el médico y me ha dicho que es mejor que vayamos haciendo los preparativos.

Grace volvió a llorar; tenía la cara escocida y le dolían la mandíbula y los oídos.

—No lo entiendo. Estaba pasando un día tan bueno… —dijo Davey.

—¿Dónde está Juliet?

—Está ahora con ella.

—¿Y pa y ma?

—Rabbit los mandó a casa. Vino Pauline a por ellos. ¿Dónde estás tú, Grace?

—Comprando una caravana.

—¿Perdona?

—Stephen va a dormir en la caravana y así hacemos sitio para Juliet.

—Ahórrate el dinero, Grace.

—No empieces otra vez, Davey.

339

—Deja de tratarme como si fuera tonto. Tengo tanto derecho como tú.

—Madura un poco, me cago en Dios. Esto no tiene nada que ver contigo. ¿Cuántas veces tengo que decírtelo?

—Que te den, Grace. Te crees que eres mejor que yo pero la niña quiere quedarse conmigo.

—Ah, muy bien, se lo has dicho, cómo no, ¿para qué ibas a callarte? Joder, Davey, Juliet necesita un adulto en su vida, no un crío.

Colgó justo cuando Stephen atravesaba la calle. Se metió en el coche, visiblemente satisfecho de sí mismo. Al principio no se dio cuenta de la rabia de su madre, hasta que ella masculló varias imprecaciones entre dientes.

—¿Cómo?

—El puto tío Davey.

—¿Qué le pasa?

—Nada. ¿Has cerrado el trato?

—Va a ponerle las ruedas y luego vendré con pa para llevárnosla.

—No le habrás pagado, ¿no?

—Una cosa es que suspenda y otra que sea lerdo. —Arrancó y se incorporó a la carretera—. ¿Ahora adónde?

—Quiero estar con Rabbit.

—Pues allá vamos.

Antes de que su hermana enfermara, Grace había utilizado la excusa de que tenía fobia a los hospitales para no ir a ver a sus conocidos, daba igual lo amigos que fuesen o el vínculo que tuvieran. Era miedo, les decía, una auténtica fobia, os lo juro por Dios. Lo cierto era que lo que la asustaba no eran los hospitales sino la gente enferma. Odiaba los olores, los cuerpos destrozados y los gritos pidiendo ayuda. Despreciaba esa vulnerabilidad y esa falta de dignidad. Ella no había enfermado en su vida y, al igual que su madre, estaba hecha para alumbrar hijos, así que nunca había pasado más de dos días en la maternidad. Siempre había tenido asistencia privada, el único lujo real que se había permitido; quería tener a su hijo en una habitación propia, con su baño y su nevera para el vodka de celebración. Grace no creía en dar el pecho; a ella le habían dado el biberón desde primera hora y no había salido tan mal... además, no era de esas mujeres que se sacan la teta en medio del Tesco. Rabbit sí le había dado el pecho a Juliet. Había leído libros y había ido a cursos. Incluso se había unido a un grupo de madres lactantes del que por supuesto Davey y ella se habían reído, pero le dio igual. Rabbit siempre se había forjado su propio camino y le importaba poco lo que pensaran los demás. Era una de las cosas que más le gustaban de su hermana.

Cuando enfermó la primera vez, no fue a verla. Se inventó una excusa horrible y Rabbit tuvo la amabilidad de aceptarla, pero Marjorie no se había apartado de su lado y, cuando estaba con su amiga, su hermana no necesitaba a nadie más. Hasta que el cáncer no se extendió a otros órganos, Grace no se asustó. El cáncer de mama se cura y todo se solucionaría. No era para tanto... Hasta que dejó de ser curable y entonces sí que fue para tanto, y se sintió tan culpable que habría querido morirse ella. Desde ese día había hecho todo lo posible para compensarla. La había acompañado en los sillones de la quimioterapia, la había esperado a las puertas de las sesiones de radiación. Había sido la última en verla antes de las anestesias y la primera al despertar. Había perdido la cuenta de las camas por las que había pasado su hermana, y ya no le daba miedo la gente enferma. Lo único que asustaba a Grace Black era la muerte.

341

Rabbit

Mabel estaba jugando un solitario sobre la cama cuando Rabbit despertó.

—Hay que ver qué vaga —dijo Mabel sin apartar la vista de las cartas.

—¿Qué hora es? —preguntó Rabbit.

—Las cuatro y cuarto pasadas.

—¿Dónde está Juliet?

Mabel dejó las cartas, cogió un bastoncillo y se lo pasó por los labios partidos a Rabbit.

—Se la ha llevado Davey a comer no sé dónde. La pobre se ha tirado aquí varias horas mirándote.

Rabbit lamió la piruleta de limón y glicerina mientras Mabel hablaba.

—¿Puedes llevártela luego? —le pidió.

—¿A Juliet? Claro.

—Necesito que le digas a Davey que se asegure de que esta noche venga toda la familia, Marjorie incluida. —Rabbit hablaba como si tuviera prisa: acabar la frase era una urgencia.

—Vale.

—Que me despierten o me esperen.

—Se lo diré.

—Estoy muy cansada, Mabel.

—Duérmete otra vez.

—¿Te asegurarás de que vengan?

—Te prometo que estarán aquí.

—Gracias —dijo Rabbit, que se relajó entonces. Se tomó un momento para fijarse en la camiseta de Mabel, de un grupo gótico o algo parecido—. Bonita camiseta.

—La pillé en una tienda de segunda mano cuando...

Rabbit ya se había dormido.

Johnny

En los tiempos en los que todavía no estaba enfermo, cada vez que tenían un concierto fuera, seguían la misma rutina: el tío Terry los recogía en casa de Davey y ellos cargaban con el equipo del garaje a la furgoneta. Johnny siempre se aseguraba el mejor asiento, seguido de cerca por los gemelos y luego por Louis o Kev, dependiendo de si era un bolo de los Kitchen Sink o de los Sound. Davey era el último porque andaba o bien cagándose patas abajo o bien tonteando por su casa, siempre con la cosa de que se le había olvidado algo. Traía de cabeza al resto, de modo que, para darle una lección y que aprendiera a no hacerles perder el tiempo, un día dieron con una solución muy sencilla. La furgoneta de Terry tenía un panel que separaba la cabina de la parte de atrás: cuando se subía delante no oía ni veía a los chicos, que tenían que golpear desde dentro para indicarle que ya estaban todos listos para partir. Los chicos siempre esperaban a que Davey estuviese a punto de subir para golpear, uno o todos juntos, el lateral de la furgoneta y que el tío Terry arrancara y dejara a Davey plantado en la carretera, gritando, corriendo y jugándose la vida para saltar a una furgoneta en marcha con los portones traseros abiertos. Tardó en aprender pero, tras cinco o seis experiencias cercanas a la muerte, pilló la indirecta y no volvió a llegar tarde a la furgoneta.

343

La primera vez que Rabbit se les unió como técnico de sonido, osó hacerlos esperar y, a modo de rito de paso, esperaron hasta que estuvo a punto de montarse para aporrear la chapa de la furgoneta. El tío Terry arrancó pero, en lugar de correr, gritar y jugarse la vida, Rabbit se quedó plantada en medio de la carretera con los brazos en jarras mientras veía cómo la furgoneta se alejaba por la calle con los batientes del portón al viento. Al par de minutos el tío Terry se paró y se bajó para ver a qué venía tanto jaleo: al ver que Rabbit no entraba al trapo, los chicos habían empezado a aporrear las paredes para llamar su atención. Al tío no le hizo gracia ver a Rabbit plantada en medio de la carretera. Cerró los portones con fuerza y dio marcha atrás hasta donde estaba ella, que subió y dio un golpe en la pared. El tío Terry arrancó y ella fue a sentarse al lado de Johnny.

—Pedazo de zoquetes.

—Ostras, Rabbit, tú sí que sabes cargarte la magia de las cosas —refunfuñó Francie.

—¿Magia, Francie? Magia es hacer desaparecer el Golden Gate. A eso lo llamo yo hacer el capullo.

Johnny rio.

—Ha sido idea tuya —le dijo Jay.

—Ya, pero si me lo hubierais hecho a mí, habría actuado igual. Hay que ser muy burro para arriesgar la vida para subir a una furgoneta en marcha que no va a ir a ninguna parte sin ti.

Los chicos rieron y asintieron.

—Pues sí.

—CC, estás agilipollado —le dijo Francie, a lo que todos, incluso Rabbit, rieron.

Davey no dijo nada: dejó que hablaran por él sus dedos corazón.

Cuando el grupo se disolvió y cada uno empezó a hacer su vida, Johnny recordaba las veces que el batería corría tras la furgoneta. Era uno de esos recuerdos sin importancia que se le quedaron grabados y que lo entretenían cuando ya hacía tiempo que había empezado a perder la batalla contra la esclerosis.

Habían pasado seis meses desde que el grupo había dado su última actuación, y Johnny estaba teniendo una buena semana. Francie trabajaba y Jay estudiaba. Davey, por su parte, se dedicaba a beber hasta el desmayo y a acostarse con cualquier chica que tuviese pulso. Dos semanas antes Kev se había ido a París tras los pasos de una francesa y había declarado que era amor verdadero y que: «Total, no puede costar tanto aprender francés». Johnny y Rabbit se habían hartado ya de ver películas y comer curry todos los viernes por la noche.

—Vámonos en coche a alguna parte —propuso él.

—¿Adónde?

—Adonde sea.

—Te cansarás.

—Pues cuando me canse, conduces tú.

—No sé.

—Es fácil, yo te enseño.

—Mi padre me mata.

—Venga, por favor, vámonos.

Fue la urgencia de su voz más que la perspectiva del viaje lo que la hizo ceder. Era como si supiera que podía ser su última racha de buena salud.

—Venga.

El padre de Rabbit estaba trabajando y su madre seguía en la compra, de modo que les dejó una nota: «De vacaciones. Esperad postal. Os quieren, Rabbit y Johnny». Fueron en taxi hasta la casa de él, cogieron algo de ropa y se montaron en el coche que llevaba un año sin conducir. Él se puso tras el volante y Rabbit a su lado.

345

—¿Estás seguro? —le preguntó.

Él respondió arrancando.

Decidieron ir de acampada a Wicklow. Habían estado allí una vez de bolo, y tenía playa, marcha y jóvenes; estaba lejos pero tampoco tanto. Llevaban una hora en el coche cuando las piernas de Johnny empezaron a decir basta. Todavía podía andar y no le costó mucho pasar al asiento del acompañante, pero de conducir tenía que olvidarse.

—Mierda —protestó Rabbit—. Sabía que pasaría esto.

—No es tan difícil. Yo estoy aquí al lado y no queda tanto para llegar.

—Ah, qué alivio —dijo ella cambiándose de asiento.

Pasaron media hora en el arcén mientras Johnny le explicaba cómo utilizar los espejos, cómo poner los indicadores y para qué servía cada pedal. A la mitad de la clase sobre cambio de marchas, se aburrió, arrancó el motor y avanzó.

Tras unos minutos de parar, arrancar, calar el motor y un incidente en el que a punto estuvo de empotrarse contra un autobús, Rabbit sintió que lo tenía todo bajo control... salvo por Johnny, que no paraba de gritar: «Mira a la izquierda, fíjate en los espejos e indica, indica, ¡indica!». Fue un viaje agradable. Pararon para comer en un pequeño bar de Wicklow y, aunque él iba con el bastón, parecían una pareja normal y corriente, por mucho que técnicamente no lo fueran. Rabbit ya había abandonado toda esperanza y ni siquiera lo pensaba. Seguía sin sentirse atraída por nadie más, quería a Johnny como siempre y sabía que él la quería a ella. Si no hubiera estado tan maltrecho por la enfermedad, quizá se habría preguntado si era gay, pero estaba enfermo y asustado, de modo que había aprendido a abandonar toda expectativa y a contentarse con disfrutar de los preciados momentos que compartían.

346

Cuando llegaron a la pensión que les había recomendado la dueña del bar, ya había anochecido. Un par de horas antes habían reservado desde una cabina una habitación con dos camas. Rabbit aparcó en doble fila y fueron juntos a la recepción. El dueño los acompañó hasta la habitación y, para su sorpresa, se encontraron con una cama de matrimonio. Como no había más habitaciones libres, se la quedaron. Johnny parecía más incómodo que Rabbit. Se sentó en la cama y golpeteó el suelo con el bastón.

—Podemos intentar buscar otra cosa.

—¡Qué dices, hombre!

—No será por pensiones en Wicklow.

—No tengo piojos ni nada de eso.

—No digas tonterías, Rabbit.

—Yo no soy el adulto que está lloriqueando por tener que compartir una cama.

Estaba tan enfadada que cogió la bolsa de aseo, dio un portazo y se fue al baño, en el otro pasillo. Se tiró allí una eternidad, y cuando volvió se encontró a Johnny tendido en la cama sin la parte de arriba. Se le aceleró ligeramente el corazón.

—Yo voy a dormir en calzoncillos, no me he traído ninguna camiseta.

—No pasa nada —le dijo Rabbit, pero sí que pasaba.

Su barriga empezó a bailar el chachachá. Dejó la bolsa de aseo sobre la cómoda, apagó la luz, fue a la cama y, antes de tumbarse, se oyó diciendo para sus adentros la única plegaria de su vida: *Dios mío, no dejes que me desmaye.* Los dos eran altos, y la cama no era la más ancha del mundo. Costaba no rozarse pese a los esfuerzos de ambos. Rabbit no solía ser quisquillosa con el espacio personal pero esa noche sentía al milímetro la distancia que los separaba.

—¿Estás bien?

—Estupendamente. ¿Y tú?

—Muy bien.

—Genial. Buenas noches.

Él dejó escapar un suspiro largo y profundo y, conociéndolo como lo conocía, Rabbit supo que era de frustración. *Puff, tengo a Johnny tendido a mi lado y está frustrado.*

—Buenas noches —contestó él.

—Buenas noches —repitió ella, por si acaso—. Ah, y si necesitas ayuda para ir al baño…

—No hará falta —dijo, la frustración volviéndose fastidio.

—Para que lo supieras.

Se quedaron despiertos en la oscuridad, con los ojos abiertos de par en par, codo con codo, tentadoramente cerca pero asustados de mover siquiera un músculo. Le preocupó que a Johnny le entraran los espasmos pero no dijo nada porque no quiso alimentar su ira. Pasó el tiempo, y podía haber trascurrido un segundo o una hora entera cuando él dijo:

—¿Estás cómoda?

—Mucho. —*¿Me vas a besar de una vez?*

—Bien.

347

—¿Y tú?

—No mucho.

—Por el amor de Dios, ¿puedes dejar de pensar en ti mismo? —Se volvió para mirarlo de frente... y al hacerlo él la atrajo hacia sí y le plantó un beso impetuoso en los labios.

—Uy —dijo ella, la voz temblándole al ritmo del resto del cuerpo.

—¿Uy? ¿Todo bien?

—Y tanto.

Esa noche Johnny Faye no tuvo espasmos, hormigueos, cansancio ni dolores, y Rabbit Hayes perdió la virginidad.

14

Rabbit

Cuando despertó, se encontró con las caras mudas de Grace, Davey, Lenny y Marjorie. Incluso pese a la nebulosa de fármacos, sintió la tensión. Llamó al timbre para que Linda la ayudara a incorporarse. La enfermera apareció al instante y cuando se convenció de que Rabbit no necesitaba nada más, se fue, no sin antes guiñarle un ojo y musitar por lo bajo:

—¿Qué es esto, la Guerra Fría? —Rabbit se encogió de hombros—. Ya me contarás —dijo Linda desapareciendo por la puerta.

A los pies de su cama había otra bandeja de comida intacta. Marjorie levantó la tapadera.

—Sigue caliente si quieres probar algo.

—No tengo hambre. ¿Qué os pasa a vosotros dos? —les preguntó a sus hermanos.

—Nada —dijo Grace con un retintín demasiado agresivo mientras le lanzaba una mirada de cállate la boca a su hermano.

—¿Davey?

—No es nada, Grace haciendo de Grace.

—¿De mandona?

—Y arrogante.

—Y Davey haciendo de niño chico —contraatacó Grace.

—Y cabezota —dijo Rabbit

—Y ciego —añadió su hermana.

—¡Dijo la sabelotodo!

—Bueno, ¿y a qué viene todo esto? —indagó Rabbit.

—Nada —dijeron los otros dos al unísono.

—Ajá. ¿Marjorie?

—Me acojo a la quinta enmienda.

—No estamos en Estados Unidos —replicó Rabbit.

—Me da igual —contestó su amiga.

—¿Lenny?

Su cuñado levantó las manos en el aire, y habría seguido insistiendo si sus padres no hubieran aparecido por la puerta en ese momento. Molly seguía pálida pero parecía más descansada. Jack se inclinó para darle un beso a su hija.

—Un poli ha parado a Pauline por exceso de velocidad… Solo iba un poco por encima del límite. Yo juraría que el cabrón ese con el que se casó sigue persiguiéndola.

Grace le lanzó una mirada envenenada a su hermano.

—Podías haber ido a por ellos.

—Y tú podías haberlos recogido al venir —replicó Davey.

—¿Cuánto tiempo llevan así? —le preguntó Molly a Rabbit.

—Desde que me he despertado. —Le sonrió a su ma.

—Y estás disfrutando de lo lindo.

—Es que no hay nada en la tele.

Cuando sus padres se acomodaron, todos se centraron en Rabbit, a la espera de oír lo que tenía que decirles. Se sentía algo más fuerte que antes, pero debía ir al grano.

—Quiero hablar de Juliet.

—Ya está todo arreglado, cielo —respondió Molly.

—No, ma, no lo está.

—Nos la vamos a quedar nosotros hasta que…

—Ma, por favor, vosotros no podéis ahora mismo.

—Tiene razón —dijo Jack, que recibió un codazo de su mujer en las costillas.

—Nos la quedamos nosotros —intervino Grace, y Lenny asintió para corroborar lo dicho.

—Vosotros no tenéis sitio.

—Exacto, no tienen sitio —estuvo de acuerdo Davey.

—¿Y tú sí? —le preguntó Rabbit.

—Sabes que sí.

—¿No estarás pensando en serio en dársela a Davey? —protestó Grace.

—No voy a dársela a nadie —replicó Rabbit.

—No quería decir eso.

—Yo puedo cuidar de ella. Sé que parece que no estoy muy centrado, y a veces es verdad, pero pienso dejarme de tonterías y cuidarla como a ti te gustaría que lo hiciera.

—Pa, dile algo —le pidió Grace.

—Creo que tú también deberías considerarlo —le respondió su padre.

Su mujer y su hija mayor lo miraron de hito en hito.

—Veo que has cambiado de opinión, pa —dijo Grace con voz chillona.

—No puedes estar hablando en serio, Jack. —Molly miró a Davey—. No te ofendas, hijo.

—Él tiene sitio para Juliet, y no me refiero solo a su casa —explicó Jack.

Davey sonrió con aire de suficiencia.

—Gracias, pa.

—¿Estás diciendo que nosotros no tenemos sitio en nuestros corazones para ella? Porque, pa, si de verdad...

—No está diciendo eso. —Rabbit redirigió la atención hacia ella—. Lo que dice es que se necesitan el uno al otro.

—Algo así —coincidió Jack.

—Mira, esto no tiene sentido. Juliet no se va a ir a Estados Unidos —dijo Molly.

351

—Eso es lo que he decidido, ma —respondió Rabbit—. ¿Marjorie? ¿Qué crees tú?

—No lo sé.

—No pasa nada, Marjorie, dile lo que piensas —la animó Davey.

—Creo que la niña necesita estabilidad, y quizá tu hermano no sea el más indicado para dársela, por mucho que quiera. Lo siento, pero es lo que pienso.

—Yo no estoy de acuerdo. Olvidamos que el chico tiene allí una red de apoyo muy importante. Creo que si realmente quiere cuidar a Juliet lo hará bien —sentenció Jack.

—Nosotros estamos aquí. Podemos hacerle sitio y sabemos lo que es ser padres.

—Davey, ¿qué dices, te ves realmente capaz de hacerlo? —le preguntó Rabbit.

—¡Joder, no me lo puedo creer! —exclamó Grace.

—Estoy cagado, y a cada minuto pienso en echarme atrás, pero la quiero. Pediré ayuda, cambiaré lo que haga falta y, si me dejas cuidar de Juliet, haré lo posible para que funcione, te lo prometo. —Molly parecía a punto de echarse a llorar.

Rabbit miró a su hermana.

—Tú eres una madre estupenda, y sé que harías lo mejor para ella y te quiero por ello...

—¿Pero?

—Pero tienes cuatro hijos propios de los que cuidar...

—¿Y?

—Y Davey no.

—¿Ah, eso es lo que tiene de bueno, que no es padre?

—Sí —admitió Rabbit.

—¿Ma? —Grace buscó su apoyo, pero su madre se limitó a cubrirse la cara con las manos.

—Juliet ha escogido a Davey. Mi hija tiene muchas cosas buenas pero la sutileza no es una de ellas —añadió Rabbit.

Marjorie soltó un sonoro suspiro.

—¿Qué pasa? —le preguntó a su amiga.

—Lo siento pero tiene doce años, y no debería tener voz ni voto.

—No estoy de acuerdo. Es lo único que ella puede controlar dentro de todo este follón inmenso. Confío en ella y en Davey.

Su hermano se echó a llorar y todos se le quedaron mirando.

—Lo siento. —Hizo un gesto con la mano para que no lo miraran.

—Grace, sabes que te quiero y que te estoy muy agradecida por todo.

—Lo sé. —Su hermana quiso decirle que estaba cometiendo un gran error, pero habría sido una crueldad y no habría cambiado nada: Rabbit ya había tomado una decisión.

—¿Ma?

Molly miró a Davey.

—¿Te la vas a llevar contigo?

—Mabel y Casey se han ofrecido a ayudar con los colegios y viviremos en Nashville todo el tiempo.

Sin más palabras, su madre se levantó y salió de la habitación. Grace hizo ademán de seguirla.

—Quédate donde estás —le dijo su padre—. Dale un minuto.

—¿Marjorie? —le preguntó Rabbit.

—Tú siempre tienes más idea que yo —replicó Marjorie, que le dijo entonces a Davey—: Siento lo de antes.

Él rio y dijo:

—No pasa nada.

—Quiero hablaros de otra cosa —les pidió Rabbit—, y necesito que esté aquí ma.

Jack se levantó.

—Voy a por ella, chiquita.

Lenny le dio un beso a su mujer y le susurró algo al oído que la hizo sonreír; después le pasó un brazo alrededor y enseguida la decepción se borró de su cara. Jack volvió tirando de su mujer, que tenía los ojos enrojecidos pero no estaba llorando.

—¿Estás bien, ma? —quiso saber Rabbit.

—Estoy bien, cielo.

—No vas a perder a Juliet.

—Lo sé. —Volvieron a empañársele los ojos—. ¿De qué más querías hablarnos?

—De mi funeral.

Jack había sido muy fuerte hasta ese momento pero aquello lo dejó fuera de combate. Enterró la cara entre las manos.

—Ay, Rabbit...

—Lo siento, pa.

—Venga, Rabbit —la animó Grace, y esta agradeció a su hermana que hubiera recapacitado.

—Nada de iglesias. ¿Me oyes, ma?

—¿Y entonces qué? —preguntó Molly.

—Hay muchas funerarias que celebran servicios no religiosos. Grace, elige una bonita con una sala grande. —Su hermana asintió—. No tiene que ser nada espectacular. Lo único que os pido es que habléis con franqueza, que riais, contéis historias y me recordéis con cariño.

Estaba emocionada pero no tanto como su pobre padre, que estalló en sonoros sollozos, consiguiendo que Molly gritara:

—¡¿Piensas parar de llorar en su cara de una puta vez, Jack?!

Grace, Davey, Lenny y Marjorie se echaron a reír, pero no Rabbit, que estaba concentrada: tenía que seguir, el dolor estaba volviendo y pronto necesitaría la medicación; las dosis eran cada vez más fuertes y ella se sentía cada vez más débil.

—Vuelvo en un minuto —dijo Jack, que salió del cuarto.

—Sigue, Rabbit.

—Ni curas, ni gente rezando. ¿Me estás oyendo, ma?

Molly masculló algo entre dientes.

—Grace, encárgate tú, ¿vale?

—Sí.

—No quiero que se me vea en el ataúd... Me dan grima los ataúdes abiertos... Y quiero que me incineréis y, la verdad, me da exactamente igual lo que hagáis con las cenizas.

—¿Qué quieres ponerte? —preguntó Grace.

—Elígelo tú, ma.

—¡Ah, estupendo! Puedo elegir el traje que te pondrás en un ataúd cerrado antes de que te quemen.

Los demás rieron por lo bajo, pero Rabbit le sostuvo la mirada y le dijo:

—Ma, perdóname, siento no creer en lo mismo que tú.

—Por supuesto que te perdono, tontorrona.

—Y nada de bocadillos de huevo en la recepción.

—¿Por qué no? —Marjorie intentaba ocultar el hecho de que estaba llorando más incluso que el pobre Jack.

—Mi ma los odia.

—No puedo con su puto olor. —Molly intentaba mantener el tipo.

—Davey, escoge tú la música, tú sabes lo que me gusta.

Su hermano asintió con la cabeza: no podía hablar.

—Eso es todo.

—Vale. —Grace le pasó un pañuelo a Lenny para ver si dejaba de sorber con la nariz y de limpiarse los mocos con la mano.

—¿Alguna pregunta?

—Una sola. ¿Sabes de alguien que quiera una caravana?

Rabbit sonrió: Grace la había perdonado por escoger a su hermano y se lo agradeció.

—Gracias.

Su hermana se levantó y fue a darle un abrazo.

—Te quiero, Rabbit.

—Y yo a ti, Grace.

Cuando Jack volvió, todos fueron por turnos a darle un abrazo y a decirle lo mucho que la querían. Marjorie fue la primera y Molly la última. Rabbit ya no podía mantener a raya el dolor. Pulsó el timbre para que Linda fuera a su rescate. Cuando la familia se iba ya, llamó a Davey por última vez. Los demás los dejaron un momento a solas.

—Davey —dijo Rabbit derrumbándose por fin—, cometerás errores pero a mí me darán igual siempre y cuando ella sienta que la quieres. La gente no necesita nada más.

—La voy a querer más que a nadie sobre la faz de la Tierra.

Rabbit y su hermano lloraron juntos uno en los brazos del otro hasta que Linda los interrumpió con las medicinas.

—Puedo volver luego.

—No. Ya es hora —dijo Rabbit.

Mientras su familia salía acongojada de la clínica, ella esperó a que la venciera el sueño.

Johnny

Rabbit despertó en los brazos de Johnny por segundo día consecutivo. Pasaron gran parte de su fin de semana en Wicklow haciendo el amor, hablando, riendo, besándose y acariciándose. Era todo casi normal... salvo porque la vejiga escacharrada de Johnny no le permitía llegar al baño a tiempo, y tenía que mear por la ventana de la segunda planta.

—Eso es muy poco romántico —dijo cuando ella se lo sugirió.

—Tú asegúrate de que no le caiga a nadie en la cabeza y ya está... Además, ¿a quién le importa el romanticismo?

—Te quiero, Rabbit —le dijo él mientras meaba.

Antes de que pudiera darse la vuelta, ella estaba pegando botes en la cama.

—¡Yuuuju... por fin! —Rabbit siempre era capaz de hacer reír a Johnny, incluso cuando él albergaba pensamientos de lo más sombríos.

Se quedaron un rato entrelazados en la cama.

—Estás rumiando algo —le dijo ella.

—No.

—Sí.

—No.

—Sí.

—Vale, estoy rumiando.

—No te cargues esto, ¿vale? —le advirtió ella.

—No, al menos por hoy no.

Sabía que él ya estaba pensando en cómo poner distancia. Lidiaría con ello una vez más. Lo besó, él la besó a su vez e hicieron el amor una última vez, hasta que llegó la hora de recoger y largarse.

En cuanto estuvieron en el coche, a Johnny le volvió el cansancio. Rabbit no tuvo problema en conducir: estaba en el séptimo cielo y se sentía como si pudiera hacer cualquier cosa. Oyeron la radio y charlaron hasta que él se quedó dormido. No tenía muy claro lo que hacía pero iba fijándose en las señales y avanzando a buen ritmo hasta que se equivocó en un desvío y acabó en medio de un monte.

Estaba muy oscuro y le costó un rato encontrar las luces, hasta que por fin dio con el interruptor. Estaban solos en una carretera estrecha y sin luces y no tenía claro si era bueno o malo. Deberían haber salido antes pero, incluso conduciendo a oscuras, no se arrepentía. Oyó que la rueda explotaba antes de sentirla. Frenó en seco y se metió en la hierba de la cuneta antes de detenerse del todo.

Johnny se despertó sobresaltado.

—¿Qué ha pasado?

—Algo con una rueda.

—¿Dónde coño estamos?

—Pues...

357

Estaba débil: las actividades del fin de semana le habían pasado factura. Se apoyó en el bastón con todo su peso y fue a examinar la rueda, aunque no era tarea fácil entre la oscuridad y su vista mermada.

—Va a haber que cambiarla —anunció.

Ambos sabían, sin embargo, que con el impersonal en realidad se refería a Rabbit, porque a él le temblaban las piernas y, al cabo de un minuto, estaba echado en la hierba, intentando darle instrucciones entre espasmos.

Ella no sabía qué tenía que mirar y, de todas formas, no veía ni a un palmo de narices.

—¿Estás llorando? —le preguntó él desde el suelo.

—Qué va —mintió.

Por supuesto que lloraba: Johnny paralizado y ella sin tener ni idea de lo que hacía, acabarían muriéndose allí de frío. Él intentó levantarse pero estaba tan incapacitado como una tortuga bocarriba. Los espasmos eran fuertes, y ella sabía que todavía le durarían un tiempo. Y para entonces estaría tan débil que tendría que llevarlo a cuestas hasta el coche. Si no paraba alguien pronto, iban a tener problemas y Rabbit no había visto a nadie por la carretera en toda una hora. Lo oyó rezar. *Me cago en Dios.*

Tenía la cabeza embutida en el maletero, en busca de la pieza que al parecer le faltaba al gato. Seguía sin aparecer nadie y Rabbit estaba entrando en pánico hasta que sintió a Johnny detrás de ella.

—Yo puedo, me siento mejor.

De pronto estaba estable y con fuerzas. Era el de antes. Habían parado los espasmos y los tics residuales habían desaparecido. Encontró la pieza que faltaba del gato y cambió la rueda en un santiamén con una facilidad increíble. Se pellizcó mientras él trabajaba. *No puede ser.* Se quedó observándolo en la oscuridad, absorbiéndolo con la mirada. Toda la fuerza que había perdido en todos esos meses y años había vuelto como un torrente inesperado. *No tiene sentido.* Cuando acabó y el gato estuvo de vuelta en el maletero, regresaron al coche.

—Buen trabajo —le dijo Rabbit.

—Gracias.

—Hace diez minutos no podías ni moverte.

—Ya.

—Y luego de pronto estabas perfecto, como si no tuvieras nada. —*Perfecto, sin esclerosis, curado.*

—De locos. —Empezaron a temblarle las manos de nuevo. Se cruzó de brazos y se abrazó a sí mismo. Había vuelto. *Mierda.*

Rabbit arrancó y avanzaron un rato en silencio.

—Te das cuenta de lo que acaba de pasar, ¿verdad? —le dijo Johnny.

—No empecemos.

—Ha sido un milagro menor.

—Te he dicho que no empecemos.

—Bueno, entonces, ¿cómo lo explicas?

—No lo·sé. Hay veces que estás mejor que otras. A lo mejor ha sido una remisión espontánea.

—Me he sentido muy fuerte, más que nunca. Podría haber levantado el coche sin el gato. Ha sido un milagro.

—Lo que tú quieras.

—Dios es bueno.

Aquello la cabreó.

—¡De verdad, Johnny! Si Dios es tan bueno, ¿por qué te cura cinco minutos y no toda la vida?

Él no dijo nada, ni siquiera después de que ella mascullara una disculpa. Pero justo cuando estaban entrando en Dublín, se volvió hacia ella y le dijo:

—Yo creo en el amor eterno, Rabbit. Creo que volveremos a vernos cuando yo esté bien y cuando esto pueda estar bien.

—Eso es ahora.

—¿Tú ni siquiera tienes esa esperanza?

359

Él estaba pidiéndole que le diera algo a lo que aferrarse y ella deseó poder decirle que sí sin más, pero no pensaba mentirle. De todas formas, él la conocía y sabía que no podía pedirle eso.

—No.

—¿Por qué no?

Lo preguntó con una inmensa tristeza. No era la conversación con la que habría querido concluir aquel fin de semana. Significaba demasiado para él y demasiado poco para ella. Intentó cambiar de tema pero él no quiso pasar por el aro.

—Contéstame.

—No quiero.

—Por favor.

—No puedes hacerme creer en una tierra de fantasía en el cielo solo porque tú lo creas. No funciona así.

—O sea, que yo camino con Dios y tú caminas sola, ¿es eso lo que me quieres decir?

—¿Y hay tanta diferencia entre nosotros? Los dos seguimos viviendo en la misma calle. ¿Tanto importa?

—Esta noche yo he experimentado un milagro, esa es la diferencia.

Rabbit sintió que se le caía el alma a los pies. En su fuero interno sabía que esa conversación no era solo cháchara. Johnny se quedó callado. No estaba segura de si lloraba —era de noche y tenía la vista cansada por la carretera interminable—, pero era posible.

—Yo tengo ganas de seguir adelante y tú aceptas sin más el fin. Yo creo en la vida y el amor eternos, y tú crees que no hay nada más. —Se golpeó las piernas con las manos, en parte por frustración, en parte para acentuar lo dicho—. No quiero pasarme la eternidad esperando a la chica que nunca vendrá.

—Ah, pero sí que iré si tú tienes razón y yo me equivoco.

—No funciona así.

—¿Y tú cómo coño lo sabes?

—El cielo es para los creyentes.

—Ah, es verdad, san Pedro en las puertas.

—Eso mismo.

—¿Y tú has conocido a algún portero que yo no pudiera engatusar?

Lo oyó reír entre dientes.

—No.

—Pues eso.

—Así que en mi cabeza viviremos en esa tierra de fantasía, felices para siempre. —Su sarcasmo era evidente pero al menos le había cambiado el humor—. Y en tu cabeza estos momentos de aquí y ahora durarán siempre.

—Yo no podría haberlo dicho mejor pero, bueno, al fin y al cabo, el poeta eres tú.

—Supongo que puedo vivir con eso, pero te diré una cosa: Francie tenía razón, te cargas la magia de todo.

Incluso en la oscuridad notó que Johnny sonreía. La había perdonado y se lo agradeció para sus adentros.

OCTAVO DÍA

15

Marjorie

*N*adie había aceptado nunca quién y qué era Marjorie como su amiga Rabbit. En cierta ocasión, tras demasiadas copas de vino, le había augurado que acabaría teniendo una aventura; no podía saber, claro está, que sería con su hermano Davey. No era que disfrutara del drama y del cotilleo potenciales, no le deseaba eso, pero por dentro sabía que era la única forma de que su amiga saliera de un matrimonio vacío. Marjorie quiso protestar pero no lo hizo, y no porque ya tuviera pensado ser infiel o fantaseara con ello, sino porque Rabbit la conocía mejor que ella misma. «A lo mejor la tiene antes Neil», se limitó a decir, y cambiaron de tema.

No lo hizo él primero o, al menos, que ella supiera. Cuatro años después de aquel comentario, su marido encontró una nota bastante explícita de Davey mientras hurgaba en su bolso en busca del otro juego de llaves del coche. Esperó a que ella bajara y, a los cinco minutos de conversación, su matrimonio había terminado.

Liquidar un matrimonio que no ha salido bien debería ser un consuelo, pero, cuando todo su mundo se desmoronó, le pareció el acabose. En el trabajo se veía sometida a una presión inmensa e implacable: su banco estaba inmerso en una crisis propia que empequeñecía sus nimios problemas maritales. Neil siguió los consejos de sus amigos y parientes: le hizo las maletas, las dejó en el jardín y cambió las llaves. El abogado de Marjorie fue categórico, su marido había actuado en contra de la ley y ella tenía todo el derecho a volver a su casa. Pero él ya había dejado que Tom, un amigo víctima de la burbuja inmobiliaria, se instalara en el cuarto de invitados.

Su marido solo sentía desdén por ella y a Tom le convenía convertir la vida de Marjorie en un infierno. Ellos le ganaban en estrategia y número, de modo que lo dejó estar. Además, sufría la fiebre de la mujer escarlata. Sus amigos y su familia no tuvieron reparos en juzgarla, y ¿por qué no? Neil era un tipo estupendo y no merecía que nadie lo engañara. Tenían razón. Su madre parecía tener a Neil en más estima de lo que jamás había demostrado por su hija. Fue especialmente cruel: «Tu suegra me dijo en tu boda que su hijo era demasiado bueno para ti, y siento decir que tenía razón. Yo que tú rezaría de rodillas por el perdón de Dios si no quieres arder en el infierno por esto». Marjorie se fue llorando de casa de sus padres, aunque no era ni la primera ni la última vez. Su madre podía ser odiosa y despiadada, pero ella nunca había tenido claro si se debía a su infelicidad o era así de nacimiento.

Siempre que, ya de mayor, las cosas se ponían feas, Marjorie se plantaba en la puerta de los Hayes, igual que de pequeña. Aquel día, cuando ya no podía caer más bajo, Molly le hizo un té y le puso un plato de tarta por delante. La sentó a la mesa de la cocina, escuchó su trauma con compasión y solidaridad y a continuación le sugirió un plan de acción decidido.

—Todos cometemos errores, cielo, y en realidad él nunca fue hombre para ti, pero siento que haya acabado de esta manera —le dijo con tacto—. Ya le echaré la bronca a Davey cuando lo vea. —De pronto se enfadó—: Es que, ¿quién coño escribe notas hoy en día?

Marjorie rio. La madre de su amiga siempre la hacía reír; a veces incluso se preguntaba si fingía esa furia teatral tan exagerada para que la gente sonriera pero, fuera como fuese, le estaba agradecida.

—Mira, Marjorie, esto lo superarás tarde o temprano, y te aseguro que algún día él te lo agradecerá, a lo mejor no te lo dirá expresamente, pero lo sentirá, créeme, y tu madre, en fin, tu madre es gilipollas y no hay nada que podamos hacer al respecto, pero dile de mi parte que como vuelva a hacerte daño tendrá que vérselas con Molly Hayes.

—Bueno, no hace falta, señora Hache.

—Y tanto que hace falta, joder. ¿Sabes quién tendría que pedir perdón de rodillas? Esa vieja... pero no la dejarían entrar ni en el Infierno. Recuerdo lo que te hacía de pequeña y no me extraña que salieras corriendo de esa casa y te casaras. Valiente cabrona. Y te voy a decir algo que me he callado desde Dios sabe cuándo. Es una fullera. Ea, ya lo he dicho. En veinte años no ha habido una partida de bridge en que la muy perra no haya ganado haciendo fullerías. —Marjorie estalló en risas—. Es verdad —dijo, y se echó también a reír.

—Siempre consigue hacerme sentir mejor, señora Hache.

—Y siempre lo haré, cielo. Pero ahora escúchame, que te voy a decir lo que tienes que hacer: quiero que dejes de echarte mierda encima, que vayas a tu abogado y cojas lo que es tuyo. Déjate de historias. Tu matrimonio está acabado. Repartid los restos del naufragio y a otra cosa. ¿Me estás oyendo?

Y eso fue justo lo que hizo. En cuanto se desprendió de la culpabilidad y se puso manos a la obra, Neil no fue rival para ella. La separación se hizo sin contratiempos. La casa les proporcionó a cada uno un piso y una posibilidad de empezar de cero. Le costó acostumbrarse a estar sola, pero Rabbit y Juliet aligeraron la carga. Siempre que le entraba la depre, hacía la maleta y se mudaba a su cuarto de invitados, una semana al principio y luego, poco a poco, unos días, hasta que se acostumbró y ya, como mucho, se quedaba una noche de vez en cuando.

Le sentó bien ver que podía contar con alguien. Sus colegas del trabajo se habían quitado de en medio en cuanto las cosas se pusieron feas, su marido ya no estaba, su madre era una zorra despiadada, pero siempre tendría a los Hayes. Ahora, sin embargo, la familia estaba desapareciendo delante de sus ojos y por primera vez en su vida Marjorie se enfrentaba a la verdadera soledad.

Ni siquiera podía pensarlo; si lo hacía, era capaz de abrir la ventana y tirarse de su piso, un tercero. Con la suerte que tenía, no se mataría y se quedaría paralítica de cuello para abajo. Su madre diría que se lo había buscado. *Apártate de la ventana, Marjorie.*

368

Siempre le habían gustado la ropa cara, los coches buenos y las casas lujosas pero, cuando miraba al otro lado de la mesa de centro y veía a su amiga, que seguía viviendo del amor, con sus vaqueros ajustados y sus camisetas de pico, a menudo había deseado poder ser ella por un día. La vida de Rabbit era sencilla; sabía perfectamente quién era y qué quería. Tal vez no había sido la más pragmática del mundo —recordaba la de veces que le había sacado el tema de ahorrar para la universidad de Juliet y la necesidad de invertir en una pensión—, pero a su amiga le daba igual: ya vería el año que viene. Al final no tuvo que pensar en nada de eso. Su diagnóstico fue una especie de catalizador en su vida: el sistema bancario ya estaba en caída libre pero, cuando su amiga enfermó, la cosmovisión de Marjorie empezó a cambiar. Vivía sola, no solía ver a nadie más, y el trabajo que antes amaba se había convertido en un horror. Se sentía más cansada a cada día que pasaba, aunque, de haber podido pedir un deseo, no habría querido cambiar nada de eso: lo que más ansiaba era hablar con la

Rabbit de antes, la Rabbit sana, alegre y saludable, una última vez.

Davey la había informado por la mañana temprano de que Rabbit había empeorado durante la noche. Aunque no era ninguna sorpresa, se quedó tocada. Por unos segundos pensó en qué podía llevarle a su amiga... hasta que la realidad se impuso: *Rabbit ya no va a necesitar nada nunca más.* Lloró un poco mientras desayunaba y pensó en pararse en el estanco del barrio, comprar un paquete de tabaco para permitirse fumar un cigarro para calmar los nervios. Llevaba diez años sin fumar. *No lo hagas, Marjorie.*

Cuando llegó a la clínica, Molly, Jack, Grace, Lenny y los chicos ya estaban allí. No cabían todos en el cuarto. Los padres estaban con su hija, de modo que fue a ver a Grace a la cafetería.

—¿Dónde está Juliet?

—Davey está dejándola dormir un poco más. Podría ser un día largo.

—No se me había ocurrido que iba a tener que echarla de menos también a ella —comentó Marjorie, refiriéndose a la emigración de la niña.

—Ni a mí.

No había tenido tiempo para Juliet hasta que esta cumplió los cuatro y empezó a desplegar una personalidad a medio camino entre su madre y su abuela. Fue entonces cuando se prendó de ella hasta las trancas. Ella, que nunca había querido tener hijos, se sentía ahora como una madre para Juliet a la que, modestamente, había ayudado a criar en esos años. Pero el plan de ser la mejor «tita» del mundo se había venido abajo. Estados Unidos lo cambiaba todo.

Jack apareció y les dijo que necesitaba un descanso.

—¿Dónde están los chicos?

—En el jardín.

—Voy a tomar un poco de aire —anunció, y salió de la cafetería en la dirección que no era.

Grace no lo sacó de su error: daba igual donde fuera, lo que necesitaba era moverse.

—¿Quieres entrar tú? —le preguntó a Marjorie.

—¿No te importa?

—Ve.

La habitación estaba en silencio salvo por la respiración de Rabbit. Molly le tenía cogida la mano. La mujer miró hacia arriba cuando entró pero no se dijeron nada. Marjorie fue a sentarse en el sofá para ver cómo moría su mejor amiga. Quiso decir algo relevante, memorable, pero la que era buena con las palabras era Rabbit, no ella. Recordó para sus adentros el día que su amiga empezó periodismo... qué feliz estaba. Los había sorprendido a todos porque nunca había dicho que le interesase el periodismo. Había sido siempre tan reservada con sus cosas... Nadie sabía nunca qué andaba tramando hasta que ella así lo quería. La idea le vino de un día para otro, basada en su amor por la música y un documental sobre un periodista que viajaba con un grupo, y desde entonces centró toda su ilusión en el periodismo musical. Eso cambió, sin embargo, con la muerte de Johnny: durante un buen tiempo tuvo que mantenerse apartada de todo lo relacionado con la música porque le resultaba demasiado doloroso. Si las cosas hubieran sido distintas, a Marjorie no le habría extrañado ver convertidos a Johnny, la estrella del rock, y Rabbit, la periodista musical, en una de esas parejas de famosos de ensueño. Por desgracia, lo tenían todo para ser grandes pero estaban destinados a perder. En los años posteriores a la muerte de Johnny ella apenas hablaba de él. Fingía que lo había superado, pero Marjorie sabía que no era así y que, si Rabbit era una soltera feliz, era porque, a sus ojos, jamás nadie había llegado a la altura de él.

Molly se levantó.

—Voy un segundo al baño. Cuídamela, Marjorie.

Fue a ocupar el asiento al lado de su amiga.

370

—Rabbit, hola, soy Marjorie. Solo quiero que sepas que estoy aquí, ¿vale? Estamos todos aquí.

Su amiga parpadeó ligeramente y sacudió con suavidad la mano. Marjorie le puso la suya encima con cuidado.

—Sé que odias todo ese rollo del más allá pero espero con toda mi alma verte allí porque mi vida sin ti, tía, no sé, la verdad...

Rabbit abrió los ojos y su respiración cambió levemente. *Estarás bien, Marjorie. Ma cuidará de ti y tú de ella.*

La miró con insistencia esperando una sola palabra pero volvió a cerrar los ojos.

—Rabbit, si hay alguna posibilidad de que sobrevivas, hazlo, por favor, ¿vale? Por favor, no te vayas. Ya sé que es muy egoísta pero soy tonta y lo sabes. Todo gira en torno a Marjorie... así que, por favor, por favor, vuelve conmigo. Puedo vivir sin lo que sea pero no puedo vivir sin ti —le susurró con apremio pero nunca sabría si Rabbit estaba escuchándola.

Molly volvió y se intercambiaron el sitio.

—¿Algo?

—Nada.

—Necesita dormir, ¿verdad, mi niña bonita?

—Perdone, señora Hache —le dijo Marjorie, que tuvo que salir de la habitación.

Grace

Estaba preocupada por sus padres. Y por Juliet y Davey, y por cómo iban a encajar sus hijos la muerte de su tía. Le preocupaba igualmente dónde iba a meter la puta caravana y si, cuando llegara la hora, estaría tomando café en el bar y no en la habitación con su hermana. Había dejado que Marjorie entrara a verla porque todavía quedaba tiempo: lo sentía en los huesos.

Los chicos habían insistido en estar presentes. Hasta Jeffrey se había olvidado de quejarse de sus verduras desde que había ido a ver a su tía. Stephen había madurado de la noche a la mañana. Bernard seguía siendo el niño dulce de siempre, como tenía que ser. Ryan era el que más le preocupaba. Se perdía en su propia cabeza con mucha facilidad, y ahora estaba actuando como si no pasara nada. Cuando se molestaba en hablar, siempre decía lo que había que decir. Era el más listo del grupo y tal vez incluso el más inteligente, pero también era el que, cuando la vida hería, a él le hería más profundamente.

Cuando ya no pudo beber más café, salió de la cafetería para ir a ver cómo andaban Lenny y los chicos. Su marido hablaba por teléfono, algo de trabajo. Bernard estaba mareando una pelota y haciendo que Jeffrey corriera tras ella. Stephen estudiaba en un banco. A Ryan no se le veía por ninguna parte. Se asustó por un momento; sabía que no tenía cuatro años y que podía cuidarse solito, pero ¿dónde se había metido? Lo llamó con la voz algo alterada; no tuvo que repetir el grito porque su hijo bajó de un salto de un árbol, justo delante de ella, y aterrizó de pie como un gato. Pasearon juntos.

—¿Estás bien, ma?

—Sí, sí.

—No lo parece.

—¿Y tú estás bien, Ryan?

El chico lo pensó por un momento.

—Lo último que le he dicho a la tía ha sido «me dejó meterle mano». Ha sido una cagada.

—La hiciste reír, y eso no es una cagada… No es ninguna cagada. Aunque te agradecería que tuvieras más respeto por esa chica con la que sales.

—No estamos saliendo.

—Ay, por Dios. Por favor, no vayas a preñar a nadie.

—Ma, que tengo catorce años.

—Rondando los mil. Ryan, hazme un favor y dímelo cuando quieras dar el siguiente paso.

—Como si pudiera.

Tomó nota mental de que tenía que hablar con su marido para que le diera la charla a su hijo. Ella por su parte llamaría a una línea de asistencia y preguntaría a su médico de cabecera cuándo era apropiado darle condones a un crío. Stephen había sido mucho más reservado durante su etapa de exploración sexual, o a lo mejor ellos eran mucho más ingenuos por entonces, mientras que Bernard, en fin, él vivía o en un campo de fútbol o en su cuarto con sus videojuegos; seguía dándole un beso de buenas noches y la abrazaba delante de sus amigos cuando marcaba un gol, hasta el punto de que, una vez que metió tres seguidos, pegó un bote en el aire y gritó: «Te quiero, ma» (pese a todo, su equipo perdió, y el crío tenía razón cuando se quejó con amargura de que los demás no habían hecho nada). En cualquier caso, fue un momento cumbre para ambos —si bien por distintas razones— y la prueba, si es que era necesaria, de que la única chica por la que estaba interesado era por su ma.

Ryan y Grace seguían paseando; ella se preguntó qué estaría pasando por la cabeza de su hijo y entonces, de la nada y por primera vez en una eternidad, se sinceró con ella.

—Stephen y Bernard lloraron la otra noche, y Jeffrey también, aunque él se pasa la vida llorando.

—Bueno, estamos pasando por algo muy triste.

—¿Por qué yo no puedo llorar?

—No todo el mundo es de llorar.

—¿Cómo que no? Tú, pa, la buela, el abuelo, Davey, Marjorie, Rabbit, Juliet... hasta Mabel. Todo el mundo llora. Yo soy el único que no. ¿Tan frío soy? ¿Es por eso por lo que todos creéis que acabaré entre rejas tarde o temprano?

—No, no, Ryan, no digas eso. Lo que creemos es que eres demasiado inteligente, eso es todo. No eres frío. Cuando Juliet se escapó, tú la encontraste y la consolaste. Cuando necesitábamos una solución para que se quedara en casa, te ofreciste a vivir en una caravana. Cuando Rabbit necesitaba un pequeño destello de luz, la hiciste reír. No eres frío y, en el caso de que acabaras en la cárcel, cosa que no pasará, sería por un crimen de guante blanco, de eso no te quepa duda.

—Gracias, ma.

Siguieron rodeando el recinto en círculos.

—Creo que voy a invertir en ese curso para estudiantes listillos.

—¿Ah, sí?

—¿Por qué no?

—Claro que sí. Te quiero, hijo.

Cuando regresaron con los demás, Lenny había colgado el teléfono, Stephen había dejado su libro y se habían puesto todos a jugar al fútbol.

—¡He marcado un gol, ma! —le gritó Jeffrey.

—Bien hecho, hijo.

—¿Estás bien, ma? —le preguntó Bernard.

—Ahí vamos, cielo.

Ryan se les unió, lo que permitió a Lenny salir del partido. Fueron a sentarse los dos a un banco y se quedaron viendo jugar a sus hijos.

—¿Te acuerdas cuando nació Jeffrey y Ryan intentó venderlo a los Noonan?

—Ellos dijeron «ay, qué niño más mono» y Ryan señaló a su hermano y pronunció esas palabras que quedarían para la posteridad: «¿Lo queréis? Son cinco euros», con la manita extendida.

—Cinco euros —repitió Grace, y ambos sonrieron con el recuerdo.

—¿Y cuando le compramos las primeras botas de fútbol a Bernard y se pasó durmiendo con ellas dos semanas? Nos colábamos en su cuarto solo para verlas sobresalir del edredón.

—Y la primera chica de la que se prendó Stephen...

—Tenía doce años y ella dieciséis. Le dio un beso en la mejilla y le dijo que lo esperaría.

—¿Y te acuerdas de cómo removía los brazos y las piernas Jeffrey cuando estaba dormido y poníamos música? Parecía que bailaba borracho —recordó Lenny con una sonrisa socarrona—. ¿Y la vez que le pusimos un sombrero y una barba pelirroja el día de San Patricio y le hicimos una foto? Una lástima que no lo colgáramos en YouTube. Se habría hecho viral.

—Tenemos tanta suerte, Lenny.

—Lo sé.

—A veces se me olvida, y refunfuño y me quejo pero, de verdad, estos chicos y tú... No podría pedir más.

—Yo tampoco.

Davey la llamó desde la puerta trasera de la clínica.

—Tengo que irme. Otra cosa, diles a los chicos que no vuelvan a llamar delincuente a Ryan o los mato.

—Pero si tú te pasas todo el día diciéndolo —protestó Lenny.

—Tú limítate a trasmitir el mensaje.

—Estás como una cabra —le dijo, despidiéndose con la mano—, pero eres mi cabra.

De vuelta a la habitación, se quedaron los tres hermanos solos.

—¿Ha dicho ma si se ha despertado en algún momento?

—Dice que un par de segundos, pero ya está. No paran de entrar y salir médicos.

—¿Dónde está Juliet?

—Quería comprar flores. Se ha ido con Mabel.

—Su nueva mejor amiga.

—Di lo que tengas que decir, Grace.

—Era solo por fastidiarte. Tienes razón, Rabbit ha tomado una decisión. Y lo que es más importante, la has tomado tú y yo la acepto.

—¿De verdad?

—Va a ser duro para pa y ma, pero vendrás más a menudo. —Era una orden, no un ruego—. Y me aseguraré de meter a ma en un avión, aunque acabe con ella.

Su hermano rio entre dientes.

—Tú dile que va a Gales.

—Nosotros iremos a veros siempre que podamos y todo saldrá bien.

—Gracias, Grace.

—No me des las gracias porque te juro por Dios, Davey, que como le pase algo, voy a buscarte con un martillo en la mano. —No cabía duda, Grace era hija de su madre.

—O una taza.

—¿Quién te lo ha contado?

—Rabbit y ma.

—Qué vergüenza.

Rabbit parpadeó y su respiración se volvió ligeramente más sonora, mientras gemía en sueños. Parecía alterada, lo que significaba que había dolor. Grace pulsó el timbre y al poco entró una enfermera nueva que fue a consultar el historial.

—Será un minuto. —Le administró la medicación necesaria para aplacar el dolor.

—¿Dónde está Michelle esta semana? —quiso saber Grace.

—Está en el sur de Francia con unos amigos.

—Qué bien.

—Sí, tenía una boda. —La enfermera se fue en cuanto Rabbit se estabilizó.

—Se suponía que se iba a casar.

—¿Quién?

—Michelle, la otra enfermera. Su ex está ahora tirándose a una jovencita en la casa que compraron juntos mientras ella duerme en el cuarto de invitados.

—Qué horror.

La conversación se desvaneció sin más. Ninguno estaba realmente interesado en cotillear sobre la enfermera y su trágica vida amorosa. En lugar de eso, se centraron en la cara hinchada, distorsionada y macilenta de su pobre hermana y en su sonora respiración a través de los labios entrecortados.

—Era tan guapa —comentó Grace.

—Ella siempre quiso parecerse a ti.

—Sí, hasta el día que Johnny Faye le dijo que iba a ser la chica más guapa del mundo.

Davey sonrió y dijo:

—Eran una pareja especial, ¿verdad?

—La extraña pareja.

—Sí, desde luego.

—Ha estado viéndolo en sueños.

—Lo sé.

—Dice que está volviendo atrás en el tiempo.

—Son las medicinas.

—Puede ser.

—Venga, Grace.

—Yo no soy como vosotros dos. Yo creo.

—¿En qué? ¿En los viajes en el tiempo?

—No seas capullo.

—Y, por cierto, yo también creo, lo que pasa es que no sé en qué.

—Cubriéndote las espaldas, ¿eh?

—Exacto.

—Eres igualito que pa.

Rabbit se removió en la cama, buscó su conejito de peluche y lo abrazó con fuerza.

—Pa —dijo.

Davey se levantó y salió corriendo del cuarto. Encontró a su padre solo en la capilla.

—Te ha llamado, pa —le dijo.

Jack se santiguó.

377

—Si no rezo hoy, no rezaré nunca, hijo —le dijo, como si necesitara justificarse.

Davey no lo acompañó, prefirió quedarse en la capilla. Allí se estaba más fresco y era menos agobiante que la habitación de Rabbit o la cafetería. Pasó allí una media hora y, si alguien le hubiera preguntado luego en qué había estado pensando en ese tiempo, no habría sabido responder.

Juliet

Llegó a la recepción con un ramo de flores que le tapaba medio cuerpo. Fiona no supo decirle si era apropiado ponerlas en el cuarto de su madre pero, tras consultar con una enfermera, le dio el visto bueno. Mabel iba detrás de la niña, que se había empeñado en llevar el pesado arreglo. Entró en el cuarto con las flores por delante.

—Ma, mira lo que te he traído —dijo intentando atisbarla entre las flores.

Pero su madre se parecía a cualquier cosa menos a sí misma, y la niña a punto estuvo de dejarlas caer al suelo. Jack le cogió el ramo de las manos y lo dejó en el suelo; era tan grande que no cabía en ninguna parte.

—Son muy bonitas, Juliet —le dijo su abuelo.

Pero apenas lo escuchó: estaba concentrada en la respiración superficial y acelerada de su madre, que inspiraba y exhalaba por la boca. Notó una urgencia que no había visto antes. Su cuerpo parecía aún más pequeño y esquelético, con esa mantita que se le pegaba a los huesos y los marcaba aún más; tenía la cara más hinchada y oscura, casi negra en algunos puntos. La cama parecía una isla, desconectada ya de líquidos y máquinas salvavidas.

Al verla temblar, Mabel le puso una mano en el hombro para tranquilizarla, pero no bastó y Juliet acabó estallando en un ataque de histeria.

378

—¡Tiene sed! ¿Es que no veis que tiene sed...? ¿Por qué no le dais agua? ¿Y cuándo ha sido la última vez que ha comido?

—Podemos darle los bastoncitos si quieres —le dijo Jack con voz calmada.

—Necesita agua. Y comida. Se está muriendo porque no están haciendo nada. Están matándola de hambre. Ma... ¿Ma? —Había cogido el brazo de su madre pero esta seguía sin reaccionar pese a los zarandeos—. Ma, por favor, despierta.

—Juliet, venga, no pasa nada —intervino Mabel.

—No, sí que pasa, Mabel, sí que... ¡Están matándola!

—Juliet... —Jack no pudo más: se echó a llorar otra vez.

La niña salió corriendo de la habitación antes de que Mabel pudiera detenerla. Iba como loca por el pasillo gritando «¡enfermera!» una y otra vez. Davey la oyó y salió de la capilla; Molly, Marjorie y Grace aparecieron por la puerta de la cafetería y Mabel del cuarto, dejando a Jack a solas con Rabbit.

Todos la alcanzaron pero Davey fue el primero en llegar a su lado.

—¡No se está muriendo! ¡La están matando! —chilló Juliet.

—Ven aquí —le dijo Davey, abriendo los brazos para ofrecérselos.

—No. —Juliet tenía los ojos tan llenos de lágrimas que parecían a punto de salírsele.

—Ven aquí, Juliet —le insistió su tío.

—La están matando, Davey.

—No es verdad, chiquita. Tiene que irse ya.

—Todavía no, Davey —gritó Juliet, pero entonces su tío se acercó y la estrechó entre sus brazos; ella no se resistió y, en cambio, lo apretó con fuerza y lloró sobre su camisa—. No puede irse todavía. —Le costaba respirar.

—Chis, chis, gazapilla.

Empezaron lentamente a dar vueltas, Davey guiándola en un círculo cerrado, una y otra vez, hasta que fue calmándola. Cuando su tío le susurró algo al oído, ella tragó saliva. Se le secaron los ojos y se le estabilizó la respiración. Los demás retrocedieron y se alejaron, dejando que su tío la consolara.

Molly

Llamó a la puerta del despacho de Rita Brown; aunque había salido de ella ir a buscar a la trabajadora social, sintió cierto alivio al ver que no le abría. Pero, justo cuando se volvía para irse por donde había venido, la vio aparecer al fondo del pasillo, con una carpeta en la mano y lo que a primera vista le pareció un chándal naranja. *Jesús, María y José*. Su peinado de nido de pájaro seguía provocando un impacto visual, pero su cara sonriente ofrecía consuelo inmediato, si bien moderado, a una mujer a punto de perder la razón.

—Pasa —le dijo. Molly obedeció y no esperó a que le ofreciera asiento para sentarse—. Tenía pensado buscarte para ver qué tal estabas. Me he enterado del incidente. ¿Cómo te encuentras?

—Ah, bien, yo estoy bien. Tengo que hacerme unas pruebas pero saldré de esta.

—Me alegro. ¿Y cómo lo estáis llevando todos?

—Bien, mal, normal, fatal, depende del segundo del día, la verdad.

—Bueno, eso entra dentro de lo normal.

—Ahora mismo están con ella Juliet, su hija, y Davey, mi hijo. No puedo quedarme ahí de brazos cruzados mientras mi nieta ve morir a su madre... No está bien pero, no sé, cualquiera le dice que se vaya...

—No es posible.

—¿Y si se queda marcada para toda la vida?

—Es que esto la marcará para toda la vida, y no hay nada que tú puedas hacer. La cosa es intentar minimizar los daños en la medida de lo posible.

—¿Haciéndola pasar por todos estos momentos que te retuercen las tripas y el corazón?

—Si eso es lo que la niña quiere…

—No está bien —repitió Molly.

Estaba tan acostumbrada a tenerlo todo claro que se sentía más perdida que nunca; por primera vez en su vida no sabía qué era lo mejor, ni sabía qué hacer. No tener el control le resultaba aterrador.

—Juliet recordará a su madre muriendo. Nunca dudará de si fue verdad, nunca se arrepentirá de no haber estado, no tendrá que hacer preguntas y sabrá que su madre tuvo una muerte digna.

—Recordará a su madre muriendo —repitió Molly; el resto de la frase perdió todo sentido por unos instantes—. Eso es lo que recordará.

—No será lo único.

—He estado intentando pensar en qué recuerdos conservo yo de antes de tener la edad de Juliet y ¿sabe cuál ha sido mi conclusión?

—¿El qué?

—Que les pueden dar por culo a todos.

—Para Juliet será distinto. Se aferrará a esos doce años y vosotros la ayudaréis a que sea así.

—Vaya, sabe su edad.

—Es mi trabajo.

—Pues no se le da mal.

—Gracias.

—Eso sí, no le vendría mal contratar a un estilista, si no le importa que se lo diga, pero por lo demás tiene usted muy buena mano con la gente.

Rita sonrió y rio un poco por lo bajo.

—Bueno, Molly, la verdad es que no es la primera vez que me lo dicen pero, si te soy sincera, soy lo que soy y me gusta lo que me gusta…

—Y apuesto a que tiene más de un gato.

—Cuatro.

—Me alegro por usted, cielo.

Cuando salió del despacho de Rita, estaba ligeramente más animada. Antes le había mandado un mensaje al padre Frank, que justo acababa de responder diciéndole que estaba en el aparcamiento. Molly subió al asiento del acompañante del coche del cura.

—¿Y bien?

—Se acerca el final.

—¿Sigues queriendo que haga esto? ¿Estás segura?

—No me deja que le haga un funeral decente pero no ha mencionado nada de la extremaunción.

—¿Y qué opina el resto de la familia?

—Ellos sabrán.

—Vale. Tengo que hacer antes unas cuantas visitas.

—De acuerdo. Te mando un mensaje cuando la costa esté despejada.

Molly miró a ambos lados cuando se bajó del coche. Sabía que iba en contra de todo lo que quería su hija moribunda, pero, si no se enteraba, no podía hacerle ningún daño.

Se encontró con Grace por el pasillo.

—Empezábamos a preocuparnos.

—Estoy bien.

—¿Dónde estabas?

—Donde a ti no te importa.

—¿Ma?

—¿Qué? —respondió haciéndose la inocente.

—Te conozco: desembucha.

—El padre Frank va a darle la extremaunción a Rabbit —le contó, esperando que su hija protestara pero, sorprendentemente, no rechistó.

—Total, ¿qué daño puede hacerle?

—Exacto. —A Molly la alivió saber que tenía a alguien de su parte; sabía que si su marido se enteraba se enfadaría.

—No se lo digas a Davey.

—Mejor será.

—Y tendremos que sacar a pa del cuarto.

—Podemos mandarlo fuera con Juliet, Davey y Mabel. Marjorie estará de nuestra parte.

—Pero ¿adónde los mandamos?

—¿A por comida?

—Está la cafetería. Ahora mismo no van a ir a por comida a ninguna otra parte.

—Siempre podemos hacer saltar la alarma de incendios…

—Ostras, ma, creo que eso es pasarse.

—Entonces vamos a tener que crear maniobras de distracción por separado. Marjorie puede entretener a Davey… ella sabrá cómo. Tú puedes encargarte de Mabel y de tu padre, y Lenny y los niños pueden hacer algo con Juliet. No serán más de cinco minutos.

—Vale. Tú puedes decir que quieres estar un momento a solas con Rabbit.

—Yo largo a Davey y a Juliet.

—Y yo voy a hablar con Marjorie y Lenny.

Se separaron delante de la puerta de Rabbit.

—Estamos haciendo lo correcto.

—Ojos que no ven, corazón que no siente.

—Exacto.

Grace se dispuso a irse cuando su madre la agarró del brazo.

—Te quiero, hija.

—Y yo a ti, ma.

Molly consiguió echar a su hijo y a su nieta prometiéndoles que no estaría mucho tiempo a solas con ella. Acto seguido le mandó un mensaje al padre Frank.

La costa está despejada.
Dame cinco minutos.
De cinco minutos nada. ¡Ahora o nunca!

Habría añadido el emoticono de la cara enfadada si hubiera sabido cómo ponerlo en el teléfono.

Ya voy.

El cura llegó a los dos minutos. Molly cerró la puerta y le hizo ponerse delante de Rabbit, que estaba muriendo lentamente.

—Ay, pobre —dijo, y le puso la mano en la frente—. Lo siento mucho.

—Sí, sí, venga, yo también lo siento, procede. —El hombre la miró con el ceño arrugado—. No me mires así, vamos contrarreloj. —A cada tanto miraba de reojo la puerta.

El cura sacó sus óleos sagrados y ungió la frente de Rabbit, que se movió ligeramente con el roce. Esperó un segundo antes de rociarle el agua bendita. Rabbit volvió a moverse y hubo un ligero temblor en los párpados. El cura dio un paso atrás.

—Tú sabes que esto no cuenta mucho si ella...

—Ya me lo dijiste, ya lo sé. Por favor.

—Lo estoy haciendo por ti, Molly.

—Lo sé, y te lo agradezco.

Rabbit pareció estabilizarse y el hombre se inclinó sobre ella y dijo:

—Purifícame con hisopo, y estaré limpio. Lávame, y estaré más blanco que la nieve. Dios mío, ten piedad de mí en tu infinita bondad. En nombre del Padre, del Hijo y del Espíritu Santo.

El cura volvió a ponerle la mano en la frente. Pero entonces Rabbit abrió los ojos y, con toda la fuerza que pudo reunir, susurró:

—Buu.

El padre Frank a punto estuvo de hacérselo encima.

—¡Jesús, María y José! —chilló Molly.

Rabbit sonrió.

—No has podido contenerte, ma.

—Lo siento mucho, cielo. —Le daba cosa que la hubiera pillado, pero también estaba encantada de volver a ver a su pequeña.

—Prosiga, padre. Vaya a la parte importante, por el bien de mi madre.

—Allá voy, Rabbit. Para que, libre de tus pecados, te conceda la salvación y te conforte en tu enfermedad.

—Amén. Dile a Juliet y a los otros que está despierta —le pidió Molly al cura.

El hombre obedeció y al poco llegaron Juliet y Jack seguidos de Mabel, Grace, Lenny y Stephen.

—¿Ma?

—Hola, gazapilla.

—No pasa nada, ma.

—Te quiero, gazapilla.

—Te quiero, ma.

Los demás no pudieron hablar con ella porque tenía ya los ojos cerrados y había vuelto a quedarse completamente dormida.

Después de eso, Molly no pensaba salir de esa habitación ni por un instante. El tiempo era oro, y estaba dispuesta a pasar hasta el último segundo posible con su hija.

Davey

Él se perdió el breve renacer de su hermana. Marjorie le había propuesto dar un paseo y, al ver que Juliet estaba bien al cuidado de Mabel, aceptó la oferta. Dieron vueltas por el desgastado sendero del jardín.

—Quería decirte que creo que se te va a dar muy bien con Juliet —le dijo Marjorie.

—No hace falta que mientas.

—Te lo digo sinceramente, Davey. Una parte de mí pensaba que no lo harías bien, pero luego me he dado cuenta de que también había otra parte de mí que no quería perder a Juliet.

—Lo comprendo.

—Fui una egoísta y lo siento.

—Querías hacer lo mejor por Rabbit.

—Pero ella lo vio más claro que yo. Siempre ha sido así.

—No siempre, Marjorie —le dijo él pasándole un brazo por los hombros.

Ella le pasó el suyo por la cintura y siguieron caminando tan a gusto.

Nunca habían estado destinados a ser pareja —ni siquiera eran tan buenos amigos—, pero sus vidas se habían entrelazado a través de los momentos claves que habían compartido en la vida. Davey le debía mucho: lo había sacado de la depresión en la que se había sumido tras la disolución del grupo, en una época en la que se había sentido abandonado y desorientado.

Johnny estaba luchando por su vida y a la única persona que consentía tener a su lado era a Rabbit.

Francie había conseguido dejar a Sheila B y, tras un incidente en el que ella había intentado atropellarlo en el aparcamiento de un supermercado, por fin había podido pasar página. La chica se perdió en su propia locura y luego su amigo conoció a Sarah, que resultó ser el amor de su vida. La ruptura del grupo había hecho madurar a Francie: amaba la música pero amaba más la vida y no tuvo problema en dejar atrás el pasado. Al mes de la disolución, la fábrica lo mandó a hacer un curso de gestión empresarial. Entre eso y que se mudó al piso de Sarah en el centro, ya apenas le veían el pelo.

Jay también se había echado novia, la cantante de un grupo que había sido telonero de los Kitchen Sink en varias ocasiones. En cuanto le contó que el grupo era historia, ella despidió a su guitarrista y lo sustituyó por él. No había sido idea suya y tampoco las tenía todas consigo, pero el sexo era bueno, tenían su propio autobús y estaba hecho para la vida de rockero... al menos por un año. Después la relación estalló por los aires y, casualmente, ella intentó atropellarlo en un aparcamiento de Navan.

Kev dejó a la francesa pero se quedó en París estudiando escultura; para sorpresa de todos, resultó que tenía talento.

Davey se vio repentina y desastrosamente solo, de modo que se dedicó a beber en solitario en el pub del barrio. Allí fue donde se encontró con Marjorie, que acababa de cumplir dieciocho y se ofreció a invitarlo a una copa dado que por fin podía hacerlo legalmente. Él ya llevaba unas cuantas encima, de modo que aceptó y ella se sentó en el taburete de al lado.

—¿Y Rabbit? —le preguntó él.

—Johnny la necesitaba.

—¿En qué momento mi amigo se convirtió en el amigo de mi hermana pequeña?

—Cuando me la robó a mí.

Ella invitó a chupitos. Brindaron y bebieron.

Él invitó a chupitos. Brindaron y bebieron.

Ella invitó a chupitos. Brindaron y bebieron.

Y así siguieron hasta que tuvieron que apoyarse el uno en el otro para salir del pub. Marjorie se detuvo en medio de la calle.

—¿Quieres potar? —le preguntó él.

—No. ¿Y tú?

—No.

—Entonces, ¿por qué nos hemos parado?

—Quiero preguntarte una cosa.

—Dime.

387

—¿Qué piensas hacer con tu vida?

Fue entonces cuando Davey Hayes rompió a llorar en medio de la calle. Unos chicos que pasaban por la acera de enfrente se burlaron de él pero no se dio ni cuenta.

—Lo echo de menos, Marjorie. Echo de menos a los chicos, a la música, echo de menos la ilusión.

Ella le dio un abrazo y le dijo que todo saldría bien.

—¿Para quién? Para Johnny no lo creo… Es todo una puta mierda.

No se lo discutió porque era verdad. El llanto de Davey les devolvió la sobriedad justa para ir a comprar patatas. Después de comérselas, a medio camino de casa, pasaron por el parque. Era raro pero la verja estaba abierta. Davey no recordaba quién había propuesto que entraran pero sí lo que pasó luego. Se besaron, se quitaron la ropa a tirones y él no paró de preguntarle si estaban haciendo bien, a lo que ella le respondía con bofetadas y diciéndole que dejara de preguntar eso. Marjorie se tendió en el césped y él se puso encima, y fue todo muy rápido. Ella tenía los vaqueros por los tobillos y él por las rodillas, y en cierto momento ella gritó y le pegó un pellizco.

—¡Au! ¿A qué viene eso?

—Que duele.

—¿Paro entonces?

—No.

—¿Segura?

Volvió a pegarle.

—Deja de pegarme.

—Pues deja tú de parar.

Cuando terminaron y sus pantalones volvieron a sus respectivas cinturas, Davey comprendió que ella era virgen y se arrepintió.

—Lo siento mucho.

Ella estaba radiante, entusiasmada por engrosar por fin las filas de los sexualmente activos.

—¿Por qué? Ha sido genial.

—¿De verdad?

—Por supuesto. No puedo estar más feliz.

—Tampoco es que haya sido muy memorable.

—Bueno, para mí lo ha sido.

Marjorie había vuelto a su casa con los vaqueros blancos manchados de sangre y césped; a él le había parecido curioso que no le importara una mierda.

Después de eso habían repetido unas cuantas veces, pero su historia resultó ser una amistad fácil más que un gran romance. Fue Marjorie quien lo animó a irse a Estados Unidos dos años después, cuando Johnny murió. Le dio el contacto de su tío, que tenía una sala de conciertos en Nueva York, y cambió el curso de la vida de Davey. Cuando hacía un par de años había vuelto a su casa por tres semanas, se habían enganchado en una apasionada aventura de corta duración y él había cambiado el curso de la de Marjorie. Ambos eran adultos, él estaba solo y ella era desdichada. Había mucha tensión sexual, fue excitante, pero la pasión que había ardido en la oscuridad se extinguió en cuanto vio la luz.

Davey siempre se había preocupado por ella, probablemente más de lo que ella creía. Iban ya por la segunda vuelta al recinto cuando él sacó el tema de su pasado.

—¿Tú crees que si las cosas hubieran sido distintas habríamos acabado juntos? —le preguntó.

—No. —Lo dijo de buen ánimo pero la negativa había sonado muy categórica.

—Venga, mujer, al menos haz como si tuvieras que pensarlo.

—No. —Rio ante lo absurdo de la idea.

—Bueno, pero hemos tenido nuestros buenos momentos.

—Cierto.

—Siempre estaremos el uno en la vida del otro, ya lo sabes.

—¿Tú crees, Davey? —le preguntó, y fue entonces cuando ella se vino abajo.

Se detuvieron y él la miró de frente y la atrajo hacia sí.

—Por supuesto que sí.

—Tengo la sensación de que estoy perdiéndoos a todos.

Davey se apartó para mirarla a los ojos.

—No nos vas a perder. Tú eres de la familia, Marjorie, igual que Francie, Jay e incluso Kev. Eso es así.

—Gracias —le dijo ella.

Davey la besó y ella le devolvió el gesto y antes de darse cuenta estaban apoyados contra un árbol dándole al tema como dos adolescentes. La cosa empezó a subir de tono, una actitud impropia de dos personas adultas, por mucho que no hubiera nadie alrededor.

Marjorie se apartó.

—¿Qué estamos haciendo, Davey?

Él suspiró.

—El tonto.

Se apartaron un poco, y entonces él le cogió la mano y se la besó.

—Deberíamos volver.

Fue entonces cuando se enteraron de que Rabbit se había despertado un par de minutos. Marjorie se quedó hecha polvo.

—Me la he perdido.

—La próxima vez estarás aquí —le dijo él que, sin embargo, al mirar a su hermana, dudó de que volviera a despertarse.

Venga, Rabbit, déjanos que te veamos, por favor, una última vez.

Johnny

—Rabbit, lo siento mucho, pero no quiere verte.

LOS ÚLTIMOS DÍAS DE RABBIT HAYES

La señora Faye tenía la puerta de la casa tan pegada al pecho, con todo el peso echado encima, que Rabbit no habría podido franquearla ni aunque se hubiese abalanzado corriendo.

—¿Cómo? ¿Por qué?

—No se encuentra bien.

—Pero yo lo ayudo.

—Ya no se puede, cielo. Quiere que sigas con tu vida.

—No. Él no me haría eso, no así.

—Cree que es la única forma. Sabes que no quiere ser cruel, y que para él también es duro, pero tiene razón. Está cada vez más enfermo, cielo, y tú tienes toda la vida por delante.

—No, no me vale —dijo Rabbit, que intentó empujar la puerta pero la señora Faye se mantuvo firme.

—Lo siento, cielo —repitió la mujer, cerrando ya la puerta.

Cuando Rabbit volvió al día siguiente, la señora Faye no abrió más que una rendija.

—Por favor.

—Lo siento.

—Solo cinco minutos.

—No.

—Vale, dos minutos.

—No puedo.

—No me lo creo.

—Vete a casa, Rabbit.

Al tercer día, cuando llamó, la mujer ni siquiera fue a la puerta; se limitó a apartar la cortina y sacudir la cabeza al otro lado del cristal.

—No pienso irme —dijo Rabbit, que retrocedió por el jardín y empezó a gritar hacia la ventana del cuarto de arriba—: ¿Me oyes, Johnny? No puedes hacerme esto, no es justo. No pienso irme.

Al cuarto día llamó, pero la señora Faye ni siquiera

apareció. El coche estaba allí y también el de la enfermera del barrio, lo que significaba que Johnny seguía en casa.

—Estoy aquí. Me voy a sentar en tu muro —gritó hacia la ventana.

Maura Wallace, la vecina de los Faye por la derecha, salió de su casa.

—¿No hay suerte, cielo?

—No.

—Los hombres son unos cabrones.

—No es eso.

—Pues a mí me parece que sí.

—Bueno, pues se equivoca.

—Está enfermo, vale, pero eso no le da derecho a tratarte así.

—Señora Wallace, usted no me conoce.

—Que no te conozco, dice… Eres la chiquitaja que lleva siguiendo a Johnny Faye desde que ibas con los moños.

—Yo solo quiero hablar con él. ¿Por qué no quiere hablar conmigo?

La señora Wallace fue a sentarse a su lado en el murete.

—Porque tiene miedo.

—¿De qué?

—De no poder decir no y de arrastrarte con él a ese camino oscuro.

—¿Le dijo él que lo llamara cabrón?

—Sí, pero yo ya sabía que no funcionaría.

—Dios. ¿Tan tonta te crees que soy, Johnny Faye? —gritó.

—Está haciendo lo mejor para ti, cielo. ¿Por qué no lo aceptas?

—Porque no solo es decisión suya.

—Sí lo es. —La mujer le puso una mano en el hombro—. A veces hay que saber cuándo renunciar.

La dejó sola en el murete.

—No pienso renunciar, Johnny. ¡No pienso renunciar! —chilló hacia la ventana antes de irse una vez más.

Al quinto día llamó y, para su sorpresa, la señora Faye respondió, abrió la puerta de par en par y le pidió que pasara. Rabbit corrió escaleras arriba hasta el cuarto de Johnny. No había nadie. El hervidor estaba encendido cuando volvió a la cocina.

—¿Dónde está?

—Se ha ido, Rabbit.

—¿Que se ha ido adónde?

—A un lugar de reposo, un sitio donde pueden ayudarlo.

—¿Dónde?

—Sabes que no puedo decírtelo.

—Bueno, pues esperaré. No estará allí toda la vida.

La señora Faye sacó un sobre de su bolso y se lo dio.

—¿Qué es esto?

—Billetes para Estados Unidos.

—Es una broma, ¿no? —dijo Rabbit abriéndolo.

—Hay también una nota.

—¿Estados Unidos?

—Johnny tenía algo de dinero ahorrado. Davey le contó que tu amiga Marjorie iba a ir este verano. Sabe que puedes tener el visado J-1.

—Marjorie lo solicitó con mi ma. Pero yo ni siquiera lo sabía.

—Vete entonces.

—Ni en broma.

—Él quiere que vayas, Rabbit.

Miró el billete de avión para Estados Unidos, y luego se dejó caer en la silla y se echó a llorar.

—¿Ya está, no?

—Sí, cielo, me temo que sí.

—¿Me dejará que le escriba?

—Seguro que le encantará.

Rabbit se fue a su casa con el billete y la nota en el bolsillo. En cuanto llegó al murete se sentó y abrió la carta.

Querida Rabbit:

Mis manos de mierda están empezando a abando-narme. Ma está escribiendo la carta, así que perdó-nala a ella por la letra y a mí por no sonar del todo a mí. Quería decirte que la vida es una sucesión de fases, o al menos así lo veo yo. Recuerdo cuando tenías tus gafas de culo de vaso y tus moños, la niña desgarbada que siempre decía lo que pensaba y luego se arrepentía. Te recuerdo siguiéndome y mi-rándome como si fuera una especie de dios. Eras una niña tan dulce, tan buena y enrollada. Luego llegó la fase dos y de pronto eras una adolescente, estri-dente como tu madre, resolutiva bajo presión como tu padre y con el oído de Davey para la música. En aquellos tiempos eras el corazón de los Kitchen Sink. Aunque tú no lo sabías, claro. Siempre te has infravalorado. En la fase tres, tú creciste y yo en-fermé, y hubo ese breve momento de luz en que tú ya fuiste lo suficientemente mayor y yo seguía bien, lo justo para quererte. Te conozco de sobra para sa-ber que jamás renunciarás. Yo no quiero, pero, por favor, renuncia a mí ahora y recuérdame en tu mente como dijiste que lo harías aquella noche en el coche. Yo me quedaré esperando a que convenzas al portero para pasar y, mientras tanto, vete a Es-tados Unidos, Rabbit.

Te querré siempre,

JOHNNY

Molly se sentó a su lado en el murete.

—Acaba de llamar la señora Faye. —Rabbit le tendió la carta y el billete a su madre—. Creo que es lo mejor, mi niña.

—Parece que no tengo elección.

—Nadie la tiene cuando realmente importa. Es todo una ilusión, cielo. —Molly le pasó el brazo por la cintura a su hija y la apretó contra sí—. Nos limitamos a hacer lo mejor que podemos, y eso es lo que está haciendo Johnny.

—¿Y si no puedo renunciar, ma?

—Cuando llegue la hora, lo harás, Rabbit Hayes, y entre tanto, nos tienes a todos nosotros, cariño.

Su madre le dio un beso en la mejilla.

—Venga, vamos dentro antes de que se achicharre el filete de tu pa.

16

Rabbit

$\mathcal{A}$ veces la habitación estaba en silencio y a veces revivía con voces familiares que iban y venían. Rabbit oía ese trasiego.

Francie y Jay fueron de visita, y siguió el caos y la diversión de siempre.

—Ostras, señora Hache, eso sí que es quitar la primicia.

—¿De qué mierda hablas, Francie?

—¡Del numerito del otro día con el corazón! ¡No es capaz de darle ni cinco minutos de protagonismo a Rabbit! —contestó Jay.

Ja, ja, ja.

—Os vais a reír de vuestra madre —respondió Molly, y Rabbit oyó el coro de risas de los demás.

Hablaron de los viejos tiempos y revivieron los buenos recuerdos.

—En aquella época tu hija tenía un saque importante —dijo Francie.

—Me acuerdo una vez que le gané diez libras a un cateto de pueblo. Me aposté a que Rabbit podía beberse dos Brujas Rojas mientras él se bebía una —contó Jay.

—Perdona, pero por aquel entonces era menor —apuntó Molly.

—Bocazas. —Esa era Grace.

—Se me había olvidado.

—¿Qué es una Bruja Roja? —preguntó Juliet.

—Es lo que había antes de la Coca-Cola —le explicó Jay.

—¿Competías con mi niña a ver quién bebía más? —preguntó su madre.

—Muy de vez en cuando, y vamos, no creo que sea cuestión de zurrarla ahora por eso —contestó Francie.

—Pero a vosotros sí que os puedo zurrar.

Rabbit volvió a oírlos reír a todos.

—Francie y Jay conocieron a tu madre cuando ella tenía tu edad, Juliet —le contó Davey.

—¿Cómo era por aquel entonces? —preguntó su hija.

—Como una conejita.

A Rabbit le gustaba oír el jaleo; los había oído a todos menos a su pa.

¿Se habrá ido? ¿Pa? ¿Dónde estás?

Francie siguió con sus bromas, esta vez con Mabel.

—¿Sabes que Casey y tú sois las primeras lesbianas que conozco? No te voy a mentir pero antes creía que las lesbianas no eran más que chicas feas y malas que se las apañaban como podían.

—Pero vosotras dos sois un encanto…

—No seas pervertido —intervino su hermano.

—Qué pervertido ni qué pervertido. Es un piropo sincero.

—Pues a mí me ha sonado pervertido que te cagas. Ha sido la forma de decirlo.

Mabel se divertía con los gemelos. Habían ido muchas veces a Nashville en los últimos años y hasta habían dormido en el autobús del grupo. A Jay le encantaba, mientras que a Francie le parecía increíble que hubiera adultos que vivieran así.

—¿Cuándo vais a volver para ir de gira con nosotros, chicos? —les preguntó Mabel.

—Mañana mismo —respondió Jay.

—¿En ese ataúd con ruedas? Perdón, Rabbit —*Disculpas aceptadas*—, pero estoy muy viejo para esa mierda.

Cuando se fueron, se despidieron de ella.

—Si no acaba todo aquí, saluda a Johnny de mi parte —le dijo Francie.

Como no se acabe todo aquí, haré mucho más que saludarlo, Francie.

—Ha sido un placer, Rabbit —le dijo Jay, y notó que la cogía de la mano—. Te vamos a echar de menos. —Se le quebró la voz.

Y yo a vosotros, chicos.

Su madre estaba siempre presente. Su padre, en cambio, entraba y salía; pero cuando se quedaba solo le hablaba:

—¿Te he contado alguna vez que el día que naciste fue el mejor de mi vida? —le preguntó. *Cientos de veces, pa*—. Llegaste a este mundo a lo grande. Tu madre no quiere admitirlo pero un poco más y te la cargas del susto. Pero yo te tenía a ti, y nada iba a ir mal porque tu papá te tenía a ti. —*Gracias, pa, te quiero.*

Davey estaba siempre cerca de Juliet. Le oía consolarla y ayudarla con lo que estaba pasando.

—Puedes tocarla si quieres, gazapilla. Dile lo que sientes, que ella seguro que te escucha.

—¿Cómo lo sabes?

—A tu madre nunca se le escapa nada.

Así es, Davey Hayes.

—Ma… —*Sí, gazapilla.*—. Cuando sea mayor, quiero ser igualita que tú. —*Yo también, soy lo máximo*—. Y otra cosa, no tengas miedo.

Si tú no lo tienes, yo tampoco.

Su hermano le dijo que no la decepcionaría y le prometió que Juliet jamás la olvidaría. *Gracias, Davey, te quiero.*

Marjorie admitió que hacía un momento había estado a punto de tirarse a Davey contra un árbol.

—¿Qué mierda me pasa? Y me he perdido cuando le has

dicho «buu» al cura. —*¡Jajajajajajajaja! Siempre has sabido hacerme reír, Marjorie.*

Grace admitió lo perdida que se sentiría sin ella.

—Sé que no he parado de darte la vara con tu forma de vida y que siempre pensé que tendrías que parecerte más a Marjorie. —*Los banqueros son así de corporativistas*—. Pero me equivocaba. Creo que lo has hecho todo bien, salvo lo de morirte. Podría matarte por ello, joder. —*Yo también te quiero, Grace.*

Mabel le dio un beso en la mejilla.

—No se lo digas a Grace, pero tú eres mi hermana favorita. Y no te preocupes por Juliet: lo tenemos todo controlado. —*Gracias, Mabel, ojalá hubiéramos pasado más tiempo juntas.*

—Nos vemos, tía Rabbit.

Nos vemos, Stephen.

—Te quiero, tía Rabbit.

Te quiero, Bernard.

—Va a ser fabulosa, tía Rabbit. Va a tener la mejor vida posible —le susurró Ryan.

Gracias, Ryan.

—Jeffrey, no seas tímido, ve a despedirte —le dijo su madre.

—Tengo miedo, ma.

—No pasa nada, hijo, tranquilo. Ella sabía que la querías.

Adiós, Jeffrey.

Lenny se inclinó para darle un beso en la mejilla.

—Esto es to… esto es to… esto es todo, amigos. Perdón, chiste tonto. —*Jajajaja*—. Tengo que llevarme a los chicos a casa, pero Grace se queda, y tu pa, tu ma, Davey, Juliet y Mabel. Gracias por portarte bien conmigo cuando empecé a rondar a tu hermana. Gracias por aceptarme en la familia. Adiós, Rabbit.

Gracias por querer a mi hermana. Adiós, Lenny.

Cuando se fueron, los demás se quedaron más callados.

Juliet se durmió. Hablaron de qué hacer con ella esa noche: ¿debía quedarse o irse? Acordaron que Mabel se la llevaría a casa.

Adiós, mi niña.

Davey la llevó al coche. Grace salió a llamar a Lenny y Molly fue al baño.

—Nos hemos quedado solos, Rabbit. —*Ah, ahí estabas, pa*—. Tómate tu tiempo, cielo. No hay prisa. Tú, a tu aire. Como has hecho siempre.

Sí, porque te tuve a ti para enseñarme cómo había que hacer las cosas.

Johnny

Los tres meses en Estados Unidos se convirtieron en dos años. A Rabbit le surgió la posibilidad de trasladar su expediente a una facultad de periodismo de allí y, visto que sus padres la apoyaron y que Johnny se negaba a responder a sus cartas, decidió quedarse. Le pareció que no podía ser tan difícil empezar de cero en otro país, y no se equivocó mucho. Cuando terminó la licenciatura, llegó la hora de volver a casa.

Por entonces Johnny ya vivía en el hospital a tiempo completo. Tenía los intestinos hechos una maraña; estaba ciego, paralizado de cintura para abajo y solo podía articular algunas palabras muy de vez en cuando. Él había insistido para que ella no lo viera nunca así, pero Rabbit no había podido contenerse. Se quedó en el umbral, petrificada: era mucho peor de lo que había imaginado. Jay estaba junto a la cama, leyendo una revista de música.

—¿Los Stones o los Beatles como mejor grupo de todos los tiempos?

—Bea... Bea... Bea... —tartamudeó Johnny.

—A la mierda los Beatles. Los Stones, de aquí a Lima.

—Bea...

—Ni Bea, ni Be, tío.

Francie la había llevado en coche; Davey vivía ya en Estados Unidos, trabajando en el bar del tío de Marjorie.

—¿Estás segura? —le preguntó en un susurro su amigo.

Por toda respuesta, Rabbit entró en el cuarto y se sentó.

—Buenas, Johnny.

—Ra-Ra-Rabbit... ¿Eres tú?

—Sí, soy yo.

Las lágrimas le rodaron por la cara.

—¿Son lágrimas de las buenas o de las malas? —le preguntó.

—Bue-nas.

—Las mías también.

—¿Fue... bien?

—Sí, muy bien.

—Orgulloso.

—Gracias.

—Te... quiero.

—Yo a ti también.

—Serán cursis... —dijo Francie rompiendo la seriedad.

—Que te jodan —respondió Johnny.

—Ahora dice «joder» y todo —le contó Jay a Rabbit.

—Solo ha hecho falta ceguera, parálisis, una bolsa para cagar y un tartamudeo de mierda, pero al final lo hemos conseguido —añadió Francie.

Johnny rio un poco, se atragantó otro poco y volvió a reír.

El día que murió, Rabbit no estaba presente. La llamó su ma.

—Se ha ido, cielo.

—Ah.

—Voy de camino —le dijo Molly con mucho tacto—, ¡si tu padre deja de tocarse los cataplines y nos vamos de una vez! —gritó entonces para que la oyera él.

Rabbit oyó que su padre mascullaba algo al fondo sobre haber perdido las llaves y tener una mujer impaciente.

Davey cogió el primer vuelo que pudo desde Estados Unidos, y esa noche Kev, Jay, Francie, Louis, Davey, Rabbit y Marjorie se bebieron el pub del barrio entero. Contaron las historias de siempre, se rieron unos de otros, rieron, lloraron y brindaron por Johnny Faye.

El día que lo enterraron su madre le preguntó a Rabbit si ya había renunciado.

—Todavía no.

—Tómate tu tiempo, Rabbit, el tiempo que te haga falta, cielo.

El blog de Rabbit Hayes

13 de mayo de 2011

Las cosas que sé

Era demasiado bonito para ser verdad. Con lo bien que me sentía, y de pronto tengo la revisión y ahora resulta que he vuelto a la casilla de salida. Al final voy a perder a Derechín pero, la verdad, despedirme de mi pecho derecho es la menor de mis preocupaciones. ¿Y si se extiende? La primera vez ni siquiera me lo planteé como una posibilidad real. ¿Se puede ser más tonta? Es que, simplemente, no me parecía posible, y ahora todo y nada es posible. Solo me queda tener esperanza y hacer de tripas corazón.

Estoy temiendo decírselo a mi madre, a Grace, a mi padre y a Davey, y si os soy sincera, no sé si seré capaz de contárselo a Juliet. La otra vez fue muy valiente, pero ese temblor en el labio cada vez que intenta poner su mejor sonrisa ante el dolor es como si me clavaran una puñalada. Y, ay, Marjorie, me hiciste prometerte que viviría eternamente, o, como mínimo, que me apagaría tranquilamente con ochenta y tantos años, cuando ya a ti te diera todo igual de lo vieja que serías e ir a un funeral fuera una bonita excursión de día. Estoy hecha polvo. Os he defraudado a todos.

Han fijado la operación para dentro de dos días, de modo que tengo que decírselo mañana. Me queda un día de normalidad con mi familia antes de volver a desatar el infierno sobre sus cabezas. Tengo el corazón partido. Me cuesta sobrellevar el dolor que estoy a punto de causar. Lo siento tanto... Yo he hecho lo que he podido. Le di una buena paliza, acabé con él... y ahora resulta que ha vuelto, y me quedo como entumecida. Sé lo que me espera. Esta vez voy a entrar con los ojos bien abiertos. Ya no tengo miedo, lo que estoy es enfadada.

Pero ¿sabéis lo que os digo? Nadie quiere tener de contrincante a una Hayes cabreada, así que, *ding-dong, round* dos... Si me meto, pienso meterme a mi manera.

Quizá no pueda hacer todas las cosas que dije que haría; no seré la madre de la novia, y tendré que olvidarme de lo de envejecer o montar a los nietos a caballito en las rodillas. De todas formas, a lo mejor eso nunca habría pasado, pero ya no importa porque ahora tengo otro plan: voy a limitarme a vivir. Seré la hija, la hermana, la amiga y, lo más importante, la madre. Voy a trabajar y a pagar el alquiler. Voy a irme de vacaciones y a escribir postales. Voy a cocinar, a leer, a pasar tiempo con la gente a la que quiero. Voy a permitirme tener tiempo para mí, e incluso aburrirme. Cada árbol que vea no me inspirará un soneto y, cuando caiga un chaparrón, no me entrarán ganas de correr ni de sortear los charcos o saltar encima. No, me voy a quejar del tiempo, como todo el mundo, porque soy irlandesa y eso es lo que hace una irlandesa. Voy a disfrutar de mi madre porque es alguien muy especial y ha sido un privilegio ser parte de su vida. Voy a abrazar más veces a mi padre porque soy su conejita y él es mi papaíto. Voy a pasar más tiempo con mis sobrinos y a recordarles que hay más cosas en el mundo aparte de acabar la facultad y meterse en un banco a trabajar. (Bueno, es posible que la crisis ya se lo haya hecho ver... y ¿quién sabe? A lo mejor para cuando muera los bancos son ya un triste recuerdo. No estaría mal.) Voy a decirles a mis hermanos que los quiero, y los abrazaré todas las veces que pueda, aunque les dé vergüenza y me manden a la mierda.

Pase lo que pase, pienso vivir como si no fuera a morir porque hoy no voy a morir. Hoy estoy aquí, y hay que pasar la aspiradora, poner lavadoras y ayudar con las tareas a mi pequeña. Hoy estoy viva y estoy aquí, y ahora mi misión es llenar el mundo de mi hija de amor, felicidad y seguridad. No necesita una Disneylandia, solo me necesita a mí, y haré lo que pueda para que, cuando yo no esté, tenga la cabeza llena de recuerdos y el corazón lleno de amor.

Estaré acabada pero, con la ayuda de mi familia, a menudo caótica, a veces exasperante y siempre adorable, sé que mi hija crecerá, reirá, amará y seguirá con su vida.

405

NOVENO DÍA

17

Rabbit

*F*uera los pájaros cantaban y Rabbit sentía el calor de la
luz del sol, que se colaba en la habitación por la ventana y le
subía por los muslos, la barriga y la cara. Su padre estaba
roncando, y oía también las respiraciones estables de sus
hermanos, que seguían dormidos. Su madre era la única que
estaba despierta, y le tenía cogida la mano. Sintió que el corazón se le ralentizaba. Estaba llegando a la última parada. *A
mi manera, pa.* Mientras su cuerpo iba echando el cierre,
ella se centró en la calle que tenía por delante. Era la de
cuando era pequeña, donde se había criado y una joven Rabbit, sana y enérgica, estaba sentada en el murete de la casa.
Buscó a Johnny y lo vio subirse a la furgoneta del tío Terry
por los portones traseros. Se le veía perfecto, sonreía y cantaba en voz baja para sí. Desapareció por un momento en el
interior, pero volvió a asomarse y le dijo:

—Bueno, ¿qué, te vienes o no?

—No vayas a dar la señal —le advirtió ella, que se acercaba ya a paso lento a la furgoneta.

Él sonrió.

—Pues entonces será mejor que aligeres.

—No pienso correr detrás de ti.

—Esta vez no se puede volver, Rabbit.

—Vale, pues no des la señal.

Dio la señal contra el lateral de la furgoneta.

—Me cago en todo.

La furgoneta arrancó lentamente y ella la siguió despacio, hasta que vio que cogía velocidad y tuvo que echar a correr. Los portones empezaron a dar bandazos al viento y Johnny le tendió la mano.

—Ahora o nunca, Rabbit.

En la habitación apretó la mano de su ma, que se sobresaltó.

—¿Rabbit? —susurró Molly.

—Tengo que llegar a la furgoneta, ma.

—Buen viaje, Rabbit.

Johnny se inclinó hacia delante, con el brazo extendido, y ella corrió más rápido, estirando también la mano todo lo que podía. Él tiró entonces de ella hacia la oscuridad y, en la neblina de sus últimos estertores, Rabbit abrazó con fuerza al hombre al que nunca había renunciado.

Agradecimientos

*G*racias a la doctora Ruth Fenton por dedicarme su tiempo e informarme sobre medicina y cuidados paliativos. Gracias a mi amigo el doctor Enda Barron, que siempre está al otro lado del aparato para hablar de medicina, sea para *Rabbit* o para *Holby City*, y por prestarme un ordenador cuando el mío explotó. Le estaré siempre en deuda. Gracias a todos mis amigos por su paciencia y su apoyo. Gracias a mi familia, en particular a los O'Shea por acogerme cuando más lo necesitaba, y a los Flood por cuidar de mamá y ser mi hogar lejos del hogar. Gracias a mis agentes Sheila Crowley y Jessica Cooper, de Curtis Brown: me habéis abierto todo un mundo nuevo y os estoy muy agradecida. Gracias a Harriet Bourton y a toda la gente de Transworld por el entusiasmo que mostraron por Rabbit y por el infatigable trabajo para darle la mejor esperanza de vida posible. (Uy, lo que acabo de decir.) Por último, por vuestras historias, vuestro optimismo inquebrantable y vuestra conversación ingeniosa, gracias a mi marido, Donal McPartlin, a su madre y a su padre, Terry y Don, a sus hermanas Ruth, Felicity y Rebecca, a sus cuñados Mick Lambert, Mick Creedon y Aidan Cornally, a sus mejores y más viejos amigos, Charlie y Jerry Bennet, y, por supuesto, no se me olvida, a Ken Brown.

Jimmy Tague, RIP.

Este libro utiliza el tipo Aldus, que toma su nombre
del vanguardista impresor del Renacimiento
italiano Aldus Manutius. Hermann Zapf
diseñó el tipo Aldus para la imprenta
Stempel en 1954, como una réplica
más ligera y elegante del
popular tipo
Palatino

***

**

*

Los últimos días de Rabbit Hayes
se acabó de imprimir
un día de invierno de 2017,
en los talleres gráficos de Rodesa
Villatuerta (Navarra)

***

**

*